중국고전문학정선-시가詩歌 2

류종목 송용준 이영주 이창숙 譯解

明文堂

2007년 정부(교육과학기술부)의 재원으로 한국연구
재단의 지원을 받아 수행된 연구임
(NRF-2007-361-AL0016)

책을 펴내며

중국 시사에서 시의 문학적 성취는 당송唐宋 시대에 최고봉에 올랐으며, 그 이후에는 다른 양식에게 문학 중심의 자리를 내주었다고 평가한다. 송시는 당시를 능가한다는 평가를 내리는 평자가 있을 정도이니 그 문학적 성취는 새삼 거론할 필요가 없다. 그러나 남북송과 비슷한 시대의 비한족 왕조인 요금원遼金元 및 그 이후 명청明清 시대의 시는 상대적으로 낮은 평가를 면치 못한다. 자연히 현대에도 이들 시대의 시에 대해서는 중국에서도 평선評選이나 주석註釋 작업이 그다지 활발하지 않으며, 이는 한국의 사정도 다르지 않다. 그러나 후대로 갈수록 시인은 더욱 많아지고 시가 작품도 더욱 많이 나왔다.

송대에는 시인 9천 명이 27만 수의 시를, 원대에는 시인 4천 명이 12만 4천 수의 시를 남겼다. 원시元詩를 당시에 비교하면 시인은 2배, 시는 2.5배가 늘었다. 그러나 원대는 그 기간이 당대의 반도 채 되지 않는다. 명대와 청대의 시는 아직 그 전모도 파악하지 못한다.

중국고전문학정선의 한 편으로 송요금원명청시를 설계하였다. 물론 송시만으로도 매우 두꺼운 선집이 이미 여럿 나와 있으며, 또한 새로운 선집을 얼마든지 만들 수도 있지만, 이번에는 송대부터 청대까지를 일별할 수 있는 알맞은 분량으로 준비하였다.

우선 대학에서 중국 문학을 공부하는 학부생들에게 이 시대 시의 정수를 학습 시키는 데, 그리고 중국시를 좋아하는 독자들에게 이 시대의 시를 소개하는 데 주안점을 두었기 때문이다. 많은 시인과 엄청난 수량의 시 작품 자체가 하나의 경이이지만, 그 속에는 각 시대와 지역에서 특수한 상황을 살다간 사람들의 생활과 감정과 사상이 녹아 있다. 이 책은 오랜 기간 수많은 사람과 다양한 사회상을 통찰할 수 있는 하나의 창문이 되리라 믿는다.

송시와 명시는 송용준과 류종목, 요금원대의 시와 청대 아편전쟁부터 청말까지의 시는 이창숙, 청대 아편전쟁 이전까지의 시는 이영주가 각각 전담하여 옮기고 해설하였다. 각자의 관점이 다르지만 각 시대의 대표작을 뽑아서 평이하고 친절하게 소개하고자 노력하였다. 필자들이 여기서 고른 작품을 모두 제대로 옮기고 풀이하였을까, 걱정을 금할 수가 없다. 독자들의 격려와 질정으로 더 좋은 책으로 완성할 수 있기를 기대한다.

이 책의 출간에도 서울대학교 인문학연구원과 한국연구재단의 지원이 큰 힘이 되었다. 두 기관에게 고마움을 표한다. 어려운 여건 속에서도 중국고전문학정선을 계속 출간하는 명문당의 김동구 사장, 이 책의 편집을 맡아 또 고생한 이은주 선생께도 깊은 감사의 뜻을 표한다.

2013년 7월 17일

저자 일동

차 례

3 명시明詩 325

4 청시清詩 397

1. 송시宋詩

송초의 시단에는 중·만당의 시풍이 이어지고 있었다. 그 후 북송 중기에 들어서서 구양수歐陽修·매요신梅堯臣·소순흠蘇舜欽 등이 시가혁신을 주도하면서 송초의 백체白體·만당체晩唐體·서곤체西崑體 시를 극복하고 송시의 새로운 기풍을 열었으며, 뒤이어 왕안석王安石·소식蘇軾·황정견黃庭堅 등이 나와 당시와는 다른 송시의 특징과 경향을 정착시켰다.

남송 전기의 시단에는 강서시파江西詩派 시인들이 다수를 차지했다. 이어서 사령시파四靈詩派와 강호시파江湖詩派가 나타나 강서시파의 주장을 반대하거나 개선하려는 노력을 기울였지만 별로 큰 성과를 거두지는 못했다. 남송 시단에서 탁월한 업적을 남긴 사람들은 오히려 어느 한 시파에 속하지 않고 금나라에 대한 비분과 중원 수복의 열망을 토로한 남송 초기의 남송사대가南宋四大家와 몽고족에게 나라를 잃고 원나라에의 출사出仕를 거부한 채 망국의 한을 노래한 남송 말기의 유민시인들이었다.

각 시기별로 조금씩 다른 세부적인 모습을 통하여 송시 발전의 중요한 맥락을 살펴보면 다음과 같다.

북송 초기의 시단을 전체적으로 조망해 보면 가장 먼저 백체 시가 유행했고, 다음으로 만당체 시가 유행했으며, 그 뒤를 이어 또 서곤체 시가 유행했다. 백체 시는 주로 백거이白居易의 평담한 창화시풍唱和詩風을 본받은 것인데, 그것이 성행한 것은 송나라 조정의 숭문억무崇文抑武 정책에 힘입은 바가 크다고 할 수 있다. 창화시풍의 광범위한 유행은 궁정과 관가뿐만 아니라 민간에도 그 세력이 미쳐서 시의 수증酬贈과 창화가 당시 시가창작의 중요한 내용이자 특징이 되었다. 백체 시의 대표적 인물은 왕우칭王禹偁(954~1001)이라고 할 수 있다. 그러나 그가 시도한 새로운 경향은 새로운 기풍으로 정착되지 못했다. 그리하여 한때를 풍미했던 백체는 천속하고 투박한 백체 말류의 병폐를 바로잡고자 노력한 만당체에 자리를 넘겨주고 말았다.

만당 시단에는 사실시풍寫實詩風·염정시풍艶情詩風·청고시풍淸苦詩風 등이 있었는데, 이 중에서 만당체 시인들이 본받은 것은 가도賈島·요합姚合을 종주로 하는 청고시풍이었다. 만당체의 대표적인 시인으로는 반랑潘閬·위야魏野·임포林逋·구준寇準 및 구승九僧을 들 수 있다. 이들은 오언율시를 즐겨 짓고 전고를 사용하지 않으면서 간결하고 산뜻한 표현과 정밀한 시상 전개에 힘써 백체 말류의 천속하고 평이한 시풍을 바로잡는 데 어느 정도 성과를 거두었다.

그러나 그들은 대체로 경험이 풍부하지 않고 의경이 협소하여, 작고 섬세한 기교로 경물을 묘사하거나 맑고 그윽한 개인의 성정을 서술하는 데 주력했기 때문에 표현범위가 협소하고 변화가 다채롭지 못했다. 그 결과 만당체 시는 서곤체 시의 발흥으로 그 기세가 꺾일 수밖에 없었다.

서곤체 시는 송초의 창화시풍을 계승했으면서도 백체의 지속에 제동을 거는 한편 같은 시기의 만당체 시풍에 대해서도 의도적인 변혁을 꾀하였다. 서곤체 시는 당시 사회의 어두운 면을 직접적으로 폭로하거나 비판한 작품이 별로 없고, 자신들의 궁정생활과 관련 지어 북송 왕조의 태평성대를 장식하고 미화한 작품들이 주류를 이루었다. 양억楊億·유균劉筠·전유연錢惟演 등의 서곤체 시인이 백체 말류의 천속함과 만당체의 편협성을 극복하고자 노력하면서 모범으로 삼았던 것은 주로 음절이 아름답고 낭랑하며 언어가 정교한 이상은李商隱 시였다. 그러나 서곤체 시는 이상은 시의 외형만 갖추었을 뿐 세련된 언어와 적절한 전고 속에 깃들어져 있는 진정실감은 결핍된 경우가 많아 결국 한계를 드러내고 말았다.

북송 중기에 들어와 송시는 새로운 길을 모색하게 되었다. 시가혁신으로 대변되는 이 새로운 모색은 중당의 신악부운동을 직접 계승한 문학복고운동으로서, 이를 통해 송시는 당시와는 다른 독자적인 모습을 갖추게 되었다. 이 시가혁신을 주도한 사람으로는 구양수 · 매요신 · 소순흠 등을 꼽을 수 있지만 그들에 앞서서 범중엄范仲淹이 시가혁신의 정신적 발판을 마련해 주었고, 또한 시가혁신의 과정에서 그들이 담당한 역할도 조금씩 달랐다고 할 수 있다. 즉 매요신과 소순흠은 송시의 새로운 면모를 보여주는 시를 직접 지음으로써 창작을 통해 시가혁신에 공헌했고, 구양수는 시론을 주도했다.

구양수(1007~1072)는 사회현실에 관심을 가지고 천하의 일을 걱정하여 백성의 질고를 반영하고 사악한 사회현상에 분개하는 것을 문학의 주된 직능으로 삼아, 시도詩道에서의 풍風 · 소騷의 정통적 지위를 확립하고 아름답지만 내용이 없는 아雅 · 송頌에 반대한 것이 그가 주도한 시가혁신의 기본사상이라고 할 수 있다. 그렇다고 구양수의 시론이 내용에만 중점을 둔 것은 아니고 내용의 진실성과 함께 형식의 아름다움도 추구했다.

구양수의 시론이 북송 중기 이후 송시의 새로운 성격 형성에 이바지했고 북송 시문혁신의 이론적 근거가 되기도 했지만, 구양수가 영도한 시문혁신이 결실을 맺을 수 있었던 더욱 중요한 요인은 그가 소순흠 · 매요신 등과 함께 성공적인 시문 창작으로 자신의 이론을 뒷받침했다는 점이다. 매요신과 소순흠은 창작을 통해 구양수 등과 함께 송시의 성격을 새롭게 형성했고 그 이후의 시단에 새로운 지평을 열어 주었다고 할 수 있다.

북송 후기의 시단을 대표하는 왕안석 · 소식 · 황정견 같은 시인들은 자신들의 개성을 유감없이 발휘하면서 송시의 면모를 확정지었다.

왕안석 시는 현실적인 의의가 풍부하고, 분위기가 대체로 밝은 편이며, 세련된 언어로 자신의 사상 또는 진정을 토로했다. 그의 고체시는 고사의 개괄성이 뛰어나고 전체적인 구성이 긴밀하며, 수사기교의 측면에서 기교와 내용이 적절하게 조화를 이루었다. 그는 또 전인들의 시구를 흡수하여 자신의 것으로 재창조하는 데 뛰어난 재능을 보였다. 그러나 왕안석의 시는 의론의 발휘에 치중하여 시적 감흥을 도외시한 작품이 적지 않고,

조탁의 흔적이 뚜렷이 드러나 자연미를 잃었다는 단점이 있다.

소식(1036~1101)은 유가사상에 뿌리를 둔 현실참여주의와 불로사상佛老思想에서 비롯된 현실도피주의를 동시에 지니고 있었기 때문에 그의 시는 사회의 부조리한 면을 고발하거나 위정자의 실정과 그로 인하여 도탄에 빠진 백성들의 생활상을 묘사한 풍자시, 자신의 초월적 인생관을 반영한 철리시, 산수자연의 아름다움을 한 폭의 풍경화처럼 그려낸 서경시가 주류를 이룬다. 수사기교 면에서 그는 전고를 많이 사용하여 시를 난해하게 만든 반면에 함축성을 더해 주기도 했다. 그는 성격이 자유분방하여 형식에 얽매이기를 싫어했기 때문에 격률이 까다로운 근체시보다는 고체시를 선호했고, 그 결과 비교적 형식적 제약에 얽매이지 않고 자신의 생각과 감정을 자유롭게 토로할 수 있는 칠언고체시에서 가장 큰 성취를 거두었다. 철리성·의론성·산문성 등 송시의 성격과 특징이 그에 이르러 완전히 뿌리내렸다고 할 수 있다.

황정견(1045~1105)은 소식의 문하에서 나와 학문과 독서를 중시하며 선천적 재능보다는 각고단련의 후천적 노력의 측면을 강조하여 이것이 나중에 강서시파에 의해 시법詩法으로 전수되었다. 그의 시는 내용면에서는 도학적 자기수양의 정신을 강조하였고, 생활시를 대량으로 지으며 제재와 서술의 혁신을 가져왔다. 형식면에서는 당대의 두보杜甫와 한유韓愈 등에 의해 시험적으로 시도된 시의 낯설게 하기가 본격적으로 채택되기 시작하였다. 구체적으로 말하자면 시의 구성·요율拗律·구법·시어 등 각 방면에 있어서의 '신기함의 추구'와 이로 말미암은 딱딱한 맛 등 전통적 의미의 시와는 다른 독특한 특징이 그것이다. 그의 시론과 창작경향은 초기 강서파 시인들에게 그대로 계승되어 점철성금·환골탈태의 시법을 활용하여 두보의 예술적 성취와 구법의 학습에 치중하였다.

진사도陳師道(1053~1102)는 황정견을 만난 뒤로 그를 따라 이전의 자기 시를 불태우고 황정견을 배우기 시작하다가, 결국 두보를 좇아 노력하는 자세로써 자기 자신의 독창적 영역을 개척하고자 하였다.

남송 시기에 활약한 많은 시인들은 국가가 패망하는 비통한 현실을 직접 목격하고 백성들의 질고를 가까이에서 보았기 때문에 이에 대한 그들의 비분강개한 심정을 토로한 애국시를 많이 지었지만, 황정견의 시가창작 이론과 시풍을 추종하는 강서시파의 영향력도 상당히 광범위하게 그리고 상당히 지속적으로 작용했다.

강서시파의 시가창작 이론은 남송 초까지도 많은 시인들의 적극적인 호응을 얻었고 그 뒤에도 계속하여 남송 시인들에게 크고 작은 영향을 미쳤다. 그러나 강서시파 시인들의 시적 성취는 별로 크지 않았다. 이들 가운데 크게는 강서시파로 분류되면서도 강서시파의 작풍에서 벗어나려고 노력하기도 했던 진여의陳與義 · 여본중呂本中 · 증기曾幾 등의 성취가 비교적 컸다.

진여의(1090~1139)는 일찍이 강서시파의 영향을 받았지만, 거기서 빠져나올 줄도 알았다. 그의 시는 풍격면에서 저속하지 않으면서도 지나치게 많은 전고의 사용을 지양하여 강서시파의 풍격과 다른 데가 있었다. 그리고 나라 잃은 슬픔을 맛보고 도탄에 빠진 백성들의 생활을 수없이 목격한 남도南渡 이후에는 형식면에서만 두보를 배울 것이 아니라 두보 시에 나타난 우국애민의 정신에 주의를 기울여야 한다고 생각하게 되었다.

여본중(1084~1145)은 강서시파에서 출발했지만 이백과 소식도 함께 배워야 한다고 생각했다. 그의 시는 강서시파의 영향을 받았으면서도 한편으로 변화를 모색하기도 했기 때문에 생경하다는 병폐를 극복할 수 있어서 강서시파의 다른 시인들에 비하면 평이하고 자연스러운 편이며, 게다가 만년에는 또 어려움에 처한 시대상황을 반영하는 시도 지었다.

증기(1084~1166)는 황정견을 스승으로 삼았지만 황정견 시의 생경함은 피했다. 그의 시풍은 육유陸游와 양만리楊萬里에게 비교적 큰 영향을 미쳤을 정도로 다른 강서시파 시인들의 시와는 달리 경쾌하고 활기찬 편이었다.

남송 전기의 시인들 가운데 성취가 가장 큰 사람은 강서시파에서 출발하여 차츰 독자적인 시풍을 개척해낸 육유 · 범성대范成大 · 양만리 · 우무尤袤였다. 이들이 이른바 남송사대가이다.

육유(1125~1210)는 초기에는 강서시파의 시풍을 배워 수사와 기교를 중시했으나, 항금전쟁에 종군한 중기부터는 차츰 내용을 중시하는 자기 나름의 시세계를 개척하여 금나라에 대한 적개심과 조국에 대한 우국충정을 꾸밈없이 토로해낸 애국시를 주로 지었으며, 만년에는 한적한 전원생활의 정취를 노래한 시를 많이 지었다. 그의 시는 당시의 시대적 상황과 자신의 남다른 애국심에 바탕을 둔 현실주의가 주류를 이루지만 풍부한 상상력을 바탕으로 한 낭만주의적 요소도 상당한 정도로 갖추고 있다.

범성대(1126~1193)도 초기에는 강서시파의 영향을 받았지만 나중에는 당면한 조국의 현실과 백성들의 질고를 목격하면서 시에 대한 관점에 변화를 일으켜 시의 내용이 다양해지고 강서시파의 작풍에서도 탈피하여 스스로 일가를 이루었다. 그의 시는 금나라에 대한 적개심이나 조국에 대한 사랑을 토로한 것과, 백성들의 생활고를 반영한 것은 물론 심지어 전원생활을 묘사한 것까지도 그의 현실에 대한 관심을 강하게 드러내고 있다.

양만리(1127~1206) 역시 처음에는 강서시파 · 왕안석 · 만당 시인 등의 시를 즐겨 배웠으나 만년에는 이들의 영향에서 벗어나 독자적인 시세계를 개척했다. 엄우嚴羽가 〈창랑시화滄浪詩話〉에서 '양성재체楊誠齋體'라고 명명한 양만리 시의 특징은 해학적인 말투, 참신하고 독특한 구상, 통속적이고 생기발랄한 언어 등의 세 가지로 압축할 수 있다. 양만리 시의 주된 내용은 아름다운 자연 경물과 일상생활 속에서 느끼는 개인적인 감정이다.

우무(1127~1194)는 육유 · 범성대 · 양만리와 함께 남송사대가로 불릴 만큼 시적 성취가 컸던 사람이지만 지금은 그의 시집이 전해지지 않아 구체적인 면모를 확인하기 어렵다.

이들 남송사대가 이외에 남송 전기 시단에서 비교적 영향력이 컸던 시인으로 유자휘劉子翬 · 주희朱熹 · 소덕조蕭德藻가 있다.

유자휘(1101~1147)의 시는 메마르기 짝이 없는 다른 도학가들의 시와는 달리 철학적인 냄새가 비교적 적게 나고 문학적 형상성이 상당히 뛰어난 편이다. 그는 증기 · 여본중 · 한구韓駒 등과 창화했지만 결코 강서시파의 시법을 배우지는 않았으며 시풍이 대체로 명랑하고 호방한 편이다.
주희(1130~1200)는 송대 최고의 도학가답게 '중도경문重道輕文'의 문학관을 견지하여 '시언지詩言志'의 유가 시관을 고수하여 시가 대부분 명리明理와 언지言志의 경향을 띠고 있지만 도학가의 시 중에서는 비교적 청신하고 활발한 편이었을 뿐만 아니라 강서시파의 작풍과도 같지 않았다.
소덕조(? ~ ?)는 독서의 중요성은 인정하면서도 학식을 바탕으로 시를 짓는 '이서위시以書爲詩'의 작시태도는 반대하는 등 강서시파의 영향에서 벗어나려고 노력했다. 그러나, 그럼에도 불구하고 시풍이 여본중이나 증기보다 더욱 황정견의 시풍에 가까워서 그의 시에는 생경하고 기이한 표현이 많다.
금나라와의 대치국면이 소강상태에 접어든 남송 후기의 시단에서는 목놓아 절규하는 우국애민의 시보다는 한 글자 한 글자에 정성을 들여 자신의 개인적인 생활과 감정을 노래하는 시가 주류를 이루어 시적 성취가 전기에 훨씬 못 미쳤지만 강서시파에 대한 반발은 남송 전기에 비해 더욱 심해졌다. 사령시파와 강호시파가 이 시기의 시단을 오랫동안 지배했다.
사령시파란 영가永嘉(지금의 절강성 온주溫州) 출신 시인들로 자나 호에 '령'자가 들어가는 서조徐照(? ~1211) · 서기徐璣(1162~1214) · 옹권翁卷(? ~ ?) · 조사수趙師秀(1170~1220)를 가리킨다. 그들은 강서시파의 시가 창작 이론을 반대하고 만당 시인, 그 중에서도 특히 가도와 요합을 추앙하여 고음苦吟을 시가창작의 요체로 삼았다. 그들의 시는 백묘의 수법을 중시한 결과 평이하고 자연스러운 일면이 있는 반면, 그것이 지나쳐서 천박하고 여운이 부족한 면도 있었다.
사령시파는 그 영향력이 그다지 크지 않아서 얼마 되지 않아 강호시파로 대체되고 말았다. 강호시파는 공명에 힘쓰지 않고 강호에서 노닐면서 시를 지어 서로 창화한 시인들이다. 이들 가운데 성취가 비교적 큰 사람은 강기姜夔·대복고戴復古·유극장劉克莊 등이었다.

강기(1155~1221)는 처음에는 소덕조를 배우고 황정견의 영향을 많이 받았으나 나중에는 독자적인 길을 개척했다. 그의 시어는 잘 다듬어졌으면서도 자연스럽다. 시는 느긋하게 대자연의 아름다움을 만끽한 작품이 주류를 이룬다.

대복고(1167~ ?)는 사령시파의 영향을 받은 적이 있지만 나중에는 육유를 배워 시로써 현실을 반영하거나 우국충정을 드러내려고 노력했다.

유극장(1187~1269)도 한때 사령시파의 영향을 받고 만당 시풍을 배워 자구를 다듬는 데 힘썼지만 나중에는 책을 멀리함으로써 시가 거친 데로 흐르게 된 사령시파의 단점과, 지나치게 책에 의존함으로써 시가 진부한 데로 흐르게 된 강서시파의 단점을 모두 개선할 수 있는 새로운 길을 모색했다. 그는 궁극적으로 육유를 스승으로 삼아 현실주의의 노선을 걸었기 때문에 그의 시에는 애국사상을 토로한 것과 위정자의 무능을 폭로한 것이 비교적 많다.

몽고족의 대대적인 침략으로 조국이 위급존망지추에 처해 있던 남송 말기에는 비분강개한 적개심을 토로하는 격앙된 정조의 애국시가 대량으로 지어졌다. 그리고 이러한 분위기는 남송이 멸망한 이후까지도 지속되어 원나라가 들어선 뒤에도 시인들은 원나라 조정에서 벼슬하기를 거부하고 나라 잃은 비통한 심정을 시에다 토해냈다. 이들이 이른바 유민시인들이다. 문천상文天祥·왕원량汪元量·임경희林景熙가 이 시기의 대표적인 시인이었다.

문천상(1236~1283)은 남송 말년의 유명한 애국지사로 유민시인들 중에서 가장 성취가 컸을 뿐만 아니라 송대 시단 전체에서도 손꼽히는 시인이다. 그도 처음에는 강호시파의 영향을 받았지만, 항원투쟁을 벌이다가 붙잡혀서 대도大都에 구금된 이후부터는 비분강개한 우국충정을 직설적으로 토로한 애국시가 많다. 그 중에서도 남송이 망한 뒤에 지은 시는 더더욱 비장하다.

왕원량(? ~ ?)은 송나라가 망한 뒤 원나라의 포로가 되어 북방으로 끌려간 적이 있는데, 그의 시는 질박한 언어로 자신이 직접 체험한 나라 잃은 슬픔과 나라 떠난 아픔을 기록했기 때문에 "시로써 쓴 송나라 멸망의 역사(宋亡之詩史)"라고 일컬어졌다.

임경희(1242~1310)는 원나라가 들어선 뒤 고향으로 돌아가 동지들과 함께 약초를 캔다는 핑계로 산에 들어가 원나라 사람들에게 도굴당하고 버려진 송나라 황제의 유골을 수습하여 난정蘭亭에 다시 묻어 주는 등 은밀한 애국활동을 할 정도로, 그의 시는 나라 잃은 슬픔을 노래한 것과 송나라의 옛날 일을 회상한 것이 많아 비장한 정조가 주류를 이룬다.

세부적인 면에서는 시대와 시인에 따라 약간씩 차이가 있지만, 크게 보면 사회현실에 대한 관심의 증대, 일상생활과의 밀착, 산문화 및 의론화 경향의 강화, 평담한 의경의 추구 등이 송시의 주된 특징이라고 할 수 있다.

왕우칭王禹偁(954~1001)

제주濟州 거야鉅野(지금의 산동성山東省에 속함) 사람으로 자字는 원지元之이다. 태평흥국太平興國 8년(983)에 진사進士가 되어 우습유右拾遺, 한림학사翰林學士, 지제고知制誥 등을 역임하였다. 북송 초기의 시는 대부분 천속하고 평이하여 현실성이 결여되어 있었는데, 왕우칭은 이러한 기풍을 만회하려고 하였다. 그는 두보杜甫와 백거이白居易의 시를 제창하였으며, 백거이를 본받은 북송의 유명한 시인 가운데서 — 다른 시인은 소식蘇軾과 장뢰張耒 — 최초였고 또한 가장 깊게 영향을 받았다. 그의 두보에 대한 평가도 매우 주목할 만하다. 이전에 두보를 추앙한 사람들은 모두 그가 집대성集大成하여 과거 작가들의 장점을 종합할 수 있었다고 말했다. 그런데 왕우칭은 두보의 "낡은 것을 밀어내고 새것을 만들어 낸"(推陳出新) 점을 중시하여 〈일장간중함日長簡仲咸〉 시에서 당시로서는 매우 독창적인 말로 두보가 시의 영역을 새롭게 개척한 것을 칭송하여 "두보의 시집은 시 세계를 새로 열었다"(子美集開詩世界)라고 하였다. 《소축집小畜集》이 있다.

日長簡仲咸
일 장 간 중 함

日長何計到黃昏, 郡僻官閑晝掩門.
일 장 하 계 도 황 혼　군 벽 관 한 주 엄 문

子美集開詩世界, 伯陽書見道根源.
자 미 집 개 시 세 계　백 양 서 현 도 근 원

風飄北院花千片, 月上東樓酒一樽.
풍 표 북 원 화 천 편　월 상 동 루 주 일 준

不是同年來主郡, 此心牢落共誰論.
불 시 동 년 래 주 군　차 심 뇌 락 공 수 론

긴긴 날 중함에게 보내는 편지

이 긴 낮에 무슨 수로 황혼을 맞을 수 있을까?
궁벽한 고을이라 관아는 한가하여 낮에도 문이 닫혀 있다.
두보의 시집은 시 세계를 새로 열었고
노자의 책은 도의 근원을 밝혀 놓았다.
바람 부는 북쪽 뜰에는 꽃잎이 무수히 흩날리고
동쪽 누각에 달 떠오르면 술잔을 기울일 뿐.
나이가 같은 그대가 이곳을 맡지 않는다면
의지할 데 없는 이 마음 누구와 이야기하리!

■ 주 석

仲咸(중함) : 풍항馮伉의 자字이다.

子美(자미) : 두보杜甫의 자字이다.

世界(세계) : 여기서는 영역 또는 범위를 가리킨다.

伯陽(백양) : 노자老子를 가리킨다. 노자는 성명이 이이李耳, 자字가 백양伯陽, 시호諡號가 담聃이다.(《사기史記 · 노자열전老子列傳》 참고) 이 구절은 노자의 《도덕경道德經》이 도道의 근원을 밝혀 놓았다는 말이다.

同年(동년) : 중함仲咸을 가리킨다. 왕우칭의 《풍씨가집전서馮氏家集前序》에 "중함은 저와 같은 해에 태어났습니다"(仲咸某之同年生也)라고 하였다.

主郡(주군) : 상주商州의 군수郡守가 되는 것을 가리킨다.

牢落(뇌락) : 의지할 데 없는 모양. 육기陸機의 《문부文賦》에 "가구佳句의 짝을 구할 수 없어 마음을 의지할 데가 없다"(心牢落而無偶)라고 하였다.

■ 해 제

이 시는 순화淳化 4년(993) 상주商州에서 지어진 것이다. 왕우칭의 시가 창작 노선을 살펴보면 시를 교제와 응수의 수단으로 삼은 창화시에서 출발하여 시로써 사회현실을 반영하고 비판하는 풍유시로 발전하였을 뿐만 아니라, 거기서 한 걸음 더 나아가 두보 시의 학습을 통해 시가 예술의 새로운 경지를 추구하였다. 이 시에서 그는 "두보의 시집은 시 세계를 새로 열었다"고 말하여 두보 시의 '개척' 방면에 착안하고 그의 '집대성'을 강조하지 않았다. 이는 그가 주로 시가 발전의 각도에서 두보 시의 창신 정신에 주목했음을 단적으로 설명해준다.

村行
촌 행

馬穿山徑菊初黃, 信馬悠悠野興長.
마 천 산 경 국 초 황 　신 마 유 유 야 흥 장

萬壑有聲含晩籟, 數峰無語立斜陽.
만 학 유 성 함 만 뢰 　수 봉 무 어 립 사 양

棠梨葉落胭脂色, 蕎麥花開白雪香.
당 리 엽 락 연 지 색 　교 맥 화 개 백 설 향

何事吟餘忽惆悵, 村橋原樹似吾鄉.
하 사 음 여 홀 추 창 　촌 교 원 수 사 오 향

시골길

말 타고 산길에 접어드니 들국화 노랗게 피어 있고

말 가는 대로 맡기니 야외의 흥취가 마냥 새롭다.

골짜기마다 가을 저무는 소리가 들리고

봉우리는 말없이 석양 속에 우뚝 서있다.

팥배 나뭇잎은 연지빛으로 물들어 떨어지고

메밀꽃은 흰눈처럼 피어나 향기롭다.
어인 일인가, 읊고 나니 홀연히 슬퍼지는 건
시골 다리와 들판 나무가 내 고향 닮았다.

■ 주 석

悠悠(유유) : 자유롭고 한가한 모양.
野興(야흥) : 자연 경치에 대한 정취.
晩籟(만뢰) : 해질녘에 들려오는 자연의 소리.
棠梨(당리) : 팥배나무. '두리杜梨'와 같다.
白雪(백설) : 메밀꽃이 백설白雪처럼 하얗다는 말이다.
原(원) : 교외의 들판을 가리킨다.

■ 해 제

이 시는 순화淳化 3년(992) 가을 상주商州에서 지어진 것이다. 시인은 이 시에서 가을날 황혼 때의 아름다운 경치를 생동감 있게 묘사한 뒤, 미련尾聯에서 "시골 다리와 들판 나무가 내 고향 닮았다"라고 토로하여 폄적 생활에 대한 권태와 고향으로 돌아가고픈 마음을 더욱 절실하게 전달할 수 있었다.

임포林逋(967~1028)

전당錢塘(지금의 절강성浙江省 항주杭州) 사람으로 자字는 군부君復이다. 그 당시 일군의 산림시인山林詩人들이 있어서 구승九僧과 같이 출가하여 중이 된 사람들과 임포 · 위야魏野 · 조여필曹汝弼 등의 은거한 처사處士들이 있었다. 그들의 풍격은 다소 비슷하여 모두 만당晩唐 시인 가도賈島 · 요합姚合의 영향을 보이고 있다. 임포는 그 중에서 성취가 높은 작가라고 하겠는데, 정교한 구상과 세련된 언어로 청고淸苦하면서도 유정幽靜한 은거생활을 묘사하였다. 서호西湖의 고산孤山에 혼자 살면서 서호의 풍경을 읊은 시가 매우 많아 '매처학자梅妻鶴子'라는 별명이 붙기도 했다. 《임화정시집林和靖詩集》이 있다.

山園小梅
산 원 소 매

衆芳搖落獨暄妍, 占盡風情向小園.
중 방 요 락 독 훤 연　점 진 풍 정 향 소 원

疏影橫斜水淸淺, 暗香浮動月黃昏.
소 영 횡 사 수 청 천　암 향 부 동 월 황 혼

霜禽欲下先偸眼, 粉蝶如知合斷魂.
상 금 욕 하 선 투 안　분 접 여 지 합 단 혼

幸有微吟可相狎, 不須檀板共金尊.
행 유 미 음 가 상 압　불 수 단 판 공 금 준

동산의 작은 매화

모든 꽃 다 졌는데 홀로 곱게 피어나
작은 동산의 아름다운 풍광을 독차지하였다.
맑은 개울물 위로 희미한 그림자 드리우고

그윽한 향기는 황혼의 달빛 속에 번져온다.
하얀 새는 내려앉기 전에 눈길 먼저 주고
흰 나비도 안다면 넋을 잃고 감탄하리.
다행히 시 읊으며 서로 친할 수 있으니
노래판과 술자리가 무슨 소용 있으랴!

■ 주 석

衆芳(중방) : 뭇 꽃. '백화百花'와 같다.
暄姸(훤연) : 아름답고 곱다. 여기서는 이것으로 매화를 형용하였다.
風情(풍정) : 풍광, 자태.
疏影(소영) 2구 : 이 두 구절은 오대五代 시인 강위江爲의 〈영계咏桂〉 시 "맑은 개울물 위로 대나무 그림자 드리우고, 계수나무 향기는 황혼의 달빛 속에 번져온다"(竹影橫斜水淸淺, 桂香浮動月黃昏) 구절을 변화시킨 것이지만 표현과 구성의 적절성이 더욱 뛰어나다.
霜禽(상금) : 서릿빛같이 하얀 새. 여기서는 동시에 매화가 피는 추운 시절의 새라는 의미도 담고 있다.
合(합) : 응당 …할 것이다. '응해應該'와 같다.
檀板(단판) : 노래 부를 때 박자를 맞추는 데 사용되는 단목檀木 박판拍板.
金尊(금준) : 황금 술잔, 진귀한 술잔. '준尊'은 '준樽'과 같다.

■ 해 제

임포는 영물시詠物詩에서도 뛰어난 성과를 거두었는데, 매화를 노래한 이 시에서는 표현의 신선함과 함께 작가의 호젓하고 고아한 정취를 느낄 수 있다. 특히 이 시의 함련頷聯 "소영횡사수청천 암향부동월황혼疏影橫斜水淸淺, 暗香浮動月黃昏"은 매화의 특징을 잘 포착하여 역대로 전송傳誦되는 명구名句여서 남송南宋의 사인詞人 강기姜夔는 매화를 읊은 사를 지어 〈암향暗香〉·〈소영疏影〉이라고 명명命名하기도 하였다.

양억楊億(974~1020)

건주建州 포성浦城(지금의 복건福建에 속함) 사람으로 자字는 대년大年이다. 진종眞宗 경덕연간景德年間(1004~1007)에 유균劉筠·전유연錢惟演 등과 함께 창화唱和 수창酬唱하여 《서곤수창집西崑酬唱集》을 내어 북송北宋 초기 서곤체西崑體 시의 대표자로 알려져 있다. 서곤체 시는 송초의 백체白體 시풍과 만당체晩唐體 시풍을 계승하여 이를 발전시킨 면이 있고, 작품의 제재, 내용에 있어서도 백체 시를 이어받은 흔적을 살펴볼 수 있기는 하지만, 시대정신의 새로운 요구와 문인 심미 취미의 변화라는 배경하에서 서곤체 창화시의 표현 형식과 예술 풍격은 백체 시·만당체 시와 전혀 다른 길을 걷게 되었다. 《서곤수창집》에 수록된 시 250수의 내용을 전체적으로 살펴보면 당시 사회의 어두운 면을 직접적으로 폭로하거나 비판한 작품은 별로 없고, 자신들의 궁정생활과 관련지어 북송 왕조의 태평성대를 장식하고 미화한 작품들이 주류를 이루고 있어서 당시 비각秘閣에 몸담고 있는 궁정 관료들의 창화시라는 한계를 극명하게 보여주고 있는 듯하다. 실제로 그들은 생활 범위가 좁았던 까닭에 시를 통한 사회 현실의 반영이 깊고 넓지 못하였다. 반면에 그들은 당시 조정의 내막에 대해서 누구보다도 잘 알고 있었으므로 그들의 시를 자세히 읽어보면 암시적 수법을 사용하여 최고통치자에 대한 비판과, 조국의 앞날에 대한 우려 및 이와 관련된 자신들의 감개를 깃들인 내용이 적지 않다는 것을 발견하게 된다. 양억·유균·전유연 등의 서곤체 시인이 백체 시 말류末流의 천속淺俗함과 만당체 시의 편협성을 극복하고자 노력하면서 모범으로 삼았던 것은 주로 음절이 아름답고 낭랑하며 언어가 정교한 이상은李商隱 시였다. 이상은의 시는 그들의 학자적인 취향과 심미 이상에 들어맞아 그들은 이상은의 시에 대해 강렬한 심리적 공명과 예술적 매력을 느꼈다. 그러나 이상은은 성취가 큰 시인으로서 나름대로 두보 시의 침울박대沈鬱博大한 장점을 섭취하려고 애쓴 반면, 서곤체 시인들은 그 면에 힘을 쏟지 않았다. 또한 이상은의 시와 비교해서도 서곤체 시는 이상은 시의 외형을 갖추긴 했지만 세련된 언어와 적절한 전고 속에 감추어져 있는 진정실감眞情實感은 결핍되어 보이는 경우가 많아 결국 그것이 서곤체 시의 한계가 되고 말았다. 서곤체 시인들은 하루 종일 비각에서 서적과 씨름하다보니 서적을 통한 지식과 수양이 높아 《사고전서총목제요四庫全書總目提要》에서 "이상은을 본받아 자구가 아름답고 화려하며 기상이 결핍되어 있지 않다"(宗法李商隱, 詞取姸華, 而不乏氣象), "세련되고 생동적인 곳은 끝내 마멸되지 않을 것이다"(鍛煉新警之處, 終不可磨滅)라고 평가하였듯이 송초 백체 시와 만당체 시의 한계를 극복하고 당시 시단의 혁신을 꾀하여 어느 정도 성취를 거둔 것이 사실이지만, 한편 앞에서 지적한 것과 같은 한계 때문에 구양수 등에 의한 혁신을 다시금 맞이해야 했다.

南朝
남 조

五鼓端門漏滴稀, 夜籤聲斷翠華飛.
오 고 단 문 루 적 희 야 첨 성 단 취 화 비

繁星曉埭聞鷄度, 細雨春場射雉歸.
번 성 효 태 문 계 도 세 우 춘 장 사 치 귀

步試金蓮波濺襪, 歌翻玉樹涕霑衣.
보 시 금 련 파 천 말 가 번 옥 수 체 점 의

龍盤王氣終三百, 猶得澄瀾對敞扉.
용 반 왕 기 종 삼 백 유 득 징 란 대 창 비

남조

다섯 번 북소리가 궁전 문에 울리면 물시계 소리 그쳐가고

새벽을 알리는 댓개비 소리에 이어 화려한 수레 나간다.

별 반짝이는 새벽에 닭 울음소리 들으며 봇둑을 지나고
봄비 내리는 사냥터에서 꿩을 잡아 돌아온다.
금 연꽃 위를 걸으니 버선 걸음 사뿐하고
〈옥수후정화〉를 노래 부르니 눈물이 옷을 적신다.
용이 서렸던 제왕의 기운도 삼백 년으로 끝나고
맑은 물결만이 열려진 사립문을 대하고 있다.

■ 주 석

端門(단문) : 궁전의 정남문正南門.

夜籤(야첨) : 야간의 시각을 알리는 댓개비. 이것을 쳐서 궁중의 곳곳에 시각을 알렸다.

翠華(취화) : 비취 깃털로 장식한 황제의 수레덮개. 여기서는 이것으로 황제의 수레를 지칭하였다.

波濺襪(파천말) : 버선 걸음에 일렁이는 물결. 여기서는 이것으로 걸음걸이가 사뿐한 반비潘妃의 자태를 형용하였다. 조식曹植의 〈낙신부洛神賦〉에 "물결 위를 걷는 듯한 사뿐한 걸음걸이, 비단 버선에 먼지가 인다"(凌波微步, 羅襪生塵)라고 하였다.

■ 해 제

이 시는 수련首聯에서 남조의 군주가 밤낮을 가리지 않고 음락淫樂에 빠져 지내는 생활을 묘사하였다. 사서史書의 기록에 의하면 제齊 무제武帝는 야간에 궁중의 비빈妃嬪들과 연회를 즐기다가 새벽이 되면 다시 그들과 함께 밖으로 나들이를 했다고 한다. 함련頷聯에서는 남조의 군주가 백성들의 고통은 돌보지 않고 수렵을 즐겼던 일을 지적하였다. 제 무제는 종종 비빈과 궁녀들을 거느리고 낭야성琅邪城으로 나가 수렵을 즐겼는데 새벽에 출발하여 현무호玄武湖 북쪽 제방을 지나게 되면 그때서야 닭이 울기 시작했다고 한다.(이상 제 무제의 일화에 대해서는 《남제서南齊書·무목배황후전武穆裴皇后傳》 참고) 또한 제齊의 군왕은 꿩 사냥을 특히 좋아하여 동혼후東昏侯 때에는 꿩 사냥터를 296곳이나 두었다.(《남제서 · 동혼후기》 : "置射雉場二百九十六處, 翳中帷帳及步障, 皆袷以綠紅錦, 金銀鏤弩牙, 瑇瑁帖箭.") 동혼후는 사냥을 나갈 때마다 응견대주鷹犬隊主 서영손徐令孫 · 매예대주媒翳隊主 유영운兪靈韻 등과 동행하였는데, 백성들이 그 모습을 보지 못하도록 사냥터 주위의 주민들을 내쫓고 이에 따르지 않는 자는 그 자리에서 죽여 버렸다고 한다. 경련頸聯에서는 남조의 군주가 주색에 빠져 지내는 모습을 묘사하였다. 출구出句에서는 동혼후가 반비潘妃를 총애한 모습을 그렸다. 그는 반비에게 진귀한 보물을 주는 것만으로는 부족하다고 생각하여 금으로 연꽃을 만들어 땅에 붙여놓고 반비에게 그 위를 걷게 하고는 "걸음마다 연꽃이 생겨나는구나"라고 말하며 좋아했다고 한다.(이상 동혼후의 일화는 《남사南史 · 제본기齊本紀 하下》 '폐제동혼후廢帝東昏侯' 참고) 대구對句는 진陳 후왕後主의 일을 묘사한 것이다. 그는 매일 장귀비張貴妃 · 공귀빈孔貴嬪을 데리고 풍류객들과 함께 술과 가무를 즐겼는데, 〈옥수후정화玉樹後庭花〉, 〈임춘악臨春樂〉 등을 지어 장귀비와 공귀빈의 용모를 찬미했다고 한다.(이에 대한 이야기는 《진서陳書 · 황후전皇后傳 · 후주장귀비後主張貴妃》 참고) 미련尾聯에서 '열려진 사립문'은 폐허가 되어버린 남조의 궁전을 비유한 것으로, 작가는 여기서 남조 군주의 방탕한 생활로 인해 야기된 왕조의 멸망을 언급함으로써 당시 어려운 국제 정세 속에서도 무절제한 생활을 영위했던 송 진종에게 역사가 남긴 교훈을 일깨우려 했다고 볼 수 있다.

범중엄范仲淹(989~1052)

소주蘇州 오현吳縣(지금의 강소성江蘇省 소주시蘇州市) 사람으로, 자字는 희문希文이다. 두 살 때 부친이 죽어서 모친이 주씨朱氏에게 개가하는 바람에 어려서부터 고학하여 진종眞宗 대중상부大中祥符 8년(1015)에 진사進士가 되었고, 벼슬이 참지정사參知政事에까지 올랐다. 경력연간慶曆年間(1041~1048)의 정치 혁신을 주도하였다. 호방한 시풍을 지녔으며 즐겨 변방의 풍물과 서민들의 애환을 묘사하였는데, 전하는 작품이 많지 않다. 《범문정공집范文正公集》이 있다.

江上漁者
강 상 어 자

江上往來人, 但愛鱸魚美.
강 상 왕 래 인　단 애 로 어 미

君看一葉舟, 出沒風波裏.
군 간 일 엽 주　출 몰 풍 파 리

강 위의 어부

강가에서 오고가는 사람들
그저 농어 맛 즐길 뿐이다.
그대 보시게 조각배에 의지하고
풍파 속에 출몰하는 저 어부를!

■ **주 석**

鱸魚(노어) : 농어. 입이 크고 비늘이 가늘며 몸이 납작한 물고기로 맛이 뛰어나다.

君看(군간) 2구 : 이 구절은 풍랑이 거세서 어부가 탄 조각배가 보였다 말았다 한다는 말이다.

■ 해 제

이 시는 어부들의 고난과 위험에 찬 생활 모습을 여유 있는 사람들과 대비시켜 그린 것이다. 당唐 이신李紳의 〈민농憫農〉 시 "누가 알리오 소반에 놓인 밥, 낟알마다 농민의 노고가 배어 있음을!"(誰知盤中餐, 粒粒皆辛苦)을 연상시키는 이 시는 시인의 "천하 백성들이 근심하기 전에 먼저 근심하고, 천하 백성들이 즐기고 난 뒤에 즐긴다"(先天下之憂而憂, 後天下之樂而樂)는 사상을 반영하고 있다.

유영柳永(?~약 1053)

숭안崇安(지금의 복건성福建省에 속함) 사람으로 원명原名은 삼변三變이고 자字는 기경耆卿이다. 사詞의 대가大家로 알려져 있고 시詩는 2, 3수만이 송인宋人의 필기와 지방지에 흩어져 남아있다. 사집詞集 《악장집樂章集》에서 늘 당시 쾌락을 추구하던 호화스러운 성황을 읊었기 때문에 송宋 인종仁宗 42년 동안의 태평스러운 모습은 전부 유영의 사에 그려져 있다는 송인들의 말이 있게 되었다. 그러나 여기에 뽑은 시 한 수는 《악장집》이 결코 유영의 전모를 개괄할 수 없다는 것을 보여주고, 또한 우리에게 그의 성격과 송 인종의 태평성대에 대하여 다른 각도에서 살펴보게 한다. 유영의 이 시는 왕면王冕의 〈상정호傷亭戶〉와 함께 송·원元 양대兩代에서 염민鹽民들의 생활을 가장 비통하고 절실하게 그린 시라고 할 수 있다.

煮海歌
자 해 가

煮海之民何所營, 婦無蠶織夫無耕.
자 해 지 민 하 소 영 　 부 무 잠 직 부 무 경

衣食之源太寥落, 牢盆煮就汝輸征.
의식지원태료락 뇌분자취여수정

年年春夏潮盈浦, 潮退刮泥成島嶼.
연년춘하조영포 조퇴괄니성도서

風乾日曝鹽味加, 始灌潮波塯成鹵.
풍건일폭염미가 시관조파류성로

鹵濃鹽淡未得閑, 採樵深入無窮山.
노농염담미득한 채초심입무궁산

豹踪虎跡不敢避, 朝陽出去夕陽還.
표종호적불감피 조양출거석양환

船載肩擎未遑歇, 投入巨竈炎炎熱.
선재견경미황헐 투입거조염염열

晨燒暮爍堆積高, 才得波濤變成雪.
신소모삭퇴적고 재득파도변성설

自從瀦鹵至飛霜, 無非假貸充餱糧.
자종저로지비상 무비가대충후량

秤入官中充微値, 一緡往往十緡償.
칭입관중충미치 일민왕왕십민상

周而復始無休息, 官租未了私租逼.
주이부시무휴식 관조미료사조핍

驅妻逐子課工程, 雖作人形俱菜色.
구처축자과공정 수작인형구채색

煮海之民何苦辛, 安得母富子不貧.
자해지민하고신 안득모부자불빈

本朝一物不失所, 願廣皇仁到海濱.
본조일물불실소 원광황인도해빈

甲兵淨洗徵輸輟, 君有餘財罷鹽鐵.
갑병정세징수철 군유여재파염철

太平相業爾惟鹽, 化作夏商周時節.
태평상업이유염 화작하상주시절

바닷물을 달이는 노래

바닷물 달이는 백성들은 무엇으로 살아갈까?
아내에겐 누에와 베틀이 없고 남편에겐 밭이 없다.
의식의 원천이 너무나도 보잘것없는데
소금을 달여서 그대들은 세금을 내야 한다.
해마다 봄 여름에 조수가 개펄을 뒤덮으면
조수가 물러난 뒤 개펄 흙 쌓은 것이 섬처럼 크다.
바람에 마르고 햇볕에 쪼이면서 염분이 증가하면
비로소 바닷물을 다시 끌어들여 간수를 만든다.
간수는 탁하고 염분은 묽어서 쉴 새도 없이
땔감을 찾아 끝없이 산 깊숙이 들어간다.
표범과 호랑이의 자취를 보아도 피하지 못하고
아침해와 함께 나서서 해질 무렵에야 돌아온다.
배에 싣고 어깨에 메고 와 조금도 쉬지 못하고
거대한 부뚜막에 집어넣고 뜨겁게 불을 지핀다.
높이 쌓아놓고 아침저녁으로 계속 불을 때야
끓어오르는 간수가 백설 같은 소금으로 변한다.
고인 물 같았던 간수가 흩날리는 서리가 되면
이를 몽땅 담보로 하여 말린 양식을 꾼다.
무게 달아 관가에 납품하지만 대금은 형편없고
한 꿰미의 빚을 왕왕 열 꿰미로 갚아야 한다.
생산을 끝내면 휴식도 없이 다시 시작해야 하니
세금도 다 바치지 못했는데 상인들은 빚독촉한다.
처자를 몰고 쫓으며 소금 만드는 일을 부과하니

사람 모습은 갖추었으되 누렇게 뜨고 야위었다.
바닷물을 달이는 백성들은 그 얼마나 고달픈가!
어찌하면 어버이 부유하고 자식들 빈궁하지 않을까?
우리 왕조는 어느 하나 잘못한 것 없으니
황제의 은덕이 바닷가까지 뻗치기를 바란다.
전쟁이 완전히 끝나 세금 납부가 멈추어지고
임금님 재물에 여유가 있어 염세鹽稅와 철세鐵稅가 폐지되었으면!
태평성대를 이룩하는 재상의 일이 소금과 같으니
하夏・상商・주周 삼대의 시절을 회복할 수 있기를!

■ 주 석

營(영) : 생계를 도모하다.
寥落(요락) : 보잘것없다, 희소하다.
牢盆(뇌분) : 소금을 달이는 기구.
輸征(수정) : 납세納稅. 소금을 달이는 곳을 정장亭場이라 하고 그곳의 주민을 정호亭戶 또는 조호竈戶라고 하는데 호戶마다 염정鹽丁이 있다. 달여서 만든 소금은 관가에 바치고 환산하여 세금으로 충당해야만 했다.
年年(연년) 2구 : 이 구절은 해마다 음력 8월에 소금 달이기가 시작되어 그 준비로 소금을 함유한 개펄 흙을 모아 쌓아두는데, 그 크기가 엄청나 섬처럼 보인다는 말이다.
墉(유) : '유溜'와 통하여 흘러 움직인다는 뜻이다. 이 구절은 개펄 흙이 바람에 마르고 햇볕에 쪼여 염분이 증가하면 개펄 흙에 다시 바닷물을 끌어들여 소금기가 흘러나오게 해 소금을 달여 내기 좋게 한다는 말이다.
飛霜(비상) : 여기서는 이것으로 하얀 소금을 형용하였다. 육조六朝의 장

융張融은 바닷물을 달여 소금 만드는 것을 형용하여 "모래를 걸러서 흰 것을 만들고, 물결을 달여서 흰 것을 낸다. 쌓인 눈이 봄의 가운데 있고, 흩날리는 서리가 길을 찐다"(漉沙構白, 熬波出素. 積雪中春, 飛霜暑路)라고 하였는데, 유영이 그의 시구를 차용하였다.

秤入(칭입) 2구 : 이 구절은 소금을 담보로 하여 빌린 식량을 갚을 땐 왕왕 열 배로 갚아야 한다는 말이다.

俱菜色(구채색) : 굶어서 얼굴빛이 누렇게 뜨고 살이 야위었음을 형용한 말이다.

母富子不貧(모부자불빈) : 이 구절에서 모자母子는 정부와 백성들을 비유한 말이다.

甲兵淨洗(갑병정세) : 갑옷과 병기를 깨끗이 씻다. 즉 전쟁이 완전히 끝났다는 말이다.

罷鹽鐵(파염철) : 염세鹽稅와 철세鐵稅를 폐지하다. 송대에는 염세와 철세를 전담하는 염철사鹽鐵使라는 관직이 있었다.

太平(태평) 2구 : 《서경書經 · 열명說命》과 《여씨춘추呂氏春秋 · 본미편本味篇》 등에는 모두 나라를 다스리는 것을 요리에 비유하였는데, 그렇다면 재상의 일은 맛을 내는 조미료와 같다. 유영은 백성들이 소금을 달여 세금을 내는 고통을 서술하고 《서경 · 열명》의 "만약 국에 간을 맞추려면 오직 소금과 매실뿐이다"(若作和羹, 爾惟鹽梅)라는 두 구절을 연상하고, 재상이 된 자가 자신의 역할을 잘하여 이른바 삼대지치三代之治를 회복할 수 있기를 소망하였다.

■ **해 제**

이 시는 원대元代 풍복경馮福京 등이 엮은 《창국주도지昌國州圖志》 권6에 보인다. 창국昌國은 현재의 절강성浙江省 정해현定海縣이며, 유영은 그곳의 효봉曉峯 염장鹽場의 감독관을 지낸 적이 있다.

안수晏殊(991~1055)

무주撫州 임천臨川(지금의 강서성江西省 무주) 사람으로, 자字는 동숙同叔이고 시호諡號가 원헌元獻이다. 인종仁宗 경력慶曆(1041~1048) 때 동중서문하평장사겸추밀사同中書門下平章事兼樞密使(재상宰相)를 지냈고, 적지 않은 인재를 선발했다. 위응물韋應物을 좋아하고 이상은李商隱의 영향을 받아서 문자文字가 전려典麗하고 음조音調가 조화로우며 활발·경쾌한 특징을 지니고 있지만, 주로 관료생활에서 터득한 인생 감개에 대해 썼고 사회현실은 다루지 않았다.

寓意
우 의

油壁香車不再逢, 峽雲無迹任西東.
유 벽 향 거 부 재 봉　협 운 무 적 임 서 동

梨花院落溶溶月, 柳絮池塘淡淡風.
이 화 원 락 용 용 월　유 서 지 당 담 담 풍

幾日寂寥傷酒後, 一番蕭瑟禁煙中.
기 일 적 료 상 주 후　일 번 소 슬 금 연 중

魚書欲寄何由達, 水遠山長處處同.
어 서 욕 기 하 유 달　수 원 산 장 처 처 동

마음을 기탁하며

향긋한 채색 수레는 다시 만날 수 없고

무협巫峽의 구름 종적 없어 찾을 길 없다.

배꽃 만발한 정원의 하얗게 빛나는 달

버들 솜 날리는 연못의 가볍게 부는 바람

며칠 동안 적막하여 크게 술 취한 뒤

> 한식 기간이라 한 차례 쓸쓸함만 더한다.
> 물고기 통해 이 내 마음 전하려 해도
> 곳마다 산과 물 아득하니 어찌 전하나!

■ 주 석

油壁香車(유벽향거) : 옻칠을 한 향목香木으로 만든 수레로, 여자들이 타는 가벼운 수레이다.

峽雲(협운) : 무협巫峽에 사는 무산신녀巫山神女. 고대의 시문詩文에서 종종 연애의 대상이 되는 여인을 상징한다.

任西東(임서동) : 그녀가 어디를 가건 그녀에게 맡길 수밖에 없다는 말로 그녀를 찾을 길이 없다는 뜻이다.

溶溶(용용) : 하얗게 빛나는 모양.

淡淡(담담) : 미약한 모양.

傷酒(상주) : 술에 몸이 상하다. 즉 크게 취했다는 말이다.

禁煙中(금연중) : 연기를 금하는 기간. 즉 한식寒食 시절을 가리킨다.

魚書(어서) : 편지. 고시古詩 〈음마장성굴행飮馬長城窟行〉에 "손이 먼 곳에서 와서, 나에게 한 쌍의 잉어를 주었다. 아이를 불러 잉어를 삶으라고 하니, 그 안에 비단에 쓴 편지가 들어 있었다"(客從遠方來, 遺我雙鯉魚. 呼兒烹鯉魚, 中有尺素書)라고 하였다.

水遠(수원) 구 : 안수는 〈작답지鵲踏枝〉 사詞에서도 "아름다운 난새와 비단에 쓴 편지를 보내고자 하나, 산 멀고 물 넓어 어느 곳인지 모르겠다"(欲寄彩鸞兼尺素, 山長水闊知何處)라고 하였다.

■ 해 제

이 시의 제목이 〈무제無題〉로 되어 있는 것도 있다. 따뜻한 봄날 밤, 함께 만나 사랑을 나누었던 여인과 이별한 후 이별의 고통과 그리움을 쓴 것이다.

송기宋祁(998~1061)

안주安州 안륙安陸(지금의 호북성湖北省 안륙시) 사람으로, 자字는 자경子京이고 시호諡號가 경문景文이다. 천성天聖 2년(1024)에 진사進士가 되었고 한림학사승지翰林學士承旨 · 사관수찬史館修撰 등의 관직을 역임했다. 형 송상宋庠과 함께 문명文名이 있어서 당시에 '이송二宋'으로 불렸다. 그의 〈옥루춘玉樓春〉 사詞 "붉은 살구나무 가지 끝에 봄기운이 아우성친다"(紅杏枝頭春意鬧)가 유명하여 '홍행상서紅杏尙書'의 별명이 있었다. 시도 언어가 정교하고 아름답다는 평을 받았다.

落花二首(其一)
낙 화 이 수 　기 일

墮素翻紅各自傷, 靑樓煙雨忍相望.
타 소 번 홍 각 자 상 　청 루 연 우 인 상 망

將飛更作回風舞, 已落猶成半面妝.
장 비 갱 작 회 풍 무 　이 락 유 성 반 면 장

滄海客歸珠迸淚, 章臺人去骨遺香.
창 해 객 귀 주 병 루 　장 대 인 거 골 유 향

可能無意傳雙蝶, 盡付芳心與蜜房.
가 능 무 의 전 쌍 접 　진 부 방 심 여 밀 방

낙화 2수(제1수)

흰 꽃 붉은 꽃 흩날려 떨어져 스스로를 상하게 하니
청루에서 안개비 속에 차마 바라볼 수가 없다.
낙화는 흩날리다 다시 회풍무回風舞를 추고
땅에 떨어진 후에도 반면장半面妝을 하였다.

창해의 객 돌아가니 진주에선 눈물이 솟아 흐르고
장대 사람 가버린 뒤에도 꽃잎엔 향기가 남아 있다.
어찌 쌍쌍의 나비를 불러들일 마음이 없으랴만
꽃술 속의 꿀을 모두 벌집에 주어버린 뒤라네.

■ 주 석

墮素翻紅(타소번홍) : 흰 꽃, 붉은 꽃이 흩날려 떨어지다.

靑樓(청루) : 기루妓樓, 기원妓院.

忍(인) : '불인不忍'과 같다.

相望(상망) : '망지望之'와 같다. '망望'은 여기서 평성平聲으로 읽는다.

回風舞(회풍무) : 〈회풍곡回風曲〉에 맞추어 추는 춤. 여기서는 이것으로 낙화落花가 바람에 흩날리며 떨어지는 모습을 형용하였다. 《동명기洞冥記》에 의하면 한漢 무제武帝 때 궁녀 여연麗娟이 지생전芝生殿에서 〈회풍곡〉을 부르자 뜰 안의 꽃이 모두 흩날려 떨어졌다고 한다. 이하李賀의 〈잔사곡殘絲曲〉에 "낙화가 일어나 회풍무를 춘다"(落花起作回風舞)라고 하였다.

半面妝(반면장) : 얼굴 반쪽에만 하는 화장. 《남사南史 · 후비전后妃傳》에 의하면 양梁 원제元帝는 애꾸눈이었는데, 서비徐妃는 그가 올 때 일부러 반면장을 하고 기다렸기 때문에 원제가 크게 노하여 가버렸다고 한다. 이 구절은 낙화가 땅에 떨어졌을 때 비바람으로 인해 이미 부분적으로 훼손되었음을 비유한 것이다.

滄海(창해) 구 : 이 구절은 교인읍주鮫人泣珠의 고사를 빌려 낙화로 인해 사람이 눈물 흘림을 비유한 것이다. 이상은李商隱의 〈금슬錦瑟〉 시에 "창해에 달 밝으면 진주에 눈물빛 흐르고, 남전에 날 따뜻하면 옥 연기가 솟아난다"(滄海月明珠有淚, 藍田日暖玉生煙)라고 하였다.

章臺(장대) : 한漢나라 장안長安의 장대章臺 아래의 거리 이름. 이곳에 기

루妓樓가 많이 있었던 관계로 옛날에는 기루의 대칭代稱으로 많이 사용되었다.

骨(골) : 여기서는 '꽃잎'을 가리킨다.

遺(유) : '유留'와 같다.

可能(가능) : '기능豈能'과 같다.

傳(전) : 불러들이다. '초招'와 같다.

芳心(방심) : 꽃술. '화예花蕊'와 같다. 여기서는 이것으로 꽃술 속의 꿀을 지칭하였다.

蜜房(밀방) : 벌이 꿀을 모아 저장해두는 밀랍으로 만든 벌집.

■ **해 제**

이 시는 영물시詠物詩로서 고달픈 인생행로 속에서 고군분투하는 독자들에게 사랑받아온 작품이다. 감정이 침울하고 기탁이 심원하여 진정작陳廷焯이 《백우재사화白雨齋詞話》에서 말한 "드러날 듯 말 듯하면서 반복하여 얽히고 설켜 끝내 한마디로 설파할 수 없도록 해야 한다"(必若隱若現, 欲露不露, 反復纏綿, 終不許一語道破)의 경지에 도달했다고 하겠다.

매요신梅堯臣(1002~1060)

선성宣城(지금의 안휘성安徽省에 속함) 사람으로 자字가 성유聖兪이다. 뜻이 공허하고 말도 회삽晦澀한 서곤시체西崑詩體를 반대하고 '평담平淡'을 주장하여 매우 높은 명성이 있었다. 백성들의 고통에 대하여 매우 깊이 체득하였으며 사용한 자구 또한 소박하였는데, 살펴보면 고시古詩는 한유韓愈·맹교孟郊와 노동盧仝으로부터 약간의 수법들을 배웠고, 오언율시五言律詩는 왕유王維·맹호연孟浩然에게 깨우침을 받았다. 화려하지만 실질이 없고, 크기는 하지만 합당하지 않은 습관을 바로잡으려고, 매번 융통성 없이 둔하고 무거우며 건조하여 전혀 시 같지도 않은 어휘를 사용하여 자질구레하고 더러워서 시에 넣지 않는 사물, 예를 들면 회식한 후의 복통 설사라든가, 화장실에 가서 구더기를 본다든가, 차를 마시고 뱃속이 꾸르륵거린다든가 하는 것들을 묘사하였다. 구양수歐陽修·소순흠蘇舜欽 등과 함께 시가 혁신을 주도하여 이후 송시의 형성에 큰 영향을 끼쳤다. 《완릉선생집宛陵先生集》이 있다.

陶者
도 자

陶盡門前土, 屋上無片瓦.
도진문전토 옥상무편와

十指不霑泥, 鱗鱗居大廈.
십지부점니 인린거대하

기와 굽는 이

문 앞의 흙이 다 없어지도록 기와를 만들어도

자기 집 지붕에는 기왓조각 하나 없는데

열 손가락에 흙 한 점 묻히지 않는 사람은
비늘처럼 기와 정연한 저택에 살고 있다.

■ 주 석

鱗鱗(인린) : 물고기 비늘처럼 정연하다. 여기서는 저택 지붕의 기와가 물고기 비늘처럼 정연하게 배열되어 있음을 형용하였다.

■ 해 제

이 시는 경우景祐 3년(1036)에 지어진 것으로서, 내용은 고통 받는 기층 민중들의 생활에 초점이 맞추어져 있다. 실제 생산 활동에 종사하면서도 자신이 만든 생산품에 소외되어 있는 일반 민중과, 아무런 노동 없이 이를 향유하는 지배계층을 호오好惡의 감정 판단을 배제시킨 채 단순 비교나열의 형식을 취하여 서술함으로써 오히려 그 모순과 불합리함을 극대화시키는 효과를 나타내고 있다.

魯山山行
노 산 산 행

適與野情愜, 千山高復低.
적 여 야 정 협　천 산 고 부 저

好峰隨處改, 幽徑獨行迷.
호 봉 수 처 개　유 경 독 행 미

霜落熊升樹, 林空鹿飮溪.
상 락 웅 승 수　임 공 록 음 계

人家在何許, 雲外一聲鷄.
인 가 재 하 허　운 외 일 성 계

노산의 산길

마침 자연을 사랑하는 내 마음에 맞는다
높고 낮은 수많은 산들.
아름다운 봉우리는 곳에 따라 바뀌고
그윽한 오솔길은 홀로 가다 잃겠다.
서리 내린 나무 위로 곰이 기어오르고
고요한 숲에서 사슴은 개울물을 마신다.
인가는 어디쯤 있는 것일까?
구름 저편에서 닭 울음소리 들린다.

■ 주 석

魯山(노산) : '노산露山'이라고도 하며, 지금의 하남성河南省 노산현魯山縣 동북쪽에 있다.

野情(야정) : 자연을 사랑하는 마음.

愜(협) : '합合'과 같다.

何許(하허) : '하처何處'와 같다.

■ 해 제

강정康定 원년(1040)의 시로, 방회方回는 《영규율수瀛奎律髓》에서 이 시를 평하여 "왕안석은 당체唐體에 가장 빼어나 대우에 고심하여 매우 정교하지만 초탈하지는 않았다. 매요신의 이 시는 미구尾句가 자연스러우며 곰, 사슴이 나오는 연聯은 사람들이 모두가 그 공교함을 칭찬하고 있으나 그 앞의 연이 더욱 빼어나고 맛이 있다(王介甫最工唐體, 苦于對偶太精而不脫灑. 聖俞此詩, 尾句自然, 熊鹿一聯人皆稱其工, 然前聯尤工而有味)"라고 하였다.

悼亡（其一）
도 망 기 일

結髮爲夫婦, 于今十七年.
결 발 위 부 부 우 금 십 칠 년

相看猶不足, 何況是長捐.
상 간 유 부 족 하 황 시 장 연

我髮已多白, 此身寧久全.
아 발 이 다 백 차 신 녕 구 전

終當與同穴, 未死淚漣漣.
종 당 여 동 혈 미 사 루 련 련

죽은 아내를 애도하며 (제1수)

머리 묶고 부부가 된 지
지금까지 십칠 년
그대를 바라보아도 부족할 지경인데
영영 이별하게 된 지금에서랴!
내 머리 이미 희끗희끗하니
이 몸인들 어찌 오래 가리오?
결국에는 한데 묻힐 몸
죽지 못해 눈물만 줄줄 흐른다.

■ **주 석**

結髮(결발) : 결혼하여 머리를 묶다. 옛날에는 결혼한 날 밤에 남편의 왼쪽 머리와 아내의 오른쪽 머리를 함께 묶어 쪽을 지었기 때문에 이렇게 칭하였다. 매요신은 부인 사씨謝氏와 천성天聖 6년(1028)에 결혼하여 경력慶曆 4년(1044)에 사씨가 죽었으므로 17년이라고 하였다.

漣漣(연련) : 눈물이 끊임없이 흐르는 모양.

■ **해 제**

이 시는 경력 4년, 시인이 아내 사씨를 잃고 그녀를 애도하며 지은 세 수 중에서 첫 번째 작품이다. 반악潘岳의 〈도망悼亡〉 시 이래 도망시는 하나의 시적 유형으로 정착되어 많은 시인들에 의해 쓰여 왔지만 매요신의 이 시처럼 아내에 대한 애정과 아내를 잃은 슬픔을 감동적으로 묘사한 작품은 많지 않다. 평이한 언어로 시인의 진지하고 순결한 감정을 표현하고 있어서 인정의 깊이를 느끼게 해준다.

八月九日晨興如厠有鴉啄蛆
팔 월 구 일 신 흥 여 측 유 아 탁 저

飛烏先日出, 誰知彼雌雄.
비 오 선 일 출 　 수 지 피 자 웅

豈無腐鼠食, 來啄穢厠蟲.
기 무 부 서 식 　 내 탁 예 측 충

飽腹上高樹, 跋觜噪西風.
포 복 상 고 수 　 발 자 조 서 풍

吉凶非予聞, 臭惡在爾躬.
길 흉 비 여 문 　 취 오 재 이 궁

物靈必自潔, 可以推始終.
물 령 필 자 결 　 가 이 추 시 종

8월 9일 새벽에 일어나 변소에 갔더니 까마귀가 구더기를 쪼아먹고 있었다

나는 까마귀 해 뜨기 전에 나왔는데
저것들의 암수를 누가 알 수 있으랴?

어찌 주워 먹을 썩은 쥐가 없어서
더러운 변소에 벌레를 쪼아먹으러 왔으리?
배를 채우고는 높은 나무에 올라앉아
부리를 치켜올리고 서풍 속에 시끄럽게 운다.
길흉에 대한 저것들의 예언을 나는 듣지 않으리니
냄새나고 더러운 것으로 제 몸을 더럽히는 것을!
영물은 반드시 스스로를 깨끗이 해야
처음부터 끝까지 받들어질 수 있으리.

■ **주 석**

腐鼠(부서) : 썩은 쥐. 《장자莊子 · 추수秋水》에 보면 썩은 쥐가 가장 하등의 음식물로 나온다.

西風(서풍) : 가을바람.

吉凶非予聞(길흉비여문) : 옛날에 까마귀가 우는 방식을 보고 길흉을 점치는 미신이 있었다.

■ **해 제**

이 시는 매요신이 황우皇祐 원년(1049)에 지은 것이다. 시인은 경험의 대상이 무엇이건 간에 자신이 경험한 영역으로부터 제재를 묘사하면서 그 경험 내용을 사실적으로 충실히 묘사하였다. 이 시에서도 시인은 제 몸을 더럽히는 짓을 하는 까마귀는 영물靈物의 자격이 없다고 함으로써 암시적 교훈을 제시하였다. 교훈적 내용을 담고 있는 이와 같은 시들은 그의 시가 의론화의 경향을 띠고 있음을 보여준다.

구양수歐陽修(1007~1072)

길수吉水(지금의 강서江西에 속함) 사람으로 자字가 영숙永叔, 호號가 취옹醉翁인데 만년에는 호를 육일거사六一居士라고 하였다. 당시 공인된 문단의 영수로, 송조宋朝에 들어서서 산문散文·시詩·사詞의 각 부문에서 모두 뛰어난 성취를 이루었던 첫 번째 작가이다. 매요신梅堯臣과 소순흠蘇舜欽은 그에게 계몽적인 역할을 하였지만, 그의 언어에 대한 이해와 자구와 음절에 대한 감성은 그들보다 낫다. 이백李白과 한유韓愈의 영향을 깊이 받아, 한편으로는 당인唐人이 정해놓은 형식을 보존하고, 다른 한편으로는 이 형식들이 탄력을 갖게 하여 비교적 하고 싶은 말을 다하면서도, 다리를 잘라 신발에 맞추듯 내용을 희생하지도 않고, 시의 정제한 체재를 잃지 않으면서 산문과 같이 흐르는 듯하면서 맑고 깨끗한 풍격에 접근할 수 있기를 원했다. "산문으로 시를 짓는다"(以文爲詩)는 점에서 그는 왕안석王安石·소식蘇軾 등에게 초석을 놓았고, 동시에 소옹邵雍·서적徐積 등과 같은 도학자에게도 단서를 열어주었다. 이 도학자들은 흔히 시체詩體를 가지고 철학, 사학 심지어는 천문, 수리를 말하였고, 게다가 내용이 시율詩律의 제한을 받는다고 생각하여 한 걸음 더 산문화하였는데, 그들이 그려낸 것은 형식이 정제되고 구속적인 시를 벗어난 것이 아니라, 서적의 근 2,000자에 달하는 〈대하大河〉 시(《서절효선생문집徐節孝先生文集》 권1)처럼 압운되고 중첩된 산문을 아직 벗어나지 못하였다. 북송北宋의 시문혁신詩文革新은 그가 주도했다고 할 수 있다. 《구양문충공집歐陽文忠公集》이 있다. 남송의 배급경裵及卿은 구양수의 시에 주해를 달았지만(위요옹魏了翁《학산대전집鶴山大全集》 권54 〈배몽득주구양공시집서裵夢得注歐陽公詩集序〉) 당시에 유전되지 않은 듯하다.

戲答元珍
희답원진

春風疑不到天涯, 二月山城未見花.
춘 풍 의 부 도 천 애　이 월 산 성 미 견 화

殘雪壓枝猶有橘, 凍雷驚筍欲抽芽.
잔 설 압 지 유 유 귤　동 뢰 경 순 욕 추 아

夜聞歸雁生鄕思, 病入新年感物華.
야 문 귀 안 생 향 사　병 입 신 년 감 물 화

曾是洛陽花下客, 野芳雖晩不須嗟.
증 시 락 양 화 하 객　야 방 수 만 불 수 차

정보신에게 장난삼아 답하여

봄바람이 하늘 끝까지는 이르지 않았는지
2월인데도 산성에 꽃핀 것을 보지 못했다.
남은 눈이 가지를 누르고 있는데도 노란 귤이 보이고
초봄의 우렛소리에 죽순이 놀랐는지 싹이 트려 한다.
밤에 듣는 기러기 울음소리에 고향생각 일고
병중에 새해 맞으니 경물에 대한 느낌이 다르다.
일찍이 낙양성에서 꽃 속의 나그네였으니
들꽃이 늦는다 해도 한탄할 필요 없으리.

■ 주 석

天涯(천애) : 하늘 가. 여기서는 다음 구의 산성山城과 마찬가지로 이릉夷陵을 가리킨다.

凍雷(동뢰) : 추운 날의 우레. 여기서는 초봄의 우렛소리를 가리킨다.

物華(물화) : 아름다운 경물景物.

花下客(화하객) : 꽃 속의 나그네. 북송北宋 때 낙양은 모란으로 유명했다. 구양수는 전에 낙양유수추관洛陽留守推官으로 있으면서 〈낙양모란기洛陽牡丹記〉를 썼고, 정보신도 낙양에 거주한 적이 있다.

■ **해 제**

인종仁宗 경우景祐 3년(1036) 5월, 구양수는 협주峽州 이릉夷陵 현령縣令으로 좌천되었는데, 이듬해 친구인 정보신丁寶臣(자字 원진元珍)이 〈화시구우花時久雨〉 시를 써 보내자 이 시로 답한 것이다. 제목에 '희戲'라 함은 자기가 쓴 것이 장난에 불과하다는 말이지만, 사실 그의 정치상 실의를 의미한다.
1, 2구는 이른 봄에 대한 설명이다. 이릉은 편벽한 곳으로 산수에 가로막혀 2월이 되었어도 여전히 꽃이 피지 않는다. 이는 그가 있는 곳과 시를 쓴 때를 설명한 것이기도 하지만, 자신의 적막한 정회를 펴내는 것이기도 하다. 또한 1구는 임금의 은혜가 이르지 않았음을 비유하여 좌천된 후의 억울한 정서를 드러낸다. 2연은 1연의 뜻을 이어 2월 산성의 가장 전형적인 경물을 묘사하였다. 이릉은 귤로 유명한데, 귤 가지 위엔 겨울눈이 아직 쌓여 있다. 그러나 봄은 결국 왔고, 가지 위에 남은 것은 '잔설殘雪'일 뿐이다. 또한 이릉은 대나무로도 유명한데, 춘뢰春雷 소리에 지하에서 잠자던 죽순이 놀라 깨어 싹을 틔운다. 3연은 사경寫景에서 감개로 이어진다. 시인은 멀리 좌천되어 고민스럽고 밤에도 잠을 이룰 수 없어 누워서 돌아오는 기러기 소리를 들으니 고향생각이 나며 병든 몸으로 다시 새해를 맞는 처지를 생각하니 어찌 감개하지 않겠는가! 그러나 시인은 결코 낙담하지 않고 마지막 연의 봄을 기다리는 마음으로 위로를 한다. 즉 나는 일찍이 낙양의 화원에서 아름다운 봄을 향유했으니, 한탄하지 말고 이곳에서 늦게 피는 들꽃이나 기다리자는 것이다.

學書(其二)
학 서 기 이

學書不覺夜, 但怪西窓暗.
학 서 불 각 야 단 괴 서 창 암

病目故已昏，墨不分濃淡.
병 목 고 이 혼　묵 불 분 농 담

人生不自知，勞苦殊無憾.
인 생 부 자 지　노 고 수 무 감

所得乃虛名，榮華俄頃暫.
소 득 내 허 명　영 화 아 경 잠

豈止學書然，作銘聊自鑒.
기 지 학 서 연　작 명 료 자 감

서예를 익히다가 (제2수)

서예를 익히느라 밤 되는 줄도 몰랐는데
다만 서쪽 창문이 어두운 게 이상하다.
병든 눈이라 본래 침침했지만
먹의 농담도 구분할 수 없게 되었다.
사람의 삶을 스스로 알 수는 없지만
노고하면서도 아무런 유감이 없다.
그로 인해 얻는 건 헛된 명성뿐이고
부귀영화도 순간에 불과한 것을.
어찌 서예를 익히는 것만 그러하리?
좌우명으로 삼아 스스로를 살펴야겠다.

■ **주 석**

學書(학서) : 서예를 익히다, 붓글씨를 연습하다.
昏(혼) : 어둡다, 눈이 침침하다.
作銘(작명) : 좌우명座右銘으로 삼다.

■ **해 제**

이 시는 같은 제목의 시 두 수 중 두 번째 것으로 구양수가 집안에서 날이 어둡도록 서예를 익히다가 그로부터 촉발된 귀은歸隱의 심정을 적은 것이다. 시인은 무엇 때문에 그토록 서예를 익히는 데 열중하는 것일까? 스스로 반성해보아도 사실 알 수 없는 노릇이다. 서예에 담겨 있는 중요한 의미를 발견하기 위해서였을까? 그런 것 같지는 않다. 그저 서예를 좋아하기 때문에 그렇게 열심히 연습하는 것이지 무슨 특별한 목적이 있는 것이 아니다. 그렇게 생각해보면 인생도 마찬가지이다. 사람은 살아가면서 언제나 무엇인가에 열중하며 지내지만 무엇을 위해 그러느냐고 물으면 별로 대답할 말이 없을 것이다. 세속적으로 열심히 노력한 결과 '허명'을 얻을 수도 있고, '부귀영화'를 누릴 수도 있겠지만 그런 것들은 결국 순식간에 덧없이 사라질 것이다. 그것이 인생을 지배하는 사실이다. 따라서 '허명'과 '부귀영화'를 얻기 위해 인생을 낭비해서는 안 될 것이니, 이것을 좌우명으로 삼아 스스로를 경계해야 할 것이다. 이와 같이 시의 대부분을 의론에 할애한 것은 종전에 잘 보이지 않던 현상으로서, 나중에 소식蘇軾 등에 계승되어 송시의 한 특색으로 정착되었다.

明妃曲和王介甫
명 비 곡 화 왕 개 보

胡人以鞍馬爲家, 射獵爲俗.
호 인 이 안 마 위 가　사 렵 위 속

泉甘草美無常處, 鳥驚獸駭爭馳逐.
천 감 초 미 무 상 처　조 경 수 해 쟁 치 축

誰將漢女嫁胡兒, 風沙無情貌如玉.
수 장 한 녀 가 호 아　풍 사 무 정 모 여 옥

身行不遇中國人, 馬上自作思歸曲.
신 행 불 우 중 국 인　마 상 자 작 사 귀 곡

推手爲琵却手琶, 胡人共聽亦咨嗟.
추 수 위 비 각 수 파　호 인 공 청 역 자 차

玉顔流落死天涯, 琵琶却傳來漢家.
옥 안 류 락 사 천 애　비 파 각 전 래 한 가

漢宮爭按新聲譜, 遺恨已深聲更苦.
한 궁 쟁 안 신 성 보 유 한 이 심 성 갱 고

纖纖女手生洞房, 學得琵琶不下堂.
섬 섬 녀 수 생 동 방 학 득 비 파 불 하 당

不識黃雲出塞路, 豈知此聲能斷腸.
불 식 황 운 출 새 로 기 지 차 성 능 단 장

왕안석의 〈명비곡明妃曲〉에 화답하여

호인胡人은 안장 얹은 말을 집으로 삼고
활로 사냥하는 것이 습속이다.
일정한 거처 없이 단 샘물 맛있는 풀 찾아
다투어 말 몰고 다니니 새와 짐승 놀란다.
누가 한漢의 여인을 호아胡兒에게 시집보냈는가?
옥 같은 그녀를 모래바람 부는 무정한 곳으로!
자신이 가는 곳엔 중원 사람 만날 수 없어
말 위에서 스스로 고향 그리는 노래를 지었다.
날렵하게 손 움직여 비파를 연주하니
호인들도 함께 들으며 슬퍼하였다.
옥안의 그녀 고향 떠나 하늘 끝에서 죽었지만
그녀의 비파곡은 한궁漢宮에 전해졌다.
한궁의 여인들 다투어 그 신곡 배우니
남긴 한 이미 깊어 소리 더욱 애달프다.
깊숙한 궁실에 사는 여인들 가냘픈 손으로
비파곡 배우느라 방안에서 나오지도 않는다.
누런 먼지 자욱한 변방 길을 모르는데
이 소리 애 끊을 수 있음을 어찌 알리!

■ 주 석

漢女(한녀) : 한漢의 여인. 즉, 왕소군王昭君을 가리킨다. 그녀는 한 원제元帝 때의 궁녀였는데, 한의 조정朝廷에 의해 선발되어 흉노의 선우單于에게 시집가서 끝내 한으로 돌아오지 못했다고 전해진다.

胡兒(호아) : 왕소군을 아내로 맞아들인 흉노족 선우를 가리킨다.

中國人(중국인) : 중원 사람. 즉, 한족漢族을 가리킨다.

天涯(천애) : 하늘 끝. 여기서는 흉노 땅을 가리킨다.

洞房(동방) : 깊숙한 내실, 규방閨房. 여기서는 궁녀들이 거처하는 곳을 가리킨다.

■ 해 제

이 시는 가우嘉祐 4년(1059) 왕안석王安石이 지은 〈명비곡明妃曲〉 2수에 대해 구양수가 화작和作한 것이다. 작가는 여기서 명비明妃(왕소군王昭君)의 불행했던 운명에 대한 서술을 통해 송조宋朝의 무능에 대한 자신의 감개를 기탁하였다. "아름다운 한漢의 궁녀를 삭막한 변방의 호아胡兒에게 시집보낸" 한 왕조의 나약한 자세는 바로 요遼와 서하西夏에 대해 굴욕적인 양보를 일삼는 송 왕조의 나약함을 풍자한 것이고, "깊숙한 궁실에서만 지내는" 한궁漢宮의 여인들이 "누런 먼지 자욱한 변방으로 나가는 것이 어떤 일인지 모르면서 그저 황제의 사랑을 얻기 위해 명비가 남긴 비파곡을 배우느라 방안에서 나오지도 않는" 모습은 외부의 실정은 파악하지도 않고 궁궐 안에서 황제의 총애나 얻고자 하는 송조의 신하들을 풍자한 것이라고 하겠다. 청淸 방동수方東樹가 왕안석의 〈명비곡〉과 구양수의 화시和詩를 평하여 "이와 같은 제목은 각 사람이 기탁한 바가 있어서 제목을 빌려 자신의 주장을 세운 것일 따름이다. …… 왕공王公의 이 시는 임금 가까이에 있지 못했음과 임금 가까이에 있어도 국사國士들이 알아주지 않음에 대한 실의를 말한 것이니 오히려 비천한 짓이다. 구양공歐陽公은 천하의 지극한 묘리妙理를 말한 것이어서 한가한 자들이 알 수 있는 것이 아니며, 스스로 자신의 감개를 비유하여 속된 무리가 알 수 있는 것이 아니다"(此等題各人有寄託, 借題立論而已. ……(王)公此詩言失意不在近君, 近君而不爲國士知, 猶泥塗也. 六一則言天下至妙, 非悠悠者能知, 以自喩其懷非俗衆可知"(《소매첨언昭昧詹言》 권12)라고 한 것을 참고할 만하다.

소순흠蘇舜欽(1008~1048)

재주梓州 동산桐山(지금의 사천성四川省 중강현中江縣) 사람이지만 개봉開封으로 천거하였고 자字는 자미子美이다. 구양수歐陽修·매요신梅堯臣 등과 함께 송초宋初에 유행했던 삼체시三體詩(백체시白體詩·만당체시晩唐體詩·서곤체시西崑體詩)에서 벗어나 송시宋詩의 새로운 기풍을 여는 데 앞장선 사람이다. 이들 중 구양수는 중당中唐의 신악부운동新樂府運動과 고문운동古文運動의 이론적 성과를 계승하여 송대宋代 시문혁신詩文革新의 이론적 바탕을 제공하는 한편 이를 자신의 작품과 결합시켜 시문혁신운동을 주도하였고, 소순흠과 매요신은 각기 개성을 달리하며 창작실천을 통해 시문혁신에 공헌하였다. 소순흠이 북송의 시가혁신을 주도할 수 있었던 것은 구양수·매요신 등과 함께 이론과 실천 방면에서 뛰어난 성취를 거두었기 때문이다. 구양수는 시문혁신의 사상과 이론체계를 확립하여 이 운동의 리더가 되었지만, 창작실천에 있어서는 소순흠이 시문혁신에 종사한 것이 구양수나 매요신보다 이르다고 할 수 있다. 두보杜甫와 백거이白居易의 현실주의 창작방법을 받아들여 이를 계승하고 발전시켰으며, 이백 시의 낭만적인 정신과 표현수법을 배워서 시가창작에 적용하였으며, 한유 시의 웅혼하고 분방한 면을 활용하였지만 한유 시에 나타나는 생소한 어휘는 사용하지 않았다. 소순흠은 이와 같이 전인前人의 진보적인 주장을 계승하여 자기화 함으로써 북송시의 성격 형성에 이바지할 수 있었다. 《소학사문집蘇學士文集》이 있다.

淮中晩泊犢頭
회 중 만 박 독 두

春陰垂野草青青, 時有幽花一樹明.
춘 음 수 야 초 청 청　시 유 유 화 일 수 명

晩泊孤舟古祠下, 滿川風雨看潮生.
만 박 고 주 고 사 하　만 천 풍 우 간 조 생

회하 여행 중 날이 저물어 독두에 배를 대고

봄 구름 들판을 뒤덮고 풀은 파릇파릇한데
때마침 그늘 속에 꽃 피어 온 나무가 환하다.
해 저물어 외로운 배를 옛 사당 아래 대고
온 들판 비바람 속에서 밀려드는 조수를 바라본다.

■ 주 석

幽花(유화) : 그늘진 곳에 핀 꽃.

■ 해 제

《원풍구역지元豊九域志》 권5에 "(초주 산양군) 회음은 주의 서쪽으로 40리 떨어진 곳에 다섯 향이 있고, 18리 떨어진 곳에 하진 · 홍택진 · 독두진의 3진이 있다."((楚州山陽郡) 淮陰, 州西四十里, 五鄕. 十八里河 · 洪澤 · 瀆頭三鎭.)라고 하였다. 이 시 제목의 '독두犢頭'는 분명 이 독두진瀆頭鎭일 것이다. 이 시는 소순흠이 경력慶曆 5년(1045) 봄 진주원進奏院 폐지廢紙 사건으로 정적들의 모함을 받아 삭탈관직 당한 후 고향인 소주蘇州로 남하하던 중에 지은 것이다. 그는 여기서 자신의 인생을 되돌아보며 어려운 환경과 여건 속에서도 지조를 지켜나가는 선비의 기상을 언급한 다음에, 자신은 그 꿋꿋한 의지가 꽃피우면 그로 인해 온 나무가 환하게 되리라는 신념과 희망을 갖고 살아왔음을 말하였다. 그러나 결국 운명 앞에서 무기력할 수밖에 없는 인간을 "거대한 조수 앞의 외로운 배"에 비유하여 자신에게 닥친 정치적 시련을 암시하였다. 진연陳衍은 《송시정화록宋詩精華錄》에서 이 시의 마지막 구를 평하여 "위응물韋應物 〈저주서간滁州西澗〉 시의 '봄 강물 비에 불어 석양녘 흐름이 세차다'(春潮帶雨晩來急)를 보라. 기세가 그것을 뛰어넘는다."라고 평가하였고, 유극장劉克莊의 《후촌시화後村詩話》 권2에서도 이 시를 일컬어 "위응물과 흡사하다"(極似韋蘇州)라고 하였다.

慶州敗
경 주 패

無戰王者師, 有備軍之志.
무 전 왕 자 사　유 비 군 지 지

天下承平數十年, 此語雖存人所棄.
천 하 승 평 수 십 년　차 어 수 존 인 소 기

今歲西戎背世盟, 直隨秋風寇邊城.
금 세 서 융 배 세 맹　직 수 추 풍 구 변 성

屠殺熟戶燒障堡, 十萬馳騁山嶽傾.
도 살 숙 호 소 장 보　십 만 치 빙 산 악 경

國家防塞今有誰, 官爲承制乳臭兒.
국 가 방 새 금 유 수　관 위 승 제 유 취 아

酣觴大嚼乃事業, 何嘗識會兵之機.
감 상 대 작 내 사 업　하 상 식 회 병 지 기

符移火急蒐卒乘, 意謂就戮如縛尸.
부 이 화 급 수 졸 승　의 위 취 륙 여 박 시

未成一軍已出戰, 驅逐急使緣嶮巇.
미 성 일 군 이 출 전　구 축 급 사 연 험 희

馬肥甲重士飽喘, 雖有弓劍何所施.
마 비 갑 중 사 포 천　수 유 궁 검 하 소 시

連顚自欲墮深谷, 虜騎笑指聲嘻嘻.
연 전 자 욕 타 심 곡　노 기 소 지 성 희 희

一麾發伏雁行出, 山下掩截成重圍.
일 휘 발 복 안 행 출　산 하 엄 절 성 중 위

我軍免胄乞死所, 承制面縛交涕洟.
아 군 면 주 걸 사 소　승 제 면 박 교 체 이

逡巡下令藝者全, 爭獻小技歌且吹.
준 순 하 령 예 자 전　쟁 헌 소 기 가 차 취

其餘劓馘放之去，東走矢液皆淋漓.
기 여 의 괵 방 지 거　동 주 시 액 개 림 리

首無耳準若怪獸，不自媿恥猶生歸.
수 무 이 준 약 괴 수　부 자 괴 치 유 생 귀

守者沮氣陷者苦，盡由主將之所爲.
수 자 저 기 함 자 고　진 유 주 장 지 소 위

地機不見欲僥勝，羞辱中國堪傷悲.
지 기 불 견 욕 요 승　수 욕 중 국 감 상 비

경주에서의 패배

"싸우지 않는 것은 왕자王者의 군대이고,
대비해두는 것은 군대의 뜻이다."
천하가 안정된 지 수십 년 되니
이 말은 존재하지만 사람들 이미 버렸다.
금년에 서쪽 오랑캐가 오랜 맹약 저버리고
곧장 가을바람 따라 변방의 성을 노략질했다.
이민족 백성을 도살하고 요새를 불태우며
십만의 군대가 내달리니 산악이 기우는 듯하다.
나라의 변방을 지키는 이 지금 누구인가?
승제承制 관직의 젖비린내 나는 어린아이란다.
먹고 마시며 즐기는 것이 일이었으니
그가 언제 용병술을 익혔으리요?
징집의 칙명을 받고 화급히 군대를 모아
시체를 결박하듯 적군을 무찌를 기세였다.
군대가 제대로 편성되기도 전에 출전하여
병사를 몰아 급히 험준한 산을 오르게 했다.

말은 살찌고 갑옷 무거워 병사들 헐떡거리니
활과 칼 있다지만 어떻게 쏘고 휘두를까?
험하고 고달파 깊은 계곡으로 떨어지려 하니
오랑캐 기병들이 손가락질하며 비웃는다.
명령이 떨어지자 매복했던 병사들 정연히 뛰쳐나와
산 아래를 차단하고 겹겹이 포위하였다.
우리 병사들 투구를 벗어던지고 살려 달라 애걸하고
장수는 결박당하여 눈물 콧물이 줄줄 흐른다.
포로들 어쩔 줄 몰라할 때 기예 있는 자 살려 준다고 하니
앞다투어 작은 기예 바치며 노래 부르고 나팔 분다.
그 나머지 코 베고 귀 벤 후 놓아주니
도망치며 똥오줌 싼 것이 줄줄 흐른다.
얼굴에 귀와 코 없으니 괴상한 짐승 같건만
수치스러운 줄 모르고 살아 돌아온 것만 감지덕지한다.
수비하는 자 기 꺾이고 함락 당한 자 고통 받는 것은
모두가 장수의 소행에서 비롯된 것이다.
요충지를 모르고서 요행만 바란 결과
나라를 욕되게 하였으니 참으로 애통하다.

■ **주 석**

王者(왕자) : 덕德으로 사람들을 심복시키는 군주를 가리킨다. 따라서 이 구는 왕자王者의 군대는 왕도王道를 행하기 위해 악한 자를 정벌하는 경우는 있어도 승리를 다투어 싸우지는 않는다는 뜻이다. 《순자荀子 · 의병議兵》에 "왕자는 벌은 주되 싸우지는 않는다"(王者有誅而無戰)라고 하였다.

有備軍之志(유비군지지) : '군지지軍之志'를 군지軍志 즉 병서兵書로 보고, 이 구절을 "병서에 적힌 대로 대비하고 있다"의 뜻으로 보기도 한다.(《소순흠집편년교주蘇舜欽集編年校注》 35쪽)

西戎(서융) : 서하국西夏國으로, 송대에 탕구트족이 세운 정권이다. 명도明道 원년元年(1031) 조원호趙元昊가 조덕명趙德明을 이어 서하의 군주가 되자 바로 과주瓜州(감숙甘肅 안서安西의 동남쪽) · 사주沙州(감숙 돈황敦煌 서쪽) · 숙주肅州(감숙 주천酒泉)를 점령하니 그 국경이 동쪽으로는 황하에 닿았고, 서쪽으로는 옥문玉門과 이웃하였고, 북쪽으로는 사막을 제압하여 영토가 사방 만여 리였으며, 정예 병사 30여 만을 집결시켜 북송 서북방의 강적이 되었다.

熟戶(숙호) : 중국의 풍속 습관에 동화되어 있는 변방의 비한족호구非漢族戶口를 가리킨다.

障堡(장보) : 돌을 쌓아 만든 보루. '조보碉堡'와 같다.

承制(승제) : 송대宋代 무신武臣의 관직명으로, 무신 43번째의 등급이다. 제종구齊宗矩가 환경로環慶路 도감都監에 임명되었으나 내전승제內殿承制의 경관京官 직함을 여전히 지니고 있었으므로 승제라 칭한 것이다.

符移(부이) : 징집 · 징발 등 칙명 문서의 통칭.

卒乘(졸승) : 병사와 전차. 후에는 이것으로 군대를 지칭하였다.

連顚(연전) : '연건連蹇'(길이 험하거나 피로하여 가기 힘든 모양)과 같다.

一麾發伏(일휘발복) : 일단 명령이 떨어지자 복병이 일제히 뛰쳐나왔다는 말이다. '휘麾'는 '휘揮'와 같다.

雁行(안행) : 기러기가 대열을 이루어 날아가듯이 군대가 질서정연하게 행동하는 것을 가리킨다.

掩截(엄절) : 엄습하여 공격을 차단하다. 《후한서後漢書 · 서강전西羌傳》에 "일만 기병의 무리로 수천의 오랑캐를 뒤쫓아 후미를 추격하여 엄습해서 공격을 차단하니, 그들의 길이 저절로 막혔다"(以萬騎之衆, 逐數千之虜, 追尾掩截, 其道自窮)라고 하였다.

乞死所(걸사소) : 죽음의 장소에서 삶을 구걸한다는 말로, 적에게 항복하고 살려 달라고 애걸한다는 뜻이다.

承制(승제) : 앞에서 언급한 '관위승제유취아官爲承制乳臭兒'의 승제로, 조정에서 파견한 장수를 가리킨다.

面縛(면박) : 손을 뒤로 하여 묶여서 얼굴만 보이는 상태를 말한다.

逡巡(준순) : 뒷걸음질치거나 머뭇거리는 것을 뜻하는 말인데, 여기서는 이로써 포로들이 어찌할 바를 모르는 모습을 형용하였다.

劓馘(의괵) : '의劓'는 코를 베는 것이고, '괵馘'은 귀를 베는 것이다.

矢液(시액) : 똥과 오줌. '시矢'는 '시屎'와 같다.

淋漓(임리) : 피 또는 땀 같은 것이 줄줄 흐르는 모양.

準(준) : 코를 말한다. 《한서漢書 · 고제기高帝紀》에 "고조의 생김새는 우뚝하니 높은 코에 용의 얼굴을 하였다"(高祖爲人, 隆準而龍顔)라고 하였다.

地機(지기) : 군사상 형세가 험하고 중요한 관건 지역을 가리킨다. 《오자吳子 · 논장論將》에 "무릇 병법에는 사기四機가 있는데, 첫째는 기기氣機이고 둘째는 지기地機이고 셋째는 사기事機이고 넷째는 역기力機이다. ……길이 좁고 험하며 명산이 막고 있으면 열 명이 지켜도 천 명이 지나갈 수 없으니 이것이 지기이다"(凡兵有四機 : 一日氣機, 二日地機, 三日事機, 四日力機. …路狹道險, 名山大塞, 十夫所守, 千夫不過, 是謂地機)라고 하였다.

■ **해 제**

경주慶州는 지금의 감숙성甘肅省 경양현慶陽縣이다. 《송사宋史 · 외국전外國傳 1 · 하국 상夏國上》에 "경우景祐 원년元年(1034), 서하西夏가 마침내 환경로環慶路를 공격하여 주민들을 죽이고 노략질해 갔다. …(송宋) 경주慶州 유원채柔遠寨 번부순검蕃部巡檢 외통嵬通이 후교後橋의 여러 보루를 공격하여 쳐부수자, 이에 조원호趙元昊가 군사를 모아 보복하였다. 연변도순검緣邊都巡檢 양준楊遵 · 유원채감압柔遠寨監押 노훈

盧訓이 병사 칠백을 이끌고 용마령龍馬嶺에서 싸웠으나 대패하였다. 환경로도감環慶路都監 제종구齊宗矩 · 주마승수走馬承受 조덕선趙德宣 · 영주도감寧州都監 왕문王文이 이를 구원하기 위해 출병하여 절의봉節義峰에 주둔하였는데 복병이 일어나 종구를 잡고는 오랜 후에 돌려보냈다."(景祐元年, (夏)遂攻環慶路, 殺掠居人, ……(宋)慶州柔遠寨蕃部巡檢嵬通攻破後橋諸堡, 於是元昊稱兵報仇, 緣邊都巡檢楊遵 · 柔遠寨監押盧訓以兵七百與戰于龍馬嶺, 敗績. 環慶路都監齊宗矩 · 走馬承受趙德宣 · 寧州都監王文援之, 次節義峰, 伏兵發, 執宗矩, 久之始放歸.)라고 하였다. 이 시는 그때의 참상을 묘사한 것인데, 작자는 전쟁에 패한 송나라 군사들의 비참한 모습을 묘사하면서 그 책임이 무능한 장수와 사람을 제대로 쓸 줄 모르는 조정의 통치자에게 있다고 비판하였다. 이 시의 "금세서융배세맹 직수추풍구변성今歲西戎背世盟, 直隨秋風寇邊城"으로 미루어 경우 원년 초겨울에 이 작품이 쓰여졌음을 알 수 있다.

소옹邵雍(1011~1077)

범양范陽(지금의 하북성河北省 탁현涿縣) 사람이지만 어려서 부친을 따라 위주衛州 공성共城(지금의 하남성河南省 휘현輝縣)으로 이사하였다. 자字는 요부堯夫이고 안락선생安樂先生 · 이천옹伊川翁 등의 자호自號가 있다. 젊어서 오吳 · 초楚 · 제齊 · 노魯 · 양梁 · 진晋 등지를 돌아다닌 후 30세에 하남 낙양洛陽으로 돌아와 거처를 정하고는 안락와安樂窩라고 하였다. 죽은 후 비서성秘書省 저작랑著作郎에 추증되었고, 철종哲宗 원우연간元祐年間에 강절康節이라는 시호를 받았다. 저작으로는 《관물편觀物篇》, 《어초문답漁樵問答》, 《선천도先天圖》, 《황극경세서皇極經世書》, 《이천격양집伊川擊壤集》 등이 있는데, 앞의 네 가지는 모두가 철학 저술이고 《이천격양집》은 시집이다. 철학 저술을 통해 표현된 그의 사상은 주돈이周敦頤와 정호程顥 · 정이程頤만큼 계통적이거나 영향이 크지는 않았지만 동배同輩와 후배後輩에 대한 계발에 있어서는 가볍게 평가할 수 없고, 《이천격양집》은 이학가理學家의 특이한 시론詩論과 시풍詩風을 형성하여 동시대 및 그 후의 이학가의 시에 깊은 영향을 끼쳤다. 시의 형식과 풍격 방면에서 인위적인 수식에 반대하고 자연스럽게 뜻이 가는 대로 쓸 것을 제창하여 매요신梅堯臣의 제창 이래 송시宋詩의 한 특징으로 자리 잡은 '자연평담自然平淡'과 상통하는 면이 있다. 그러나 소옹은 "반드시 그려내기 어려운 경치를 형용하여 눈앞에 있는 것같이 하고, 다하지 않는 뜻을 언어 바깥에 나타낼 수 있게 된 후에야 지극하게 된다"(必能狀難寫之景, 如在目前；含不盡之意, 見于言外, 然後爲至矣)(구양수歐陽修《육일시화六一詩話》)는 형상미와 함축미를 고려하지 않고 생각나는 대로 '지志'를 표현할 것을 제창한 것이어서 결과적으로 자연스럽다고는 하지만 무미건조하여 시라기보다는 압운한 어록語錄같이 되어버렸다. 다른 한편 그는 이학가 시론의 창시자로서 "시詩는 지志를 표현하는 것이며, 본성本性을 현시하는 것"이라는 자신의 시론이 구체적으로 어떻게 창작될 수 있는가를 보여줌으로써 후대 이학가의 시에 지대한 영향을 끼쳤을 뿐만 아니라 송시사宋詩史에 독자적인 영역을 차지할 수 있었다. 시 1,550여 수가 전한다.

首尾吟 (其七十八)
수미음 기칠십팔

堯夫非是愛吟詩, 詩是堯夫可愛時.
요부비시애음시 시시요부가애시

已著意時仍著意, 未加辭處與加辭.
이저의시잉저의 미가사처여가사

物皆有理我何者, 天且不言人代之.
물개유리아하자 천차불언인대지

代了天工無限說, 堯夫非是愛吟詩.
대료천공무한설 요부비시애음시

수미음 (제78수)

요부는 시 읊기를 좋아하는 것이 아니다.
시는 요부가 사랑할 수 있을 때
이미 마음을 쓸 때는 마음을 쓰고
말을 가하지 않은 곳엔 말을 가한다.
사물엔 모두 이치가 있는데 나는 무엇인가?
하늘이 말하지 않으니 사람이 그것을 대신한다.
자연조화의 무한한 말을 대신하는 것이니
요부는 시 읊기를 좋아하는 것이 아니다.

■ 주 석

天工(천공) : 하늘의 조화. 대자연의 작용.

■ 해 제

소옹의 〈수미음首尾吟〉 135수는 (《이천격양집伊川擊壤集》 권20에는 〈수미음〉 134수가 실려 있고, 《전당시全唐詩》 7권 381에 나머지 1수가 수록되어 있다) 시의 기능에 대하여 설파한 것이 주 내용이다. 그는 이 시들 속에서 기능 이론을 전개하면서 시의 정의를 보이거나 특질을 언급하였다. 소옹은 이 시에서 예언의 기능을 설파하면서 시에 '자락自樂'과 '관물지락觀物之樂'을 표현하는 기능이 있음을 말하여 그의 시론詩論을 담아내고 있다.

사마광司馬光(1019~1086)

하현夏縣(지금의 산서성 문희聞喜 일대) 속수향涑水鄉 사람으로 자字가 군실君實이고 호號가 우수迂叟이며 세상에서 속수선생涑水先生이라고 불렀다. 인종仁宗 보원寶元 원년(1038)에 진사에 급제하여 일찍부터 관직생활을 시작했으나 왕안석王安石의 신법에 반대하는 구법파의 영수로서 신법이 시행되자 관직에서 물러나 15년 동안 낙양洛陽에 숨어살면서 《자치통감資治通鑑》의 편찬에 주력하다가 신종神宗이 죽고 어린 철종哲宗이 즉위한 뒤 수렴청정하게 된 고태후高太后가 다시 불러 재상으로 등용하자 신법을 완전히 철폐하고 구법을 복원했다. 시는 질박한 가운데 재치가 있다. 시문집으로 《사마문정공집司馬文正公集》이 있다.

道傍田家
도방전가

道傍田家翁嫗具垂白, 敗屋蕭條無壯息.
도방전가옹구구수백 패옥소조무장식

翁攜鎌索嫗攜箕, 自向薄田收黍稷.
옹휴겸삭구휴기 자향박전수서직

靜夜偸舂避債家, 比明門外已如麻.
정야투용피채가 비명문외이여마

筋疲力弊不入腹, 未議縣官租稅足.
근피력폐불입복 미의현관조세족

길가의 농가

길가의 농가에 할아버지 할머니
머리 가득 흰 서리 맞은 채
허물어진 집에서 자식도 없이

쓸쓸하게 두 분이 구차히 사네.
할아버진 낫과 새끼 할머니는 키를 들고
오늘도 기장 걷으러 자갈밭으로 나가네.
빚쟁이에게 뺏기는 걸 피하기 위해
깊은 밤에 살그머니 절구질을 했건만
날이 새자 문밖에 이미 삼처럼 늘어섰네.
뼈빠지게 일하고도 뱃속에 드는 것 없건만
현관이 거둬가는 조세가 너무 많다
따져 본 적 지금껏 한 번도 없었다네.

■ 주 석

翁嫗(옹구) : 할아버지와 할머니.
垂白(수백) : 백발을 드리우다.
蕭條(소조) : 쓸쓸한 모양.
壯息(장식) : 장성한 아들.
鎌索(겸삭) : 낫과 새끼.
自(자) : 예전처럼 여전히.
薄田(박전) : 척박한 농토.
黍稷(서직) : 메기장과 찰기장.
債家(채가) : 채권자.
比明(비명) : 밝을녘이 되다.
如麻(여마) : 채권자가 삼처럼 많이 서 있음을 가리킨다.

■ 해 제

가혹한 조세와 그로 인한 가난을 피해 젊은 사람들은 모두 농촌을 떠나고, 힘없는 늙은이들만이 도탄에 빠진 채 어렵사리 살아가는 당시의 농촌 현실을 그린 것이다.

왕안석王安石(1021~1086)

임천臨川(지금의 강서江西 무주撫州) 사람으로 자字는 개보介甫이다. 그의 정치적인 면에 있어서의 새로운 조처들은 많은 동시대와 후세 사람들의 적대감을 불러일으켰다. 그러나 이러한 사람들 역시 그의 문학적인 성취, 특히 그의 시를 높이 평가하였다. 구양수歐陽修에 비하여 해박하였으며 수사기교를 더욱 강구하였기 때문에, 그의 작품이 재기가 번뜩이는 언어를 구사하여 간단명료하면서도 참신한 내용을 표현했을지라도, 이후 송시宋詩의 형식주의(형식미를 추구하고 운율미를 추구하는 태도)는 그가 싹을 키운 것이다. 왕왕 그의 시는 어휘와 전고를 자랑하는 유희거리였으며 학문을 측정하는 시험문제였다. 전고를 빌려다 눈앞의 사실을 말하였고, 흔히 보지는 못했으나 출처가 있는 것, 혹은 보기에는 참신하나 사실은 진부한 언어로써 일상적으로 사용하는 언어들을 대신하였다. 더욱이 《육경六經》과 《사사四史》에 나오는 것처럼 유래가 멀고 불교의 경전이나 도가道家의 서적처럼 출처가 편벽될수록 재주를 유감없이 발휘할 수 있었다. 간혹 또 통속적인 말들을 장식으로 사용하였는데, 이는 마치 대관원大觀園 안에 토담과 우물을 만들어 도향촌稻香村이 있는 것과 같았다. 전체적으로 볼 때 시에 나타나는 주된 정서는 자부심을 토대로 한 개성이고, 시의 언어란 일상적인 언어와 달라야 한다는 인식을 지니고 작시에 임했다고 하겠다. 《왕임천집王臨川集》과 《임천집습유臨川集拾遺》가 있다.

書湖陰先生壁二首（其一）
서 호 음 선 생 벽 이 수　기 일

茅簷長掃靜無苔，花木成畦手自裁.
모 첨 장 소 정 무 태　화 목 성 휴 수 자 재

一水護田將綠繞，兩山排闥送青來.
일 수 호 전 장 록 요　양 산 배 달 송 청 래

호음선생 댁 벽에 쓰다 2수 (제1수)

띠 지붕 처마 밑 늘 쓸어 이끼 한 점 없고

꽃나무 구획 지은 듯 손수 심어 놓았다.

냇물 한 줄기 밭을 감싸 초록빛 둘러 나가고

양쪽 산들은 대문 밀치고 푸른빛 보내온다.

■ 주 석

茅簷(모첨) 2구 : 이 두 구절은 호음선생의 청결과 질서를 좋아하는 성품을 표현한 것이다. 일반적으로 은사隱士의 집에는 사람의 왕래가 없어서 처마 밑 길에 이끼가 자라는 것이 보통이다.

護田(호전) : 밭을 감싸다. 《한서漢書 · 서역전西域傳 상上》에 "돈황에서부터 서쪽으로 염택에 이르기까지 왕왕 정자를 세웠는데, 윤대와 거리에는 모두 전졸田卒 수백 명이 있고, 사자교위使者校尉를 두어 거느리고 보호하게 함으로써 외국으로 사신 가는 사람들에게 식량을 공급하였다"(自敦煌西至鹽澤, 往往起亭, 而輪臺 · 渠犁皆有田卒數百人, 置使者校尉領護, 以給使外國者)라고 하였다. 안사고顔師古 주注에 "경작을 관리하고 보호하는 일이다"(統領保護營田之事也)라고 하였다.

排闥(배달) : 대문을 밀치다. 《한서 · 번쾌전樊噲傳》에 "번쾌가 이에 대문을 밀치고 다짜고짜 들어갔다"(噲乃排闥直入)라고 하였다.

■ 해 제

호음선생湖陰先生은 양덕봉楊德逢의 호이다. 그는 왕안석이 금릉金陵(지금의 강소성江蘇省 남경南京) 자금산紫金山 모퉁이에 살 때의 이웃인데, 몸소 농사를 지으며 사는 은사였다. 왕안석은 금릉에 있을 때 호음선생과 자주 왕래하였었다. 이 시는 호음선생의 집 벽에 쓴 것으로, 호음선생의 성품과 함께 초여름 전원의 경치가 매우 생생하게 전달되고 있다. 특히 3구와 4구의 '호전護田'과 '배달排闥'은 모두 《한서漢

書》에서 따온 말이지만 독자들이 그 내력을 모르더라도 뜻을 이해하고 묘사의 생동성을 감상하는 데 아무런 지장을 주지 않고 있어서, 중국 고대 수사학의 '용사用事'에 대한 최고의 요구에 부합된다고 하겠다.

泊船瓜洲
박 선 과 주

京口瓜洲一水間, 鍾山只隔數重山.
경 구 과 주 일 수 간　종 산 지 격 수 중 산

春風又綠江南岸, 明月何時照我還.
춘 풍 우 록 강 남 안　명 월 하 시 조 아 환

과주에 배를 대고

경구京口와 과주瓜洲는 장강長江 물 하나 사이
종산鍾山도 그저 몇 겹 산 너머에 있겠지.
봄바람에 강남의 강 언덕은 다시 푸르러지건만
밝은 달은 언제나 귀향하는 나를 비추어 줄까?

■ **주 석**

京口(경구) : 지금의 강소성江蘇省 진강시鎭江市. 장강長江을 사이에 두고 과주와 남북으로 마주보고 있다.

鍾山(종산) : 지금의 강소성 남경시南京市의 자금산紫金山을 가리키는데, 일명 장산蔣山이라고도 한다. 왕안석은 어려서 부친을 따라 강녕江寧에 거주하여 부모의 묘가 모두 강녕에 있다. 여기서 종산은 바로 강녕을 가리킨다.

春風(춘풍) 2구 : 이 구절은 이백李白의 〈시종의춘원봉조부룡지류색초청청신앵백전가侍從宜春苑奉詔賦龍池柳色初靑聽新鶯百囀歌〉 시 "봄바람에 벌써 영주의 풀빛이 푸르러졌고, 궁중의 자전과 홍루가 봄빛 속에 아름답다"(東風已綠瀛洲草, 紫殿紅樓覺春好)를 변화시킨 것이다.

還(환) : 귀향歸鄕을 가리킨다.

■ 해 제

이 시는 왕안석이 두 번째로 재상에 임명되어 조서詔書를 받들고 서울로 가던 희녕熙寧 8년(1075) 2월에 지어진 것으로서, 진회하秦淮河를 출발하여 대운하大運河의 시발지인 과주瓜洲에 도달한 후 하룻밤을 묵으면서 과주의 대안對岸에 있는 경구京口를 바라보며 몇 겹 산 너머 있을 종산鍾山을 그리워한 작품이다. 경치를 아름답게 그리고 정情을 깊게 묘사한 왕안석 만년의 탁월한 예술적 조예를 드러내 주는 작품이다. 3구에서의 '춘풍春風'은 사실 '천자의 은혜'를 가리킨다. 송宋 신종神宗은 조서를 내려 왕안석의 재상직을 복권시키고 왕안석의 신법新法을 추진시켜 나갈 것을 결심했음을 표명하였다. 이에 대하여 시인은 기쁨을 느끼고 따스한 봄바람에 의지하여 정치상의 한랭기류를 몰아내고 변법變法을 창출해 낼 수 있기를 희망하였다. 이러한 심정은 '녹綠'자를 통하여 표현되고 있는데 매우 함축적이다. 아울러 이 '녹綠'자는 시인의 모순된 내심을 암시하고 있기도 하다. 즉 '녹綠'자는 왕안석이 재상의 임무를 부여받아 벼슬살이를 하러 서울로 가는 도중이면서도, 빨리 벼슬을 버리고 집으로 돌아가려는 바람, 전원생활에 대한 그리움을 내포하고 있기도 하다. 즉 작품 속에는 여로에 오른 후 금릉金陵을 차마 두고 떠나지 못하는 심정이 담겨 있다. 여기에서 왕안석은 '녹綠'자를 사용하여 회남소산淮南小山의 〈초은사招隱士〉에서 비롯된 '춘초春草'의 이미지를 담아 금릉으로 회귀하려는 강렬한 욕망을 부각시켰다. 주진보周振甫는 '녹綠'자를 시안詩眼으로 보고 '녹綠'은 선명한 색채감과 연상 작용으로 시의 감동을 증가시키고 있다고 평가하였다.

強起
강 기

寒堂耿不寐, 轆轆聞車聲.
한 당 경 불 매　녹 록 문 거 성

不知誰家兒, 先我霜上行.
부 지 수 가 아　선 아 상 상 행

歎息夜未央, 呼燈置前楹.
탄 식 야 미 앙　호 등 치 전 영

推枕强欲起, 問知星正明.
추 침 강 욕 기　문 지 성 정 명

昧旦聖所勉, 齊詩有鷄鳴.
매 단 성 소 면　제 시 유 계 명

嗟予以竊食, 更覺負平生.
차 여 이 절 식　갱 각 부 평 생

억지로 일어나서

차가운 방에서 근심에 잠 못 이뤄 하는데
덜컹덜컹 수레 소리가 들려온다.
뉘 집 자식인지 몰라도
나보다 먼저 서리 밟으며 가는구나.
아직 밤인데 싫어 한숨 쉬다가
기둥 앞에 등불을 밝혀 두라 하였다.
베개를 밀치고 억지로 일어나려다
물어보니 아직 별빛이 한창이란다.
캄캄한 아침을 맞으려고 성현들은 힘썼고
〈제시齊詩〉엔 〈계명鷄鳴〉이란 시도 있었다.
하지만 난 이미 끼니나 훔쳐 먹고 사는 신세

평생의 꿈을 저버리고 있음을 다시 깨닫게 된다.

■ 주 석

轆轆(녹록) : 덜컹덜컹. 수레바퀴가 굴러가는 소리이다.
未央(미앙) : '미진未盡'과 같다. 밤이 아직 한창이라는 말이다.
昧旦(매단) : 어둑새벽. 새벽이 오기 직전의 어두운 때를 가리킨다.
齊詩(제시) : 《시경詩經 · 제풍齊風》을 가리킨다.

■ 해 제

이 시는 왕안석이 불우했던 시절, 어느 날 밤중에 쓴 작품인 듯하다. 당시 시인은 인종仁宗 황제 말년에 겪은 정치적 침체와 부진으로 말미암아 이미 상당히 의기소침해졌고, 게다가 부인과 아들이 모두 병이 들어 그 병간호 때문에 잠을 설치거나 아예 잠을 못 자는 경우가 많았다. 그러던 중 어느 날 밤 갑자기 바깥 거리 쪽에서 들려오는 수레 소리를 들었다. 뉘 집 젊은이인지는 몰라도, 뜻밖에 시인보다 훨씬 일찍 집을 나서 벌써 서리 내린 길을 달려가고 있는 것이다. 아, 날이 아직 밝지도 않았는데 그처럼 고생을 해야 하니 실로 가슴 뭉클한 탄식이 나온다. 그래서 시인은 하인을 불러 등불을 가져다 기둥 앞의 책상에 갖다 두게 한다. 그리고 난 뒤 베개를 밀치고 억지로 혼자 일어나 보려 한다. 그러나 시간을 물어보고서야 비로소 별들이 아직도 하늘에서 반짝거리고 있음을 알게 된다. 사실, 고대의 성현들은 항상 스스로 아직 날이 밝지 않은 때에 바로 일어나 하루의 일을 시작해야 한다고 채찍질했다. 그래서 《시경詩經 · 제풍齊風》에 아침 일찍 일어나 열심히 일하는 습관을 칭찬하는 〈계명鷄鳴〉이란 시가 있는 게 아니겠는가? 그러나 이러한 미덕을 그대로 실천할 수 있는 사람은 결코 많지 않다. 그저 이른 아침이 되자마자 밖에서 일을 하는 젊은이 몇몇만이 있을 뿐이다. 그러면 시인 자신은 어떠한가? 그저 봉급에 의지하여 살면서 한 가지 일도 제대로 한 것이 없다. 가슴에 손을 얹고 반성해 보면, 도둑질을 한 거나 다름없으니 정말로 슬퍼하고 한탄해야 할 일이다. 지난날 나라를 위하고 백성을 위하려는 그 웅대한 의지는 지금 어디에 있는가? 생각하면 할수록 평생토록 지녀 온 자신의 정치적 이상을 저버린 듯 느껴져 헛되이 서글픔만 더할 뿐이다.

왕령王令(1032~1059)

광릉廣陵(지금의 강소성江蘇省 양주揚州) 사람으로 자字는 봉원逢原이다. 시는 한유韓愈 · 맹교孟郊 · 노동盧仝의 영향을 깊이 받았다. 시구는 이구李覯처럼 독창적이지만 어조는 더욱더 웅장하여 마치 우주 밖으로 머리를 내밀고 지구를 공으로 차고 있는 듯하며, 아마 송대宋代에서 기개가 가장 크고 활달한 시인에 속할 것이다. 그러나 언어의 구사가 조잡함을 면치 못하고 뜻이 왕왕 진부하다고 볼 정도였는데, 이것이 그의 단점이라고 할 수 있다. 《광릉선생문집廣陵先生文集》이 있다.

暑旱苦熱
서 한 고 열

清風無力屠得熱, 落日着翅飛上山.
청 풍 무 력 도 득 열 　 낙 일 착 시 비 상 산

人固已懼江海竭, 天豈不惜河漢乾.
인 고 이 구 강 해 갈 　 천 기 불 석 하 한 건

崑崙之高有積雪, 蓬萊之遠常遺寒.
곤 륜 지 고 유 적 설 　 봉 래 지 원 상 유 한

不能手提天下往, 何忍身去游其間.
불 능 수 제 천 하 왕 　 하 인 신 거 유 기 간

여름 가뭄의 고통스런 더위

맑은 바람도 더위를 도살할 힘이 없고
지는 해는 날개 달고 산 위로 오르는 듯하다.
사람들 이미 강과 바다가 고갈될까 두려워하니
하늘인들 어찌 은하수 마를까봐 걱정하지 않으랴?

곤륜산 높아서 쌓인 눈 있고
봉래섬 멀어서 서늘한 기운 있을 테지만
세상 사람들과 손 붙잡고 함께 갈 수 없다면
어찌 차마 나 혼자 그곳으로 갈 수 있으랴!

■ 주 석

着翅(착시) : 날개를 달다. 이 구절은 해가 지려고 하지 않는다는 뜻이다.
河漢(하한) : 은하수.
崑崙(곤륜) : 곤륜산. 중국 서쪽 지방 최대의 산맥으로 만년설이 덮여 있다.
蓬萊(봉래) : 동쪽 바다에 있다는 전설 속의 섬.

■ 해 제

왕령은 처지는 비록 빈곤했지만 제세濟世의 큰 뜻을 품고 항상 백성들을 도탄에서 구하겠다는 생각을 지니고 있었다. 이 시는 극심한 더위로 인해 지어졌지만 작품에 표현된 것은 천하 백성들의 고통이다. 아무리 청량淸涼한 곳이 있다고 하더라도 천하 백성들과 함께 갈 수 없다면 자신도 가지 않겠다는 흉금과 포부는 그가 받아들여 발양시킨 유가사상儒家思想의 발로이다.

소식蘇軾(1036~1101)

미산眉山(지금의 사천성 미산) 사람으로 자字가 화중和仲 또는 자첨子瞻이고 호號가 동파거사東坡居士이다. 아버지 소순蘇洵(1009~1066) 및 동생 소철蘇轍(1039~1112)과 더불어 당송팔대고문가唐宋八大古文家로 꼽힐 만큼 뛰어난 문장가였을 뿐만 아니라, 황정견黃庭堅(1045~1105)과 더불어 '소황蘇黃'으로 병칭될 만큼 송대 시단의 영수이기도 했으며, 사詞에 있어서도 중국문학사상 최고의 호방사인豪放詞人으로 꼽히고, 서예에 있어서도 북송사대가로 꼽히는 등, 각종 문예분야에서 모두 중추적인 역할을 한 희대의 천재 예술가였다. 그러나 정치적으로는 불의를 용납하지 못하고 바른 말을 너무 잘한 관계로 정적들의 미움을 받아, 중간에 잠깐잠깐 중서사인中書舍人 · 한림학사지제고翰林學士知制誥 · 한림학사승지翰林學士承旨 · 병부상서兵部尙書 · 예부상서禮部尙書 등의 중앙관직을 지내기도 했지만, 일생의 대부분을 지방관으로 전전했으며 황주黃州(지금의 호북성 황강시黃岡市 황주구黃州區) · 혜주惠州(지금의 광동성 혜주) · 담주儋州(지금의 하남성 담주시 중화진中和鎭) 등지에서 폄적생활을 한 기간만 해도 10년이 넘는다. 시는 아름다운 문사를 갈고 닦기보다는 진실한 감정을 자연스럽게 표출하는 데 더 가치를 두었고, 그 결과 인생문제나 사회문제를 철학적으로 승화시킨 청려광달淸麗曠達한 시가 주류를 이룬다. 《소동파전집》·《소식시집》 등의 시문집에 3,000수에 가까운 많은 시가 전해진다.

和子由澠池懷舊
화 자 유 면 지 회 구

人生到處知何似, 應似飛鴻踏雪泥.
인 생 도 처 지 하 사 　 응 사 비 홍 답 설 니

泥上偶然留指爪, 鴻飛那復計東西.
이 상 우 연 류 지 조 　 홍 비 나 부 계 동 서

老僧已死成新塔，壞壁無由見舊題.
노 승 이 사 성 신 탑　괴 벽 무 유 견 구 제

往日崎嶇還記否，路長人困蹇驢嘶.
왕 일 기 구 환 기 부　노 장 인 곤 건 려 시

면지에서의 옛날 일을 회고한 자유의 시에 화답하여

정처없는 우리 인생 무엇 같을까?
기러기가 눈밭 위를 배회하는 것 같으리.
진흙 위에 어쩌다가 발자국을 남기지만
기러기 날아간 뒤엔 행방을 어찌 알리?
늙은 중은 이미 죽어 사리탑이 새로 서고
낡은 벽은 허물어져 글씨가 간 데 없네.
기구했던 지난날을 아직 기억하는지?
길이 멀어 사람은 지치고 나귀는 절며 울어댔지.

■ 주 석

子由(자유) : 동생 소철의 자字. 소철 시의 정식 제목은 〈면지의 일을 생각하며 자첨 형에게 보낸다懷澠池寄子瞻兄〉이다.

老僧(노승) : 소식과 소철은 가우嘉祐 원년(1056) 개봉開封으로 갈 때 봉한 화상奉閑和尙의 절에 묵었다.

新塔(신탑) : 스님의 사리를 봉안한 부도를 가리킨다.

無由(무유) : …할 길이 없다.

舊題(구제) : 옛날에 벽에다 써놓은 시를 가리킨다.

蹇驢(건려) : 소식 자신의 주석에 의하면 면지 서쪽에 있는 이릉二陵에 이르러 그들을 태우고 가던 말이 죽어 그곳에서 면지까지는 나귀를 타고 갔다고 한다.

■ 해제

소식은 개봉부시開封府試에 참여하기 위하여 동생 소철과 함께 아버지 소순을 따라 개봉으로 가던 가우 원년(1056) 면지澠池(지금의 하남성 면지)에 있는 어느 절에서 묵은 적이 있었다. 그로부터 5년 뒤인 가우 6년 겨울에 그는 봉상부첨판鳳翔府簽判으로 부임하기 위하여 면지를 거쳐 섬서성으로 들어가고 있었다. 그때 동생 소철이 〈면지의 일을 생각하며 자첨 형에게 보낸다〉라는 시를 보냈는데 이것은 동생이 보낸 시에 화답하여 지은 시이다.

六月二十七日望湖樓醉書五絶（其一）
유 월 이 십 칠 일 망 호 루 취 서 오 절 기 일

黑雲翻墨未遮山, 白雨跳珠亂入船.
흑 운 번 묵 미 차 산 백 우 도 주 란 입 선
卷地風來忽吹散, 望湖樓下水如天.
권 지 풍 래 홀 취 산 망 호 루 하 수 여 천

6월 27일에 망호루에서 술에 취해 (제1수)

먹 쏟은 듯 검은 구름 산을 채 덮기 전에
하얀 비가 구슬 되어 배로 뛰어들더니
바람이 땅을 쓸며 갑작스레 몰아치니
망호루 밑 호수가 하늘과 같네.

■ 주석

望湖樓(망호루) : 항주杭州 서호西湖의 북쪽 호반에 있는 누각.

■ 해제

희녕熙寧 5년(1072), 항주 서호 가에 있는 망호루 아래에서 뱃놀이를 하다가 술이

거나하게 취한 채 그 주변의 아름다운 풍경을 묘사한 5수 가운데 하나이다. 여름철에 갑자기 소나기가 퍼붓다가 언제 그랬느냐는 듯 금방 날이 개는, 그래서 더욱 감칠맛이 나는 서호의 경치를 그린 것이다.

飮湖上初晴後雨二首 (其二)
음 호 상 초 청 후 우 이 수　기 이

水光瀲灩晴方好, 山色空濛雨亦奇.
수 광 렴 염 청 방 호　산 색 공 몽 우 역 기

若把西湖比西子, 淡粧濃抹總相宜.
약 파 서 호 비 서 자　담 장 농 말 총 상 의

호수에서 술 마시니 맑다가 비가 와서 (제2수)

물빛이 반짝반짝 맑을 때가 좋더니

산색이 어둑어둑 비가 와도 멋지네.

서호는 월越 서시

옅은 화장 짙은 분 아무래도 어울리네.

■ **주 석**

瀲灩(염염) : 물결이 반짝반짝 빛나는 모양.

空濛(공몽) : 비가 내려 어둠침침한 모양.

西子(서자) : 춘추시대 월越나라의 미인 서시西施를 높여 부른 말. 월왕 구천句踐은 회계산會稽山 전투에서 패배한 수치를 씻기 위하여 와신상담하던 끝에 서시를 오왕 부차夫差에게 바쳐 미인계를 씀으로써 마침내 설욕했다.

濃抹(농말) : 진하게 바르다.

■ **해 제**

"위로는 천당이 있고, 아래로는 소주와 항주가 있다(上有天堂, 下有蘇杭)"는 속담이 있을 정도로 항주는 소주와 더불어 중국에서 으뜸가는 아름다운 고장이다. 소식은 일생 동안 두 차례 항주에 머문 적이 있다. 첫 번째는 항주통판杭州通判으로 재직한 희녕熙寧 4년(1071)부터 희녕 7년까지이고 두 번째는 항주지주杭州知州로 재직한 원우元祐 4년(1089년)부터 원우 7년까지이다. 항주에는 서호라는 아름다운 호수가 있는데, 소식은 항주지주로 재직 중 서호를 준설하여 그 퇴적물로 제방을 쌓았다. 소제蘇堤라고 불리는 이 제방은 특히 봄철의 새벽 경치가 아름다워 '소제춘효蘇堤春曉'는 서호십경의 하나이다. 이 시는 항주통판으로 재임 중이던 희녕 6년, 서호에서 술을 마시다가 비 내리는 서호의 모습을 보고 지은 것이다.

於潛僧綠筠軒
어 잠 승 록 균 헌

可使食無肉, 不可使居無竹.
가 사 식 무 육 　불 가 사 거 무 죽

無肉令人瘦, 無竹令人俗.
무 육 령 인 수 　무 죽 령 인 속

人瘦尚可肥, 士俗不可醫.
인 수 상 가 비 　사 속 불 가 의

旁人笑此言, 似高還似癡.
방 인 소 차 언 　사 고 환 사 치

若對此君仍大嚼, 世間那有揚州鶴.
약 대 차 군 잉 대 작 　세 간 나 유 양 주 학

어잠 스님의 녹균헌

식사에 고기는 없어도 되나

집안에 대나무는 없을 수 없지.

고기가 없으면 살이 빠지고
대나무가 없으면 저속해지지.
살이야 빠져도 다시 찔 수 있지만
저속해지고 나면 고칠 수 없지.
남들은 이 말 듣고 비웃을 테지
고상한 듯하지만 역시 어리석다고.
이분을 앞에 두고 우적우적 씹는다니
세상에 양주학이 어디 있다고?

■ **주 석**

於潛(어잠) : 절강성 임안현臨安縣 서쪽에 있는 현.

此君(차군) : 대나무를 가리킨다.

揚州鶴(양주학) : 여러 사람이 각자 자신의 희망을 얘기하고 있었다. 첫 번째 사람은 양주자사揚州刺史가 되고 싶다고 했다. 두 번째 사람은 돈을 많이 벌고 싶다고 했다. 세 번째 사람은 학을 타고 하늘로 올라가고 싶다고 했다. 다 듣고 난 마지막 사람이 자기는 허리에 돈 십만 꿰미를 차고 학을 타고 양주의 하늘로 올라가고 싶다고 했다. 여기서 양주학은 동시에 얻기 힘든 여러 가지를 동시에 얻게 해주는 존재를 뜻한다.

■ **해 제**

소식은 군자의 고아함을 지닌 대나무를 무척이나 좋아하여 시로 읊어내기도 하고 그림으로 그려내기도 했다. 혜각惠覺 스님이 사는 절강성 어잠의 적조사寂照寺에는 녹균헌綠筠軒이라는 건물이 있었으니 그 주위에 대나무가 많아 이렇게 명명한 것이다. 이 시는 소식이 희녕 6년(1073) 어잠에 갔다가 녹균헌을 보고 그 감회를 읊은 것이다.

東坡八首(其二)
동파팔수 기이

荒田雖浪莽, 高庳各有適.
황전수랑망 고비각유적

下隰種秔稌, 東原蒔棗栗.
하습종갱도 동원시조률

江南有蜀士, 桑果已許乞.
강남유촉사 상과이허걸

好竹不難栽, 但恐鞭橫逸.
호죽불난재 단공편횡일

仍須卜佳處, 規以安我室.
잉수복가처 규이안아실

家僮燒枯草, 走報暗井出.
가동소고초 주보암정출

一飽未敢期, 瓢飮已可必.
일포미감기 표음이가필

동파(제2수)

황폐한 땅 울퉁불퉁 제멋대로 생겼지만
높은 곳과 낮은 곳이 나름대로 쓰이리.
낮고 습한 곳에는 메벼와 찰벼를 심고
동쪽 둔덕엔 밤나무와 대추나무를 모종하리.
장강 남쪽에 촉에서 온 사람이 있어
뽕나무 씨앗을 주기로 허락했네.
멋진 대를 심는 거야 어려울 게 없지만
대 뿌리가 아무 데나 뻗어갈까 두렵네.
그리고 또 점을 쳐서 명당을 골라

계획대로 집도 한 채 마련해야 되겠네.
아이놈이 마른 풀을 불태우다가
샘물이 나온다고 달려와서 얘기하니
배불리 먹는 것은 기약할 수 없어도
물 하나는 마음껏 마시게 됐네.

■ 주 석

浪莽(낭망) : 무질서하고 거리낌이 없는 모양.
高庳(고비) : 고저高低. 높은 곳과 낮은 곳.
秔稌(갱도) : 메벼와 찰벼.
蜀士(촉사) : 장강長江 건너편의 무창武昌에 촉 지방에서 온 왕문보王文甫라는 사람이 있었는데 소식과 왕래가 잦았다.
鞭(편) : 대나무의 뿌리.
瓢飮(표음) : 한 바가지의 물. 공자가 《논어 · 옹야편》에서 "훌륭하도다 안회여! 한 그릇의 밥을 먹고 한 바가지의 물을 마시면서 초라한 마을에 사는 것을 사람들은 고민스러워하는데, 안회는 그렇게 살면서도 변함없이 즐겁게 지내니 훌륭하도다 안회여!(賢哉回也! 一簞食, 一瓢飮, 在陋巷, 人不堪其憂, 回也不改其樂. 賢哉回也!)"라고 한 말을 인용한 것으로 안빈낙도하려는 자신의 의지를 표명한 것이다.

■ 해 제

소식은 황주黃州에 유배된 후 궁핍한 나날을 보냈다. 이를 본 마몽득馬夢得이라는 친구가 관아에 부탁하여 옛날에 군대가 주둔하던 묵은 땅 수십 마지기를 얻어 주어 몸소 개간하여 농사를 지을 수 있게 해주었다. 원풍元豊 4년(1081)의 일이다. 소식은 이 땅을 개간한 후 '황주성 동쪽에 있는 언덕'이라는 의미에서 동파東坡라는 이름을 붙이고 자신을 동파거사라고 불렀다. 동파라는 그의 호는 여기서 비롯된 것이다. 이 시는 이때의 감회를 노래한 여덟 수 가운데 두 번째 작품이다.

洗兒戲作
세 아 희 작

人皆養子望聰明，我被聰明誤一生.
인 개 양 자 망 총 명　아 피 총 명 오 일 생

惟願孩兒愚且魯，無災無難到公卿.
유 원 해 아 우 차 로　무 재 무 난 도 공 경

세아회 날 장난 삼아

남들은 다 자식이 총명하길 바라지만
이 몸은 총명으로 일생을 망쳤으니
오로지 아이가 어리석고 미련하여
재난 없이 공경에 이르기만 바란다.

■ 주 석

洗兒(세아) : 세아회洗兒會. 아이가 태어난 지 사흘째 되는 날 아이의 몸을 씻어주고 잔치를 벌여 축복해 주던 의식.

■ 해 제

원풍元豊 6년(1083), 애첩 조운朝雲이 낳은 넷째 아들 둔遯의 세아회 때 지은 것이다. 제목에서 장난 삼아 지었다고 했지만 사실은 정치적 희생물로서 황주黃州에 귀양와 있는 자신의 심리적 갈등이 잘 나타나 있는 작품이다.

題西林壁
제 서 림 벽

橫看成嶺側成峰，遠近高低各不同.
횡 간 성 령 측 성 봉　원 근 고 저 각 부 동

不識廬山眞面目，只緣身在此山中.
불 식 려 산 진 면 목　지 연 신 재 차 산 중

서림사의 벽에 쓴 시

가로로 보면 산줄기 옆으로 보면 봉우리
멀리서 가까이서 높은 데서 낮은 데서
보는 곳에 따라서 각기 다른 그 모습
여산의 진면목을 알 수 없는 건
이 몸이 이 산속에 있는 탓이리.

■ 주 석

西林(서림) : 서림사. 강서성 북부의 여산廬山 기슭에 있는 절로 진晋나라 태원太元(376~396) 연간에 혜영慧永이 세웠다.

■ 해 제

원풍元豊 7년(1084) 3월, 소식은 유배지를 여주汝州로 옮기게 되었다. 여주로 옮겨 가는 도중 그는 강서성 구강현九江縣과 성자현星子縣 사이에 있는 여산을 구경했다. 이 시는 원풍 7년 4월, 여산을 두루 돌아본 뒤에 그 소감을 읊어 서림사의 벽에 써 놓은 것이다. 여산 안에서 보면 보는 각도에 따라 각각 다르게 보일 뿐 여산의 전체적인 모습을 알 수 없다는 개인적 경험을 통하여 하나의 보편적 이치를 추출해 낸 철리시의 대표작이다. '여산진면목廬山眞面目'이라는 성어는 바로 이 시에서 비롯되었다.

惠崇春江晚景二首（其一）
혜 숭 춘 강 만 경 이 수　기 일

竹外桃花三兩枝, 春江水暖鴨先知.
죽 외 도 화 삼 량 지　춘 강 수 난 압 선 지

蔞蒿滿地蘆芽短, 正是河豚欲上時.
누 호 만 지 로 아 단　정 시 하 돈 욕 상 시

혜숭의 그림 〈춘강만경〉을 보고 (제1수)

복사꽃 두어 가지 대밭 너머 피어 있고
강물이 따스한 줄은 오리가 먼저 아네.
쑥은 지천이요 갈대싹은 뾰족뾰족
바야흐로 복어가 올라올 시절이네.

■ **주 석**

惠崇(혜숭) : 북송 때의 승려 화가로, 구승시인九僧詩人 가운데 한 사람이다.

蔞蒿(누호) : 물쑥.

■ **해 제**

원풍元豊 8년(1085) 개봉開封에서 승려 화가인 혜숭(965~1017)의 〈춘강만경〉이라는 그림을 보고 지은 제화시題畵詩이다. 혜숭의 그림은 없어졌지만 이 시를 통하여 어렴풋이 그 면모를 짐작할 수 있다.

食荔支二首（其二）
식려지이수 기이

羅浮山下四時春，盧橘楊梅次第新.
나부산하사시춘 노귤양매차제신

日啖荔支三百顆，不辭長作嶺南人.
일담려지삼백과 불사장작령남인

여지를 먹으며 (제2수)

나부산 아래는 사철 내내 봄이라

비파와 양매가 차례대로 나온다.

날마다 여지를 삼백 개씩 먹으니

길이길이 영남 사람 되는 것도 괜찮겠다.

■ 주 석

羅浮山(나부산) : 광동성 박라현博羅縣에 있는 산. 혜주惠州에서 가깝다.

盧橘(노귤) : 즉 비파枇杷. 장미과의 상록교목인 비파나무의 열매. 여름 과일로 식용 또는 양조용으로 쓰인다.

楊梅(양매) : 소귀나무의 열매. 여름에 열리는 구형球形의 자주색 과일.

嶺南(영남) : 대유령大庾嶺을 비롯한 오령五嶺 이남 지역인 지금의 광동성과 광서성 일대.

■ 해 제

"혜주태수의 동당은 옛날 재상 진문혜공의 위패를 모신 곳이다. 그 아래에 공이 손수 심은 여지나무 한 그루가 있는데 고을 사람들이 장군수라고 부른다. 올해는 여지가 아주 잘 여물어 먹고 남을 지경이라 아전들에게까지 나눠주었다. 너무 높아서 손이 닿지 않는 것은 원숭이가 따 먹게 놓아두었다(惠州太守東堂, 祠故相陳文惠公. 堂下有公手植荔支一株, 郡人謂之將軍樹. 今歲大熟, 賞啖之餘, 下逮吏卒. 其高不可致者, 縱猿取之)"라는 서문에 잘 나타나 있는 바와 같이 이 시는 소성紹聖 3년(1096) 혜주지주의 동당에서 여지를 먹는 즐거움을 노래한 것이다.

소철蘇轍(1039~1112)

미산眉山(지금의 사천성 미산) 사람으로 자字가 자유子由이고 호號가 영빈유로穎濱遺老이며 황문시랑黃門侍郞의 후신인 문하시랑門下侍郞을 역임한 적이 있어서 소황문蘇黃門이라고도 불렀다. 왕안석王安石의 신법에 반대하는 구법파였기 때문에 오랜 기간 지방관 생활과 유배생활을 해야 했다. 아버지 소순蘇洵 및 형 소식蘇軾과 더불어 삼소三蘇로 병칭되는 그는 당송팔대고문가唐宋八大古文家로 꼽힐 정도로 뛰어난 문장가였지만 시에 있어서는 성취가 그다지 크지 않다. 성격이 형 소식과 상당히 대조적이었던 만큼 시풍에 있어서도 활달하고 호방한 소식의 시와 달리 시는 침착하고 평온한 편이다. 시문집으로 《난성집欒城集》이 있다.

逍遙堂會宿二首（其一）
소요당회숙이수 기일

逍遙堂後千尋木, 長送中宵風雨聲.
소요당후천심목 장송중소풍우성

誤喜對床尋舊約, 不知漂泊在彭城.
오희대상심구약 부지표박재팽성

소요당에서 함께 자며 (제1수)

소요당 뒷편의 천 길짜리 나무들이
한밤중의 풍우 소리 오래도록 보내오매
침상을 마주하고 함께 자자던
옛날 약속 지킨 줄로 착각하고 기뻐했네.
아직도 팽성 땅을 떠도는 줄 모르고.

■ 주 석

逍遙堂(소요당) : 서주徐州(지금의 강소성 서주)의 관청 안에 있던 건물.

中宵(중소) : 밤중.

誤喜(오희) : 사실을 잘못 알고 기뻐하다. 은퇴하고 고향으로 돌아가서 함께 지내는 것이 아니기 때문에 진정한 약속의 이행이 못 된다는 자조의 의미와 함께, 금방 다시 헤어져야 한다는 비탄의 의미를 내포하고 있다.

對床尋舊約(대상심구약) : 침상을 마주하고 함께 자기로 한 옛날의 약속을 이행하다. 당나라 시인 위응물韋應物의 시 〈전진과 원상에게(示全眞元常)〉에 "어찌 알리오 비바람 치는 밤에, 또 이렇게 마주 보고 잘 수 있을지(安知風雨夜, 復此對床眠)"라는 구절이 있다. 소철 자신이 쓴 이 시의 서문에 의하면 이들 형제는 젊을 때 위응물의 이 구절에 감동하여 벼슬에 연연하지 말고 일찌감치 은퇴하여 함께 한적한 생활을 누리기로 약속했다고 한다.

彭城(팽성) : 서주의 다른 이름.

■ 해 제

이 시의 서문에 나타나 있는 바와 같이 희녕熙寧 10년(1077), 형제가 헤어진 지 7년 만에 다시 만나 100여 일을 함께 지내던 때, 서주에 있는 소요당에서 함께 누워 자면서 일찌감치 은퇴하여 오순도순 함께 살자던 옛날 약속을 상기하여 지은 것이다.

황정견黃庭堅(1045~1105)

분녕分寧(지금의 강서성 수수修水) 사람으로 자字가 노직魯直이고 호號가 산곡도인山谷道人 또는 부옹涪翁이다. 23세에 진사에 급제하여 관직에 나아갔으나 《신종실록神宗實錄》의 편찬이 부실하다는 죄목으로 부주涪州(지금의 사천성 부릉涪陵)에 폄적되는 등 평생토록 뜻을 이루지 못했다. 진관秦觀(1049~1100)·조보지晁補之(1053~1110)·장뢰張耒(1054~1114) 등과 함께 소문사학사蘇門四學士의 한 사람으로 소식蘇軾과 더불어 '소황'으로 병칭될 만큼 시명이 높았다. 그는 '한 글자라도 유래가 없는 것이 없다(無一字無來處)'고 생각한 두보杜甫(712~770)의 시를 높이 평가하여 시를 지으려면 먼저 전인들의 글을 많이 읽은 뒤에 전인의 구절을 적절하게 변형하여 참신하고 기발한 자신의 구절로 만들어야 한다며 '점철성금點鐵成金'·'환골탈태換骨奪胎' 등의 창작방법론을 주장했다. 그의 이러한 주장은 송대 시인들에게 많은 영향을 끼쳐 마침내 강서시파江西詩派를 열었다. 그러나 시의 풍간작용諷諫作用을 인정하지 않았던 만큼 1,000수가량 되는 시는 개인적인 정감을 토로한 것이 대다수를 차지하고 사회문제를 다룬 것은 극소수에 불과하다. 시풍은 일반적으로 기이하고 딱딱한 것으로 평가된다. 시문집으로 《산곡집》이 있다.

寄黃幾復
기 황 기 복

我居北海君南海, 寄雁傳書謝不能.
아 거 북 해 군 남 해 　기 안 전 서 사 불 능

桃李春風一杯酒, 江湖夜雨十年燈.
도 리 춘 풍 일 배 주 　강 호 야 우 십 년 등

持家但有四立壁, 治國不蘄三折肱.
지 가 단 유 사 립 벽 　치 국 불 기 삼 절 굉

想得讀書頭已白, 隔溪猿哭瘴溪藤.
상 득 독 서 두 이 백　격 계 원 곡 장 계 등

황기복에게

나는 북해 그대는 남해 떨어져 살아
기러기에게 부탁하여 편지를 부치려 해도
그럴 수가 없다고 안 받아 주네.
복숭아꽃 자두꽃에 봄바람이 살랑 불면
마주 앉아 정답게 한 잔 술을 나눴는데
강호를 떠돌다가 밤비 소리 들으며
외로운 등불 아래 십 년 세월 보냈네.
너무나 청렴하여 집안 살림 꾸림에
사방에 선 벽밖에 가진 게 없고
너무나 유능하여 나라를 다스림에
팔이 세 번 부러지길 바랄 필요 없는 그대
허옇게 센 머리로 책을 읽고 있노라면
장기 어린 개울 건너 등나무에서
원숭이가 구슬프게 울고 있겠네.

■ 주 석

幾復(기복) : 황정견의 고향 친구 황개黃介의 자字. 당시 광주廣州 사회현四會縣(지금의 광동성 사회)의 현령이었다.

北海(북해) : 황정견은 원풍元豊 6년(1083)부터 덕주德州 덕평진德平鎭에서 관직생활을 하고 있었으니 그곳은 바로 지금의 산동성 덕평현으로 황해 부근이었다.

南海(남해) : 황개가 있던 곳은 지금의 광동성 사회현으로 남지나해 부근이었다.

寄雁傳書(기안전서) : 옛날 사람들은 기러기가 소식을 전해준다고 믿었는데, 기러기는 지금의 호남성에 있는 형산衡山까지만 갔다가 되돌아온다고 생각했다. 그래서 형산 72봉 가운데 회안봉回雁峰이라는 봉우리가 있다. 사회현은 이보다 더 남쪽에 있다.

桃李春風(도리춘풍) : 이 연聯은 도성에서 함께 지내던 옛날과, 헤어져서 떠돌아다니는 지금을 대비시킨 것이다.

持家(지가) : 집안을 다스리다. 이 구절은 황개의 청렴결백한 인품을 찬양한 것이다.

三折肱(삼절굉) : 여러 번의 쓰라린 경험을 겪다. "자신의 팔을 세 번 부러뜨려 보아야 훌륭한 의사가 될 수 있다(三折肱, 成良醫)"는 속담이 있다. 이 구절은 황개의 타고난 능력을 찬양한 것이다.

想得(상득) : 짐작하다. 헤아리다.

瘴(장) : 장기瘴氣. 더운 지방의 산천에서 생기는 나쁜 기운. 풍토병의 원인이 된다.

■ **해 제**

원풍 8년(1085), 덕주 덕평진에서 감덕주덕평진監德州德平鎭이라는 말단 관리를 지내고 있을 때 절친한 고향 친구로 멀리 광주 사회현의 현령으로 가 있던 황개를 그리며, 그의 인품과 능력을 찬양하고 아울러 은연중에 회재불우한 자신의 신세감개를 기탁한 것이다.

戱呈孔毅父
희정공의보

管城子無食肉相, 孔方兄有絶交書.
관성자무식육상 공방형유절교서

文書功用不經世, 何異絲窠綴露珠.
문서공용불경세 하이사과철로주

校書著作頻詔除, 猶能上車問何如.
교서저작빈조제 유능상거문하여

忽憶僧床同野飯, 夢隨秋雁到東湖.
홀억승상동야반 몽수추안도동호

공의보에게 장난으로

관성자는 고기 먹을 관상이 없고
공방 형은 절교하자 편지를 보내 왔네.
글과 책의 효용이 세상을 못 다스리니
거미줄이 이슬이나 받는 것과 뭐 다르랴?
교서랑에 제수했다 저작랑에 제수했다
자주자주 조서 내려 벼슬자리 주시니
그래도 수레 타고 안부는 물을 수 있네.
절간의 침상에 함께 자면서
시골밥 먹던 일이 갑자기 생각나서
가을 되어 돌아가는 기러기 따라
동호로 날아가는 꿈을 꾼다네.

■ 주 석

孔毅父(공의보) : 신유新喩(지금의 강서성 신여新餘) 사람으로 황정견의 친구인 공평중孔平仲의 자字.

管城子(관성자) : 붓을 가리킨다. 한유韓愈의 《모영전毛穎傳》에 진秦나라 황제가 붓을 의인화한 모영毛穎을 관성자에 봉하여 관성管城을 다스리게 했다는 이야기가 있다.

食肉相(식육상) : 관상쟁이가 반초班超에게 "제비의 턱에 호랑이의 목을 가졌으니 날아다니면서 고기를 먹겠는바, 이는 만리 밖을 다스릴 제후의 상이오"라고 했다.(《후한서 · 반초전》 참조)

孔方兄(공방형) : 동전을 가리킨다. 노포魯褒의 〈전신론錢神論〉에 "돈의 형체는 천지의 형상을 하고 있으니 안에는 네모난 구멍이 있고 바깥은 둥글다.……그것을 형님처럼 친애하는데 자字를 공방孔方이라고 한다"라고 했다.(《진서晋書 · 은일전隱逸傳》 참조)

文書(문서) : 글과 책. 조비曹丕의 《전론典論 · 논문論文》에 "문장은 나라를 다스리는 큰 사업이다(文章經國之大業)"라 했고, 응거應璩의 〈백일시百一詩〉에 "문장은 나라를 다스리지 않는다(文章不經國)"라고 했다.

功用(공용) : 효능. 효용.

經世(경세) : 세상을 다스리다.

絲窠(사과) : 거미줄.

校書著作(교서저작) : 교서랑校書郎과 저작랑著作郎. 둘 다 비서성에 속하는 관직으로 각각 서적의 교감과 국사의 편찬을 담당하는, 지위가 낮고 발언권이 약한 한직이었다. 황정견은 원풍元豊 8년(1085)에 교서랑이 되었고 원우元祐 2년(1087)에 저작좌랑著作佐郎이 되었다.

問何如(문하여) : "요즘 어떠시오?"하고 안부를 묻다. 이 구절은 양나라의 전성기에 대부분의 귀족 자제들이 능력이나 학식이 없어서 비서랑이나 저작랑 등의 한직을 맡아 수레를 타고 다니면서 서로 안부나 물었다는 《안씨가훈顏氏家訓 · 면학勉學》의 기록을 인용한 것으로 자신이 중

용重用되지 못함에 대한 불만을 역설적으로 표현한 것이다.

野飯(야반) : 야외에서 먹는 소찬素饌. 이 구절은 공평중과 함께 강서 지방에 있을 때 절에서 소박한 음식을 먹으면서도 다정하게 지내던 옛날 일을 추억한 것이다.

東湖(동호) : 지금의 강서성 남창南昌에 있는 호수.

■ **해제**

붓을 놀려 글이나 쓸 뿐 요직에 중용되어 뜻을 펼쳐보지 못하는 가난하고 힘 없는 자신의 신세를 자조自嘲하여 이를 해학적으로 표현한 것이다.

題竹石牧牛
제 죽 석 목 우

野次小崢嶸, 幽篁相倚綠.
야 차 소 쟁 영　유 황 상 의 록

阿童三尺箠, 御此老觳觫.
아 동 삼 척 추　어 차 로 곡 속

石吾甚愛之, 勿遣牛礪角.
석 오 심 애 지　물 견 우 려 각

牛礪角尚可, 牛鬪殘我竹.
우 려 각 상 가　우 투 잔 아 죽

〈죽석목우도〉에 부쳐

들판에는 조그만 괴석이 박혀 있고
그윽한 대나무 무더기에는
시퍼런 대나무가 서로 기대 서 있다.
목동은 석 자짜리 채찍을 들고

이 늙은 겁쟁이를 의기양양 몰고 간다.
내가 그 바위를 무척 좋아하나니
소가 그 바위에 뿔을 갈게 하지 마라.
소가 뿔을 가는 것은 그래도 괜찮지만
소가 서로 싸워서 대를 부러뜨릴라.

■ 주 석

野次(야차) : 들판.
峥嵘(쟁영) : 가파른 모양. 뾰족하게 생긴 괴석怪石을 가리킨다.
阿童(아동) : 목동.
觳觫(곡속) : 무서워서 벌벌 떠는 모양. 소를 가리킨다.

■ 해 제

원우元祐 3년(1088)에 황정견은 소식蘇軾·이공린李公麟과 함께 서울에 있으면서 두 사람이 그린 그림에 제화시題畫詩를 쓰곤 했는데, 이 시는 당시에 쓴 20여 수의 제화시 가운데 가장 뛰어난 작품으로 꼽힌다. 이 시의 서문은 이 그림이 먼저 소식이 대나무와 괴석을 그린 뒤에 이공린이 소를 탄 목동을 그려 넣은 것임을 밝히고 있다. 시·서예·회화에 두루 능했던 소식과, 송대 제일의 화가로 꼽히는 이공린이 합작으로 그린 그림에 황정견이 제화시를 쓴 것이니 삼대 명가가 합작한 매우 진귀한 작품인데 안타깝게도 지금은 전하지 않는다.

蟻蝶圖
의 접 도

蝴蝶雙飛得意, 偶然畢命網羅.
호 접 쌍 비 득 의　우 연 필 명 망 라
群蟻爭收墜翼, 策勛歸去南柯.
군 의 쟁 수 추 익　책 훈 귀 거 남 가

개미와 나비

한 쌍의 나비가 의기양양 날다가
우연히 그물에 걸려 숨을 거두네.
떨어진 날개를 개미 떼가 다투어 물고
공훈을 기록하러 남쪽 가지로 돌아가네.

■ **주 석**

蟻蝶圖(의접도) : 개미와 나비를 그린 그림.
網羅(망라) : 그물. 자신의 잘못과 무관하게 타인에 의하여 만들어진 함정을 가리킨다.
墜翼(추익) : 노력 없이 얻은 공을 뜻한다.
策勛(책훈) : 간책簡策에 공훈을 기록하다.
南柯(남가) : 남쪽 가지 아래에 있는 개미집. 이공좌李公佐의 전기소설 《남가태수전南柯太守傳》을 빌려 이 세상의 부귀영화가 무상하고 부질없는 것임을 암시한 것이다.

■ **해 제**

숭녕崇寧 원년(1102) 봄에 병풍에 그려진 그림을 보고 지은 것이다. 유능한 인재가 아무런 죄도 없이 정적의 모함으로 제거당하고, 무능한 사람이 참다운 공도 없이 표면적인 업적으로 상을 받는 당시의 부조리한 사회상을 풍자했다.

진관秦觀(1049~1100)

양주揚州 고우高郵(지금의 강소성江蘇省 고우) 사람으로, 자字가 소유少游(처음에는 태허太虛를 썼으나 37세 때 소유로 바꾸었음)이고 호號는 회해거사淮海居士이다. 신종神宗 원풍元豊 8년(1085)에 진사進士가 되었고, 비서성정자秘書省正字, 국사원편수관國史院編修官 등의 직을 역임하였다. 소문사학사蘇門四學士 중의 한 사람으로 시보다는 사詞로 명성을 떨쳤지만 수사가 대단히 정치하고, 청신완려淸新婉麗한 시풍의 시를 써서 높은 평가를 받았다. 《회해집淮海集》이 있다.

春日五首(其二)
춘 일 오 수 기 이

一夕輕雷落萬絲, 霽光浮瓦碧參差.
일 석 경 뢰 락 만 사 제 광 부 와 벽 참 치

有情芍藥含春淚, 無力薔薇臥曉枝.
유 정 작 약 함 춘 루 무 력 장 미 와 효 지

봄날 (제2수)

저녁에 가볍게 천둥치고 만 가닥 비가 내리더니
날 개이자 햇빛이 푸른 기와에 영롱하다.
다감한 작약은 봄의 눈물방울을 머금고
연약한 장미는 새벽 가지에 누워 있다.

■ 주 석

落萬絲(낙만사) : 만 가닥 실이 떨어지다. 즉 가는 비가 내리는 것을 가리킨다.

霽光(제광) 구 : 이 구절에서 '부浮'자는 해가 밝은 물체 위에 비칠 때의 반사를 묘사한 것이다. 이상은李商隱의 〈희증장서기戲贈張書記〉 시 "못의 빛이 달을 받지 않는다"(池光不受月)의 '불수不受'가 '부浮'자에 대한 좋은 풀이일 것이다.

春淚(춘루) : 봄의 눈물. 여기서는 아직 마르지 않은 빗방울을 가리킨다.

■ **해 제**

이 시는 시인이 철종哲宗 원우연간元祐年間(1086~1093)에 변경汴京에서 지은 것으로, 간밤의 비를 말끔히 벗고 아침햇살을 맞이한 봄 정원의 모습을 묘사하였다. 시인은 의인화 수법으로 봄의 화초에게 연약하고 다정다감한 성격을 부여하여, 작약과 장미가 간밤의 천둥소리와 가는 비에도 못 견뎌하는 것으로 표현하였다. 이와 같은 유약미를 그려낸 섬세한 표현기교 때문에 오도손敖陶孫은 "봄날 처녀가 걷는 듯해 끝내 완약함에 빠졌다"고 하였고, 원호문元好問은 '여랑시女郎詩'라고 품평했을 것이다.

진사도陳師道(1053~1102)

팽성彭城(지금의 강소성 서주徐州) 사람으로 자字가 이상履常 또는 무기無己이고 호號가 후산거사後山居士이다. 서주교수徐州教授 · 영주교수穎州教授 · 태학박사太學博士 · 비서성정자秘書省正字 등의 하급관직을 역임하며 평생 곤궁하게 살았지만 권세 있는 사람에게 아부하지 않았다. 강서시파江西詩派에 있어서 황정견黃庭堅 다음으로 영향력이 큰 인물이었던 그의 시는 '문을 닫고 시구를 찾는(閉門覓句)' 고음苦吟으로 유명하며 내용상 사회현실의 반영에 비교적 소홀했다고 평가된다. 현존하는 시는 약 700수 정도이다. 시문집으로 《후산거사문집》이 있다.

別三子
별삼자

夫婦死同穴, 父子貧賤離.
부부사동혈 부자빈천리

天下寧有此, 昔聞今見之.
천하녕유차 석문금견지

母前三子後, 熟視不得追.
모전삼자후 숙시부득추

嗟乎胡不仁, 使我至于斯.
차호호불인 사아지우사

有女初束髮, 已知生離悲.
유녀초속발 이지생리비

枕我不肯起, 畏我從此辭.
침아불긍기 외아종차사

大兒學語言, 拜揖未勝衣.
대아학어언 배읍미승의

喚爺我欲去, 此語那可思.
환 야 아 욕 거　차 어 나 가 사

小兒襁褓間, 抱負有母慈.
소 아 강 보 간　포 부 유 모 자

汝哭猶在耳, 我懷人得知.
여 곡 유 재 이　아 회 인 득 지

세 아이와 이별하고

부부는 죽으면 한 구덩이에 들어가고
부자도 가난하면 생이별을 한다지만
천하에 어떻게 이런 일이 있을까?
말로만 들었더니 지금 직접 보는구나.
어미는 앞서고 세 자식은 따르는데
멀거니 바라볼 뿐 따라갈 수 없구나.
아아 하늘이 어찌 어질지 않으랴만
나를 이 지경에 빠지게 하였구나.
딸아이는 이제 막 머리를 묶었는데
생이별이 슬픈 줄을 이미 알아서
내 팔을 베고 누워 일어나려 아니하며
나하고 이제부터 하직임을 겁내었네.
큰아들은 이제 막 말 배우기 시작하여
절하고 읍할 때 웃음 이기지 못하는데
아비를 불러서 "이제 갈게요" 하니
이 말을 어떻게 생각할 수 있으랴?
작은아들은 아직까지 강보에 싸여 있어

자애로운 어미가 안았다 업었다 했거니와
너의 울음소리가 아직 귀에 쟁쟁한데
이러한 내 마음을 남이 알 수 있으랴?

■ 주 석

三子(삼자) : 딸 하나와 아들 둘을 합쳐 부른 것이다. '자子'는 자녀의 통칭이다.

夫婦死同穴(부부사동혈) : 《시경詩經 · 왕풍王風 · 대거大車》에 "살아서는 다른 집에 살지라도, 죽어서는 한 구덩이에 묻히리라(穀則異室, 死則同穴)"라는 구절이 있다.

父子貧賤離(부자빈천리) : 《진서晋書 · 은호전殷浩傳》에 "부유하고 고귀하면 타인과도 화합하고, 가난하고 천박하면 친척과도 이별한다(富貴他人合, 貧賤親戚離)"라는 말이 있다.

熟視(숙시) : 눈여겨 자세히 보다.

束髮(속발) : 머리를 묶다. 같은 시기에 지은 〈아내를 보내며(送內)〉에 "당신과 부부의 인연을 맺은 뒤로, 5년에 세 번은 이별을 하는구려(與子爲夫婦, 五年三別離)"라고 했으므로 딸의 나이가 다섯 살쯤 되었을 것이다. 머리를 묶어 비녀를 꽂는 나이인 15세일 수는 없다.

未勝衣(미승의) : 덩치에 비해 옷이 너무 커서 몸을 자유롭게 움직이지 못함을 말한다.

襁褓(강보) : 포대기.

■ 해 제

진사도는 생계를 유지하기 힘들 정도로 가난에 찌들었다. 그리하여 32세 때인 원풍元豊 7년(1084)에는 마침내 아내와 세 자녀가 임지로 부임해 가는 장인을 따라 촉蜀 지방으로 가게 되었다. 그러나 자신은 노모를 봉양할 사람이 없어서 팽성彭城(지금의 강소성 서주徐州)에 머물러야 했다. 이 시는 이 생이별의 아픔을 노래한 것이다.

示三子
시삼자

去遠卽相忘, 歸近不可忍.
거원즉상망 귀근불가인

兒女已在眼, 眉目略不省.
아녀이재안 미목략불성

喜極不得語, 涙盡方一哂.
희극부득어 누진방일신

了知不是夢, 忽忽心未穩.
요지불시몽 홀홀심미온

세 아이에게

멀리 떠나 있을 때는 서로 잊고 지냈건만
돌아올 날 가까워지니 참을 수가 없었네.
아들딸이 지금 벌써 내 눈앞에 있건만
생김새를 조금도 알아보지 못하겠네.
기쁨에 겨워서 말문을 못 열다가
눈물이 마르고 나서야 비로소 한 번 웃었네.
이것이 꿈 아닌 줄 잘도 알건만
뒤숭숭한 마음이 평온해질 줄 모르네.

■ 주 석

眉目(미목) : 눈썹과 눈. 얼굴 모양.
略不省(약불성) : 전혀 못 알아보다.
了知(요지) : 알다.
忽忽(홀홀) : 마음이 산란한 모양.

■ 해제

3년 전인 원풍元豊 7년(1084), 진사도는 가난으로 인하여 처자를 모두 처가에 보냈는데 이제 서주교수徐州教授로 부임하게 됨으로써 다시 이들을 불러오게 되었다. 이 시는 원우元祐 2년(1087) 처자와 재회한 직후에 지은 것이다.

장뢰張耒(1054~1114)

회음淮陰(지금의 강소성 회안淮安) 사람으로 자字가 문잠文潛이고 호號가 가산柯山이다. 황정견黃庭堅(1045~1105)·진관秦觀(1049~1100)·조보지晁補之(1053~1110) 등과 함께 소문사학사蘇門四學士의 한 사람으로 소식과 같은 구법파舊法派에 속했기 때문에 여러 차례 폄적을 당했다. 백거이白居易와 장적張籍의 영향을 받아 소문사학사 가운데 백성들의 생활에 대한 관심이 가장 컸던 시인이며, 평이하고 자연스러운 것이 주된 시풍이다. 시문집으로 《가산집》이 있다.

勞歌
노 가

暑天三月元無雨, 雲頭不合惟飛土.
서 천 삼 월 원 무 우　운 두 불 합 유 비 토

深堂無人午睡餘, 欲動身先汗如雨.
심 당 무 인 오 수 여　욕 동 신 선 한 여 우

忽憐長街負重民, 筋骸長轂十石弩.
홀 련 장 가 부 중 민　근 해 장 구 십 석 노

半衲遮背是生涯, 以力受金飽兒女.
반 납 차 배 시 생 애　이 력 수 금 포 아 녀

人家牛馬繫高木, 惟恐牛軀犯炎酷.
인 가 우 마 계 고 목　유 공 우 구 범 염 혹

天工作民良久艱，誰知不如牛馬福.
천 공 작 민 량 구 간　수 지 불 여 우 마 복

노동자의 노래

더운 날 석 달 동안 아예 비가 아니 내려
구름은 안 모이고 먼지만 흩날리네.
사람 없는 대청에서 낮잠 한숨 자고 나니
움직이기 전에 먼저 비 오듯이 땀이 나네.
불현듯 생각나네 불쌍한 사람들
한길에서 무거운 짐을 지는 그네들은
불거진 힘줄과 우악스런 뼈대가
언제나 큰 쇠뇌를 당기는 것 같나니
반쯤 기운 등거리가 인생의 전부
힘으로 돈을 벌어 아들 딸을 먹이는데
남들은 소와 말을 큰 나무에 매어 놓고
더위라도 먹을까 그것만이 걱정이네.
전지전능하신 하느님의 솜씨로
사람을 지었는데 이리 오래 고생이니
그 누가 알리오
그네 팔자 우마보다 더욱 박복한 줄을?

■ 주 석

暑天(서천) : 무더운 날씨.
雲頭(운두) : 구름.
筋骸長觳(근해장구) : 늘 힘줄이 불거지고 뼈대가 우악스럽다는 뜻이다.

十石弩(십석노) : 열 개의 돌을 한꺼번에 쏠 수 있는 커다란 쇠뇌.
遮背(차배) : 등만 덮을 만하게 걸쳐 입는 옷. 등거리. 이 구절은 더덕더덕 기운 등거리를 입고 무거운 짐이나 지면서 평생을 보낸다는 뜻이다.
人家(인가) : 사람. 남. 돈 있는 사람을 가리킨다.
天工(천공) : 하느님의 빼어난 솜씨.

■ **해 제**

장뢰는 가난한 집안 출신이고 출사한 뒤에도 주로 낮은 관직을 맡았기 때문에 하층 민중들의 애환을 누구보다 잘 알고 있었고, 따라서 그들의 생활에 관심을 많이 기울였다. 이 시는 한여름에 낮잠을 자고 난 뒤 문득 자기가 편안하게 잠을 잔 그 순간에도 힘든 일에 시달리며 고통스럽게 살아가고 있을 노동자들이 생각나서, 그들의 비참한 생활상을 묘사하고, 그들에 대한 동정심을 노래한 것이다.

증기曾幾(1084~1166)

공주贛州(지금의 강소성江蘇省 공현贛縣) 사람으로, 자字가 길보吉甫이고 호號가 다산거사茶山居士이다. 황정견黃庭堅을 극구 추앙하였으며 스스로 《산곡집山谷集》을 열심히 읽었다고 말하였다. 또한 한구韓駒와 여본중呂本中에게 시법詩法에 관해 가르침을 청한 적이 있으므로 후인들도 그를 강서파江西派에 넣으려고 하였다. 시풍詩風은 여본중보다 경쾌하고 일상생활 주변의 일을 많이 다루었다. 남송南宋의 대시인 육유陸游가 그에게 시를 배운 적이 있으며, 일부 근체시는 활발하면서 크게 힘을 쏟지 않은 느낌을 주어 양만리楊萬里의 선구가 되었다. 《다산집茶山集》이 있다.

蘇秀道中自七月二十五日夜大雨三日, 秋苗以蘇, 喜而有作
소수도중자칠월이십오일야대우삼일 추묘이소 희이유작

一夕驕陽轉作霖, 夢回涼冷潤衣襟.
일석교양전작림 몽회량랭윤의금

不愁屋漏牀牀濕, 且喜溪流岸岸深.
불수옥루상상습 차희계류안안심

千里稻花應秀色, 五更桐葉最佳音.
천리도화응수색 오경동엽최가음

無田似我猶欣舞, 何況田間望歲心.
무전사아유흔무 하황전간망세심

소주에서 수주로 가던 도중 7월 25일 밤부터 사흘 동안 큰비가 내려 가을 곡식이 소생하였으므로 기뻐서 짓는다

그토록 무덥더니 밤사이에 비가 내렸던지
서늘하여 잠을 깨고 보니 옷깃이 촉촉하다.
비가 새서 침상이 젖는 건 근심거리도 안 되니
골짜기마다 시냇물이 불었으니 기쁘지 않은가!
이로써 천리에 걸쳐 벼가 되살아났을 것이니
밤새 오동잎에 떨어지는 빗방울소리가 너무 좋구나.
농사짓지 않는 나도 이렇게 기뻐 춤바람이 나는데
일 년 내내 풍년만 바라는 농부들이야 오죽하랴!

■ **주 석**

驕陽(교양) : 교만하리만큼 기승을 부리는 더위.
夢回(몽회) : 꿈에서 깨어나다, 잠에서 깨어나다. '몽성夢醒'과 같다.

不愁(불수) 2구 : 이 두 구절은 두보杜甫의 〈모옥위추풍소파가茅屋爲秋風所破歌〉 시 "침상마다 비가 새어 마른 곳이 없다"(牀牀屋漏無乾處)와 〈춘일강촌春日江村〉 시 "봄물이 흘러 골짜기마다 깊다"(春流岸岸深)에서 나왔다.

秀色(수색) : 아름다운 안색. 여기서는 단비를 맞고 소생한 벼의 모습을 형용하였다. 이 구절은 당唐 은요번殷堯藩의 〈희우喜雨〉 시 첫 번째 구절과 똑같다.

五更桐葉(오경동엽) : 밤새 오동잎에 떨어지는 빗방울소리. 이것은 중국 구시에서 통상 사람을 수심에 잠기게 하는 이미지로 등장하는데, 증기는 이것을 "가장 듣기 좋은 소리"라고 하여 비를 반기는 마음상태를 감동적으로 표현하였다. '오경五更'은 밤 시간을 표현하는데, 이를 통해 시인이 잠에서 일단 깨어난 후에는 다시 잠을 이루지 못했음을 알 수 있다.

望歲心(망세심) : 풍년이 들기만을 바라는 농부들의 마음.

■ **해 제**

이 시는 시인이 고종高宗 소흥연간紹興年間(1131~1162)에 절서제점형옥浙西提點刑獄으로 있을 때 소주蘇州에서 수주秀州(지금의 절강성浙江省 가흥시嘉興市)로 가던 도중에 지었을 것이다. 시인은 오랜 가뭄 끝에 내리는 단비를 보고 그 기쁨을 시로 엮어내었는데, 농민의 기쁨을 헤아리는 그의 마음을 통해 관리와 농민들 사이의 거리가 신분적으로나 감각적으로나 한결 가까워졌음을 알 수 있다.

이청조李淸照(1084~1145)

제남濟南(지금의 산동성 제남) 사람으로 호가 이안거사易安居士이다. 열여덟 살 때 조명성趙明誠과 결혼하여 금슬이 매우 좋았으나 정강지변靖康之變(1126~1127) 이후 남편이 죽고 나라가 망하는 이중의 고통 속에 여기저기 떠돌아다니며 고독한 만년을 보냈다. 중국문학사상 가장 걸출한 여류문학가로 특히 사에 뛰어났다. 시는 대부분 산실되고 후인들에 의하여 수집된 극소수만 전하는데, 사와는 달리 비분강개한 정조를 띠고 있다.

烏江
오 강

生當作人傑, 死亦爲鬼雄.
생 당 작 인 걸　사 역 위 귀 웅

至今思項羽, 不肯過江東.
지 금 사 항 우　불 긍 과 강 동

오강

살아서는 인걸이 되어야 하고
죽어서도 귀신 중의 영웅이 되어야지.
지금도 항우를 생각하나니
강동으로 건너가려 하지 않았지.

■ **주 석**

烏江(오강) : 지금의 안휘성 화현和縣에 있는 강. 초나라와 한나라가 싸울 때 항우項羽가 패배하여 자살한 곳이다.

項羽(항우) : 진秦나라 말 농민 봉기군의 영수로 진나라가 망한 뒤 스스로

서초패왕西楚霸王에 올랐다. 나중에 유방劉邦과 천하를 다투다가 해하垓下에서 한나라 군사에게 포위되었으나 혼자 포위망을 뚫고 도망하여 오강에 이르렀을 때 오강정장烏江亭長이 얼른 강을 건너라고 재촉하자 자기 수하에 있던 강동의 자제 8천 명이 모두 전사한 터라 강동의 어르신네들을 뵐 면목이 없다면서 마침내 칼을 뽑아 자신의 목을 찔러 자살했다.

江東(강동) : 일반적으로 안휘성 무호蕪湖에서 강소성 남경南京에 이르는 장강長江 동쪽 지역을 가리킨다. 이 구간에서는 장강이 동북쪽으로 흐른다.

■ 해 제

정강지변靖康之變으로 송나라가 강북 지방을 빼앗기고 강남 지방으로 쫓겨났을 때, 고종高宗을 비롯한 많은 집권자들이 일신의 안일만 추구하며 잃어버린 강산을 수복하는 데 뜻을 두지 않자, 뜻있는 애국지사들이 분통을 터뜨렸다. 이 시는 항우와 대비시킴으로써 비겁하고 안일한 고종의 작태를 풍자한 것이다.

春殘
춘 잔

春殘何事苦思鄉, 病裏梳頭恨髮長.
춘 잔 하 사 고 사 향 　병 리 소 두 한 발 장

梁燕語多終日在, 薔薇風細一簾香.
양 연 어 다 종 일 재 　장 미 풍 세 일 렴 향

봄이 저무네

봄빛이 저무는데 무엇 때문에

이토록 고향이 그리워지나?

아픈 몸을 일으켜 머리 빗으니
머리카락 길어서 한스럽구나.
들보 위의 제비는 지지배배 지지배배
무슨 할 말 저리 많아 종일 앉아 조잘대나?
장미꽃에 산들산들 봄바람 불어
온 발에 향내가 가득하구나.

■ **주 석**

春殘(춘잔) : 봄이 저물다.
苦(고) : 극도로. 심히.
一簾(일렴) : 한 발 가득.

■ **해 제**

늦은 봄, 남편과도 사별하고 고향에마저 갈 수 없는 상태에서 혼자 병마와 싸워야 하는 자신의 외롭고 쓸쓸한 신세를 읊은 것이다.

여본중呂本中(1084~1145)

수주壽州(지금의 안휘성 수현壽縣) 사람으로 자字가 거인居仁이고 호號가 자미紫薇이며 세상에서 동래선생東萊先生이라고 불렀다. 《강서시사종파도江西詩社宗派圖》의 작자로 비록 자기 자신은 그 속에 포함시키지 않았으나 스스로 강서시파라고 여겼고, 후세 사람들도 강서시파로 간주했다. 그러나 황정견黃庭堅에게도 단점이 있으므로 두보杜甫와 황정견만 배우는 것으로는 부족하고, 이백李白과 소식蘇軾도 배워야 한다고 생각했다. 그 중에서도 특히 소식을 배워야 한다고 생각했다. 그 결과 시는 일반 강서시파 시인들에 비해 평이하고 자연스러운 편이다. 시문집으로 《동래선생집》이 있다.

兵亂後雜詩五首 (其五)
병란후잡시오수 기오

蝸舍嗟蕪沒, 孤城亂定初.
와사차무몰 고성란정초

籬根留敝屨, 屋角得殘書.
이근류폐구 옥각득잔서

雲路慙高鳥, 淵潛羨巨魚.
운로참고조 연잠선거어

客來缺佳致, 親爲摘山蔬.
객래결가치 친위적산소

전란이 지난 뒤에 (제5수)

달팽이집들이 잡초에 묻혀 있는

외로운 성곽에 전란이 갓 끝난 때

울타리 아래에는 해진 짚신이 뒹굴고

초가집 모퉁이엔 찢어진 책이 흩어졌네.
구름 속에 높이 나는 새에게 부끄럽고
연못 속에 깊이 숨은 큰 고기가 부럽네.
손님이 찾아와도 대접할 것이 없어
몸소 산에 올라가서 산나물을 캐온다네.

■ 주 석

蝸舍(와사) : 달팽이집. 초라한 집을 가리킨다.
蕪沒(무몰) : 잡초가 무성하여 뒤덮다.
敝屨(폐구) : 해진 신.
雲路(운로) : 새가 날아다니는 구름 속의 길.
淵潛(연잠) : 물속에 깊숙이 숨다.
佳致(가치) : 멋진 정치情致. 좋은 음식으로 멋지게 대접하는 일을 가리킨다.

■ 해 제

흠종欽宗 정강靖康 원년(1126) 정월, 금나라 군사가 북송의 도성 변경汴京(지금의 하남성 개봉開封)을 침공하기 시작하여 이 해 윤11월에 마침내 함락시키고, 이듬해 봄에 휘종과 흠종을 포로로 끌고 갔다. 여본중은 전란이 끝난 뒤에 변경으로 돌아가 망가지고 황폐해진 옛날 도성의 모습을 보고 이 연작시를 지었다. 이 시들은 《동래선생집》에는 수록되어 있지 않고 방회方回의 《영규율수瀛奎律髓》 권32 〈충분류忠憤類〉에 5수가 수록되어 전하는데, 방회의 말에 의하면 원래는 29수로 이루어져 있었다고 한다. 이 시들은 전란으로 파괴된 옛날 도성의 참담한 모습, 그 속에서 겨우 목숨만 부지하고 있는 백성들의 생활상, 무능과 사리사욕으로 이러한 현실을 초래한 위정자들에 대한 분노 등을 그림으로써 각각 다른 측면에서 당시의 역사적 사실을 반영하고 있다.

진여의陳與義(1090~1139)

낙양洛陽(지금의 하남성河南省에 속함) 사람으로 자字가 거비去非, 호號가 간재簡齋이다. 정화政和 3년(1113) 상사갑과上舍甲科에 등제登第하여 참지정사參知政事 등의 관직을 역임하였다. 비록 소식蘇軾과 황정견黃庭堅을 추앙하였지만, 오히려 진사도陳師道를 더 존경하였다. 이렇게 진여의는 그와 가까운 시대 사람들에 대한 사색과 탐구를 통해서 두보를 배우는 디딤돌로 삼았다. 동시에 그는 강서파江西派와는 그다지 같지 않았다. 왜냐하면 그는 "천하의 책을 읽지 않을 수는 없지만, 그러나 참으로 용사用事에 마음을 두어서는 안 된다"(天下書雖不可不讀, 然愼不可以有意於用事)라는 말을 들은 적이 있기 때문이다.(《극소편郤掃編》 권중卷中) 전기 작품은 고체시에서 주로 황정견·진사도의 영향을 받았고, 근체시에서는 황정견·진사도의 풍격에서 두보의 풍격으로 넘어가려는 점을 보여주고 있다. 두보 율시의 성조聲調·음절音節은 당대唐代 율시 중 가장 장대하고 중후한 것으로 공인되고 있다. 황정견과 진사도는 고심하고 애를 써서 두보를 배웠지만 이 점을 소홀히 하였다. 그러나 진여의는 오히려 이 점을 주의하였기 때문에 시는 비록 뜻이 깊지는 않지만 사구詞句가 분명하고 깨끗하며 음조 또한 맑게 울려 퍼져, 사람들은 강서파의 작가들보다 그를 더 좋아하였다. 《간재집簡齋集》이 있다.

襄邑道中
양 읍 도 중

飛花兩岸照船紅, 百里楡堤半日風.
비 화 량 안 조 선 홍 　 백 리 유 제 반 일 풍

臥看滿天雲不動, 不知雲與我俱東.
와 간 만 천 운 부 동 　 부 지 운 여 아 구 동

양읍 가는 길에

양편 언덕에서 휘날리는 꽃잎 배를 붉게 비추고
백 리 느릅나무 둑길이 순풍에 반나절 걸렸다.
누워 바라보니 하늘 가득 구름은 움직이지 않더니
구름과 나 함께 동쪽으로 가는 것을 몰랐구나.

■ 주 석

襄邑(양읍) : 지금의 하남河南 휴현睢縣. 당시에는 변하汴河가 동경東京(개봉開封)으로 통해 있었다.

楡堤(유제) : 느릅나무 둑. 배가 순풍을 타고 반나절에 백 리를 달리는데, 둑을 따라 모두 느릅나무가 있다는 말이다.

■ 해 제

진여의는 정화政和 3년(1113) 상사갑과上舍甲科에 급제하여 3년 동안 개덕부開德府 교수敎授를 맡았다. 이 시는 임기 만료 후인 정화 7년 만춘晩春에 양읍襄邑을 지나 동경東京으로 들어갈 때 지은 것이다. 수도로 들어가는 한 젊은이의 정치적 포부와 기대에 찬 모습이 뱃길의 빠름과 구름을 통해 경쾌하고도 한가롭게 잘 드러나 있다. 백묘 수법을 사용하여 경관의 묘사가 생동감 있고 자연스럽다.

雨晴
우 청

天缺西南江面淸, 纖雲不動小灘橫.
천 결 서 남 강 면 청　섬 운 부 동 소 탄 횡

墻頭語鵲衣猶濕, 樓外殘雷氣未平.
장 두 어 작 의 유 습　누 외 잔 뢰 기 미 평

盡取微凉供穩睡, 急搜奇句報新晴.
진 취 미 량 공 온 수 　급 수 기 구 보 신 청

今宵絶勝無人共, 臥看星河盡意明.
금 소 절 승 무 인 공 　와 간 성 하 진 의 명

비가 개어서

하늘은 남서쪽이 떨어져나가 수면처럼 맑고

가벼운 구름 꼼짝 않아 작은 모래톱이 가로놓인 듯하다.

담장 위 지저귀는 까치 날개 아직 젖어 있고

다락 밖 그쳐가는 우레 기세 가라앉지 않았다.

약간의 서늘함 모두 다 거두어 편안한 잠 대주니

새로운 시구 서둘러 구해 방금 갠 날에 보답을 한다.

오늘밤의 빼어난 정경 함께 할 이 없으니

누워서 마음껏 빛을 발하는 은하수를 바라다본다.

■ 주 석

纖雲(섬운) 구 : 이 구절은 하늘의 한 조각 작은 구름이 강 수면의 작은 모래톱과 같이 보인다는 말이다. 섬운纖雲은 경운輕雲이다. 진여의는 〈만보晩步〉 시에서 또한 "머문 구름 참으로 사랑스럽고, 겹겹이 포개짐이 모래톱 같다"(停雲甚可愛, 重疊如沙汀)라고 하였다. 황정견黃庭堅은 《산곡내집山谷內集》 권6 〈영설화광평공詠雪和廣平公〉에서 "하늘과 맞닿은 봄눈은 밝기가 씻은 듯하여, 홀연 강이 맑아 물에 모래가 보임을 떠올린다"(連空春雪明如洗, 忽憶江淸水見沙)라 하였고, 임연任淵은 "모래로 눈을 비유하였다"(沙以喩雪)라고 주를 달았다. 수법이 서로 같다.

穩睡(온수) : 편안한 잠. 두보의 〈7월 3일 정오 이후로 열기가 좀 식더니··

저녁이 되면서 약간 더 서늘해져 편안히 잤더니 시가 떠올랐다(七月三日亭午已後較熱退, 晚加小涼, 穩睡有詩)〉의 시제詩題에서 시어를 취했다.

報(보) : 보답하다, 갚다, 저버리지 않다. 두보의 〈강반독보심화江畔獨步尋花〉 시 "봄빛에 보답할 곳이 있음을 안다"(報答春光知有處)의 보자報字이다. 진여의의 〈청명淸明〉에 "다만 시구를 가지고 세월에 보답한다"(只將詩句答年華)라 하였고, 범성대范成大의 〈팔월이십일우직옥당우후돈량八月二十日寓直玉堂雨後頓涼〉에 "북쪽 창 아래에서 시를 짓고 붓을 놀리니 장차 이 노릇으로 서늘함에 보답한다"(題詩弄筆北窓下, 將此工夫報答涼)(《석호시집石湖詩集》 권11)라고 한 것을 참조할 만하다.

■ **해 제**

이 시는 무더운 여름날 한바탕의 뇌우雷雨가 시인에게 가져다준 상쾌함을 표현한 것인데, 변화가 일어나는 순간의 포착을 통해 미묘하고 변화 많은 대자연의 모습을 잘 묘사해내었다. 시인은 비 갠 후의 하늘과 사물의 변화된 정경을 시각과 청각을 통해 예민하게 포착하였고, 공간의 변화로부터 시간의 추이에 따른 변화과정을 섬세하게 그려내었다.

登岳陽樓二首 (其一)
등악양루이수 기일

洞庭之東江水西, 簾旌不動夕陽遲.
동정지동강수서 염정부동석양지

登臨吳蜀橫分地, 徙倚湖山欲暮時.
등림오촉횡분지 사의호산욕모시

萬里來遊還望遠, 三年多難更憑危.
만리래유환망원 삼년다난갱빙위

白頭弔古風霜裏, 老木蒼波無限悲.
백두조고풍상리 노목창파무한비

악양루에 올라 (제1수)

동정호의 동쪽 양자강의 서쪽
뉘엿뉘엿 지는 석양 아래 바람 한 점 없다.
굽어보니 오吳와 촉蜀이 땅을 나누었던 곳이고
지금껏 거쳐왔던 산하山河엔 황혼이 짓든다.
만 리 떠돌아온 곳 다시 멀리 바라보고
다난했던 삼년을 뒤로하고 다시 난간에 기댄다.
백발의 몸으로 서릿바람에 옛일을 생각하니
고목과 푸른 물결이 무한한 슬픔을 일으킨다.

■ 주 석

岳陽樓(악양루) : 호남湖南 악양岳陽에 있으며 당唐 이래 명승지로 꼽힌다.

簾旌(염정) : 발 끝에 엮어놓은 천. 이것이 움직이지 않는다는 것은 바람이 전혀 불지 않는다는 말이다.

登臨(등림) 구 : 《삼국지》 권47 〈손권전孫權傳〉에는 건안建安 7년에 오吳와 촉蜀이 형주荊州를 쟁탈할 때 "오나라 장군 노숙魯肅이 병사 만 명을 이끌고 파구巴丘(지금의 호남 악양)에 주둔했다"(魯肅以萬人屯巴丘)고 되어 있다. 두보의 〈등악양루登岳陽樓〉에 "오와 초 동남으로 갈려 있고, 하늘과 땅이 밤낮으로 떠있다"(吳楚東南拆, 乾坤日夜浮)라고 하였다. 오吳와 초楚는 춘추시대의 나라 이름으로 오나라는 동정호의 동쪽인 강서성과 강소성 일대이고, 초나라는 동정호의 남쪽인 호남성과 북쪽인 호북성 일대를 차지했었다.

三年(삼년) : 이 시는 건염建炎 2년(1128) 가을에 지은 시로 진여의는 정

강靖康 원년(1126) 봄부터 피난하기 시작하였으므로 3년이라고 하였다.

■ **해 제**

정강 원년(1126) 정월, 금병金兵이 쳐들어오자 진류陳留 주감酒監으로 있던 진여의는 남쪽으로 피난길에 오른다. 이 시는 고종 건염 2년(1128) 가을, 즉 정강지변靖康之變 3년 후에 지어진 작품으로, 시인이 악양루에 오른 감회를 읊은 시이다. 원元 방회方回는 《영규율수瀛奎律髓》 권1에서 "전부가 비장 격렬하다. ……가깝게는 황정견에 비근하고 멀리는 두보에 다다른다"(皆悲壯激烈 ……近逼山谷, 遠詣老杜)라고 평했다. 공간적으로 광활함을 상징하는 천지天地 · 강산江山과, 시간적으로 쓸쓸한 시점인 추秋 · 모暮를 복합적으로 활용하여 의경意境이 깊고 기상이 드넓으며, 비장悲壯함을 지녀 두보의 격조格調를 띠고 있다. 두보의 〈등고登高〉 경련頸聯 "만 리 밖 슬픈 가을 한결같은 나그네 몸이요, 한평생 병 앓는 몸 혼자 대臺에 오른다"(萬里悲秋常作客, 百年多病獨登臺)의 의경과 유사하다.

육유陸游(1125~1210)

산음山陰(지금의 절강성 소흥紹興) 사람으로 자字가 무관務觀이고 호號가 방옹放翁이다. 누구보다도 강력하게 금나라에 빼앗긴 중원 땅의 수복을 주장했기 때문에 주화파主和派의 미움을 사 남송 고종 소흥紹興 23년(1153)의 과거에서 주화파에 의해 제명되기도 하고, 소흥 27년 복주영덕현주부福州寧德縣主簿에 기용되어 관직에 첫발을 내디딘 이후에도 평생에 걸쳐 다섯 차례나 면직을 당하는 등 정치 생애에 있어서 수많은 파란을 겪었다. 중국의 역대 시인들 가운데 가장 많은 9,000여 수의 시를 남기고 있는데, 초기에는 강서시파의 시풍을 배워 수사와 기교를 중시했으나, 최전방인 남정南鄭(지금의 섬서성 한중漢中)에서 항금전쟁抗金戰爭에 종군한 중기에는 차츰 형식미보다 내용을 중시하는 자기 나름의 시세계를 개척하여 금나라에 대한 적개심과 우국충정을 꾸밈없이 토로해 낸 애국시를 주로 지었으며, 만년에는 한적한 전원생활의 정취를 노래한 시를 많이 지었다. 범성대范成大(1126~1193) · 양만리楊萬里(1127~1206) · 우무尤袤(1127~1194)와 더불어 남송사대가로 꼽히며, 특히 우국충정을 노래한 시가 남달리 많기 때문에 남송 애국시인이라고 불린다. 시문집으로 《위남문집渭南文集》과 《검남시고劍南詩稿》가 있다.

遊山西村
유 산 서 촌

莫笑農家臘酒渾, 豊年留客足鷄豚.
막 소 농 가 랍 주 혼　풍 년 류 객 족 계 돈

山重水複疑無路, 柳暗花明又一村.
산 중 수 복 의 무 로　유 암 화 명 우 일 촌

簫鼓追隨春社近, 衣冠簡樸古風存.
소 고 추 수 춘 사 근　의 관 간 박 고 풍 존

從今若許閑乘月, 拄杖無時夜叩門.
종 금 약 허 한 승 월　주 장 무 시 야 고 문

산서촌에 갔다가

"농가의 납주가 텁텁하다 웃지 마오
올해는 풍년이라 손님을 붙잡아도
닭고기 돼지고기 풍족하다오."
산 첩첩 물 겹겹 길이 없는가 싶더니
버들이 짙고 꽃이 환한 동네가 또 하나 나왔네.
춘사가 가까워져 퉁소 불고 북 치는데
소박한 의관에 고풍이 남아 있네.
지금부터 한가로이 밤마실 다녀도 된다면
지팡이 짚고 무시로 와서 밤이라도 문을 두드리고 싶네.

■ 주 석

山西村(산서촌) : 육유의 고향에 있는 마을 이름.
臘酒(납주) : 납월 즉 음력 12월에 빚어 두었다가 이듬해 봄에 마시는 술.
追隨(추수) : 뒤따르다.
春社(춘사) : 입춘 이후의 다섯 번째 무일戊日에 풍년을 기원하기 위해 토지신에게 지내는 제사.
乘月(승월) : 달빛을 이용하여 밤나들이를 하다.
拄杖(주장) : 지팡이.

■ 해 제

건도乾道 2년(1166), 육유는 장준張浚의 북벌에 찬성했다는 이유로 융흥통판隆興通判의 관직에서 파면되어 고향으로 돌아갔다. 이 시는 그 다음해 봄에 이웃 마을로 놀러갔다가 거기서 본 산서촌의 아름다운 산수를 그리고, 그곳의 순박한 인정과 예스러운 풍속을 노래한 것이다. 특히 제3, 4구는 인구에 회자하는 명구이다.

劍門道中遇微雨
검 문 도 중 우 미 우

衣上征塵雜酒痕, 遠遊無處不消魂.
의 상 정 진 잡 주 흔　원 유 무 처 불 소 혼

此身合是詩人未, 細雨騎驢入劍門.
차 신 합 시 시 인 미　세 우 기 려 입 검 문

검문관을 지나는 길에 가랑비를 맞으며

옷 위에는 먼지와 술자국이 뒤범벅
멀리 돌아다님에 가슴 안 미어진 곳 없었네.
이 몸은 시인이나 되어야 하는 걸까?
가랑비 속에 나귀를 타고 검문으로 들어가네.

■ 주석

劍門(검문) : 검문관劍門關. 촉蜀 지방으로 들어가는 관문으로 검주劍州(지금의 사천성 검각劍閣)의 대검산大劍山과 소검산 사이에 있는데, 산세가 하도 험악하여 30리나 되는 잔도棧道가 있다.

消魂(소혼) : 기쁘거나 슬퍼서 정신이 아득해지다.

合(합) : 마땅히 …해야 하다.

未(미) : 문장 끝에 붙어서 의문문을 만들어 준다. '부否'와 같다.

■ 해제

사천선무사四川宣撫使 왕염王炎의 부름을 받아 최전방인 남정南鄭에서 항상 전투복을 입고 중원 수복을 꿈꾸며 왕염 및 그 막부의 장군들과 함께 북벌 준비를 추진하고 있던 육유는 건도 8년(1172), 왕염이 돌연 도성인 임안臨安으로 소환되고 막부가 해체되는 바람에 북벌의 꿈을 접고 임지를 성도成都로 옮겨야 했다. 이 시는 그해 겨울 성도로 들어가기 위해 검문관을 지나면서 만감이 교차하는 심경을 토로한 것이다. 위험한 전방에서 안전한 후방으로 들어가면서 오히려 못마땅해하는 그의 마음가짐을 통하여, 조국이 위급존망지추에 처해 있는데도 시나 쓰고 앉아 있는 시인이기를 거부하는 그의 태도를 통하여, 그의 불타는 애국심을 엿볼 수 있다.

秋夜將曉出籬門迎涼有感二首（其二）
추야장효출리문영량유감이수 기이

三萬里河東入海, 五千仞嶽上摩天.
삼만리하동입해 오천인악상마천

遺民淚盡胡塵裏, 南望王師又一年.
유민루진호진리 남망왕사우일년

가을 밤이 새려 할 때 울타리 문을 나서서 바람을 쐬며 (제2수)

삼만 리 황하는 동으로 흘러 바다에 들고
오천 길 화산은 하늘을 어루만지련만
오랑캐의 먼지 속에
유민들은 눈물조차 말라버린 채
국군을 기다리다 소원을 못 이룬 채
남쪽을 바라보며 또 한 해를 보내겠네.

■ 주 석

籬門(이문) : 담 대신에 풀이나 대나무 등을 얽어서 울타리를 친 문.

迎涼(영량) : 바람을 쐬다.
仞(인) : 길. 한 길은 여덟 자이다.
嶽(악) : 서악西嶽 화산華山을 가리킨다. 육유의 〈추운 밤의 노래(寒夜歌)〉에 "삼만 리 황하는 동해로 들어가고, 오천 길 화산은 하늘을 어루만진다(三萬里之黃河入東海, 五千仞之太華摩蒼旻)"라는 구절이 있다.
王師(왕사) : 천자의 군대 즉, 국군.
又一年(우일년) : 이런 식으로 여러 해가 헛되이 지났음을 암시한다.

■ **해 제**

소희紹熙 3년(1192) 가을, 고향 산음에서 지은 것이다. 관직에서 물러나 고향에 은거하던 68세의 노인이었음에도 불구하고, 새벽 산책 때 문득 북쪽에 두고 온 조국 산천과 동포를 떠올릴 만큼 그의 애국심은 식을 줄을 몰랐다.

十一月四日風雨大作二首 (其二)
십일월사일풍우대작이수 기이

僵臥孤村不自哀, 尙思爲國戍輪臺.
강와고촌부자애 상사위국수륜대
夜闌臥聽風吹雨, 鐵馬冰河入夢來.
야란와청풍취우 철마빙하입몽래

동짓달 초나흗날 비바람이 크게 일어 (제2수)

외딴 마을에 누워 있어도 스스로 슬퍼 않고
오히려 나라 위해 윤대 지킬 생각을 한다.
이슥한 밤에 드러누워 비바람 소리 듣노라니
언 강을 달리는 전마가 꿈속으로 들어온다.

■ 주 석

僵臥(강와) : 자빠져 눕다.

輪臺(윤대) : 옛날 지명. 지금의 신강 위구르자치구 윤대현輪臺縣 동남쪽으로 본래 윤대국이라는 나라였는데 한나라 무제 때 중국에 복속되었다. 여기서는 먼 변새지방을 가리킨다.

夜闌(야란) : 밤이 이슥해지다.

鐵馬(철마) : 갑옷을 입은 전마戰馬.

冰河(빙하) : 얼어붙은 강.

■ 해 제

소희紹熙 3년(1192) 겨울에 휘몰아치는 비바람 소리를 듣고, 전쟁터에서 갑옷을 입고 얼어붙은 강 위를 달려가는 전마를 연상하여 지은 것이다. 68세 된 노인에게 비바람 치는 소리가 말 달리는 소리로 들렸다는 사실이 그의 남다른 애국심을 짐작케 한다.

沈園二首
심 원 이 수

其一
기 일

城上斜陽畫角哀, 沈園非復舊池臺.
성 상 사 양 화 각 애 　심 원 비 부 구 지 대

傷心橋下春波綠, 曾是驚鴻照影來.
상 심 교 하 춘 파 록 　증 시 경 홍 조 영 래

其二
기 이

夢斷香消四十年，沈園柳老不吹綿.
몽 단 향 소 사 십 년　심 원 류 로 불 취 면

此身行作稽山土，猶弔遺蹤一泫然.
차 신 행 작 계 산 토　유 조 유 종 일 현 연

심원

(제1수)

석양 비치는 성 위에서 구슬픈 나팔 소리
심원도 더 이상 옛날 모습 아니로다.
내 가슴을 저미는 다리 아래 푸른 물결
놀란 기러기 푸드덕 그림자 비쳐온 곳이로다.

(제2수)

꿈 깨지고 향기 사라진 지 어언간 마흔 해
심원의 버들도 늙어 버들개지를 안 날린다.
이 몸도 머지않아 회계산의 흙이 되련마는
아직도 발자취 찾아 한바탕 눈물을 흘린다.

■ 주 석

沈園(심원) : 절강성 소흥紹興에 있는 정원. 심씨원沈氏園이라고도 한다.
畫角(화각) : 아름답게 채색한 뿔피리. 주로 군대에서 시간을 알리기 위해 불었다.

非復(비부) : 더 이상 …이 아니다. 이 구절은 심원의 경물이 많이 변했음을 뜻한다. 육유가 68세 때 지은 〈우적사 남쪽에 있는 심씨의 작은 정원(禹迹寺南有沈氏小園)〉의 서문에 "40년 전 벽에 짤막한 사를 한 수 써놓았었는데 우연히 다시 와보니 정원은 이미 세 번이나 주인이 바뀌어 그것을 읽노라니 마음이 울적했다(四十年前嘗題小詞壁間, 偶復一到, 園已三易主, 讀之悵然)"라고 했다.

池臺(지대) : 연못가의 누대.

曾是(증시) : 바로 …이다.

驚鴻(경홍) : 외사촌 누이동생으로 자신의 첫째 부인이 되었던 당완唐琬을 가리킨다.

行(행) : 장차 …이 되려고 하다.

稽山(계산) : 회계산會稽山. 소흥의 동남쪽에 있는 산.

泫然(현연) : 눈물이 줄줄 흐르는 모양.

■ 해 제

육유는 20세 때 외사촌 누이 당완과 결혼하여 금슬이 매우 좋았는데 어머니의 핍박으로 결혼한 지 약 2년 만에 이혼하여 각자 다른 사람과 재혼했다. 그러던 중 31세 때 심원에서 우연히 그녀를 다시 만나 그녀로부터 술과 음식을 따뜻하게 대접받고 자신의 쓰라린 마음을 담은 〈채두봉釵頭鳳〉 사 한 수를 지어 심원의 담에 써놓았고, 당완도 그의 사에 화답하여 〈채두봉〉 사 한 수를 지었다. 그 뒤 당완이 울적한 마음을 달래지 못해 세상을 떠나자 육유는 그녀를 추념하는 시를 여러 수 지었다. 이 시는 그 가운데 가장 인구에 회자하는 것으로 경원慶元 5년(1199) 75세 때 심원에 들렀다가 지은 것이다.

梅花絶句
매 화 절 구

聞道梅花坼曉風, 雪堆遍滿四山中.
문 도 매 화 탁 효 풍　설 퇴 편 만 사 산 중

何方可化身千億, 一樹梅花一放翁.
하 방 가 화 신 천 억　일 수 매 화 일 방 옹

매화

매화는 새벽바람에 핀다고 들었거니와
산마다 가득가득 하얀 눈이 쌓였네.
어찌하면 이 한 몸이 천 개 억 개로 나뉘어
매화나무 한 그루마다 내가 마주 서 있을꼬?

■ 주 석

聞道(문도) : …라고 말하는 것을 듣다.
雪堆(설퇴) : 무더기로 핀 매화를 가리킨다.
遍滿(편만) : 사방에 가득 차다.
何方(하방) : 무슨 방법으로.
放翁(방옹) : 육유의 호號.

■ 해 제

78세 때인 가태嘉泰 2년(1202), 고향 산음山陰에 한거하면서 지은 것이다. 육유는 〈매화(梅花五首)〉 제3수에서 "매화와 친구가 되고 싶건만, 그에게 안 어울릴까 자나깨나 걱정이네. 지금부턴 세속의 익힌 음식을 먹지 않고, 물이나 마시면서 신선의 책을 읽으리라(欲與梅爲友, 常憂不稱渠. 從今斷火食, 飮水讀仙書)"라고 했을 정도로 매화를 좋아했거니와, 자기 몸이 매화나무의 수만큼 분열되어서 한 그루의 매화도

빼놓지 않고 감상하고 싶다는 기발한 표현이 매화에 대한 그의 애호도를 짐작케 한다.

示兒
시 아

死去元知萬事空, 但悲不見九州同.
사 거 원 지 만 사 공　단 비 불 견 구 주 동

王師北定中原日, 家祭毋忘告乃翁.
왕 사 북 정 중 원 일　가 제 무 망 고 내 옹

아들들에게

죽고 나면 만사가 공허한 줄 알지만

구주가 하나 됨을 못 본 것이 슬퍼라.

국군이 북벌하여 중원을 평정하면

제사 때 아비에게 잊지 말고 알려라.

■ 주 석

元知(원지) : 원래부터 알다. '원지原知'와 같다.

九州(구주) : 고대에 중국을 아홉 개의 주로 나누었던 데서 비롯되어 중국 전토를 가리키는 말이다.

王師(왕사) : 천자의 군대 즉, 국군.

乃翁(내옹) : 너희들의 아버지. 육유 자신을 가리킨다.

■ 해 제

육유는 가정嘉定 2년(1209) 12월 29일에 세상을 떠났다. 이 시는 그가 죽기 전에 마지막으로 지은 절필시絶筆詩요, 여섯 명의 아들에게 남긴 유언이다.

범성대范成大(1126~1193)

오현吳縣(지금의 강소성 소주蘇州) 사람으로 자字가 치능致能, 호號가 석호거사石湖居士이다. 육유陸游 · 양만리楊萬里 · 우무尤袤와 더불어 남송사대가로 꼽힌다. 네 살 때인 건염建炎 3년(1129)에 소주가 금나라 군사에게 유린되어 5일 동안 건물이 불타고 50여 만 명의 무고한 백성이 희생되는 참화를 목격했고, 열여섯 살 때인 소흥紹興 11년(1141)에는 금나라와의 사이에 굴욕스러운 소흥화의가 맺어져 백성들의 생활이 도탄에 빠지는 것을 보았다. 스물일곱 살이 될 때까지 과거에 응시할 생각을 하지 않고 고향에서 칩거하며 농민들과 생활을 같이하다가 스물아홉 살 되던 해인 소흥 24년(1154)에야 진사에 급제했다. 그 뒤 약 30년에 걸쳐 신안新安(지금의 안휘성 흡현歙縣) · 항주杭州(지금의 절강성 항주) · 처주處州(지금의 절강성 여수麗水 동남쪽) · 정강靜江(지금의 광서성 계림桂林) · 성도成都(지금의 사천성 성도) · 명주明州(지금의 절강성 은현鄞縣 동쪽) · 건강建康(지금의 강소성 남경南京) 등지에서 벼슬살이를 했다. 건도乾道 6년(1170)에는 사절단을 이끌고 금나라에 들어갔다가 금나라 조정의 위압적인 분위기에도 불구하고 끝까지 자신의 주장을 굽히지 않는 기백과 우국충정을 보여줌으로써 송나라는 물론 금나라의 군신君臣들까지도 감복하게 만든 바 있다. 만년에는 고향에 은거하면서 자주 석호石湖에 나가 심신의 안식을 얻었다. 시는 금나라에 대한 적개심을 토로한 애국시, 위정자들의 실정과 백성들의 생활고를 고발한 사회시, 전원생활의 이모저모를 그린 전원시가 주류를 이루는데, 전원시는 도연명陶淵明(365~427)과는 달리 전원생활의 긍정적인 면만 그리지 않고 관리에 의한 농민의 착취와 수탈이라는 부정적인 면도 동시에 그리고 있어서 사회시와 일체를 이루는 경우가 많다. 시문집으로 《석호집》이 있다.

催租行
최 조 행

輸租得鈔官更催, 踉蹡里正敲門來.
수 조 득 초 관 갱 최　양 장 리 정 고 문 래

手持文書雜嗔喜, 我亦來營醉歸耳.
수 지 문 서 잡 진 희　아 역 래 영 취 귀 이

牀頭慳囊大如拳, 撲破正有三百錢.
상 두 간 낭 대 여 권　박 파 정 유 삼 백 전

不堪與君成一醉, 聊復償君草鞋費.
불 감 여 군 성 일 취　요 부 상 군 초 혜 비

세금 독촉의 노래

세금을 다 내고 증서도 받았는데
관아에서 다시금 세금을 재촉하여
어정어정 이장이 와서 대문을 두드리네.
한 손에 문서를 들고 희비가 엇갈리며 하는 말이
"나는 그저 술이나 한 잔 먹을까 하고 왔을 뿐이네."
침대맡의 저금통 주먹 만한데
깨어보니 돈이 꼭 삼백 전이 들어 있네.
"어르신 모시고 취하기엔 돈이 너무 적으니
아쉬운 대로 짚신이나 사세요" 하네.

■ 주 석

鈔(초) : 호초戶鈔. 농민들이 세금을 납부하고 받는 영수증.
踉蹡(양장) : 천천히 걷는 모양.
里正(이정) : 이장里長.

文書(문서) : 세금을 납부하고 받은 영수증을 가리킨다.
嗔喜(진희) : 성냄과 기뻐함.
亦(역) : 다만 …일 뿐이다.
營(영) : 꾀하다. 도모하다.
慳囊(간낭) : 저금통.

■ **해 제**

소흥紹興 24년(1154) 과거를 보기 위하여 항주杭州로 가는 도중에 지은 것이다. 실수인지 고의인지 세금을 냈는데도 불구하고 이장이 다시 와서 세금을 내라고 독촉하는 당시의 불합리한 세정稅政과 관리들의 부정부패를 고발한 작품이다. 겸연쩍어하는 이장에게 뒷일을 두려워하여 저금통을 깨서라도 뇌물을 먹여야 하는 당시의 현실을 엿볼 수 있다.

州橋
주 교

州橋南北是天街, 父老年年等駕回.
주 교 남 북 시 천 가　부 로 년 년 등 가 회

忍淚失聲詢使者, 幾時眞有六軍來.
인 루 실 성 순 사 자　기 시 진 유 륙 군 래

주교

주교의 남과 북은 옛날의 서울 거리
노인들 늘 기다리네 천자의 수레 돌아오기를.
눈물을 참으며 목이 메어 사자에게 묻는구나
언제나 정말로 육군이 오는지를.

■ 주 석

州橋(주교) : 북송의 도성 변경汴京(지금의 하남성 개봉開封)을 지나는 변하汴河에 놓여 있던 다리.

天街(천가) : 서울에 있는 길.

父老(부로) : 노인. 어르신.

六軍(육군) : 옛날 제도에 의하면 1군은 12,500명인데 천자는 6군을 보유했으므로 6군은 천자의 군대를 가리킨다.

■ 해 제

건도乾道 6년(1170) 기청국신사祈請國信使로 임명되어 금나라에 들어갈 때 지은 것이다. 주교는 송나라가 금나라에 쫓겨서 강남으로 옮겨가기 전인 북송 시절의 서울 변경에 놓여 있던 다리이니 옛날의 서울에서 옛날의 백성을 만난 애국 시인의 감회는 남달랐을 것이다. 이 시는 그때의 감회를 읊은 것이다.

會同館
회 동 관

萬里孤臣致命秋, 此身何止一漚浮.
만 리 고 신 치 명 추　차 신 하 지 일 구 부

提攜漢節同生死, 休問羝羊解乳不.
제 휴 한 절 동 생 사　휴 문 저 양 해 유 부

회동관

만리 밖의 외로운 신하 목숨 바칠 날이로다.

이 몸이 어찌 한 개의 거품으로 그칠소냐?

한나라의 부절을 들고 생사를 함께하리로다.

숫양이 젖 나는지는 물어볼 것 없도다.

■ 주 석

會同館(회동관) : 금金나라에 사신으로 나갔을 때 중도中都에서 묵었던 여관. 범성대 자신의 주석에 "연산의 객관이다(燕山客館也)"라고 했다.

致命(치명) : 목숨을 바치다.

漚(구) : 거품.

漢節(한절) : 한나라의 부절符節. 한나라 때 소무蘇武(기원전 143 전후~기원전 60)는 흉노 땅에 사신으로 나갔다가 그들에게 억류되어 배가 고프면 담요를 뜯어먹고 목이 마르면 눈을 먹으면서 연명했지만, 한나라의 부절을 움켜 쥔 채 끝내 뜻을 굽히지 않았다. 흉노가 그를 인적 없는 북해北海(지금의 바이칼호)로 보내어 숫양을 먹이게 하고는 숫양이 젖을 내면 돌아오는 것을 허락한다고 위협해도, 그는 끝내 절개를 굽히지 않다가 나중에 한나라가 흉노와 화친을 맺음으로써 마침내 한나라로 돌아갔다.

■ 해 제

건도乾道 7년(1171) 9월 9일에 금나라의 중도中都(지금의 북경北京)에 도착하여 회동관이라는 객관에 묵었는데 이튿날 금나라가 사신을 억류하려고 한다는 소문을 듣고 이 시를 지어 자신의 비장한 심경을 토로했다. 주필대周必大의 〈자정전학사증은청광록대부범공성대신도비資正殿學士贈銀靑光祿大夫范公成大神道碑〉(《주익국문충공집周益國文忠公集》 권22)에 의하면 그는 금나라로 떠나기 전에 "저는 이미 후사도 세워 놓았고 집안일도 적절히 조처하여 돌아오지 못할 것에 대비해 놓았으니 마음이 무척 편안합니다(臣已立後, 仍區處家事, 爲不還計, 心甚安之)"라고 하여 효종을 감동시킨 바 있거니와, 이 시에는 숫양에게서 젖이 나는 요행을 바랄 것도 없이 죽기를 작정하고 자신의 사명을 완수하겠다는 그의 각오가 잘 드러나 있다.

夜坐有感
야 좌 유 감

靜夜家家閉戶眠, 滿城風雨驟寒天.
정 야 가 가 폐 호 면　만 성 풍 우 취 한 천

號呼賣卜誰家子, 想欠明朝糴米錢.
호 호 매 복 수 가 자　상 흠 명 조 적 미 전

밤에 앉아 있노라니

고요한 밤 집집마다 문을 닫고 자는데
성 안 가득 비바람이 찬 하늘에 몰아친다.
점 치라고 외치는 이 누구네 아들일까?
내일 아침 쌀 살 돈이 모자라는 모양이다.

■ 주 석

號呼(호호) : 외치다.
賣卜(매복) : 점을 팔다. 점을 쳐주고 돈을 벌다.
糴米(적미) : 쌀을 사다.

■ 해 제

범성대는 순희淳熙 10년(1183) 고향 소주로 돌아가 석호石湖 부근의 시골에 은거했다. 이 시는 이 시기의 작품으로 사람들이 곤히 잠든 깊은 겨울 밤에 빗소리를 뚫고 귓전으로 날아드는 점쟁이의 절규를 듣고 지은 것이다. 부재상副宰相이라는 높은 관직까지 지낸 사람의 생각이 여기에까지 미쳤으니 백성을 사랑하는 그의 마음이 어느 정도였는지를 짐작할 수 있다.

晚春田園雜興十二絶（其三）
만춘전원잡흥십이절 기삼

蝴蝶雙雙入菜花, 日長無客到田家.
호접쌍쌍입채화 일장무객도전가

雞飛過籬犬吠竇, 知有行商來買茶.
계비과리견폐두 지유행상래매차

만춘전원잡흥 (제3수)

나비가 짝을 지어 채소 꽃으로 날아들 뿐
기나긴 날 시골집엔 찾아오는 손님 없다.
닭이 날아 울을 넘고 개가 움에서 짖어대니
행상이 차를 사러 다니나 보다.

■ 주 석

菜花(채화) : 채소의 꽃.
雞飛過籬(계비과리) : 닭이 날아서 울타리를 넘어가다.
買茶(매차) : 찻잎을 사다.

■ 해 제

늦은 봄은 농사가 한창 바쁜 계절이다. 남녀노소를 막론하고 모두 들로 나가 일을 하지 않으면 안 된다. 주인 없는 집에 손님이 찾아올 리도 없거니와 자기 일이 바빠서 남의 집을 방문할 여유도 없다. 행상이 지나가는 소리에 깜짝 놀란 닭이 울타리 너머로 도망가고, 갑자기 개가 짖어 정적을 깬다. 이 시는 이러한 일상적인 농촌 풍경을 별로 감정을 개입시키지 않고 담담하게 그린 한 폭의 풍경화이다.

夏日田園雜興十二絶 (其七)
하일전원잡흥십이절 기칠

晝出耘田夜績麻, 村莊兒女各當家.
주출운전야적마 촌장아녀각당가

童孫未解供耕織, 也傍桑陰學種瓜.
동손미해공경직 야방상음학종과

하일전원잡흥 (제7수)

낮에는 김매기 밤에는 길쌈
시골집의 남자 여자 각자가 다 전문가
너무 어려 밭 못 갈고 베 못 짜는 아이도
뽕나무 그늘 옆에서 오이 심기 배운다.

■ 주석

耘田(운전) : 밭을 매다.
績麻(적마) : 길쌈하다.
兒女(아녀) : 노인의 관점에서 본 아들과 딸. 결국 농촌의 일반 남자와 여자를 가리킨다.
當家(당가) : 전문가.
童孫(동손) : 노인의 관점에서 본 어린 손자. 결국 농촌의 일반 아동을 가리킨다.
耕織(경직) : 밭 가는 일과 베 짜는 일.

■ 해제

남녀의 구분도 없이, 밤낮의 구분도 없이 하루 종일 일을 해야 하는 여름철의 전원생활을 할아버지 또는 할머니의 관점에서 관찰하여 묘사한 것이다.

양만리楊萬里(1127~1206)

길주吉州 길수吉水(지금의 강서江西에 속함) 사람으로 자字가 정수廷秀, 호號가 성재誠齋이다. 소흥紹興 24년(1154)에 진사進士가 되었고 효종孝宗 초에 지봉신현知奉新縣을 맡은 다음에 태상박사太常博士 · 태자시독太子侍讀 등을 역임하였다. 광종光宗 즉위 후에는 비서감秘書監을 맡기도 했는데, 항금抗金을 주장하였다. 시에 뛰어나 우무尤袤 · 범성대范成大 · 육유陸游와 함께 남송사대가南宋四大家로 일컬어졌다. 창작 경력은 《강호집江湖集》과 《형계집荊溪集》의 자서에서 보인다(《성재집誠齋集》 권80). 그의 말에 의거하자면, 그는 최초에는 강서파江西派를 배웠고, 나중에 왕안석王安石의 절구絕句를 배웠다. 그 후 전향하여 만당인晚唐人의 절구를 배웠고, 최후에는 "문득 깨닫는 것이 있는 듯해서"(忽若有悟) 더 이상 아무도 배우지 않고, "뒷동산을 걷고 옛 성에 오르며 구기자와 국화를 따고 꽃과 대나무를 당기고 살피자면 온갖 사물이 다 나타나서 나에게 시의 재료를 바친다"(步後園, 登古城, 採擷杞菊, 攀翻花竹, 萬象畢來, 獻余詩材)라고 하였다. 그 이후로 시를 짓는 것이 매우 용이했다고 한다. 동시대의 사람들도 그의 "형상을 살려내는 방법"(活法)과 그의 "죽은 뱀을 살려내고"(死蛇弄活) "산채로 사로잡는"(生擒活捉) 솜씨를 칭찬하고 감탄하였다. 한 가지 주의할 것은 양만리의 시와 황정견의 시가 하나는 경쾌하고 분명하여 속어가 섞여 있고, 하나는 경전을 인용하여 넓고 오묘하며 어렵고 깊이가 있게 보이지만, 양만리가 이론상에서는 결코 황정견이 말한 "무자무래처無字無來處"의 범위를 벗어나지 않고 있음을 알아야 한다. 그는 물론 전고를 늘어놓지는 않았지만, 그러나 그가 사용한 속어는 모두 출전이 있어서 백화白話 안에서도 비교적 고아古雅한 부분이었다. 독자는 그의 산뜻함과 자유로움만 볼 뿐, 이와 같은 용의주도한 면을 알기는 쉽지 않다. 일생 동안 2만여 수의 시를 썼다고 하지만 현존하는 것은 4,200여 수이다. 《성재집誠齋集》이 있다.

湖天暮景
호 천 모 경

坐看西日落湖濱, 不是山銜不是雲.
좌 간 서 일 락 호 빈 불 시 산 함 불 시 운

寸寸低來忽全沒, 分明入水只無痕.
촌 촌 저 래 홀 전 몰 분 명 입 수 지 무 흔

호수의 석양

호수 아래로 지는 해를 바라보고 있으니
해를 삼키는 건 산도 아니고 구름도 아니다.
조금씩 내려오더니 갑자기 사라졌는데
분명히 물로 들어갔건만 흔적조차 없다.

■ 주 석

寸寸(촌촌) : 한 치 한 치. 아주 천천히.

■ 해 제

하늘의 석양이 서서히 호수 아래로 져서 마침내 태양이 완전히 모습을 감출 때까지의 광경을 묘사하였는데, 호수를 의인화하여 석양을 서서히 삼키는 존재로 부각시킴으로써 그의 이른바 활법活法이 잘 나타나 있다.

桑茶坑道中八首
상 다 갱 도 중 팔 수

其二
기 이

田塍莫道細于椽，便是桑園與菜園.
전 승 막 도 세 우 연 편 시 상 원 여 채 원

嶺脚置錐留結屋，盡驅柿栗上山巓.
영 각 치 추 류 결 옥 진 구 시 률 상 산 전

其七
기 칠

晴明風日雨乾時，草滿花隄水滿溪.
청 명 풍 일 우 건 시 초 만 화 제 수 만 계

童子柳陰眠正着，一牛喫過柳陰西.
동 자 류 음 면 정 착 일 우 끽 과 류 음 서

상다갱의 길 가운데서

(제2수)

밭두둑이 서까래보다 가느다랗다고 말하지 말라
이곳이 바로 뽕밭과 채마밭이란다.
고개자락에 송곳 꽂을 만큼 초막 지을 땅을 남겨두고
감나무와 밤나무를 모두 뽑아 산꼭대기로 올렸다.

(제7수)

활짝 개어 바람과 해가 있고 비는 그쳐서

풀은 꽃 방죽을 채우고 물은 시내에 넘실거린다.
아이는 버드나무 그늘에서 잠이 막 들었는데
소 한 마리 풀 뜯으며 버드나무 그늘 서쪽으로 지나간다.

■ 주 석

置錐(치추) : 송곳 꽂을 만큼의 아주 좁은 땅. 《한서漢書 · 식화지食貨志》에 "부자들의 전답은 남북으로 길 따라 이어져 있고, 가난한 사람들은 송곳 꽂을 땅도 없다"(富者田連阡陌, 貧者亡立錐之地)라고 하였다.
盡驅(진구) 구 : 이 구절은 집 마당에 있어야 할 과일나무조차 산꼭대기로 옮겨 심을 수밖에 없는 가난한 농민들의 처절한 삶을 표현한 것이다.

■ 해 제

상다갱桑茶坑은 안휘성安徽省 경현涇縣에 있다. 이 시는 양만리가 소희紹熙 3년(1192) 봄에서 여름으로 넘어갈 무렵의 농촌의 풍경과 농민들의 생활모습을 묘사한 것이다. 제2수에서는 좁은 땅이나마 어떻게 해서든지 많은 수확을 거두어보려고 애쓰는 가난한 농민들의 삶의 모습이, 제7수에서는 농촌의 한가로운 정경이 시인의 예민한 관찰력에 의해 자연스러우면서도 핍진하게 묘사되어 있다.

道傍店
도 방 점

路傍野店兩三家, 淸曉無湯況有茶.
노 방 야 점 량 삼 가　청 효 무 탕 황 유 차

道是渠儂不好事, 靑瓷甁揷紫薇花.
도 시 거 농 불 호 사　청 자 병 삽 자 미 화

길 옆 가게

길 옆에 시골 가게 두세 채 늘어서 있는데
새벽에 뜨거운 물 없으니 하물며 차가 있으랴?
그 사람 게으르기 짝이 없다고 말하려는데
푸른 사기병에 붉은 백일홍이 꽂혀 있었다.

■ **주 석**

道(도) : '설說'과 같다.
渠儂(거농) : 3인칭 대명사.
紫薇花(자미화) : 백일홍百日紅.

■ **해 제**

양만리는 관직 생활도 순조롭고 그 지위도 높았다. 하지만 그렇다고 해서 백성들에 대한 관심이 낮았던 것은 아니다. 이 시는 백성들에 대한 그의 애정을 보여주는 작품이라고 할 수 있다. 새벽에 가게에 들어가니 아직 더운물도 끓여 놓지 않은 터라 주인이 일하기 싫어한다고 생각하였다. 그런데 푸른 사기병에 꽂힌 백일홍을 보고 주인이 아름다움을 사랑하는 사람임을 알게 되고는, 그 주인을 애정 어린 시선으로 바라보며 주인에 대해 불평한 것을 미안해하는 시인의 모습이 잘 나타나 있다.

소덕조蕭德藻(?~?)

민청閩淸(지금의 복건성 민청) 사람으로 자字가 동부東夫이고 호號가 천암거사千巖居士이다. 남송 고종 소흥紹興 21년(1151)에 진사에 급제하여 오정烏程 현령을 지낸 바 있으며 나중에는 오정에 있는 병산屛山에 은거했다. 당시 우무尤袤·양만리楊萬里·범성대范成大·육유陸游 등과 시명을 나란히 했으며 우무나 양만리 대신 남송사대가로 꼽히기도 한다. 증기曾幾에게 시를 배운 적이 있는 그는 독서의 중요성은 인정하되 '이서위시以書爲詩'의 작시태도는 반대하는 등 강서시파의 영향에서 벗어나려고 노력했지만 그럼에도 불구하고 시풍이 여본중呂本中이나 증기보다 황정견黃庭堅의 시풍에 더욱 가까워서 생경하고 기이한 표현이 많은 것으로 평가된다. 시집은 전하는 것이 없고 일부의 시만 남아 있다.

樵夫
초 부

一擔乾柴古渡頭, 盤纏一日頗優游.
일 담 건 시 고 도 두　반 전 일 일 파 우 유

歸來磵底磨刀斧, 又作全家明日謀.
귀 래 간 저 마 도 부　우 작 전 가 명 일 모

나무꾼

오래 된 나루터에 한 짐의 마른 나무

저 나무 팔아서 노자를 벌면

오늘도 하루가 무척 느긋하겠지.

돌아와 계곡에서 낫과 도끼 갈아서

온 식구의 내일 생계 도모하겠지.

■ 주 석

盤纏(반전) : 여비. 노자. 먼 길을 온 것에 대한 비용이라는 뜻으로 나무 판 돈을 가리킨다.

優游(우유) : 한가로운 모양. 여유가 있어 느긋함을 뜻한다.

磵(간) : 계곡. '간澗'과 같다.

■ 해 제

나무꾼이 추위와 위험 속에 어렵사리 한 나무를 팔기 위해 나루를 건너는 광경을 보고, 작은 소득에도 만족하며 욕심없이 살아가는 그의 소박한 심성과, 그날그날 벌어서 온 가족의 생계를 도모해야 하는 빠듯한 일과를 상상하여 지은 것이다.

주희朱熹(1130~1200)

휘주徽州 무원婺源(지금의 강서江西에 속함) 사람으로 자字는 원회元晦, 중회仲晦이며, 호號는 회암晦庵, 회옹晦翁이고, 별칭別稱은 자양紫陽이다. 남송南宋의 저명한 이학가理學家인데, 그의 문학관점은 기본적으로 주돈이周敦頤·정이程頤 등의 "문이재도文以載道" 주장을 계승하여 "중도경문重道輕文"의 경향을 띠었다. 그러나 문학적 소양이 있는 학자여서 시詩와 문文에 모두 상당한 성취를 거두었고, 고금古今 작가의 작품에 대한 평론 방면에서도 정채로운 견해를 많이 내었다. "시언지詩言志"의 유가시관儒家詩觀을 답습하여 시 대부분이 명리明理와 언지言志의 경향을 띠고 있지만 이학가의 시 중에서는 청신활발清新活潑한 편이다. 《사서장구집주四書章句集注》, 《주역본의周易本義》, 《시집전詩集傳》, 《초사집주楚辭集注》 및 후인이 편찬한 《회암선생주문공문집晦庵先生朱文公文集》과 《주자어류朱子語類》 등이 있다.

觀書有感二首 (其一)
관서유감이수 기일

半畝方塘一鑑開, 天光雲影共徘徊.
반무방당일감개 천광운영공배회

問渠那得淸如許, 爲有源頭活水來.
문거나득청여허 위유원두활수래

책을 보다가 느낌이 일어서 (제1수)

반 이랑 네모난 못이 거울과 같아서

하늘과 구름이 그대로 잠겨 배회한다.

어떻게 그처럼 맑을 수 있느냐고 물으니

근원에서 끊임없이 활수가 나와서란다.

■ 주 석

一鑑開(일감개) : 거울보를 연 거울. 고인古人들은 동경銅鏡을 보자기로 싸두었다가 사용할 때 꺼내서 썼다.

天光(천광) 구 : 이 구절은 하늘과 구름이 거울 같은 못에 그대로 비쳐서 움직이는 모습이 마치 사람이 배회하듯 한다는 말이다.

渠(거) : 3인칭 대명사(타它). 여기서는 '방당方塘'을 가리킨다.

那得(나득) : 어떻게 …할 수 있는가? '즘마회怎麽會'와 같다.

如許(여허) : 이처럼, 그처럼. '여차如此'와 같다.

源頭活水(원두활수) : 근원에서 끊임없이 흘러나오는 활수活水. 《맹자孟子·이루離婁 하下》에 "근원에서 흘러나오는 샘물이 철철 흘러 밤낮을 그치지 아니하여 구덩이가 가득해진 뒤에 나아가 사해에 이르니, 학문에 근본이 있는 자는 이와 같다"(源泉混混, 不舍晝夜, 盈科而後進, 放乎四海. 有本者如是)라고 하였다.

■ 해제

이 시는 주희의 철학사상을 나타낸 것이다. 그는 못에 끊임없이 활수活水가 흘러들어야 맑을 수 있다고 함으로써 사상도 끊임없이 사색하고 탐구함이 있어야 정체를 면하고, 흉중에 정확하게 사물의 이치를 반영할 수 있음을 비유하였다. 추상적인 내용을 구체적인 것으로 비유해낸 솜씨가 볼 만하다.

강기姜夔(1155~1221)

파양鄱陽(지금의 강서성 파양波陽) 사람으로 자字가 요장堯章, 호號가 백석도인白石道人이다. 일찍이 부친을 따라 한양漢陽(지금의 호북성 무한武漢)에서 살다가 부친이 죽은 뒤에는 누나에게 의탁하여 살았다. 평생 벼슬에 나아가지 않고 호북·강서·안휘·강소·절강 등지를 돌아다니면서 남의 식객 노릇을 하다가 항주에서 세상을 떠났다. 강호시파江湖詩派의 시인으로 초기에는 황정견黃庭堅의 영향을 적지 않게 받았으나 나중에는 "옛사람과 같기를 추구하지 않되 같지 않을 수 없고, 옛사람과 다르기를 추구하지 않되 다르지 않을 수 없는(不求與古人合而不能不合, 不求與古人異而不能不異)"(〈시집자서詩集自序〉) 경지를 추구하여 자신의 길을 개척함으로써 양만리楊萬里·범성대范成大 등 여러 대가의 칭송을 받았다. 특히 칠언절구에 뛰어나 현존하는 시 70여 수 가운데 절반 정도를 차지한다. 음악에 능통하고 사詞를 잘 지어 시인으로보다 사인으로 더 유명하며, 자신의 시에 관한 견해를 담은 《시설詩說》을 짓기도 했다. 시집으로 《백석도인시집白石道人詩集》이 있다.

除夜自石湖歸苕溪十首（其一）
제야자석호귀초계십수 기일

細草穿沙雪半銷, 吳宮煙冷水迢迢.
세초천사설반소 오궁연랭수초초

梅花竹裏無人見, 一夜吹香過石橋.
매 화 죽 리 무 인 견　일 야 취 향 과 석 교

제야에 석호에서 초계로 돌아가며 (제1수)

가는 풀싹은 모래를 뚫고 눈은 반쯤 녹았는데
오궁에선 찬 연기 피고 강은 아득히 뻗어 있다.
대밭 속에 핀 매화라 아무도 본 사람 없는데
밤새도록 그윽한 향이 돌다리를 넘어온다.

■ 주 석

石湖(석호) : 지금의 강소성 오현吳縣 서남쪽에 위치한, 태호太湖와 붙어 있는 작은 호수로 범성대范成大가 만년에 은거했던 곳이다.
苕溪(초계) : 절강성 천목산天目山에서 발원하여 호주湖州를 거쳐 태호로 흘러 들어가는 강. 가을에 초화苕花(갈대꽃)가 피어 강 양쪽 언덕을 하얗게 뒤덮고, 그것이 떨어져서 수면을 뒤덮기 때문에 초계 또는 초수苕水라고 한다. 여기서는 당시 강기가 살고 있던 호주를 가리킨다.
吳宮(오궁) : 지금의 강소성 소주蘇州에 있던 춘추시대 오나라의 왕궁. 여기서는 오궁의 옛터인 소주를 가리킨다.
迢迢(초초) : 아득히 먼 모양.

■ 해 제

강기는 범성대와 친밀하게 지냈는데 소희紹熙 2년(1191) 겨울, 그는 석호로 범성대를 찾아갔다. 이것은 그해 섣달 그믐날 석호로부터 호주에 있는 자기 집으로 돌아가는 배 안에서 보고 느낀 바를 그린 것이다.

過垂虹
과수홍

自作新詞韻最嬌, 小紅低唱我吹簫.
자작신사운최교 소홍저창아취소

曲終過盡松陵路, 回首煙波十四橋.
곡종과진송릉로 회수연파십사교

수홍교를 지나며

내가 지은 새 사가 운치가 가장 좋아

소홍이는 노래하고 이 몸은 퉁소 분다.

곡조가 끝나자 송릉 길을 다 지나고

돌아보니 다리 열넷이 안개 속에 아련하다.

■ 주석

垂虹(수홍) : 수홍교垂虹橋. 지금의 강소성 오강현吳江縣 동쪽 오송강吳淞江에 놓여 있던 길이가 1킬로미터쯤 되고, 교동橋洞이 72개나 되는 긴 다리로 북송 인종仁宗 때 건립되었다.

自作新詞(자작신사) : 강기가 범성대范成大의 요청으로 스스로 작곡하여 그 곡조에 맞추어 쓴 가사인 〈암향暗香〉과 〈소영疏影〉을 가리킨다. 이 구절은 강기가 자신이 지은 이 2수의 영매사詠梅詞에 대하여 매우 만족스럽게 생각했음을 암시한다.

小紅(소홍) : 기녀 이름. 원래 범성대의 가기家妓였는데 강기의 사 〈암향〉과 〈소영〉을 잘 부르므로 강기에게 주었다.

松陵(송릉) : 오강현의 다른 이름.

■ 해제

소희紹熙 2년(1191) 섣달 그믐날, 석호에 있는 범성대의 집을 떠나 기녀 소홍을 데리고 호주에 있는 자기 집으로 가는 도중 배가 수홍교를 지날 때 지은 것이다.

서기徐璣(1162~1214)

영가永嘉(지금의 절강성 온주溫州) 사람으로 자字가 문연文淵 또는 치중致中이고 호號가 영연靈淵이다. 동향의 친구인 서조徐照(?~1211) · 옹권翁卷(?~?) · 조사수趙師秀(1170~1220) 등과 더불어 영가사령永嘉四靈이라고 불렸다. 이들은 강서시파를 반대하고 만당시를 높이 받들어 한 글자 한 구절을 반복적으로 퇴고하는 고음苦吟을 주요 창작방법으로 삼되, 전고典故와 성어成語의 사용을 지양하고 백묘白描의 수법을 즐겨 써서 시가 평이하다는 장점이 있는 반면에 깊은 맛이 없다는 단점이 있다. 시집으로 《이미정시집二薇亭詩集》이 있다.

山居
산 거

柳竹藏花塢, 茅茨接草池.
유 죽 장 화 오　모 자 접 초 지

開門驚燕子, 汲水得魚兒.
개 문 경 연 자　급 수 득 어 아

地僻春猶靜, 人閒日更遲.
지 벽 춘 유 정　인 한 일 갱 지

山禽啼忽住, 飛起又相隨.
산 금 제 홀 주　비 기 우 상 수

산속에 사노라니

버드나무 대나무에 꽃밭이 가려 있고
띠로 인 지붕이 연못에 닿아 있네.
문을 열면 제비 새끼 깜짝 놀라고
물을 푸면 물고기 새끼가 담겨 있네.
구석진 땅이라 봄 아직 고요하고
한가한 사람이라 해 더욱 긴데
산새가 갑자기 울음을 그치더니
한 마리가 날아가고 한 마리가 따라가네.

■ **주 석**

花塢(화오) : 사방이 높직하고 가운데가 낮은 화단.
茅茨(모자) : 띠풀로 인 초가집 지붕.
草池(초지) : 주위에 풀이 우거진 못.
燕子(연자) : 제비. 제비 새끼.
魚兒(어아) : 물고기. 물고기 새끼.

■ **해 제**

대자연의 아름다움을 만끽하며 산속에서 지내는 담담한 즐거움을 노래한 것이다.

대복고戴復古(1167~?)

황암黃巖(지금의 절강성 황암) 사람으로 자字가 식지式之이고 호號가 석병石屛이다. 평생 벼슬에 나아가지 않고 강호를 유랑했다. 유명한 강호파江湖派 시인이지만 사령파四靈派가 제창한 만당시의 영향도 받았고 나중에는 강서파江西派의 시풍도 받아들였다. 위인이 매우 신중하여 좌중에서 세상사를 이야기하는 경우가 별로 없었지만 그의 시 가운데는 과감하게 조정의 실정을 비판한 것이 많다. 시집으로 《석병시집》이 있다.

淮村兵後
회 촌 병 후

小桃無主自開花, 煙草茫茫帶曉鴉.
소 도 무 주 자 개 화　연 초 망 망 대 효 아

幾處敗垣圍故井, 向來一一是人家.
기 처 패 원 위 고 정　향 래 일 일 시 인 가

전란 뒤의 회하 마을

복숭아는 주인도 없이 스스로 꽃을 피웠고
아득한 풀숲에는 새벽 까마귀 깃들었네.
몇 군데 무너진 담이 묵은 우물을 에워싼 곳
옛날에는 하나하나가 인가였다네.

■ **주 석**

淮村(회촌) : 회하淮河 연안에 있는 마을.
煙草(연초) : 안개에 덮인 풀.
茫茫(망망) : 넓고 멀어 아득한 모양.

向來(향래) : 원래. 종전에.

■ **해 제**

전쟁이 끝난 뒤에 폐허화된 어느 회하 연안 마을의 을씨년스러운 모습을 안타까운 심정으로 그린 시이다.

조사수趙師秀(1170~1220)

영가永嘉(지금의 절강성浙江省 온주시溫州市) 사람으로 자字는 자지紫芝이고 호號는 영수靈秀, 천락天樂이다. 소희紹熙 원년元年(1190)에 진사進士가 되었다. 만당晩唐의 가도賈島·요합姚合을 종주로 삼고 자구字句의 조탁에 힘써 강서파江西派의 병폐를 바로잡으려 했지만 표현범위가 협소하고 변화가 다채롭지 못하다는 한계를 극복하지 못하였다. 서조徐照·서기徐璣·옹권翁卷과 함께 영가사령永嘉四靈으로 불린다. 《청원재집淸苑齋集》이 있다.

數日
수 일

數日秋風欺病夫, 盡吹黃葉下庭蕪.
수 일 추 풍 기 병 부 　진 취 황 엽 하 정 무

林疏放得遙山出, 又被雲遮一半無.
임 소 방 득 요 산 출 　우 피 운 차 일 반 무

며칠

며칠의 가을바람이 병든 사람을 속이고

누런 잎새를 모두 황량한 뜰에 떨구었다.

숲이 휑하게 뚫려서 먼 산이 보이더니
다시 구름에 가려 반쯤 보였다 말았다 한다.

■ 주 석

庭蕪(정무) : 잡초가 우거져 황량한 뜰.
林疏放(임소방) : 숲이 낙엽이 져서 휑하니 뚫린 모양.

■ 해 제

이 시는 가을의 정취를 쓴 것이다. 앞의 두 구절은 정情 속에 경景이 있는 것으로, 가을바람과 누런 잎은 병든 시인의 심정을 암시해주고 있다. 뒤의 두 구절은 경景 속에 정情이 있는 것으로, 잎이 떨어져 앙상한 가지만 남은 나무 사이로 드러난 먼 산이 다시 구름에 가려 반쯤 보였다 말았다 한다는 것은 외롭고 쓸쓸한 시인의 심정을 기탁한 것으로 볼 수 있다.

유극장劉克莊(1187~1269)

포전蒲田(지금의 복건성 포전) 사람으로 자字가 잠부潛夫이고 호號가 후촌거사後村居士이다. 이종理宗 순우淳祐 연간(1241~1252)에야 동진사출신同進士出身을 하사받았으며 여러 가지 벼슬을 거쳐 공부상서겸시독工部尙書兼侍讀에 이르렀다. 강호시파江湖詩派의 한 사람으로 처음에는 사령시파四靈詩派의 영향을 많이 받아 시구의 조탁雕琢을 비교적 중시했으나 나중에는 사령시파와 강서시파의 극단적인 태도를 지양하고 육유陸游를 추앙하여 현실주의 노선을 걸었다. 시와 사 모두 중원 회복에 대한 갈망과 남송 집권자들의 안일한 태도에 대한 분노를 토로한 것이 많다. 시문집으로 《후촌집》이 있다.

戊辰卽事
무 진 즉 사

詩人安得有青衫, 今歲和戎百萬縑.
시 인 안 득 유 청 삼　금 세 화 융 백 만 겸

從此西湖休插柳, 剩栽桑樹養吳蠶.
종 차 서 호 휴 삽 류　잉 재 상 수 양 오 잠

무진년의 즉흥시

시인이 어떻게 푸른 적삼을 입으리?
금년에 오랑캐와 화의를 맺어
고운 비단 백만 필을 주기로 하였으니.
이제부턴 서호에 버들을 심지 말고
뽕나무를 잔뜩 심어 누에나 쳐야 하리.

■ 주석

戊辰(무진) : 남송 영종寧宗 가정嘉定 원년(1208)을 가리킨다.

卽事(즉사) : 눈앞의 사물에 감정이 촉발되어 즉흥적으로 짓다.

和戎(화융) : 금나라와 가정화의를 맺었음을 가리킨다.

揷柳(삽류) : 버드나무를 심는다는 뜻이다. 버드나무는 삽목의 방법으로 번식한다. 버드나무는 유실수가 아니라 관상용으로 화류花柳의 의미를 지니므로 이 구절은 취생몽사하는 군신君臣들에 대한 경고의 성격을 띠고 있다.

吳蠶(오잠) : 오吳 지방(지금의 강소성 소주蘇州 및 절강성 항주杭州 일대)에서 나는 질 좋은 누에. 오 지방은 유명한 비단 생산지이다.

■ 해제

개희開禧 2년(1206) 영종은 승상 한탁주韓侂胄의 건의를 받아들여 금나라를 공격했다가 실패했다. 이에 한탁주의 목을 베어 금나라에 보냄으로써 용서를 구하고 화의를 요청했다. 그리하여 영종 가정 원년(1208) 무진년에 매년 은 30만 냥과 비단 30만 필을 추가로 보내기로 하는 이른바 가정화의가 맺어졌으니 융흥隆興 2년(1164)의 융흥화의에 이은 또 한 차례의 굴욕적인 화의였다. 이 시는 이 가정화의에 대한 분노를 풍자적으로 표현한 것이다.

落梅
낙 매

一片能教一斷腸, 可堪平砌更堆墻.
일 편 능 교 일 단 장 가 감 평 체 갱 퇴 장

飄如遷客來過嶺, 墜似騷人去赴湘.
표 여 천 객 래 과 령 추 사 소 인 거 부 상

亂點莓苔多莫數, 偶粘衣袖久猶香.
난 점 매 태 다 막 수 우 점 의 수 구 유 향

東風謬掌花權柄, 却忌孤高不主張.
동 풍 류 장 화 권 병　각 기 고 고 부 주 장

떨어진 매화

한 잎을 볼 때마다 애가 한 번 끊기는데
섬돌만큼 채우고 담장에도 쌓이네.
귀양객이 매령을 넘듯 팔랑팔랑 흩날리다
시인이 호남으로 가듯 맥없이 떨어지네.
이끼 위에 여기저기 마구 점을 찍으며
헤아릴 수 없을 만큼 수없이 떨어지다
우연히 소매에 붙어 오래도록 향을 뿜네.
동풍은 꽃에게 권력을 마구 휘둘러
고고하여 나서지 않음을 도리어 시기하네.

■ 주 석

教(교) : …로 하여금 …하게 하다.

平砌(평체) : 섬돌과 평평하게 하다.

嶺(영) : 대유령大庾嶺을 가리킨다. 대유령은 강서성 · 호남성 · 광동성 사이에 있는 고개로 일명 매령梅嶺이라고도 하며, 이 고개의 남쪽을 영남이라 한다. 당대의 시인 한유와 송대의 시인 소식은 각각 이 고개를 넘어 광동 지방의 조주潮州와 혜주惠州로 폄적된 적이 있다.

湘(상) : 호남湖南 지방. 전국시대의 시인 굴원屈原은 호남 지방을 유랑하다가 멱라수汨羅水에 투신했고, 당대의 시인 유종원柳宗元은 호남 지방의 영주永州로 폄적된 적이 있다.

莓苔(매태) : 이끼.

花權柄(화권병) : 꽃에 대하여 생사를 좌우할 수 있는 권력.

孤高不主張(고고부주장) : 매화가 고고한 품격을 지니고 있어서 잘난 체 하고 나서지 않는다는 뜻이다.

■ 해 제

건양建陽(지금의 복건성 건구建甌 서북쪽) 현령으로 재임 중이던 가정嘉定 연간(1208~1224)에 지은 영매시詠梅詩이다. 그는 이 시의 "동풍은 꽃에게 권력을 마구 휘둘러, 고고하여 나서지 않음을 도리어 시기하네(東風謬掌花權柄, 却忌孤高不主張)"라는 두 구절이 국사를 비방했다는 죄로 전후하여 10년 동안 폄적생활을 했고 이 시를 인쇄한 서적상마저도 이에 연루되어 처벌을 받았다. 이것이 바로 유명한 낙매시안落梅詩案이다. 그러나 그는 결코 의기소침해지지 않고 오히려 더욱 많은 영매시와 영매사詠梅詞를 지었으니 그가 평생 동안 지은 영매시사가 130여 수나 된다.

軍中樂
군 중 락

行營面面設刁斗, 帳門深深萬人守.
행 영 면 면 설 조 두 　 장 문 심 심 만 인 수

將軍貴重不據鞍, 夜夜發兵防隘口.
장 군 귀 중 불 거 안 　 야 야 발 병 방 애 구

自言虜畏不敢犯, 射麋捕鹿來行酒.
자 언 로 외 불 감 범 　 사 미 포 록 래 행 주

更闌酒醒山月落, 綵縑百段支女樂.
경 란 주 성 산 월 락 　 채 겸 백 단 지 녀 악

誰知營中血戰人, 無錢得合金瘡藥.
수 지 영 중 혈 전 인 　 무 전 득 합 금 창 약

즐거운 군대 생활

진영에는 사방에다 조두를 걸고

장막 문엔 철통같이 만 사람이 지키네.
장군은 귀하셔서 안장에 앉지 않고
밤마다 병사를 보내 요충지를 지키네.
오랑캐가 무서워서 감히 침범치 못한다며
순록 사슴 잡아 와서 술판이나 벌이네.
밤이 새고 술이 깨고 산에 달이 질 즈음
오색 비단 오십 필을 기녀에게 주지만
피 흘리며 싸우던 자기 진영 병사가
칼에 찔린 상처에 바를 약을 조제할
돈이 한푼 없음을 아는 이 없네.

■ **주 석**

行營(행영) : 출정했을 때의 진영.
刁斗(조두) : 구리로 만든 솥 비슷한 기구로 군중에서 낮에는 밥을 짓고 밤에는 경계하는 데 사용했다. 이 구절은 진영에 대한 경비가 삼엄함을 뜻한다.
隘口(애구) : 요충지.
更闌(경란) : 밤이 다 지나 경루更漏 즉 물시계의 물이 없어지다.
綵縑(채겸) : 합사合絲로 짠 오색 비단.
段(단) : 포목 반 필匹을 1단이라 한다.
得合(득합) : 약재를 조합調合할 수 있다.
金瘡(금창) : 칼과 같은 쇠붙이에 다친 상처.

■ **해 제**

변방의 정세나 병사들의 고충을 외면한 채 병사를 동원하여 자신의 신변이나 지키게 하면서, 밤마다 잔치를 벌여 술과 가무를 즐기는 장군들의 해이해진 병영 생활을 풍자한 것이다.

문천상文天祥(1236~1283)

여릉廬陵(지금의 강서성 길안吉安) 사람으로 자字가 이선履善 또는 송서宋瑞이고 호號가 문산文山이다. 이종理宗 보우寶祐 4년(1256)에 장원으로 급제하여 벼슬이 우승상겸추밀사右丞相兼樞密使에 이르렀다. 남송 말년의 유명한 애국지사요 애국시인으로 덕우德祐 연간(1275~1276)에 원나라의 침략을 받아 나라가 위급존망지추에 처해 있을 때 자신의 전재산을 털어서 의병을 규합하여 복건 · 강서 · 광동 등지에서 항원투쟁을 전개하다가 상흥祥興 원년(1278) 12월에 광동에서 붙잡혀 이듬해 10월 대도大都(지금의 북경北京)로 압송되어 약 4년 동안 포로생활을 했지만 차라리 죽을지언정 항복할 수는 없다며 끝까지 저항하다가 마침내 피살되었다. 그의 시는 덕우 연간을 전후하여 성향이 크게 달라진다. 전기는 강호시파江湖詩派의 영향을 받아 친구들끼리 서로 주고받은 평범한 응수시應酬詩가 많고, 덕우 2년(1276) 항원투쟁을 벌이다가 붙잡혀서 대도에 구금된 이후인 후기에는 국가와 민족의 불행에 직면하여 비분강개한 우국충정을 직설적으로 토로한 애국시가 많으며, 그 중에서도 남송이 망한 뒤에 지은 시는 더욱더 비장하다. 시문집으로 《문산선생전집》이 있다.

揚子江
양 자 강

幾日隨風北海遊, 回從揚子大江頭.
기 일 수 풍 북 해 유 회 종 양 자 대 강 두

臣心一片磁針石, 不指南方不肯休.
신 심 일 편 자 침 석 부 지 남 방 불 긍 휴

양자강

며칠 동안 바람 따라 북해를 떠돌다가
양자강 어귀로 되돌아왔나이다.
제 마음은 한 조각의 지남침이니
남방을 못 가리키면 그만두지 않겠나이다.

■ **주 석**

揚子江(양자강) : 강소성 양주揚州 일대를 지나가는 장강長江.
北海(북해) : 양자강 어귀로부터 북쪽에 있는 바다를 가리킨다.
回從(회종) : 돌아오다. '회도回到'와 같다.
磁針石(자침석) : 지남침.
南方(남방) : 단종端宗이 즉위한 곳인 복주福州를 가리킨다. 이 구절은 송나라의 부흥을 이룩하지 못하면 그만두지 않겠다는 뜻이다. 원나라의 포로가 된 이후의 시를 묶어 《지남록指南錄》이라고 명명한 것은 이 구절에서 비롯된 것이다.

■ **해 제**

문천상은 덕우德祐 2년(1276) 지금의 절강성 여항餘杭에 있는 고정산皐亭山의 원나라 진영으로 들어가 원나라 승상과 담판을 벌이다가 억류되었다. 그 뒤 경구京口(지금의 강소성 진강鎭江)에서 탈출하여 여러 곳을 전전한 후 마침내 경염景炎 원년(1276, 즉 덕우 2년) 복주에서 즉위한 단종을 찾아갔다. 이 시는 적의 눈을 피하기 위하여 통주通州(지금의 강소성 남통南通)에서 배를 타고 양자강 북쪽의 바다로 나갔다가 수천 리 길을 돌아 다시 양자강 어귀로 돌아와 복주로 가면서 지은 것이다.

過零丁洋
과령정양

辛苦遭逢起一經, 干戈寥落四周星.
신고조봉기일경 간과료락사주성

山河破碎風飄絮, 身世浮沈雨打萍.
산하파쇄풍표서 신세부침우타평

惶恐灘頭說惶恐, 零丁洋裏歎零丁.
황공탄두설황공 영정양리탄령정

人生自古誰無死, 留取丹心照汗靑.
인생자고수무사 유취단심조한청

영정양을 지나며

경전에서 비롯된 힘겨운 인생 행로
전쟁과 처량함 속에 목성이 네 바퀴 돌았다.
부서진 산하는 흩날리는 버들개지
부침하는 내 신세는 비에 맞는 부평초.
황공탄 어귀에서 두려움을 얘기했고
영정양 안에서 외로움을 탄식한다.
우리 인생 예로부터 안 죽은 이 누구던가?
일편단심 길이 남겨 역사책을 비추련다.

■ 주 석

零丁洋(영정양) : 즉 영정양伶仃洋. 광동성 중산현中山縣 남쪽 주강珠江 어귀의 영정산零丁山 밑에 있는 바다.

遭逢(조봉) : 조우遭遇.

起一經(기일경) : 경전經典에 대한 지식으로 과거에 급제하고 그것을 통하여 벼슬길에 나아갔음을 뜻한다.

干戈(간과) : 항원抗元 전쟁을 가리킨다.

寥落(요락) : 쓸쓸하고 처량하다. 문천상은 가사도賈似道의 모함으로 벼슬에서 쫓겨난 적도 있고, 의병을 일으켜 항원투쟁을 벌인 이후 노모와 처첩妻妾이 포로로 잡혀가기도 하고 아들을 잃기도 했다.

四周星(사주성) : 주성周星은 세성歲星 즉 목성木星의 공전주기인 12년이므로 4주성은 48년이다. 당시 문천상은 44세였다. 일반적으로 이 시의 '사주성'을 '4년'으로 해석하지만, '주성'을 '1년'으로 해석할 수 있는 사전적 근거도 없고 그런 뜻으로 사용된 다른 예도 찾기 어렵다.

風飄絮(풍표서) : 바람에 흩날리는 버들개지. 이 구절은 남송의 국운을 바람에 흩날리는 버들개지에 비유한 것이다.

惶恐灘(황공탄) : 강서성 만안현萬安縣에 있는 여울. 감강십팔탄贛江十八灘의 하나. 문천상은 덕우德祐 원년(1275) 감강에서 의병을 일으켜 황공탄을 거쳐 북쪽으로 진군했는데 당시 원나라 군사가 이미 건강建康(지금의 강소성 남경南京)을 함락시키고 항주를 향하여 다가오고 있었다.

惶恐(황공) : 두렵다.

零丁(영정) : 외롭다.

留取(유취) : 남기다. '취取'는 의미 없는 조자助字이다.

汗靑(한청) : 불에 말려서 푸른 기운을 뺀 죽간竹簡. 여기서는 역사책을 가리킨다.

■ **해 제**

문천상은 상흥祥興 원년(1278) 12월, 지금의 광동성 해풍현海豐縣 북쪽에 있는 오파령五坡嶺에서 적에게 붙잡혔다. 원나라의 수군은 이듬해 정월 주강珠江 어귀에서 나와 영정양을 지나 남송의 마지막 거점인 애산崖山을 공격했는데 이때 원나라 장수 장홍범張弘範이 문천상에게 함께 가서 애산에 있는 제병帝昺을 추격하자고 강요했다. 이 시는 배가 영정양을 지날 때, 해상에서 완강하게 버티고 있는 남송의 장수

장세걸張世傑의 투항을 권유하라고 강요하는 장홍범에게 자신의 강인한 의지를 표명하기 위하여 지은 것이다.

正氣歌
정 기 가

天地有正氣, 雜然賦流形.
천 지 유 정 기　잡 연 부 류 형

下則爲河嶽, 上則爲日星.
하 즉 위 하 악　상 즉 위 일 성

於人曰浩然, 沛乎塞蒼冥.
어 인 왈 호 연　패 호 색 창 명

皇路當淸夷, 含和吐明庭.
황 로 당 청 이　함 화 토 명 정

時窮節乃見, 一一垂丹靑.
시 궁 절 내 현　일 일 수 단 청

在齊太史簡, 在晉董狐筆.
재 제 태 사 간　재 진 동 호 필

在秦張良椎, 在漢蘇武節.
재 진 장 량 추　재 한 소 무 절

爲嚴將軍頭, 爲嵇侍中血.
위 엄 장 군 두　위 혜 시 중 혈

爲張睢陽齒, 爲顔常山舌.
위 장 수 양 치　위 안 상 산 설

或爲遼東帽, 淸操厲冰雪.
혹 위 료 동 모　청 조 려 빙 설

或爲出師表, 鬼神泣壯烈.
혹 위 출 사 표　귀 신 읍 장 렬

或爲渡江楫, 慷慨呑胡羯.
혹 위 도 강 즙　강 개 탄 호 갈

或爲擊賊笏, 逆豎頭破裂.
혹 위 격 적 홀　역 수 두 파 렬

是氣所旁薄, 凜烈萬古存.
시 기 소 방 박　늠 렬 만 고 존

當其貫日月, 生死安足論.
당 기 관 일 월　생 사 안 족 론

地維賴以立, 天柱賴以尊.
지 유 뢰 이 립　천 주 뢰 이 존

三綱實係命, 道義爲之根.
삼 강 실 계 명　도 의 위 지 근

嗟余遘陽九, 隷也實不力.
차 여 구 양 구　예 야 실 불 력

楚囚纓其冠, 傳車送窮北.
초 수 영 기 관　전 거 송 궁 북

鼎鑊甘如飴, 求之不可得.
정 확 감 여 이　구 지 불 가 득

陰房闃鬼火, 春院閟天黑.
음 방 격 귀 화　춘 원 비 천 흑

牛驥同一皂, 雞棲鳳凰食.
우 기 동 일 조　계 서 봉 황 식

一朝蒙霧露, 分作溝中瘠.
일 조 몽 무 로　분 작 구 중 척

如此再寒暑, 百沴自辟易.
여 차 재 한 서　백 려 자 벽 역

哀哉沮洳場, 爲我安樂國.
애 재 저 여 장　위 아 안 락 국

豈有他繆巧, 陰陽不能賊.
기 유 타 무 교　음 양 불 능 적

顧此耿耿在, 仰視浮雲白.
고 차 경 경 재　앙 시 부 운 백

悠悠我心悲, 蒼天曷有極.
유 유 아 심 비　창 천 갈 유 극

哲人日已遠, 典型在夙昔.
철 인 일 이 원　전 형 재 숙 석

風檐展書讀, 古道照顏色.
풍 첨 전 서 독　고 도 조 안 색

정기가

하늘과 땅 사이에 정기가 있어
만물에게 제각기 형체를 부여하니
아래로는 하천과 산악이 되고
위로는 태양과 별이 되었네.
사람에게 있어서는 호연지기라 하는데
천지간에 가득하게 쌓여 있다네.
국운이 평탄한 태평성대를 만나면
조정에서 온화하게 생각을 토로하고
시대가 궁하면 절개가 곧 나타나
각자가 역사책에 이름을 남기나니
제나라에는 태사의 죽간이 있었고
진나라에는 동호의 붓이 있었고
진나라에는 장량의 몽둥이가 있었고
한나라에는 소무의 부절이 있었다네.
엄장군의 머리가 되기도 하고
혜시중의 피가 되기도 하고
장수양의 이빨이 되기도 하고

안상산의 혀가 되기도 했다네.
때로는 요동 땅의 모자가 되었나니
해맑은 그 지조가 빙설보다 싸늘했고
때로는 제갈량의 〈출사표〉가 되었나니
귀신도 그 장렬함에 울고 말았고
때로는 강을 건너는 노가 되었나니
그 강개한 기개가 오랑캐를 삼켰고
때로는 역적을 친 홀이 되었나니
역적의 머리를 부숴놨다네.
이 기운이 천지에 충만한 현상은
늠름하고 장렬하게 만고토록 존속하리.
이것이 해와 달을 꿰뚫을 때면
생사인들 따질 것이 어디 있으리?
땅을 맨 밧줄도 이것 덕에 존재하고
하늘 받친 기둥도 이것 덕에 우뚝 서며
삼강도 사실은 이것에 목을 매고
도의도 이것을 뿌리로 삼는다네.
아아 나는 크나큰 재난을 만났건만
나에게는 실로 나라 구할 힘이 없네.
초나라의 포로는 자기 나라 갓을 쓰고
역마차에 실려서 북쪽으로 압송됐네.
가마솥에 삶기는 것도 엿처럼 다나니
이런 기회는 구해도 얻기가 어렵다네.
적막한 감방에 도깨비불 비쳐들고

봄철의 뜨락은 어둠 속에 갇혀 있네.
소와 천리마가 한 구유를 사용하고
닭장에서 봉황이 모이를 먹네.
어느 날 갑자기 병이라도 걸리면
도랑에 버려진 시체가 되리.
이렇게 두 해를 보내고 나니
온갖 독기가 스스로 물러났네.
아아 축축하고 낮은 이곳이
편안하고 즐거운 내 나라가 되었네.
어찌 별다른 묘수가 있어
음기도 양기도 날 해치지 못했으리?
이와 같이 빛나는 정기가 있어
부귀와 영화를 뜬구름으로 본 덕이리.
내 마음의 슬픔이 끝이 없구나
푸르른 저 하늘이 끝이 없듯이.
현인들은 시대가 이미 아득하건만
옛날에 일찌감치 본보기를 남겨 놓아
바람 부는 처마 밑에서 책을 펼쳐 읽노라니
옛 성현의 올바른 도가 내 얼굴에 비치네.

■ 주 석

雜然(잡연) : 잡다한 모양.
流形(유형) : 지상에 널리 퍼져 있는 만물의 형상. 삼라만상.
沛乎(패호) : 성대한 모양. 왕성한 모양.
蒼冥(창명) : 푸른 하늘. 창천蒼天. 여기서는 천지지간天地之間을 가리킨다.

皇路(황로) : 국운.

淸夷(청이) : 세상이 잘 다스려져 태평하다.

明庭(명정) : 밝고 안정된 조정.

丹靑(단청) : 단책丹冊과 청사靑史, 즉 논공행상에 사용하는 단사丹砂로 쓴 책과 푸른색의 죽간竹簡에 쓴 역사 기록. 역사책을 가리킨다.

太史簡(태사간) : 태사太史의 죽간. 춘추시대에 제나라의 어느 태사가 최저崔杼가 제장공齊莊公을 시해한 사실을 죽간에 기록하다가 최저에게 피살되자, 태사의 동생이 또 그렇게 기록하고, 동생이 피살되자 그 동생이 또 사실대로 기록했다.(《좌전左傳 · 양공襄公 25년》 참조)

董狐筆(동호필) : 동호의 붓. 춘추시대 진晉나라의 조천趙穿이 영공靈公을 시해하자 태사 동호董狐가 대부 조순趙盾이 자신의 소임을 다하지 못했다고 하여 그가 영공을 시해했다고 기록했다.(《좌전 · 선공宣公 2년》 참조)

張良椎(장량추) : 장량의 몽둥이. 장량은 조상이 한韓나라 사람이었으므로 진시황이 한나라를 멸망시키자 120근이나 되는 쇠몽둥이를 만들어 진시황을 저격했다가 실패했다.(《사기 · 유후세가留侯世家》 참조)

蘇武節(소무절) : 소무의 부절符節. 한나라 무제武帝 때 소무는 흉노에 사신으로 나갔다가 억류되었는데 19년 동안 한나라의 부절을 굳게 간직하며 투항을 거부하고 절개를 지키다가 마침내 한나라로 귀환했다.(《한서 · 소무전》 참조) '절節'은 절개로 볼 수도 있으나 앞 세 구절에서 열거한 '간簡' · '필筆' · '추椎'와의 균형을 고려하여 부절로 보는 편이 더 낫다.

嚴將軍頭(엄장군두) : 엄장군의 머리. 장비張飛가 파군巴郡을 공략하여 그곳을 지키던 장군 엄안嚴顔을 포획하여 투항을 권유하자 "우리 고을에는 머리가 잘린 장군은 있어도 항복한 장군은 없다"라고 했다.(《삼국지 · 촉지 · 장비전》 참조)

嵇侍中血(혜시중혈) : 혜시중의 피. 진晉나라 혜제惠帝가 탕음湯陰에서 싸우다가 패배했다. 다른 사람들은 모두 도망가고 없는데 시중侍中 혜소嵇紹만은 빗발치는 화살을 몸으로 막아 혜제를 보호하여 그의 피가 혜제의 옷을 적셨다. 나중에 사람들이 옷을 빨려고 하자 혜제가 "이것은 혜시중의 피이니 없애지 말라"고 했다.(《진서 · 혜소전》 참조)

張睢陽齒(장수양치) : 장수양의 이. 안사지란安史之亂 때 장순張巡과 허원許遠이 수양睢陽을 고수하고 있었는데 장순은 싸울 때마다 눈초리가 찢어져 피를 흘리고 이를 깨물어 이가 다 빠졌다. 그 이유를 묻자 병력이 부족하기 때문에 그렇게 함으로써 적의 기세를 제압하려는 것이었다고 대답했다. 입안을 들여다보니 과연 이가 서너 개밖에 남아 있지 않았다.(《구당서 · 장순전》 참조)

顔常山舌(안상산설) : 안상산의 혀. 안사지란 때 상산태수 안고경顔杲卿이 토벌에 나섰다가 적들에게 붙잡혔는데, 쉬지 않고 적들을 꾸짖고 욕하자 적들이 그의 혀를 잘라버렸다.(《신당서 · 안고경전》 참조)

遼東帽(요동모) : 요동에 은거한 관녕管寧의 모자. 관녕은 한말漢末의 정치적 혼란을 피하여 요동으로 가서 검은 모자를 쓰고 힘써 농사를 지으며 평생 벼슬에 나아가지 않았다.(《삼국지 · 위지 · 관녕전》 참조)

出師表(출사표) : 삼국시대에 촉나라의 제갈량諸葛亮이 위魏나라 군사를 정벌하기 위하여 출병하기 전에 후주後主에게 올린 글.

渡江楫(도강즙) : 동진東晉의 장군 조적祖逖은 북벌을 위해 장강을 건널 때 노를 두들기면서 반드시 중원을 회복하고 돌아오겠다고 강물에다 맹세했다.(《진서 · 조적전》 참조)

胡羯(호갈) : 오호십육국五胡十六國 시대에 갈족羯族의 나라인 후조後趙를 세운 석륵石勒을 가리킨다. 조적이 북벌하여 여러 차례 석륵의 군사를 물리치고 황하 이남의 땅을 전부 수복했다.

擊賊笏(격적홀) : 도적을 치는 홀. 당나라 덕종德宗 때 주체朱泚가 반란을 일으키자 태위太尉 단수실段秀實이 홀을 가지고 주체를 두들겨 패는 바람에 주체가 뺨에서 피를 흘리며 달아났다.(《구당서 · 단수실전》 참조)

逆豎(역수) : 역적.

旁薄(방박) : 충만하다. '방박磅礴'과 같다.

凜烈(늠렬) : 늠름하고 장렬하다.

地維(지유) : 대지의 네 모퉁이에 묶어서 대지를 지탱하는 밧줄.

賴以立(뇌이립) : 정기에 의지하여 존립하다.

天柱(천주) : 하늘을 떠받치는 기둥.

陽九(양구) : 도가에서 하늘이 내리는 재액을 가리키는 말.

隸(예) : 종. 노예. 천자의 종이라는 뜻으로 자기 자신을 가리킨다.

楚囚(초수) : 초나라의 포로. 여기서는 자기 자신을 비유한다. 진晉나라 경공景公이 포로수용소로 사용하는 군용 창고를 시찰할 때 종의鍾儀라는 포로를 보고 옆사람에게 "남방의 갓을 쓰고 묶여 있는 저 사람은 누구냐?"라고 물었더니 "초나라의 포로입니다"라고 대답했다. 경공이 그를 풀어주라 명하고 그를 불러 위로했다.(《좌전 · 성공成公 9년》 참조) 남방의 갓을 쓴 것은 고국을 잊지 못함을 뜻한다.

傳車(전거) : 역참의 수레.

窮北(궁북) : 궁벽한 북방. 대도大都를 가리킨다.

鼎鑊(정확) : 가마솥. 옛날에는 사람을 가마솥에 넣어서 삶아 죽이는 형벌이 있었다. 여기서는 그러한 형벌의 도구를 뜻한다.

求之不可得(구지불가득) : 나라를 위해 몸을 바칠 기회란 좀처럼 얻기 어렵다는 뜻이다.

陰房(음방) : 음침한 감방.

闃(격) : 고요하다. 적막하다.

鬼火(귀화) : 도깨비불. 인燐 성분으로 인하여 뼈다귀 같은 데서 자연적으로 발생하는 불빛.

閟(비) : 문을 닫다.

牛驥同一皂(우기동일조) : 소와 천리마가 같은 구유에서 먹이를 먹다. 훌륭한 죄수와 못난 죄수가 함께 생활함을 뜻한다.

雞棲(계서) : 닭의 둥지.
蒙霧露(몽무로) : 질병에 감염됨을 뜻한다.
分(분) : 틀림없이.
瘠(척) : 옥사獄死하거나 아사餓死한 시체.
再寒暑(재한서) : 추위와 더위를 두 번 지내다. 두 해를 지내다.
百沴(백려) : 온갖 독기毒氣.
辟易(벽역) : 물러나다.
沮洳(저여) : 습지.
繆巧(무교) : 교묘한 속임수.
陰陽(음양) : 음기와 양기. 천지간에 존재하는 모든 기운을 뜻한다.
賊(적) : 해치다.
顧(고) : 생각컨대.
耿耿(경경) : 반짝거리는 모양. 정기正氣를 가리킨다.
悠悠(유유) : 끝이 없는 모양.
哲人(철인) : 앞에서 열거한 옛 현인을 가리킨다.
夙昔(숙석) : 옛날.

■ **해 제**

문천상은 이 시의 서문에서 천지의 정기인 호연지기로써 감옥 속의 일곱 가지 악독한 기운 즉 수기水氣 · 토기土氣 · 일기日氣 · 화기火氣 · 미기米氣 · 인기人氣 · 예기穢氣에 대처한다고 했지만 사실상 이 칠기七氣보다 더 견디기 어려운 것이 원나라 조정의 끈질긴 투항 권유였다. 그러나 원나라 조정이 남송의 망국 황제인 공제恭帝와 재상 유몽염留夢炎에게 시켜서 권유하기도 하고 원나라 세조 쿠빌라이忽必烈가 직접 찾아가서 권유하기도 했지만, 그는 어떠한 회유와 위협에도 불구하고 끝내 자신의 뜻을 굽히지 않아 늠름한 정기가 영원히 찬란한 빛을 발했다. 이 시는 대도大都의 토실土室에 구금된 지 2년이 지난 원나라 지원至元 18년(1281) 6월, 포로생활이 아무리 힘들지라도 자신의 정기를 발휘하여 끝내 굽히지 않겠다는 비장한 각오를 천명한 것이다.

왕원량汪元量(?~?)

임안臨安 전당錢塘(지금의 절강성浙江省 항주시杭州市) 사람으로, 자字는 대유大有이고 호號는 수운水雲이다. 남송南宋 도종度宗 때의 궁정宮廷 금사琴師였는데, 남송 멸망 후 원元에 의해 북쪽으로 끌려갔다가 나중에 도사道士가 되어 남쪽으로 돌아왔다. 남송 망국亡國의 상황과 한恨이 시에 많이 반영되어 있는데, 묘사가 구체적이고 생생하다. 전체 작품을 통해 볼 때 가끔씩 황정견黃庭堅과 진사도陳師道의 성구成句를 차용하고는 있지만 또한 강호파江湖派의 시를 배웠다고 할 수 있다.

醉歌十首
취 가 십 수

其五
기 오

亂點連聲殺六更, 熒熒庭燎待天明.
난 점 련 성 살 륙 경 　 형 형 정 료 대 천 명

侍臣已寫歸降表, 臣妾僉名謝道淸.
시 신 이 사 귀 항 표 　 신 첩 첨 명 사 도 청

其九
기 구

南苑西宮棘露牙, 萬年枝上亂啼鴉.
남 원 서 궁 극 로 아 　 만 년 지 상 란 제 아

北人環立欄干曲, 手指紅梅作杏花.
북 인 환 립 란 간 곡 　 수 지 홍 매 작 행 화

취하여 부르는 노래 10수

(제5수)

딱따기와 북소리 어지럽게 이어져 6경을 알리니
희미한 궁정의 횃불이 날 밝기를 기다린다.
신하들이 벌써 항복의 문서를 쓰고는
신첩 사도청이라고 서명을 하고 말았다.

(제9수)

남쪽 동산 서쪽 궁에 가시나무가 싹을 틔우고
동청수 위에서는 까마귀 소리 요란하다.
북쪽 사람들 굽은 난간에 빙 둘러서서는
손으로 홍매를 가리키며 살구꽃이라고 한다.

■ 주 석

亂點連聲(난점련성) : 딱따기와 북을 어지럽게 치다.

殺(살) : 마무리하다, 거두다. '살煞'과 같다.

六更(육경) : 밤 시간은 원래 오경五更으로 나누는데 송대의 궁정에서는 오경 이후에 다시 딱따기와 북을 쳐서 하마경蝦蟆更이라고 하였다. 궁궐 문은 그때 열려서 문무백관文武百官이 안으로 들어갔는데, 이를 육경이라고 했다.

熒熒(형형) : 불빛이 희미한 모양.

庭燎(정료) : 궁정의 밤을 밝히기 위해 켜둔 횃불. 여기서 희미한 횃불은 송 왕조의 참담한 국면을 암시한다.

僉名(첨명) : 서명하다. '첨명簽名'과 같다. 사도청謝道淸은 이종理宗의 황후이고 공제恭帝의 조모祖母로서 이른바 태왕태후太王太后이다. 그녀가 당시 궁정 안에서 가장 지체 높은 사람이었으므로 항복 문서에 서명을 한 것이다. 고대에는 적에게 항복할 때 남자는 인신人臣이라 했고, 여자는 인첩人妾이라 했기 때문에 사도청이 항복 문서에 서명할 때 '신첩臣妾'이라고 한 것이다.

棘露牙(극로아) : 가시나무가 싹을 틔우다. '아牙'는 '아芽'와 같다. 이 구절을 통해 이미 궁궐을 관리하는 사람이 없다는 것을 알 수 있다.

萬年枝(만년지) : 동청수冬青樹를 가리킨다. 송나라 궁중에는 이 나무가 많았다. 송이 망한 후 황제의 능묘가 침략자에 의해 파헤쳐졌을 때 유민들이 유골을 수습하여 다시 매장하고는 동청수를 심어 표지로 삼았다. 그런 연유로 송의 유민들이 고국을 그리워하는 시가에서 종종 이 나무를 언급하였다.

■ **해 제**

남송南宋 공제恭帝 덕우德祐 2년(1276) 봄, 원군元軍이 임안臨安에 들이닥치자 송 왕조는 대신大臣을 파견하여 원元 승상丞相 바얀에게 전국새傳國璽와 항복 문서를 바친다. 이 시는 그때의 사실을 기록한 것이다.

임경희林景熙(1242~1310)

평양平陽(지금의 절강성 평양) 사람으로 자字가 덕양德陽이고 호號가 제산霽山이다. 남송 때에는 천주교수泉州教授 · 종정랑從政郎 등의 하급 관직을 역임했으나 원나라에 들어서는 벼슬을 버리고 고향으로 돌아가 나라 잃은 슬픔을 달래며 은거했다. 동지들과 함께 약초 채취를 빙자하여 산에 들어가 원나라 사람들에게 도굴 당한 후 버려진 송나라 황제의 유골을 수습하여 난정蘭亭에 다시 묻어주기도 했다. 시는 나라 잃은 슬픔을 노래한 것과 송나라의 옛날 일을 회상한 것이 많아 비장한 정조가 주류를 이룬다. 시문집으로 《제산선생집》이 있다.

山窓新糊有故朝封事稿閱之有感
산 창 신 호 유 고 조 봉 사 고 열 지 유 감

偶伴孤雲宿嶺東, 四山欲雪地爐紅.
우 반 고 운 숙 령 동 　 사 산 욕 설 지 로 홍

何人一紙防秋疏, 却與山窓障北風.
하 인 일 지 방 추 소 　 각 여 산 창 장 북 풍

산촌 집의 창문에 새로 바른 종이 가운데 옛날 조정의 비밀 상소문 원고가 있어서 그것을 읽고 느낀 바가 있어서

구름 따라 다니다가 영동에서 묵노라니
산마다 눈 기운이요 화로는 시뻘겋네.
누가 쓴 국토방위 상소문인가?
적군은 못 막고 이 산골로 들어와
창문에 붙어서 북풍이나 막고 있네.

■ 주 석

故朝(고조) : 옛날 조정. 송 왕조를 가리킨다.

封事(봉사) : 다른 사람에게 누설되지 않도록 밀봉하여 황제에게 올리는 글.

四山(사산) : 사방의 산.

地爐(지로) : 땅을 파고 그 위에 불을 지핀 화로.

防秋疏(방추소) : 가을철의 침략을 방어하는 일에 관한 상소문. 당나라 때는 돌궐 · 토번 등의 북방 오랑캐들이 항상 가을철에 침략해 들어왔기 때문에 군사를 보내어 변방을 방위하는 일을 '방추'라고 했다.

■ 해 제

남송이 망한 뒤의 어느 겨울날, 임경희는 산속에 있는 한 인가에서 하룻밤을 묵게 되었는데 창문에 새로 바른 종잇조각들 가운데 옛날 남송 때 사람이 황제에게 올린 상소문 원고가 있었다. 이 시는 나라 잃은 슬픔과 울분으로 나날을 보내던 그가 이것을 보고 착잡한 느낌이 일어서 지은 것이다.

2. 요금원시선遼金元詩選

요遼(916~1125), 금金(1115~1234), 원元(1271~1368) 세 왕조는 이른바 정복왕조征服王朝로서 한족漢族이 아닌 다른 민족이 중국의 영토를 차지하여 세운 나라이다. 거란족契丹族은 연운燕雲 16주를 차지하여 중국의 북방에 나라를 세웠다. 여진족女眞族은 요나라를 차지하고 황하黃河 이남까지 정복하여 남송南宋과 대치하였다. 몽고족蒙古族은 금나라를 정벌하고 이어서 남송을 병합하여 중국 대륙을 장악하였으며, 유라시아 대륙에 걸친 대제국을 이룩하였다. 이 세 왕조는 각자 고유한 언어와 문자를 가졌으며, 또한 한자를 사용하였다. 거란족, 여진족, 몽고족 가운데 한자로 한시를 지은 시인이 나왔으며, 이들의 지배를 받았던 한족 문인들도 이전과 다름없이 한자로 한시를 지었다.

거란족은 요나라를 세우기 전에는 부모의 유해를 화장할 때 부르던 민가 〈분골주焚骨呪〉 등이 있었으며, 건국 이후 한자로 시를 짓기 시작하였다. 한시를 지은 거란족 시인으로는 먼저 제왕과 후비를 들 수 있다. 동단왕東丹王 야율배耶律倍, 성종聖宗 야율륭서耶律隆緖, 흥종興宗 야율종진耶律宗眞, 도종道宗 야율홍기耶律弘基와 도종의 황후 소관음蕭觀音, 천조제天祚帝 야율연희문耶律延禧文의 황후 소슬슬蕭瑟瑟 등이 다수의 한시를 지었다. 소관음은 요나라 시인 가운데 가장 많은 작품이 남아 있으며, 시의 내용과 형식, 풍격이 다양하며, 특히 북방 유목민 여성의 활달한 기상을 잘 표현하였다.

요나라의 한족 시인으로는 조연수趙延壽(?~948)가 대표적이다. 이 책에 싣지는 못하였지만 거란족 고유의 노래로서 원나라 초기에 야율초재耶律

楚材가 한자로 번역한 장편 〈취의가醉義歌〉가 있다. 120구의 칠언가행체七言歌行體이며, 중양절重陽節에 술을 마시며 인생에 대한 감개를 다방면으로 표현하면서 은일생활의 즐거움을 노래하여 거란족의 생활과 사상의 일면을 잘 보여준다. 요나라의 시는 그 성취를 당송시와 비교할 수는 없지만 새로운 생기와 강인한 생명력을 더했다고는 할 수 있다.

금나라를 세우기 이전의 여진족의 노래는 거의 남아 있지 않으며, 건국 이후 한자로 지은 한시는 요나라의 시보다는 질과 양에서 훨씬 뛰어나 다른 조대와 비견할 정도로 진용을 갖추고 있다. 금나라는 송나라와 전쟁과 강화를 반복하면서 밀접한 관계를 맺었던 만큼 문학에서도 긴밀히 연계되어 있다. 금시金詩는 송시宋詩의 영향을 받았으며, 특히 소식蘇軾, 황정견黃庭堅 등의 흔적이 깊이 남아 있다.

금시의 발전 단계는 초기(태조太祖 완안민完顔旻, 아골타阿骨打부터 해릉왕海陵王 안안량晏晏亮까지), 중기(세종世宗, 장종章宗 시기), 후기(선종宣宗 이후)로 나눌 수 있다. 전기에는 송나라 요나라의 시인들이 바뀐 왕조에서 창작활동을 전개하였으며, 중기에는 금시가 성숙하여 특색을 형성하였고, 후기에 이르러 번성하였다. 이 책에서는 주로 후기의 시인들을 실었다.

1214년 선종이 중도中都(지금의 북경)에서 변경汴京(지금의 개봉開封)으로 천도한 이후 망국까지의 시기는 오히려 금시의 전성기에 해당한다. 구처기丘處機가 칭기즈칸成吉思汗을 만나려 설산雪山을 왕복하면서 목도한 이역의 풍광을 시로 남겼고, 야율초재耶律楚材(1190~1244)도 칭기즈칸의 유럽 정벌을 수행하면서 현장의 경험과 풍물을 시로 읊었다. 이런 시인들의 작품은 한시의 제재를 크게 확장하였다.

금시의 제일대가 원호문元好問(1190~1257)은 나라 잃은 백성의 참상을 읊어 '상란시喪亂詩'를 개척하였다. 단극기段克己(1196~1254), 유병충劉秉忠(1216~1274)도 이 시기의 뛰어난 시인들로서 망국의 한을 품은 채 은거의 즐거움이나 새 시대를 맞는 희망을 노래하였다.

1206년 테무진鐵木鎭(1162~1227)이 칭기즈칸으로 추대되고, 유럽 정벌에 나서 유라시아 대륙에 걸친 몽골 제국을 건설하였다. 칭기즈칸 사후 오고타이가 1234년에 금나라를 정복하였으며, 쿠빌라이는 1271년에 남송을 정복하고 국호를 대원大元으로 바꾸었다. 1368년 순제順帝가 주원장朱元璋에게 쫓겨 막북의 초원으로 돌아갔으며, 이후의 몽고 왕조를 북원北元이라고 부른다. 중국문학사에서 원대는 몽고족이 금나라를 멸하고 중국의 북방을 차지한 1234년부터 다시 초원으로 돌아간 1368년까지를 말한다.

원대의 문학은 크게 전후 두 시기로 나누어 고찰할 수 있다. 전기는 1234년부터 1271년까지로 몽고시기라고도 부른다. 후기는 남송을 정복한 1271년부터 중원에서 물러난 1368년까지이다. 그러나 시사詩史에서는 이 두 시기 사이에는 현격한 구분은 보이지 않으며, 서로 대립되는 유파도 형성되지 않았다. 광대한 영토와 다양한 민족으로 구성된 대제국 몽고의 역사적 특징이 두드러지게 작용하여 원시는 시인의 출신과 시의 제재가 전대보다 훨씬 다양하게 확대되었다는 점이 부각된다.

시인의 출신은 민족적으로는 한족과 비한족으로 구분되고, 한족은 다시 금나라의 유민遺民과 남송의 유민으로 나뉜다. 비한족은 몽고족과 색목인色目人으로 구분된다. 또한 종교적으로 불교, 도교, 기독교, 이슬람교의 신자와 성직자들이 한시를 지었다. 따라서 원대에는 중원에서 형성된 한시의 전통 위에 몽고 제국이 장악한 광대한 영토와 다양한 민족이 한시의 영역으로 들어왔다.

몽고족은 남송을 정복한 후 과거제科擧制를 폐지하였다가 1314년(연우延祐 원년)에 회복하였다. 과거제 폐지는 오히려 원시를 흥성시킨 요인의 하나가 되었다. 시인들은 과거 대신 시작詩作에 몰두하였으며, 작시 행위를 통하여 과거제를 대체하는 효과가 있었다. 따라서 시사詩社가 널리 결성되고, 한 가지 시제詩題에 다수 시인이 시를 짓는 '집영集詠'이 유행하였다. 1286년(세조世祖 지원至元 23) 월천음사月泉吟社가 〈춘일전원잡흥春日田園雜興〉을 시제로 시를 모집하자 3천 명 가까운 시인이 참여하였다. 월

천시사는 응모한 시를 품평하고 순위를 매김으로써 과거제와 같은 효과를 거두었다.

원대에는 이백李白과 두보杜甫, 소식蘇軾과 황정견黃庭堅 같은 대시인은 나오지 않았으며, 당시나 송시만큼 높은 평가를 받지도 않는다. 그러나 관운석貫雲石, 살도랄薩都剌 같은 비한족 시인, 원시사대가元詩四大家로 꼽히는 우집虞集, 양재楊載, 범팽范梈, 게혜사揭傒斯 등 다양하고 많은 시인이 당송대 못지 않은 수량의 시를 지었다. 몽고 제국이라는 새로운 사회 기풍을 맞이하고 전통을 계승하여 전체적으로는 당시에 가까운 경향을 보인다.

요遼

조연수趙延壽(?~948)

본성은 유씨劉氏이다. 아버지 유항劉邟은 수현蓨縣의 현령이었다. 후량後梁 때 창주절도사滄州節度使 유수문劉守文이 수현을 공격하여 함락할 때 조덕균趙德鈞이 연수를 포로로 잡아 양자로 길러서 조씨趙氏가 되었다. 후당後唐에서 벼슬하여 후당의 흥천공주興天公主에게 장가들고 변주사마汴州司馬가 되었다. 명종明宗이 즉위하자 여주자사汝州刺史가 되었고, 하양河陽, 송주宋州 절도사를 역임하고 상장군上將軍이 되었다. 이어서 추밀사樞密使가 되었다. 장흥長興 3년(932)에 동평장사同平章事가 되고 선무宣武, 충무忠武 양진의 절도사를 겸하였다. 후진後晉 천복天福 원년(936)에 거란契丹에 패하여 항복하고, 유주幽州 절도사가 되었다. 곧 추밀사가 되고 정사령政事令을 겸하였다. 천복 12년에 중경유수中京留守, 대승상大丞相이 되었다. 거란 임금이 죽을 때 권지남조군국사權知南朝軍國事로 임명하였으나 얼마 후 영강왕永康王 야율올욕耶律兀欲에게 사로잡혔다.

塞上
새 상

黃沙風卷半空拋, 雲重陰山雪滿郊.
황 사 풍 권 반 공 포　운 중 음 산 설 만 교

探水人回移帳就, 射雕箭落著弓抄.
탐 수 인 회 이 장 취　사 조 전 락 저 궁 초

烏逢霜果饑還啄, 馬渡冰河渴自跑.
조 봉 상 과 기 환 탁　마 도 빙 하 갈 자 포

占得高原肥草地, 夜深生火折林梢.
점 득 고 원 비 초 지　야 심 생 화 절 림 초

변방에서

황사는 바람에 말려 허공에 흩어지고,

음산에 겹겹 구름 껴 교외에 눈이 가득 내린다.

물을 찾은 사람들 돌아와 장막을 옮기고,

독수리 쏜 화살 떨어지니 활을 손에 쥔다.

새는 서리 맞은 과일을 굶주려 다시 쪼고,

말은 언 강을 지나며 목이 말라 절로 뛴다.

고원의 기름진 초지를 차지하고,

밤 깊어 불 피우며 숲에서 가지를 꺾는다.

■ 주 석

陰山(음산) : 내몽고자치구內蒙古自治區 중부에 뻗어 있는 산. 천산天山이 라고도 한다.

抄(초) : 물건을 손에 쥐다.

■ 해 제

황사와 눈보라 몰아치는 북방 음산의 초지에서 밤새 불을 피우며 유목과 수렵으로 살아가는 거란족의 생활상을 읊었다. 이전의 시에서는 찾아보기 힘든 북방의 생활상이 생생하게 묘사되어 있다. 원래의 제목은 사라졌고, 〈새상塞上〉은 후인들이 붙인 제목이다.

의덕황후懿德皇后(1040~1075)

요遼나라 도종道宗 야율홍기耶律洪基의 황후이다. 소관음蕭觀音이라고 부른다. 음악을 좋아하고 비파를 잘 탔으며 시와 사를 잘 지었다. 사냥을 말리는 소疏를 올렸다가 미움을 받아 사사되었다.

伏虎林應制
복 호 림 응 제

威風萬里壓南邦, 東去能翻鴨綠江.
위 풍 만 리 압 남 방　동 거 능 번 압 록 강

靈怪大千俱破膽, 那敎猛虎不投降.
영 괴 대 천 구 파 담　나 교 맹 호 불 투 항

복호림에서 응제하다

위풍 만리에 불어 남쪽 나라를 누르고,
동쪽으로 가서 압록강을 뒤집는다.
신령과 괴물, 대천세계가 모두 간이 쪼그라드니
맹호인들 어이 항복시키지 않으리.

■ **주 석**

伏虎林(복호림) : 지명. 요나라 임금의 행영行營의 하나로서 가을에 수렵하던 곳이다. 경종景宗이 기병을 데리고 이곳에서 사냥할 때 호랑이가 풀섶에 엎드려 움직이지 않아서 이름을 붙였다고 한다. 지금의 내몽고內蒙古 파림우기巴林右旗 서북 찰한목륜하察罕木倫河가 발원하는 백탑자白塔子의 서북 지역이다.

應制(응제) : 황제의 명을 받들어 시문을 짓다.

大千(대천) : 대천세계大千世界. 불교어로서 광대무변한 세계를 가리킨다.

■ **해 제**

웅건한 기백과 필력으로 호랑이도 항복시키고 적을 압도하는 위엄을 표현하였다. 수렵과 유목에 익숙한 거란족의 기상이 여성 시인의 작품을 통해서 잘 드러난다.

유앙劉昂(?~?)

자는 지앙之昂이며, 흥주興州 사람이다. 대정大定 19년에 진사 급제하였다. 고조부 이래로 7대가 급제하였다. 33세에 상서성연尙書省掾, 조평량로전운부사調平涼路轉運副使가 되었다. 태화泰和(1201~1208) 초년에 국자사업國子司業에서 좌사낭중左司郎中으로 승진하였다. 후에 상경유수판관上京留守判官으로 좌천되어 부임 도중에 죽었다.

都門觀別
도 문 관 별

買酒消閑愁, 剪刀剪流水.
매 주 소 한 수　전 도 전 류 수

閑愁不可消, 流水無窮已.
한 수 불 가 소　유 수 무 궁 이

悠悠窗下斷腸波, 總是行人墮淚多.
유 유 창 하 단 장 파　총 시 행 인 타 루 다

門外馬嘶思遠道, 小顰猶唱渭城歌.
문 외 마 시 사 원 도　소 빈 유 창 위 성 가

歌聲未斷征鞍發, 望斷垂楊人影滅.
가 성 미 단 정 안 발　망 단 수 양 인 영 멸

斜陽照影卻歸來, 兩地相望今夜月.
사 양 조 영 각 귀 래　양 지 상 망 금 야 월

閱人多矣主人翁, 離別都歸一笑中.
열 인 다 의 주 인 옹　이 별 도 귀 일 소 중

陌上行人終不悟, 年年楊柳怨春風.
맥 상 행 인 종 불 오　연 년 양 류 원 춘 풍

도문에서 이별을 보다

술을 사서 시름을 삭이고,
가위로 흐르는 물을 자른다.
시름은 삭일 수 없고,
흐르는 물은 끝이 없네.
창 아래 유유히 흐르는 단장의 물결,
모두가 행인이 흘린 눈물이로다.
문 밖에 말이 울며 먼 길 생각하고,
시녀는 〈위성곡〉을 부른다.
노랫소리 끊기기 전에 말이 떠나
수양버들 끝간 데 바라보니 사람 그림자 사라진다.
석양에 비친 그림자 돌아오니
두 곳에서 오늘밤 달을 서로 바라보리.
사람들 많이 본 주인 영감은
이별을 모두 한번 웃음에 부치는구나.
거리의 행인들 끝내 깨닫지 못하니
해마다 양류는 봄바람을 원망하네.

■ 주 석

都門(도문) : 도성의 성문. 도성.

小顰(소빈) : 시녀.

渭城歌(위성가) : 왕유王維의 시 〈송원이사안서送元二使安西〉. 〈위성곡渭城曲〉. 이별의 노래.

照影(조영) : 그림자를 비추다. 석양에 그림자가 비치다. 보내는 사람을 말한다.

閱人(열인) : 사람을 보다. 이별하는 사람을 많이 보았다는 뜻이다.

■ 해 제

도성은 늘 만남과 이별이 되풀이되는 곳이다. 만났다가 헤어지는 사람들은 슬퍼 눈물을 흘리며 타는 속을 술로 달래본다. 이런 광경을 수없이 보아 온 주루酒樓의 주인에게는 웃음거리일 뿐이다. 도성 성문에서 헤어지는 사람들과 이별의 광경에 익숙한 구경꾼의 대조가 선명하다.

금金

구처기丘處機(1148~1227)

자는 통밀通密, 도호道號는 장춘자長春子이며, 등주登州 서하棲霞(지금의 산동山東) 사람이다. 전진교全眞敎 칠진七眞의 한 사람이다. 19세에 왕중양王重陽을 스승으로 모셔 금원간 북방에서 가장 영향력이 큰 도사가 되었다. 1219년 그가 72세 되던 해 칭기즈칸이 내주萊州 호천관昊天觀으로 사람을 보내어 초청하였다. 윤지평尹志平, 이지상李志常 등 18제자와 함께 서쪽으로 여행하여 3년 만에 지금의 아프가니스탄 힌두쿠시산의 북록에 있던 팔로만八魯灣 행궁에 도착하였다. 칭기즈칸에게 "경천애민敬天愛民"과 "청심과욕淸心過慾"을 역설하여 그의 존경을 받았다. 지금의 사마르칸트인 서역西域 하중부河中府에서 신도를 모아 도교를 전파하였다. 이 여행을 제자 이지상이 기록하여 《장춘진인서유기長春眞人西遊記》로 남겼다. 1223년에 연경燕京으로 돌아와 태극관太極觀에 자리잡고 천하의 도교를 장관하였다. 태극관은 후에 이름을 '장춘궁長春宮'으로 바꾸었다. 지금의 백운관白雲觀이다. 《반계집磻溪集》이 있다.

雪山
설 산

當時悉達悟空晴, 發軫初來燕子城.
당 시 실 달 오 공 청 발 진 초 래 연 자 성

北至大河三月數, 西臨積雪半年程.
북 지 대 하 삼 월 수 서 림 적 설 반 년 정

不能隱地回風坐, 卻使彌天遂日行.
불 능 은 지 회 풍 좌 각 사 미 천 수 일 행

行到水窮山盡處, 斜陽依舊向西傾.
행 도 수 궁 산 진 처　사 양 의 구 향 서 경

설산

당시에 싯다르타는 깨달음이 명징하였지,

나는 길 떠나 갓 연자성에 왔도다.

북쪽으로 큰 강까지 석 달이 걸렸으며,

서쪽으로 눈 쌓인 곳에 이르니 반 년이 걸렸다.

그늘진 땅에 바람 피하여 앉을 수 없고,

하늘 가득한 해를 따라 간다.

물 마르고 산 끊어진 곳에 이르니

비낀 해는 여전히 서쪽으로 지는구나.

■ **주 석**

雪山(설산) : 현재 아프가니스탄의 힌두쿠시산.

悉達(실달) : 싯다르타. 석가모니. 여기서는 구처기 자신을 가리킨다. 이 구와 다음 구는 구처기도 싯다르타처럼 깨달아서 그 도를 전수하고자 길을 떠나 연자성에 도착하였다는 뜻이다.

燕子城(연자성) : 지금의 하북성 장북현張北縣. 금金나라 때 연자성을 무주撫州로 승격시켰고, 여진어女眞語로는 '길포로만성吉甫魯灣城'이라고 하였다. 이지상李志常의 《장춘진인서유기長春眞人西遊記》의 주에 "무주가 이곳이다(撫州, 是也)"라고 하였다. 금나라 말기 대안大安 3년(1211)에 칭기즈칸이 연자성을 점령하였고, 야호령野狐嶺에서 40만 금군金軍을 대파하여 금나라는 곧 멸망하였다. 몽고蒙古 헌종憲宗 8년(1258)에 다시 무주撫州를 설치하였고, 중통中統 3년(1262)에 융흥부隆興府로 승격시켰고, 후에 중도中都로 삼았다.

大河(대하) : 《장춘진인서유기》의 주에 "즉 육국하이다. 4월에 도착하였으며, 약 2천여 리이다(卽陸局河也, 四月盡到, 約二千餘里)"라고 하였다. 육국하는 지금의 헤르렝강이다.

積雪(적설) : 산 위에 눈이 쌓였다는 뜻이다. 《장춘진인서유기》 주에 "즉 북쪽 지역이다. 산에는 늘 눈이 있으며, 동쪽으로 육국하까지는 약 5천 리이며, 7월에 도착하였다(卽北地也, 山常有雪, 東至陸局河約五千里, 七月盡到)"고 하였다.

■ **해 제**

구처기가 칭기즈칸의 부름을 받고 설산에 도착하여 여정을 간단히 읊은 시이다.

원호문元好問(1190~1257)

자는 유지裕之, 호는 유산遺山이며, 태원太原 수용秀容(지금의 산서성 태원) 사람이다. 7세 때 시를 지어 신동이라 불렸다. 금金나라 선종宣宗 흥정興定 5년(1221)에 진사 급제하였으나 관직에 나가지 않았고, 금 애종哀宗 정대正大 원년(1224) 박학홍사과博學鴻詞科에 급제하여 관직생활을 시작하였다. 1233년에 몽고군이 금의 변경汴京을 함락하고 원호문을 산동 요성聊城에 구금하였다. 원元나라 태종太宗 10년(1238)에 고향에 돌아가 야사정野史亭을 짓고 저술에 몰두하였다.

岐陽三首
기 양 삼 수

突騎連營鳥不飛, 北風浩浩發陰機.
돌 기 련 영 조 불 비　북 풍 호 호 발 음 기

三秦形勝無今古, 千里傳聞果是非.
삼 진 형 승 무 금 고　천 리 전 문 과 시 비

偃蹇鯨鯢人海涸, 分明蛇犬鐵山圍.
언 건 경 예 인 해 학 분 명 사 견 철 산 위

窮途老阮無奇策, 空望岐陽淚滿衣.
궁 도 로 완 무 기 책 공 망 기 양 루 만 의

百二關河草木橫, 十年戎馬暗秦京.
백 이 관 하 초 목 횡 십 년 융 마 암 진 경

岐陽西望無來信, 隴水東流聞哭聲.
기 양 서 망 무 래 신 농 수 동 류 문 곡 성

野蔓有情縈戰骨, 殘陽何意照空城.
야 만 유 정 영 전 골 잔 양 하 의 조 공 성

從誰細向蒼蒼問, 爭遣蚩尤作五兵.
종 수 세 향 창 창 문 쟁 견 치 우 작 오 병

耽耽九虎護秦關, 懦楚孱齊几上看.
탐 탐 구 호 호 진 관 유 초 잔 제 궤 상 간

禹貢土田推陸海, 漢家封徼盡天山.
우 공 토 전 추 륙 해 한 가 봉 요 진 천 산

北風獵獵悲笳發, 渭水蕭蕭戰骨寒.
북 풍 렵 렵 비 가 발 위 수 소 소 전 골 한

三十六峰長劍在, 倚天仙掌惜空閑.
삼 십 륙 봉 장 검 재 의 천 선 장 석 공 한

기양 3수

돌격 기병의 진영에 새도 날지 않고,

북풍이 광활히 불어 눈을 몰아온다.

삼진의 지리地利 형세는 예나 지금이나 다름없지만,

천 리 소문은 과연 사실이런가.

거대한 고래가 사람의 씨를 말리고,

분명 독사와 개가 철통처럼 에워쌌으리.
막다른 길의 늙은 완적阮籍 기이한 재주 없으니
부질없이 기양만 바라보며 옷깃 가득 눈물 흘린다.

험준한 산하에 풀도 자라지 않고,
십 년 전쟁에 진나라 서울은 암흑이로다.
기양 향해 서쪽을 바라보아도 소식은 없고,
농수는 동으로 흘러 곡소리가 들려온다.
들판의 덩굴풀도 유정하여 전사한 해골을 감싸건만,
석양은 어이하여 텅 빈 성을 비추나.
누굴 따라 창천에 따져 물을까,
왜 치우 보내 병기를 만들게 하였는지.

용맹한 아홉 장군 진나라 관문을 지켰지만,
유약한 제초의 신하들 탁상공론 펼쳤지.
우공에서 가장 비옥한 토지로 꼽았고,
한나라의 경계는 천산까지 닿았네.
쌩쌩 북풍에 호가 슬피 울리고,
위수는 쓸쓸하고 전사한 해골은 차갑다.
화산 서른여섯 봉우리 장검처럼 있건만
하늘에 기댄 선장봉 놀리니 애석하구나.

■ 주 석

岐陽(기양) : 지금의 섬서성陝西省 봉상鳳翔.
鯨鯢(경예) : 고래. 여기서는 탐욕스러워 작은 나라를 합병하는 사람을 비유한다.

老阮(노완) : 완적阮籍. 완적은 수레를 타고 길 아닌 곳을 다니다가 수레가 막히면 매번 통곡하고 돌아왔다고 한다. 여기서는 시인 자신을 비유한다.

百二(백이) : 산하가 험준하여 견고하게 지킬 수 있음을 말한다. 《사기史記 · 고조본기高祖本紀》에 "진나라는 지세가 견고한 나라이며 험준한 산천을 가지고 천 리나 떨어져 있으며, 병사 백만 가운데 진나라가 '백이'를 가졌다(秦, 形勝之國, 帶河山之險, 縣隔千里, 持戟百萬, 秦得百二焉)"고 하였다. 이 '백이'에 대해서는 두 가지 풀이가 있다. 배인裴駰은 《사기집해史記集解》에서 소림蘇林의 말을 인용하여 백 가운데 둘, 즉 2만 명으로 제후의 백만 명을 충분히 당할 수 있다고 풀이하였다. 사마정司馬貞은 《사기색은史記索隱》에서 우희虞喜의 말을 인용하여 제후들의 병사는 백만이며, 진나라는 지세가 험고하여 천하의 두 배가 되므로 '백이百二'를 얻었다는 것은 두 배라는 말이며, 진나라 군대는 2백만 명을 대적할 수 있다는 뜻이라고 풀이하였다.

蚩尤(치우) : 옛날 구려족九黎族의 수령으로서 금속으로 병기를 만들어 황제黃帝와 탁록涿鹿에서 싸우다가 패하여 죽었다.

九虎(구호) : 금나라 선종宣宗 흥정興定 2년에 진관秦關 등지에 아홉 수어사守御使를 설치하였다. '구호'는 원래 왕망王莽의 아홉 장수에서 나온 말이다.

陸海(육해) : 물산이 풍부한 땅. 땅이 높고 평평하며 물산이 풍부하여 나지 않는 것이 없는 바다와 같다는 뜻이다. 섬서성을 가리킨다. 《한서漢書 · 지리지地理志》에서 "(진 지역은) 호현 두현의 죽림이 있고, 남산의 박달나무 산뽕나무가 있어 육지의 바다라고 부르니 구주 가운데 기름진 땅이다(有鄠杜竹林, 南山檀柘, 號稱陸海, 爲九州膏腴)"라고 하였다.

天山(천산) : 지금의 중국 신강 위구르자치구 우루무치에 있는 산.

三十六峰(삼십륙봉), 仙掌(선장) : 화산華山 36봉과 선장봉仙掌峰. 모두 적군을 막을 수 있는 천연의 요새이지만 이용하지 않아서 애석하다는 뜻이다. 화산은 섬서성에 있는 서악西岳이다.

■ 해 제

금나라 애종哀宗 정대正大 8년(1231) 정월에 몽고군이 기양岐陽(지금의 섬서성 봉상鳳翔)을 포위하고, 4월에 함락하고 도륙하였다. 금나라는 기양을 잃어 섬서성 일대를 몽고에게 넘겨주었으며, 얼마 후 멸망하였다. 당시 기양 함락 소식은 조정에 두 달이나 늦게 전해졌다. 원호문은 기양의 참상을 슬퍼하고 위정자의 무능을 한탄하였다.

癸巳五月三日北渡三首
계 사 오 월 삼 일 북 도 삼 수

道傍僵臥滿累囚, 過去旃車似水流.
도 방 강 와 만 루 수 과 거 전 거 사 수 류

紅粉哭隨回鶻馬, 爲誰一步一回頭.
홍 분 곡 수 회 골 마 위 수 일 보 일 회 두

隨營木佛賤於柴, 大樂編鍾滿市排.
수 영 목 불 천 어 시 대 악 편 종 만 시 배

虜掠幾何君莫問, 大船渾載汴京來.
노 략 기 하 군 막 문 대 선 혼 재 변 경 래

白骨縱橫似亂麻, 幾年桑梓變龍沙.
백 골 종 횡 사 란 마 기 년 상 재 변 룡 사

只知河朔生靈盡, 破屋疏煙卻數家.
지 지 하 삭 생 령 진 파 옥 소 연 각 수 가

계사년 5월 3일 북으로 가면서 지은 3수

길가에는 묶인 죄수 가득 쓰러져 누웠고,
휘장 친 수레는 물 흐르듯 지나간다.
미인은 곡하며 회골 말 따르면서
누구를 위하여 한 걸음에 한 번 고개 돌리나.

군영마다 나무부처 장작보다 흔하고,
대악의 편종은 시장에 가득 널렸다.
노략질 얼마나 하였는지 묻지 마시게,
큰 배에 가득 싣고 변경에서 왔으니.

백골이 헝클어진 삼실처럼 얽혔고,
몇 년 사이 고향은 사막으로 변했네.
하삭의 생령들 모두 죽은 줄만 알았더니
무너진 집 성근 연기 몇몇은 되는구나.

■ 주 석

累囚(누수) : 오라에 묶인 죄수. '누累'는 '누縲'와 같다.

大樂(대악) : 요나라의 궁중 음악.

桑梓(상재) : 《시경詩經 · 소아小雅 · 소변小弁》에 '유상여재維桑與梓, 필공경지必恭敬止'라는 구절이 있다. 이에 대해 주희朱熹는 《시집전詩集傳》에서 "뽕나무 가래나무 두 나무는 옛날 5무의 택지에 담장 아래 심어 자손들에게 양잠과 기구 제작용으로 남겨 주었다. …… 뽕나무 가래나무는 부모가 심는 것이다(桑梓二木, 古者五畝之宅, 樹之墻下, 以遺子孫給蠶食具器用者也……桑梓父母所植)"라고 하였다. 동한東漢 이래로 '상재桑梓'는 고향이나 고향의 부로를 상징한다. 고향의 어른들에 대한 예를 '상재례桑梓禮'라고 한다.
龍沙(용사) : 변새 밖의 사막 지역.

■ **해제**

1233년 계사년 4월에 몽고군은 금나라의 수도 변경汴京에 입성하였고, 금나라의 관리들을 청성靑城으로 압송하였다가 5월에 다시 요성聊城으로 보냈다. 여기에 원호문도 끼어 있었다. 시인은 도중에 목격한 패전국 백성의 참상을 읊었다. 여인과 부처와 왕실의 악기가 모두 노략질 당하여 끌려가고 시장에 나왔다. 몽고군이 점령지를 도륙하여 살아남은 것이 없을 줄 알았는데, 무너진 인가에서 몇 줄기 연기가 드문드문 피어오르니 그나마 다행이라고 해야 할까.

南冠行
남관행

南冠纍纍渡河關, 畢逋頭白乃得還.
남관루루도하관 필포두백내득환

荒城雨多秋氣重, 頹垣敗屋深茅菅.
황성우다추기중 퇴원패옥심모관

漫漫長夜浩歌起, 清涕曉枕留餘潸.
만만장야호가기 청체효침류여산

曹侯少年出紈綺, 高門大屋垂楊裏.
조후소년출환기 고문대옥수양리

諸房三十侍中郎, 獨守殘編北窗底.
제방삼십시중랑 독수잔편북창저

王孫上客生光輝, 竹花不實鵷雛飢.
왕손상객생광휘 죽화불실원추기

絲桐切切解人語, 海雲喚得青鸞飛.
사동절절해인어 해운환득청란비

梁園三月花如霧, 臨錦芳華朝復暮.
양 원 삼 월 화 여 무　임 금 방 화 조 부 모

阿京風調阿欽才, 暈碧裁紅須小杜.
아 경 풍 조 아 흠 재　훈 벽 재 홍 수 소 두

長安張敞號眉嫵, 吳中周郎知曲誤.
장 안 장 창 호 미 무　오 중 주 랑 지 곡 오

香生春動一詩成, 瑞露靈芝滿窗戶.
향 생 춘 동 일 시 성　서 로 령 지 만 창 호

魚龍吹浪三山沒, 萬里西風入華髮.
어 룡 취 랑 삼 산 몰　만 리 서 풍 입 화 발

無人重典鸛鷞裘, 展轉空床臥秋月.
무 인 중 전 숙 상 구　전 전 공 상 와 추 월

寶鏡埋寒灰, 鬱鬱萬古不可開.
보 경 매 한 회　울 울 만 고 불 가 개

龍劍出地底, 靑天白日驅雲雷.
용 검 출 지 저　청 천 백 일 구 운 뢰

層冰千里不可留, 離魂楚些招歸來.
층 빙 천 리 불 가 류　이 혼 초 사 초 귀 래

生不願朝入省暮入臺, 願與竹林嵇阮同擧杯.
생 불 원 조 입 성 모 입 대　원 여 죽 림 혜 완 동 거 배

郎食猩猩脣, 妾食鯉魚尾, 不如孟光案頭一盂水.
낭 식 성 성 순　첩 식 리 어 미　불 여 맹 광 안 두 일 우 수

黃河之水天上流, 何物可煮人間愁.
황 하 지 수 천 상 류　하 물 가 자 인 간 수

撐霆裂月不稱意, 更與倒翻鸚鵡洲.
탱 정 렬 월 불 칭 의　갱 여 도 번 앵 무 주

安得酒船三萬斛, 與君轟醉太湖秋.
안 득 주 선 삼 만 곡　여 군 굉 취 태 호 추

포로의 노래

포로 되어 우르르 하관을 건넜으니
까마귀 머리가 쇠면 돌아갈 수 있으리.
황량한 성에 비가 많아 가을 기운 무겁고,
무너진 담 쓰러진 집에 띠풀이 우거졌네.
기나긴 밤에 호탕한 노래 부르니
맑은 눈물이 새벽 베개에 흥건히 흐른다.
조씨 집 젊은이 비단옷 입고 나서니
높고 큰 집이 수양버들에 가렸다.
서른 살 시중랑이
홀로 북창 아래 낡은 책을 읽는구나.
왕손과 상객들 광채 뽐을 때
대나무 열매 맺히지 않아 봉황 새끼는 굶주린다.
금슬琴瑟은 지즐지즐 사람 말을 알아듣고,
바다 구름은 푸른 난새를 불러 날린다.
양원梁園에는 삼월에 꽃이 구름 같고,
임금당臨錦堂 화훼는 아침저녁으로 향기롭다.
유기劉祁의 품격, 이헌능李獻能의 재능,
울긋불긋 꾸미기론 두인걸杜仁傑.
경조윤京兆尹 장창張敞은 눈썹 어여쁘게 그렸다 말하고,
오나라 주유周瑜는 틀린 곡조를 알아보았다지.
향이 일고 봄이 되어 시 한 수 이루니
서로瑞露와 영지靈芝가 창호에 가득하다.
어룡魚龍이 물결을 불어 삼산三山이 잠기고,

만리 서풍은 흰 머리에 들어온다.
다시 숙상구 잡혀 술 사는 사람 없으니
빈 침상에 뒤척이며 가을달 아래 누웠다.
보경寶鏡은 식은 재 속에 묻혀
만고에 울울히 열지 못하고,
용검龍劍은 땅바닥에서 나와
청천백일 아래 운뢰雲雷를 내몬다.
천리에 얼음 층층이 쌓여 머물 수 없으니
초나라 떠난 혼이여 돌아오시라.
살아서는 아침 저녁 대성臺省에 들기 바라지 않고,
죽림에서 혜강嵇康 완적阮籍과 잔 들기를 바라노라.
남편은 성성이 입술을 먹고,
아내는 잉어 꼬리를 먹지만,
맹광孟光이 올리는 밥상의 한 사발 물보다 못한 것을.
황하의 물은 하늘에서 흘러오니
무엇으로 세상의 시름을 달여 없앨까.
번개를 밀어내고 달을 찢어도 마음에 차지 않으니
다시 함께 앵무주鸚鵡洲를 뒤집는다.
어이하면 삼만 곡 술 실은 배를 얻어다가
가을날 태호太湖에서 그대와 마구 취할까.

■ 주 석

南冠(남관) : 초楚나라 사람이 쓰는 관. 춘추시대에 초나라 종의鍾儀가 정鄭나라에 포로로 잡혀서 초나라 의관을 한 채로 묶여 있었다.

纍纍(누루) : 수척하고 지친 모양. 실의한 모양. 줄지어 늘어선 모양. 행

렬이 분명한 모양.

河關(하관) : 강물과 관문.

畢逋頭白(필포두백) : 까마귀 머리가 하얘지다. '필포'는 까마귀이며, 까마귀 머리가 하얘진다는 말은 일어날 수 없는 일을 뜻한다. 《연단자燕丹子》에 다음과 같은 이야기가 실려 있다. "연나라 태자 단이 진나라에 인질이 되자 진왕이 무례하게 대하여 뜻을 이루지 못하고 돌아가기를 청하였다. 진왕은 허락하지 않고 속여 말하였다. '까마귀 머리가 하얘지고 말에 뿔이 나면 허락하겠다' 단이 하늘을 우러러 탄식하니 까마귀가 바로 머리가 하얘지고 말에 뿔이 났다(燕太子丹質於秦, 秦王遇之無禮, 不得意, 欲求歸. 秦王不聽, 謬言曰, 令烏白頭, 馬生角, 乃可許耳. 丹仰天歎, 烏即白頭, 馬生角)"

紈綺(환기) : 아름다운 비단. 부유한 집안의 자제.

阿京(아경) : 유기劉祁(1203~1250). 자는 경숙京叔, 호는 신천둔사神川遁士로 지금의 산서山西 대동시大同市 혼원현渾源縣 사람이다. 원나라 때 고향에 은거하며 《귀잠지歸潛志》를 지었다.

阿欽(아흠) : 이헌능李獻能(1192~1232). 자는 흠숙欽叔이며, 하중河中 사람이다. 금金나라 선종宣宗 정우貞祐 3년(1215) 을해과乙亥科에 장원급제하였다.

暈碧裁紅(훈벽재홍) : 문장을 울긋불긋 아름답게 꾸미다.

小杜(소두) : 두인걸杜仁傑(약 1201~1282).

張敞(장창) : ?~기원전 48. 자는 자고子高이며, 하동河東 평양平陽(지금의 산서山西 임분臨汾) 사람이다. 선제宣帝 때 경조윤京兆尹을 지냈다. 아내에게 눈썹을 그려 주었다.

周郎(주랑) : 주유周瑜(175~210). 자는 공근公瑾이며 여강廬江 서현舒縣(지금의 안휘安徽 여강廬江) 사람이다. 음률에 밝아 누군가 곡조를 잘못 연주하면 뒤돌아보았다고 한다.

鷫鸘裘(숙상구) : 숙상, 즉 기러기와 매의 깃털로 만든 귀한 옷. 사마상여

司馬相如가 입고 있다가 돈이 떨어져 저당 잡히고 술을 사서 탁문군卓文君과 함께 마셨다.

嵇阮(혜완) : 혜강嵇康(224~263, 또는 223~262)과 완적阮籍(210~263). 혜강은 자가 숙야叔夜이며, 삼국시대 위魏나라 초군譙郡 질현銍縣(지금의 안휘 숙주宿州) 사람이다. 완적은 자가 사종嗣宗이며, 삼국시대 위나라 진류陳留(지금의 하남河南) 사람이다. 두 사람은 죽림칠현竹林七賢의 구성원이다.

猩猩脣(성성순) : 성순猩脣. 성성이의 입술. 팔진八珍의 하나이다.

孟光(맹광) : 동한東漢 양홍梁鴻의 아내. 거안제미擧案齊眉 고사가 있다.

撐霆裂月(탱정렬월) : 번개를 밀어내고 달을 찢다. 기세가 대단함을 말한다.

鸚鵡洲(앵무주) : 호북성湖北省 무한武漢의 장강長江 가운데 있던 섬. 이백李白이 영왕 이린의 반란에 연루되어 야랑夜郎으로 유배 가다가 도중에 사면되어 강하江夏에 돌아와서 지은 〈강하에서 위남의 능빙에게 주다(江夏贈韋南陵冰)〉 시에 "두타사 구름과 달은 스님의 기운 많고, 산수는 언제 사람의 마음에 든 적 있든가. 그렇지 않으면 가를 불고 북을 치며 강물을 희롱하고, 강남의 여아들 불러서 뱃노래를 시킬 텐데. 나는 그대 위해 황학루를 박살낼 테니 그대도 나를 위해 앵무주를 물리쳐 주오(頭陀雲月多僧氣, 山水何曾稱人意. 不然鳴笳按鼓戲滄流, 呼取江南女兒歌棹謳. 我且爲君槌碎黃鶴樓, 君亦爲吾倒卻鸚鵡洲.)"라고 하였다.

太湖(태호) : 강소성江蘇省 남부 장강의 삼각주 가운데 있는 호수.

■ **해제**

원주에 "계사년 가을 조득일을 위하여 짓다(癸巳秋, 爲曹得一作)"라고 하였다. 계사년은 1233년이다. 변경이 함락되고 몽고군에게 잡혀 요성聊城에 구금되었을 때 지은 시이다. 몽고군에게 포로로 잡혀 간 금나라의 인물들이 과거 중도中都(지금의 북경)에서 누린 풍류를 회상하며 망국의 한을 읊었다.

단극기段克己(1196~1254)

자는 복지復之, 호는 둔암遁庵, 별호別號는 국장菊莊이며, 강주絳州 직산稷山(지금의 산서山西 직산) 사람이다. 일찍부터 동생 성기成己와 재능으로 이름이 나서 조병문趙秉文은 '이묘二妙'라 부르고, 큰 글자로 '쌍비雙飛'라고 써서 그들이 사는 마을에 이름을 붙여 주었다. 금金 애종哀宗 때 동생과 함께 차례로 진사가 되었으나, 벼슬길에는 나가지 않고 산촌에서 한가하게 살았다. 금나라가 망하자 용문龍門(산서山西 하진河津의 황하黃河 근처)의 산중으로 피난하였다. 몽고 시대에 벗들과 산수를 유람하며 시사를 결성하여 시를 지으며 소일하였다. 그와 동생의 시를 한데 모은 《이묘집二妙集》이 있다.

癸卯中秋之夕與諸君會飮山中感時懷舊情見乎辭
계 묘 중 추 지 석 여 제 군 회 음 산 중 감 시 회 구 정 현 호 사

少年著意仿中秋, 手卷珠簾上玉鈎.
소 년 저 의 방 중 추 　 수 권 주 렴 상 옥 구

明月欲上海波闊, 瑞光萬丈東南浮.
명 월 욕 상 해 파 활 　 서 광 만 장 동 남 부

樓高一望八千里, 翠色一點認瀛洲.
누 고 일 망 팔 천 리 　 취 색 일 점 인 영 주

桂華徘徊初泛灎, 冷溢杯盤河漢流.
계 화 배 회 초 범 염 　 냉 일 배 반 하 한 류

一時賓客盡豪逸, 擁鼻不作商聲謳.
일 시 빈 객 진 호 일 　 옹 비 부 작 상 성 구

無何陵谷忽遷變, 殺氣黯慘纏九州.
무 하 릉 곡 홀 천 변 　 살 기 암 참 전 구 주

生民冤血流未盡, 白骨堆積如山丘.
생 민 원 혈 류 미 진 　 백 골 퇴 적 여 산 구

比來幾見中秋月，悲風鬼哭聲啾啾.
비 래 기 견 중 추 월　비 풍 귀 곡 성 추 추

遺黎縱復脫刀几，憂思離散誰與鳩.
유 려 종 부 탈 도 궤　우 사 리 산 수 여 구

回思少年事，刺促生百憂.
회 사 소 년 사　자 촉 생 백 우

良辰不可再，尊酒空相對.
양 신 불 가 재　준 주 공 상 대

明月恨更多，故使浮雲礙.
명 월 한 갱 다　고 사 부 운 애

照見古人多少愁，懶與今人照興廢.
조 견 고 인 다 소 수　뇌 여 금 인 조 흥 폐

今人古人俱可憐，百年忽忽如流川.
금 인 고 인 구 가 련　백 년 홀 홀 여 류 천

三軍鞍馬閒未得，鏡中不覺摧朱顔.
삼 군 안 마 한 미 득　경 중 불 각 최 주 안

我欲排雲叫閶闔，再拜玉皇香案前.
아 욕 배 운 규 창 합　재 배 옥 황 향 안 전

不求羽化爲飛仙，不願雙持將相權.
불 구 우 화 위 비 선　불 원 쌍 지 장 상 권

願天早賜太平福，年年人月長團圓.
원 천 조 사 태 평 복　연 년 인 월 장 단 원

계묘년 추석 밤에 제군과 모여 산중에서 마시며 시사를 느끼고 옛일을 회고하며 감정을 언어로 표현하다

젊은 시절 마음 먹고 중추를 닮고자

손으로 주렴 걷어 옥고리에 걸었다.

명월이 솟으려니 바다 물결이 넓고

서광 만 장이 동남에 떴다.
누각 높아 팔천 리가 한눈에 보이고,
푸른색 한 점이 영주인 줄 알겠네.
계화와 배회국은 갓 향기를 피워내고,
시원함이 넘치는 배반에 은하가 흐른다.
한때의 빈객은 모두 호걸,
코를 막아 처량하게 읊조리지 않는구나.
오래지 않아 문득 상전벽해 변하더니
살기가 암울하고 참담하게 구주를 휘감았네.
생민의 억울한 피 다 흐르기도 전에
백골이 산처럼 쌓였구나.
근자에 추석 달을 몇 번이나 보았던가,
비풍에 귀신이 꺼이꺼이 우는구나.
망국의 백성 다시 칼과 도마 벗어나더라도
시름하고 흩어졌으니 뉘와 함께 모일꼬.
젊은 날의 일을 돌이켜 생각하니
황공 불안 온갖 시름 생겨난다.
좋은 날 다시 오지 않지만
부질없이 술잔을 마주하네.
달 밝으면 한 더욱 많으리니
그래서 뜬구름이 가리게 하였구나.
옛사람의 시름을 얼마나 비쳐 보았나,
게을리 지금 사람에게 흥망을 비추네.
지금 사람 옛사람 모두 가련해,

백 년이 훌훌 흐르는 물 같구나.
삼군의 기마는 한가할 때가 없고,
거울 속에서는 붉은 얼굴 늙는 줄을 몰라라.
나는 구름을 밀치고 천문을 두드려
옥황의 향안 앞에 재배하고 싶구나.
우화등선 추구하지 않고,
장군과 재상의 권력을 쥐길 바라지도 않는다네.
하늘이 빨리 태평의 복을 내리사
해마다 사람과 달이 길이 단원 이루기만 빈다네.

■ 주 석

擁鼻(옹비) : 옹비음擁鼻吟. 코를 잡고 읊조리다. 《진서晉書 · 사안전謝安傳》에 "사안은 원래 낙하 서생의 읊조림을 잘하였는데 콧병이 있어 소리가 탁하였다. 명사들은 그의 읊조림을 좋아하였으나 따라할 수가 없었다. 혹자는 손으로 코를 막아 흉내내었다(安本能爲洛下書生詠, 有鼻疾, 故其音濁, 名流愛其詠而弗能及, 或手掩鼻以效之.)"고 하였다. 이후 우아한 소리로 길게 읊조리는 것을 옹비음이라고 한다.

商聲謳(상성구) : 상성은 오음五音 중의 상음商音. 상성구는 상음을 기본음으로 삼는 조성으로 읊조리거나 노래하는 선율을 말한다. 상성은 가장 처량하고 비분강개한 느낌을 준다.

■ 해 제

금나라가 망하여 전란이 잠시 멈춘 1243년 추석 밤에 벗들과 모여서 참상을 회고하면서 태평시절이 오기를 바라는 심정을 읊었다.

야율초재耶律楚材(1190~1244)

자는 진경晉卿, 호는 담연거사湛然居士이며, 요동遼東 의무려산醫巫閭山 서록 의주宜州 홍정弘政(요녕遼寧 의현義縣) 사람으로 중도中都(지금의 북경)에서 나고 자랐다. 거란 왕족의 후예로서 17세 때 금金 장종章宗에게 발탁되었다. 당시는 북방의 몽고족이 테무친을 칭기즈칸으로 추대하였으며, 금나라는 전성기를 지나 국난을 맞이할 때였다. 금나라 중도의 상서성尙書省에 근무하던 1215년 몽고군이 중도를 함락하자 그는 몽고 치하에 들어갔으며, 1218년에 칭기즈칸의 부름을 받아 그의 참모가 되었다. 칭기즈칸은 야율초재를 오도철합리吾圖撒合里, 즉 수염이 긴 사람이라고 부르며 존중하였다. 1219년부터 1224년까지 6년간 서방 정벌에 나선 칭기즈칸을 수행하였다. 《담연거사집湛然居士集》이 있고, 《서유록西游錄》을 남겼다.

西域河中十詠
서 역 하 중 십 영

其一
기 일

寂寞河中府, 連甍及萬家.
적 막 하 중 부　연 맹 급 만 가

蒲萄親釀酒, 杷欖看開花.
포 도 친 양 주　파 람 간 개 화

飽啖雞舌肉, 分餐馬首瓜.
포 담 계 설 육　분 찬 마 수 과

人生唯口腹, 何礙過流沙.
인 생 유 구 복　하 애 과 류 사

其四
기사

寂寞河中府, 生民屢有災.
적막하중부 생민루유재

避兵開邃穴, 防水築高臺.
피병개수혈 방수축고대

六月常無雨, 三冬却有雷.
유월상무우 삼동각유뢰

偶思禪伯語, 不覺笑顏開.
우사선백어 불각소안개

서역 하중부 10수

(제1수)

적막하다 하중부여,
용마루 연이어 일만 호에 달하네.
포도로 직접 술을 빚고,
감람橄欖은 꽃이 피네.
닭의 혀를 배불리 씹고,
말머리 외를 나누어 먹는다네.
인생에 구복口腹을 채운다면
사막 건너기가 무어 어려우리.

(제4수)

적막하다 하중부여,
백성들에게 늘 재앙이 생기네.

병란을 피하여 깊은 굴을 뚫었고,
물을 막으려 높은 대를 쌓았네.
유월에도 언제나 비가 없고,
삼동에 오히려 우레가 친다.
우연히 선사禪師의 말을 생각하니
절로 웃음이 나오네.

■ 주 석

河中府(하중부) : 우즈베키스탄의 사마르칸트. 시르다리야(Syrdarya)강과 아무다리야(Amudarya)강 사이에 있다. 서요西遼의 수도였다.

杷欖(파람) : 비파枇杷.

馬首瓜(마수과) : 말머리 만한 외. 원주에 "토산 외로서 크기가 말머리 만하다(土產瓜, 大如馬首)"고 하였다. 합밀과哈密瓜와 같은 듯하다.

■ 해 제

칭기즈칸의 서방 정벌을 수행하던 1222년에 지었다. 전체 10수 가운데 2수를 골랐다. 당시 중원에는 전란이 빈번하고 금나라는 숨이 끊어지는 중이고, 서하西夏는 망국이 다가오고 있었다.

和王巨川
화 왕 거 천

今年扈從入西秦, 山色猶如昔日新.
금 년 호 종 입 서 진 산 색 유 여 석 일 신

詩思遠隨秦嶺雁, 征衣全染灞橋塵.
시 사 원 수 진 령 안 정 의 전 염 파 교 진

含元殿壞荊榛古，花萼樓空草木春.
함 원 전 괴 형 진 고　화 악 루 공 초 목 춘

千古興亡同一夢，夢中多少未歸人.
천 고 흥 망 동 일 몽　몽 중 다 소 미 귀 인

왕거천에게 화답하다

올해 호종하여 서진으로 들어가니

산색은 옛날 같아도 새롭기만 하다.

시상詩想은 멀리 진령 너머 기러기 따라가고,

나그네 옷에는 온통 파교의 먼지 물들었다.

함원전은 무너져 가시덤불 묵었고,

화악루는 비어서 초목만 봄이로다.

천고에 흥망은 하나같이 꿈이러니

꿈속에는 돌아가지 못한 이 얼마런가.

■ 주 석

王巨川(왕거천) : 왕즙王檝(1233년 전후 재세). 거천은 자이다.

含元殿(함원전) : 당나라 장안長安 대명궁大明宮의 정전正殿.

花萼樓(화악루) : 화악상휘루花萼相輝樓. 당나라 장안 흥경궁興慶宮에 있었다.

■ 해 제

칭기즈칸을 수행하여 서방으로 가면서 당나라의 수도 장안의 유지를 둘러보고 흥망의 감회를 노래하였다.

유병충劉秉忠(1216~1274)

원명은 간侃, 자는 중회仲晦, 호는 장춘산인藏春散人이다. 관적은 서주瑞州(요녕遼寧 진황도秦皇島)이며, 후에 형주邢州(하북河北 형대邢臺)로 옮겨 살았다. 금원 교체기에 출가하여 승려가 되었다가 원元 세조世祖 쿠빌라이의 부름을 받고 모주謀主가 되었다. 쿠빌라이는 그를 '총서기聰書記'라고 불렀다. 지원至元 원년(1264) 태보太保가 되어 중서성中書省을 총괄하였다. 난수灤水 북쪽에 상도上都 건설을 계획하였고, 대도大都도 중건하였다. 지원 8년에는 몽고의 국호를 '대원大元'으로 하자고 건의하여 채택되었다. 시호는 문정文貞이다. 사후에 시문을 모은 《유문정집劉文貞集》이 편집되었으나 온전히 남아 있지 않고, 《장춘집藏春集》 6권만이 전한다.

江邊晩望
강 변 만 망

沙白江靑落照紅, 滄波老樹動秋風.
사 백 강 청 락 조 홍 창 파 로 수 동 추 풍

天光與水渾相似, 山面如人了不同.
천 광 여 수 혼 상 사 산 면 여 인 료 부 동

千古周郎餘事業, 一時曹孟謾英雄.
천 고 주 랑 여 사 업 일 시 조 맹 만 영 웅

東南幾許繁華地, 長在元戎指畫中.
동 남 기 허 번 화 지 장 재 원 융 지 화 중

강변에서 저녁에 바라보다

흰 모래 푸른 강에 붉은 낙조,

창파에 고목은 가을바람에 흔들린다.

하늘빛과 물빛은 꼭 같고,

산의 모양새는 사람 같으나 꼭 같지는 않다.
천고에 주랑은 사업을 남겼고,
한때 조맹덕은 영웅을 속였네.
동남 땅에는 번화한 곳이 얼마나 많은가,
길이 군중에서 그림 속을 가리킨다.

■ 주 석

曹孟(조맹) : 조맹덕曹孟德, 즉 조조曹操.
元戎(원융) : 병거兵車. 대군大軍.

■ 해 제

산하의 혼연한 경계와 기세를 표현하면서 색채도 선명하게 대비하였다. 몽고 대군의 기세를 찬탄하면서 천하 통일에 대한 기대를 담고 있다.

秋日途中
추 일 도 중

半紙功名滿地愁, 都教白了少年頭.
반 지 공 명 만 지 수 　 도 교 백 료 소 년 두

早應未拜曹參相, 終不當封李廣侯.
조 응 미 배 조 참 상 　 종 부 당 봉 리 광 후

曲水亂山紅樹晚, 西風殘照白雲秋.
곡 수 란 산 홍 수 만 　 서 풍 잔 조 백 운 추

歸鴉一片投林去, 自笑勞生未解休.
귀 아 일 편 투 림 거 　 자 소 로 생 미 해 휴

가을날 도중에서

반 장 종이에 쓴 공명, 땅에 가득한 시름,

모두가 소년의 머리를 하얗게 만들었네.

일찍이 마땅히 조참처럼 상국에 임명되지 않았고,

끝내는 이광처럼 제후가 되지도 않았다네.

굽은 물 삐쭉한 산 붉게 물든 나무에 날이 저물고,

서풍에 낙조 지는 흰구름 뜬 가을.

까마귀 한 무리 숲으로 돌아갈 제

괴로운 인생 그칠 수 없는 내가 우습구나.

■ 주 석

曹參相(조참상) : 한漢나라의 상국相國 조참曹參. 패현沛縣 사람으로 유방劉邦과 동향이다.

李廣侯(이광후) : 한나라 때 흉노匈奴 격퇴에 큰 공을 세운 비장군飛將軍 이광李廣. 그는 많은 공을 세웠지만 끝내 봉후가 되지 못하였다.

■ 해 제

세사에 시달리는 괴로움에서 벗어나고 싶은 심정을 읊었다. 한때 출가하였던 시인의 진면목이 보인다.

원元

허형許衡(1209~1281)

자는 중평仲平, 호는 노재魯齋이며, 회주懷州 하내河內(하남河南 심양沁陽) 사람이다. 1232년에 몽고군에게 포로가 되었다가 풀려나 다음해에 북방의 대명大名으로 옮겨 살았다. 1238년에 각지의 유생들에게 부과한 시험에 합격하여 유호儒戶가 되고, 교육을 업으로 삼아 대명에 은거하는 두묵竇默과 학문을 강론하였다. 당시 남송의 정주程朱 이학理學은 아직 북방에는 유포되지 않았다. 1235년 몽고군이 송의 덕안부德安府(지금의 호북湖北 안륙安陸)를 함락하자 요추姚樞가 포로 가운데 유학자 조복趙復을 얻어 연경燕京으로 데리고 와 정주 이학을 전수케 하였다. 허형은 요추를 찾아가 정이程頤의 《역전易傳》, 주희朱熹의 《사서장구집주》·《소학小學》 등을 베껴 와서 제자들을 가르침으로써 명성이 높아졌다. 1250년 소문蘇門으로 이주하여 요추·두묵과 강습하면서 경전經傳·자사子史·성력星曆·병형兵刑·식화食貨 등 다방면의 학술을 연구하였다. 1254년 쿠빌라이가 경조京兆에 선무사宣撫司를 설치하고 허형을 경조 교수敎授로 임명하였다. 1258년 선무사가 폐지되자 하내로 돌아갔다.

중통中統 원년(1260) 세조世祖 쿠빌라이가 즉위하여 허형을 불렀고, 다음해 국자좨주國子祭酒에 임명하였으나 아직 국학이 설립되지 않았으므로 곧 사직하였다. 이후 출사와 사직을 반복하면서 북방의 민족이 중원을 통치하기 위해서는 한법漢法을 시행해야 한다고 건의하고, 당시 국정을 전횡하던 평장정사平章政事 아합마阿合馬를 탄핵하기도 하였으나 모두 뜻을 이루지는 못하였다. 지원至元 8년(1271), 집현전대학사集賢殿大學士 겸 국자좨주에 임명되어 교육을 주관하였다. 국자학國子學을 설치하여 몽고의 공신 귀족과 백관의 자제를 제생諸生으로 받아들였다. 정치 방면에서는 실패하여 교육에 주력하였으나 권신들은 학교는 급한 일이 아니고 독서는 쓸모없다고 여겨 국학에 경비를 제때에 대지 않아 제생들이 많이 떠나갔다. 지원 10년, 사직하고 회주로 돌아갔다. 13년에 다시 대도로 불려가 집현전대학사 겸 국자좨주에 재임명되었다. 17년에 사직하고 귀향하였으며, 다음해 죽었다. 대덕大德 원년(1297)에 문정文正이라는 시호를 받았으며, 황경皇慶 2년(1313)에 공자묘孔子廟에 종사되었다.
주요 업적은 원나라 국자학의 기초를 다지고 정주의 학설을 밝혔으며, 주희의 학설이 널리 보급되어 최고의 권위를 인정받게 한 데 있다. 따라서 원대에는 많은 사람들이 그를 주희 도통의 계승자로 인정하였다. 저작은 《노재유서魯齋遺書》에 들어 있다.

偶成
우 성

屈指年華四十三, 歸來憔悴百無堪.
굴 지 년 화 사 십 삼　귀 래 초 췌 백 무 감

遠懷未得生前遂, 俗事多因困後諳.
원 회 미 득 생 전 수　속 사 다 인 곤 후 암

百畝桑麻負城邑, 一軒花竹對煙嵐.
백 무 상 마 부 성 읍　일 헌 화 죽 대 연 람

紛紛世態終休論, 老作山家亦分甘.
분 분 세 태 종 휴 론　노 작 산 가 역 분 감

우연히 쓰다

손 꼽아 나이 세니 마흔셋,

돌아오니 초췌하여 아무것도 못할세라.

원대한 꿈은 생전에 이루지 못하고,

세상사 까닭 많아 곤궁한 뒤에도 어리석다.
백 무 농토는 성곽에 붙었고,
한 뙈기 꽃과 대나무는 안개 속이로다.
분분한 세태를 따지지 말지니
늙어 산에 사는 사람 되기도 분수에 달가워.

■ 해 제

1250년 소문蘇門으로 이주한 뒤 학문에 힘을 쏟던 43세에 지었다. 기백과 정력이 왕성한 장년에 세상에 나가지 못하는 아쉬움이 역설적으로 묻어난다.

학경郝經(1223~1275)

자는 백상伯常이며, 택주澤州 능천陵川(산서山西) 사람이다. 10여 세에 금나라가 망하자 순천順天(하북河北 보정保定)으로 이주하였다. 조부 학천정郝天挺은 북방의 대유大儒로서 원호문의 스승이다. 학경은 쿠빌라이의 잠저潛邸 시절에 부름을 받았으며, 즉위 후에 한림시독학사翰林侍讀學士가 되었다. 국신대사國信大使에 임명되어 남송南宋에 출사出使하였다. 가사도賈似道가 원군元軍에게 대첩大捷을 거두었다고 거짓 보고한 사실이 드러날까 두려워 학경을 진주眞州에 16년간 구금하였다. 이 기간에 학경은 경전을 연구하고 저술에 몰두하여 《속후한서續後漢書》를 지었다. 지원至元 12년(1275)에 가사도가 백안伯顔의 대군에 패하여 유배 도중에 사사되고, 학경은 석방되어 대도大都로 돌아왔다. 그러나 몇 달 후에 곧 죽고 말았다. 시문집 《능천집陵川集》이 있다.

趙州石橋
조주석교

輪囷太古綠玉月, 半插水面不挂天.
윤균태고록옥월 반삽수면불괘천

一矼一段數十丈, 大業至今七百年.
일강일단수십장 대업지금칠백년

深銜密帀無罅隙, 嵌磨妥帖堅且圓.
심함밀잡무하극 감마타첩견차원

仰視壓面勢飛動, 勁欲拔起疑墜顚.
앙시압면세비동 경욕발기의타전

鬼功神力古未有, 地維欲絕還鉤連.
귀공신력고미유 지유욕절환구련

蛟龍辟易洚水伏, 細紋參錯如新鐫.
교룡벽역홍수복 세문참착여신전

晴虹不散結元氣, 海捧縹緲纏飛煙.
청홍불산결원기 해견표묘전비연

衝風倒景鯉背搖, 金瀾滉瀁青環偏.
충풍도영리배요 금란황양청환편

乾坤壯觀全趙雄, 幾回笑殺秦人鞭.
건곤장관전조웅 기회소쇄진인편

往來細讀張相碑, 直與北嶽相輊軒.
왕래세독장상비 직여북악상지헌

先君有詩不忍看, 摩挲華表空泫然.
선군유시불인간 마사화표공현연

조주 석교

바퀴처럼 구부러진 태고의 녹옥 달이

반은 수면에 꽂혀 하늘에 걸리지 않았나.

돌다리 한 도막이 수십 장,
대업 시절부터 지금까지 칠백 년.
깊이 물고 빽빽하게 둘러싸서 빈틈이 없고,
쪼고 갈아 맞물리니 단단하고 둥글다.
우러러보니 얼굴을 눌러 날아 움직이고,
굳세게 일어서려다 곤두박질할 듯하다.
귀신의 신력은 옛날에는 없었거니
지유는 끊어지려다 다시 연결되었네.
교룡도 물러가고 홍수도 엎드리며,
섬세한 무늬는 갓 아로새긴 듯.
맑은 날 무지개 걸려 원기를 맺고,
바다에서 아득히 구름 날려와 둘러싸네.
거꾸로 비친 그림자는 맞바람에 잉어 등에 흔들리고,
금물결 일렁여 푸른 옥환 펼쳤다.
건곤의 장관은 조나라에서 으뜸이며,
진나라 채찍을 몇 번이나 비웃었던가.
오가며 장상비를 자세히 읽어 보니
바로 북악과는 나란히 높고 낮구나.
선군께서 남긴 시를 차마 보지 못하고,
화표를 어루만지며 부질없이 눈물만 흥건하다.

■ **주 석**

趙州石橋(조주석교) : 하북성河北省 조현趙縣에 있는 돌다리. 안제교安濟橋라고도 한다. 수隋 양제煬帝 대업大業(605~618) 초년에 이춘李春이 창건하였다. 길이는 64.4m, 폭은 양단이 9.6m, 가운데가 9m이다.

輪囷(윤균) : 둥글게 굽다.

地維(지유) : 대지를 묶은 동아아. 땅의 네 모퉁이를 묶었다고 한다.

辟易(벽역) : 뒤로 물러나 피하다.

倒景(도영) : 사물이 물에 비쳐 거꾸로 보이는 그림자.

靑環(청환) : 청색 옥환玉環. 둥글게 사방을 두른 푸른 물을 비유한다.

秦人鞭(진인편) : 《예문유취藝文類聚》 권79에 진晉나라 복침伏琛의 《삼제략기三齊略記》를 인용한 다음의 구절이 있다. "진시황이 돌다리를 놓아 바다 건너 해 뜨는 곳으로 가고자 하였다. 이때 신인이 있어 돌을 바다로 몰아넣을 수 있었다. 성 남쪽 온 산의 돌이 모두 일어나 영리하게 동쪽으로 기우니 모양이 서로 따라가는 것 같았다. 돌의 움직임이 빠르지 않다고 하니 신이 자주 채찍질하여 모두 피를 흘려 돌이 온통 붉게 물들어 지금도 그렇다(始皇作石橋, 欲過海觀日出處. 於時有神人, 能驅石下海, 城陽一山石, 盡起立. 嶷嶷東傾, 狀似相隨而去. 云石去不速, 神人輒鞭之, 盡流血, 石莫不悉赤, 至今猶爾)"

張相碑(장상비) : 당나라의 장가정張嘉貞(665~729)이 지은 〈조주석교명서趙州石橋銘序〉. 장가정은 포주蒲州 의씨猗氏(지금의 산서성山西省 임의臨猗) 사람이다. 무측천武則天, 예종睿宗, 중종中宗, 현종玄宗 4조朝에 걸쳐 벼슬하였으며, 중서령中書令에 이르렀다.

北嶽(북악) : 항산恒山. 지금의 섬서성 혼원현渾源縣에 있다. 방위는 조주대교의 북쪽이다.

輊軒(지헌) : 높고 낮다. 오르내리다. 수레의 앞이 높고 뒤가 낮은 것을 '헌軒', 앞이 낮고 뒤가 높은 것을 '지輊'라고 한다. 고저, 경중, 우열을 뜻한다.

先君(선군) : 학경의 부친 학사온郝思溫.

■ 해제

조주 석교는 안제교安濟橋, 천하제일교天下第一橋라고도 부른다. '장상비'는 언제 세웠는지는 알 수 없으나 1949년 이후 조주 관제각關帝閣의 폐허에서 발견되었다. 후인들이 이 비를 둘로 쪼개 관제각의 주춧돌로 사용하였던 것이다. 비에는 장가정의 〈조주석교명서趙州石橋銘序〉, 위주사공참군衛州司功參軍 하동河東 유매柳渙가 쓴 〈조주석교명〉과 장욱張彧이 쓴 〈조주석교명〉이 차례로 새겨져 있다. 비문은 송나라 태평흥국太平興國(976~984)에 요현姚鉉이 편집한 《당문수唐文粹》에 바탕하였으므로 이 비는 태평흥국 이후 학경 이전에 세워졌음이 분명하다. 시인의 부친이 이 다리를 소재로 시를 지은 듯하나 아직 찾지 못하였다. 학경은 이 다리를 지나면서 다리의 생김새와 얼개를 읊고 돌아가신 부친을 그리워하였다.

老馬
노 마

百戰歸來力不任, 消磨神駿老駸駸.
백 전 귀 래 력 불 임 소 마 신 준 로 침 침

垂頭自惜千金骨, 伏櫪仍存萬里心.
수 두 자 석 천 금 골 복 력 잉 존 만 리 심

歲月淹延官路杳, 風塵荏苒塞垣深.
세 월 엄 연 관 로 묘 풍 진 임 염 새 원 심

短歌聲斷銀壺缺, 常記當年烈士吟.
단 가 성 단 은 호 결 상 기 당 년 렬 사 음

늙은 말

백 번 싸우고 돌아오니 힘이 부치고,

준마는 시달려 빨리 늙어간다.

머리 숙이고 천금 골격을 스스로 안타까워하지만,

마판에 누워도 만리 달릴 마음은 남았다.

세월을 늘려도 관로官路는 아득하고,

풍진이 어른거리니 관새의 담장이 깊구나.
짧은 노랫소리 끊고 은항아리도 없애
그 시절 열사의 읊조림 언제나 기억하지.

■ 주 석

駸駸(침침) : 말이 빨리 달리는 모양. 여기서는 시간이 빨리 지나감을 말한다.

官路(관로) : 관부官府에서 닦은 길. 대로. 벼슬길.

荏苒(임염) : 이리저리 떠돌다. 어른거리다. 점점 흘러가다. 두보杜甫의 〈숙부宿府〉 시에 "전쟁 오래 끌어 고향 소식도 끊어지고, 쓸쓸한 변방에선 길 가기가 힘들구나(風塵荏苒音書絕, 關塞蕭條行路難)"라는 구절이 있다.

壺(호) : 술병.

■ 해 제

자신을 늙은 말에 비유했다. 힘은 빠졌지만 마음은 늙지 않아 만리 벌판을 달리고 싶어 향락을 자제하며 젊은 시절의 뜨거운 마음을 기억한다. 오랜 구금 끝에 풀려난 이후 지은 시로 보인다.

최빈崔斌(1223~1278)

자는 중문仲文, 몽고 이름은 옌티무르[燕帖木兒]이며, 마읍馬邑(산서山西 삭현朔縣) 사람이다. 지원至元 초에 중서낭중中書郎中이 되어 동평東平을 진수하였다. 관운석의 조부 아리해애阿里海涯의 강남 정벌을 수행하였으며, 지원 15년(1278)에 강회행성좌승江淮行省左丞이 되었다. 권신 아합마阿合馬의 모함을 받아 처형되었다. 후에 명예가 회복되어 시호 충의忠毅를 받았다.

金山
금 산

浩浩長江天際來, 中流砥柱獨崔巍.
호 호 장 강 천 제 래 중 류 지 주 독 최 외

風搖萬壑秋聲動, 潮卷千堆雪浪回.
풍 요 만 학 추 성 동 조 권 천 퇴 설 랑 회

山勢參差現靈鷲, 海波遼闊隔蓬萊.
산 세 참 치 현 령 취 해 파 료 활 격 봉 래

夕陽不盡登臨意, 倒瀉滄溟入酒杯.
석 양 부 진 등 림 의 도 사 창 명 입 주 배

금산

콸콸 장강은 하늘에서 흘러와

중류에 지주가 홀로 우뚝하도다.

바람이 일만 골짜기를 흔들어 가을소리 울리고,

물결은 천 덩이를 말아올려 눈보라가 휘돈다.

산세는 삐쭉빼죽 영취靈鷲가 나타나고,

파도는 드넓어 봉래산이 멀구나.

석양에 올라 굽어보니 생각이 끝이 없어

창명滄溟을 술잔에 쏟아 붓네.

■ 주 석

金山(금산) : 강소성江蘇省 진강시鎭江市에 있는 산. 원래는 장강 가운데 솟아 있었으나 지금은 강안과 붙어 있다.

砥柱(지주) : 하남성河南省 삼문협三門峽 황하 가운데 우뚝 솟아 있는 산. 여기서는 금산을 말한다.

靈鷲(영취) : 영취산. 인도 마갈타 왕국 왕사성 동북에 있다. 석가모니가 이곳에서 《법화경法華經》을 강설하였다.

■ 해 제

장강 가운데 솟은 금산을 황하黃河의 지주산砥柱山에 비긴 발상이 재미있다.

弔李肯齋
조 리 긍 재

一夕司空撫御牀, 祖龍未死國先亡.
일 석 사 공 무 어 상 조 룡 미 사 국 선 망

只緣西楚無堅壁, 致使南州總戰場.
지 연 서 초 무 견 벽 치 사 남 주 총 전 장

湘水一川骸骨滿, 肯齋千古姓名香.
상 수 일 천 해 골 만 긍 재 천 고 성 명 향

我來不見先生面, 猶對西風酹一觴.
아 래 불 견 선 생 면 유 대 서 풍 뢰 일 상

긍재 이불李芾을 애도하다

하루 저녁 사공이 어상을 어루만지니
조룡이 죽기 전에 나라 먼저 망하였다.
다만 초나라에는 견고한 성벽이 없어
남쪽 고을 모두 전쟁터가 되었구나.
상수 줄기에는 해골이 가득하고,
긍재 선생은 천고에 이름이 향기롭네.
나는 와서 선생의 얼굴을 보지 못했지만
그래도 서풍 맞아 술 한 잔을 뿌린다.

■ 주 석

李肯齋(이긍재) : 이불李芾(?~1276). 남송南宋의 명신으로 자는 숙장叔章이며, 긍재는 호이다. 덕우德祐 원년(1275)에 담주지주潭州知州 겸 호남안무사湖南安撫使가 되어 7월에 부임하였다. 원나라의 우승상右丞相 아리해애阿里海涯가 강릉江陵을 함락하고 이어서 담주를 공격하였다. 9

월에 원군이 담주를 포위하였고, 10월이 되자 송군은 군량이 떨어졌다. 12월 제석除夕에 원병이 담주 성문을 넘자 남송의 장수 다수가 가족과 함께 순국하였다. 이불은 심복 심충沈忠을 불러 자신의 가족을 모두 죽인 다음 자신도 죽여 달라고 하였다. 심충은 만류하다가 결국 이불의 가족에게 술을 먹인 다음 죽이고, 이불도 죽였다. 최빈은 이 사실을 알고 시를 지어 그를 애도하였다.

一夕(일석) : '억석憶昔'으로 된 판본도 있다.

司空(사공) : 관직명. 후대의 공부工部에 해당한다.

西楚(서초) : 옛 지명. 삼초三楚의 하나. 《사기史記 · 화식열전貨殖列傳》에 "회수 북쪽으로부터 패, 진, 여남, 남군은 이곳이 모두 서초이다(夫自淮北沛陳汝南南郡, 此西楚也)"라고 하였다. 이불이 수비하다가 순국한 담주(지금의 장사長沙) 지역의 북쪽에 해당하며, 원군은 북쪽에서 강릉을 함락하고 남하하여 담주를 공격하였다.

南州(남주) : 남쪽 고을. 여기서는 담주를 말한다.

■ **해 제**

시인이 아리해애를 따라 담주를 함락하고, 담주를 지키다 순국한 남송의 충신 이불을 조문한 시이다.

방회方回(1227~1307)

자는 만리萬里, 연보淵甫이며, 호는 허곡虛谷, 자양산인紫陽山人이고, 흡현歙縣(안휘安徽) 사람이다. 남송南宋 경정景定 3년(1262)에 진사가 되었다. 처음에는 가사도賈似道를 지지하였으나 후에 그의 죄악을 논하여 참형에 처해야 한다는 상소를 올렸다. 엄주지주嚴州知州가 되어서 원군元軍의 침공이 예상되자 결사항전을 주장하다가 원군이 내려오자 항복하여 건덕로建德路 총관總管에 임명되었다. 일설에는 중앙과 지방의 관직을 맡아서 업적을 쌓았지만 가사도의 핍박을 받았으며, 가사도가 노항魯港에서 대패하자 그를 참수해야 한다는 소를 올렸고, 건덕부乾德府를 다스릴 때 임안臨安이 함락되고 남송 황제가 각 주군州郡에 저항하지 말라는 조서를 내렸을 때 항복하였다고 한다. 지원至元 18년 임기가 다하자 관직에서 물러나 전당錢塘에서 글을 팔아 먹고살았다. 주자학을 강론하고 강서시파江西詩派를 추종하였다. 원나라에 귀순한 그의 행적은 후인들로부터 비판의 대상이었으나, 그의 문학 성취는 강서시파의 최후의 거장으로 인정받고 있다. 시론서 《영규율수瀛奎律髓》를 지었고, 시문집 《동강집桐江集》과 《동강속집桐江續集》이 있다.

湓城客思
분 성 객 사

客懷歷落事多違, 歎息流光似箭飛.
객 회 력 락 사 다 위 　탄 식 류 광 사 전 비

雪後蔞蒿初薦酒, 花前蛺蝶欲穿衣.
설 후 루 호 초 천 주 　화 전 협 접 욕 천 의

熟知江水磨今古, 難向春風問是非.
숙 지 강 수 마 금 고 　난 향 춘 풍 문 시 비

悵望廬山但愁絶, 萬重雲鎖幾禪扉.
창 망 려 산 단 수 절 　만 중 운 쇄 기 선 비

분성의 나그네 시름

나그네 마음은 거리낌 없어 일마다 어긋나니
쏜살같이 흐르는 세월 탄식한다.
눈 내린 뒤 물쑥으로 처음 술을 올리고,
꽃 앞의 나비는 옷 안으로 들려 한다.
강물이 고금을 갈아버릴 줄 누가 알았나,
봄바람에 시비 묻기 어려워라.
여산을 서글피 바라보니 시름만 끝이 없고,
만 겹 구름은 선문을 몇 개나 에워쌌나.

■ **주 석**

湓城(분성) : 지금의 강서성江西省 북부 서창시瑞昌市. 동남쪽에 여산이 있다.

■ **해 제**

시인이 분성에 머물 때 여산을 바라보며 과거를 회상하였다. 강물은 고금을 쉼없이 흘러 모든 것을 씻어가 버리니, 과거사 시비를 가릴 것 없다는 말은 시인 자신의 삶에 대한 변명으로 들린다.

閏二月十六日淸明
윤 이 월 십 륙 일 청 명

日日樓頭柳色濃, 年年爲客負春風.
일 일 루 두 류 색 농　연 년 위 객 부 춘 풍

鶯花時節兵還動, 詩酒生涯老更窮.
앵 화 시 절 병 환 동　시 주 생 애 로 갱 궁

逆料未來猶有幾, 懸知所過卽成空.
역 료 미 래 유 유 기　현 지 소 과 즉 성 공

故鄕寒食澆松處, 亦想兒曹念乃翁.
고 향 한 식 요 송 처　역 상 아 조 념 내 옹

윤2월 16일 청명

날마다 누대에 오르니 버들색 짙고,

해마다 나그네 되어 봄바람을 저버린다.

꾀꼬리 울고 꽃 피는 시절 병란이 또 일어나니

시와 술로 보낸 생애 늙어 더욱 궁하다.

미래를 헤아리니 얼마나 남았나,

지내온 길 모두 허사인 줄은 분명 알겠네.

고향의 한식날 소나무에 술 뿌리는 곳,

애비 그리는 아이들 또한 보고파라.

■ 주 석

淸明(청명) : 24절기의 하나. 동지冬至로부터 105일 또는 106일째 되는 날로 한식寒食과 겹친다.

澆松處(요송처) : 청명과 한식에는 조상의 묘를 찾아 제를 올리고 주변 소나무에 술을 뿌려 고수레한다.

■ 해 제

원 세조世祖 지원至元 24년(1287)에 윤2월이 들었고, 이달 16일이 청명이었다. 시인은 타향에 있고, 고향에서는 자식들이 조상의 무덤을 찾아 성묘하면서 아버지를 그리워할 것이다. 명절일수록 가족에 대한 그리움은 더욱 애틋하다. 왕유王維의 〈9월 9일 산동의 형제를 그리며(九月九日憶山東兄弟)〉 시와 함께 읽어 보면 가족애가 더욱 깊어진다.

"홀로 타향에서 나그네 되어,
가절 돌아올 때마다 더욱 가족 그리워.
멀리서도 알겠노라, 형제들 등고한 곳에서,
두루 산수유 꽂을 때 한 사람만 없는 줄을
(獨在異鄕爲異客, 每逢佳節倍思親.
遙知兄弟登高處, 遍插茱萸少一人)"

왕운王惲(1227~1304)

자는 중모仲謀, 호는 추간秋澗이며, 위주衛州 급현汲縣(하남河南) 사람이다. 세조世祖 중통中統 원년에 시정을 논하는 글을 올려 중서성中書省 상정관詳定官으로 발탁되었으며, 다음해 한림원翰林院 수찬修撰이 되었다. 지원至元 5년(1268)에 감찰어사監察御史가 되고, 지원 28년에는 한림원학사翰林院學士가 되었다. 원정元貞 원년(1295)에는 《세조실록世祖實錄》 편찬에 참여하였고, 대덕大德 원년(1302)에 사직하였다. 시호는 문정文定이다. 시문집 《추간집秋澗集》 백 권이 있다.

秋懷
추 회

醉頭扶起日三竿, 掃罷幽軒到藥闌.
취 두 부 기 일 삼 간 소 파 유 헌 도 약 란

傍架整齊書帙亂, 繞籬料理菊枝殘.
방 가 정 제 서 질 란 요 리 료 리 국 지 잔

日融虛閣留餘暖, 雨積高空促早寒.
일 융 허 각 류 여 난 우 적 고 공 촉 조 한

處置身心閒裏過, 不將勳業鏡中看.
처 치 신 심 한 리 과 부 장 훈 업 경 중 간

가을 생각

취한 머리 부여잡고 일어나니 해는 중천에 솟아,
다락을 다 쓸고 작약밭으로 간다.
서가 옆에서 흐트러진 책을 정리하고,
울타리 돌면서 꺾어진 국화 가지 돌본다.
해는 따뜻하여 빈 누각에 온기가 남았고,
비는 고공에 쌓여 이른 추위 재촉한다.
몸과 마음을 한가로이 두어 지내지
훈업을 거울 속에서 보지 않으리.

■ **주 석**

醉頭(취두) : 취하여 어지러운 머리. 두목杜牧의 〈취제醉題〉 시에 "취한 머리 부여잡고 일어나지 못하니, 해는 벌써 세 길이나 솟았네(醉頭扶不起, 三丈日還高)"라는 구절이 있다.

藥闌(약란) : 작약을 키우는 밭. 난간을 둘러쳤다.

■ **해 제**

가을날 취한 뒤 깨어서 서책을 정리하고 약초를 돌보는 생활이 운치가 있다. 술을 많이 마신 다음날에는 해가 뉘엿뉘엿 넘도록 자야 한다. 공훈 따위 세사에는 마음 두지 않아야 이렇게 살 수 있다.

義俠行 (并序)
의협행 병서

予爲王著作《劍歌行》, 繼更曰《義俠》. 或詢其所以, 因
여위왕저작 검가행 계갱왈 의협 혹순기소이 인

爲之解曰. 彼惡貫盈, 禍及天下, 大臣當言天吏, 得以
위지해왈 피악관영 화급천하 대신당언천리 득이

顯戮. 而著處心積慮, 一旦以計殺之, 快則快矣, 終非
현륙 이저처심적려 일단이계살지 쾌즉쾌의 종비

正理. 夫以匹夫之微, 竊殺生之柄, 豈非暴豪邪, 不謂
정리 부이필부지미 절살생지병 기비폭호야 불위

之俠可乎. 然大姦大惡, 凡民罔不憝. 又以春秋法論,
지협가호 연대간대악 범민망부대 우이춘추법론

亂臣賊子, 人人得而誅之, 不以義與之可乎. 又且以遊
난신적자 인인득이주지 불이의여지가호 우차이유

俠言, 古今若是者不數人, 如讓之止報己私, 軻之斸軀
협언 고금약시자불수인 여양지지보기사 가지마구

無成. 較以此擧, 出於尋常萬萬也. 凡人臨小利害, 尙
무성 교이차거 출어심상만만야 범인림소리해 상

且顧父母, 念妻子. 慮一發不當, 且致後患. 著之心,
차고부모 염처자 여일발부당 차치후환 저지심

孰謂不及此哉. 然所以略不顧藉者, 正以義激於衷, 而
숙위불급차재 연소이략불고자자 정이의격어충 이

奮捐一身爲輕, 爲天下除害爲重. 足見天之降衷, 仁人
분연일신위경 위천하제해위중 족견천지강충 인인

義士, 有不得自私而已者, 此著之心也. 何以明之. 事
의사 유부득자사이이자 차저지심야 하이명지 사

旣露, 著不去, 自縛詣司敗, 以至臨命, 氣不少挫, 而
기로 저불거 자박예사패 이지림명 기불소좌 이

視死如歸, 誠殺身成名. 季路仇牧, 死而不悔者也. 故
시사여귀 성살신성명 계로구목 사이불회자야 고

以《劍歌》易而爲《義俠》云. 著字子明, 益都人. 少沈毅,
이 검가 역이위 의협 운 저자자명 익도인 소침의

有膽氣, 輕財重義, 不屑小節. 嘗爲吏不樂, 去而從軍.
유담기 경재중의 불설소절 상위리불락 거이종군
後與妖僧高比行假千夫長, 歸有此擧, 死年二十九. 時
후여요승고비행가천부장 귀유차거 사년이십구 시
至元十九年壬午歲三月十七日丁丑夜也.
지원십구년임오세삼월십칠일정축야야

君不見悲風蕭蕭易水寒, 荊軻西去不復還.
군불견비풍소소역수한 형가서거불복환

狂圖祇與鼇蛛靡, 至今恨骨埋秦關.
광도지여모주미 지금한골매진관

又不見豫讓義所激, 漆身呑炭人不識.
우불견예양의소격 칠신탄탄인불식

斸軀止酬一己恩, 三刜襄衣竟何益.
마구지수일기은 삼불양의경하익

超今冠古無與儔, 堂堂義烈王靑州.
초금관고무여주 당당의렬왕청주

午年辰月丁丑夜, 漢允策秘通神謀.
오년진월정축야 한윤책비통신모

春坊代作魯兩觀, 卯魄已褫曾夷猶.
춘방대작로량관 묘백이치증이류

袖中金鎚斬馬劍, 談笑馘取姦臣頭.
수중금추참마검 담소괵취간신두

九重天子爲動色, 萬命拔出顚崖幽.
구중천자위동색 만명발출전애유

陂陀燕血濟時雨, 一洗六合妖氛收.
피타연혈제시우 일세륙합요분수

丈夫百年等一死, 死得其所鴻毛輶.
장부백년등일사 사득기소홍모유

我知精誠耿不滅, 白虹貫日霜橫秋.
아지정성경불멸 백홍관일상횡추

潮頭不作子胥怒, 地下當與龍逢遊.
조 두 부 작 자 서 노　지 하 당 여 룡 봉 유

長歌落筆增慨慷, 覺我髮豎寒颼颼.
장 가 락 필 증 개 강　각 아 발 수 한 수 수

燈前山鬼忽悲歗, 鐵面御史君其羞.
등 전 산 귀 홀 비 소　철 면 어 사 군 기 수

의협의 노래 (병서)

나는 왕저를 위하여 〈검가행〉을 짓고 이어서 〈의협〉으로 제목을 바꾸었다. 누군가 그 까닭을 물으므로 밝힌다.

그의 죄악이 가득 차 천하에 화가 미치니 대신들은 하늘의 관리라고 일컬으므로 드러내어 처형했어야 했다. 그러나 왕저는 마음에 근심이 쌓여 하루아침에 죽이기로 작정하였으니 통쾌하기는 통쾌하나 결국 올바른 도리는 아니다. 미천한 필부로서 살생의 권한을 훔쳤으니 흉포한 사람이 아니겠으며, 협객이라고 부르지 않으면 되겠는가. 그러나 간악의 원흉은 원망하지 않는 백성이 없다. 《춘추》의 법대로 따지자면 난신적자는 사람마다 죽일 수 있으니 의와 더불지 않을 수 있겠는가. 또한 의협으로 말하자면 고금에 이와 같은 사람이 몇 되지 않는다. 예양豫讓은 개인의 원수를 갚는 데 그쳤고, 형가荊軻는 몸을 해쳐 이루지 못했다. 이 거사는 보통보다 만만 배나 뛰어나다. 무릇 사람은 작은 이해에 닥치면 부모와 처자를 고려하고, 한 번에 성공하지 못하면 닥칠 후환을 걱정한다. 왕저의 마음이 이를 고려하지 못하였다고 누가 말할까. 그러나 조금이라도 걱정하지 않은 것은 바로 속으로부터 의분하여 한 몸을 버림은 가볍고, 천하를 위해 해악을 제거함은 무겁게 여겼기 때문이다. 하늘이 복을 내림을 충분히 보여주고, 어진 사람 의로운 사람은 사적인 일을 돌볼 수 없었으니 이것이 왕저의 마음이다. 어떻게 밝힐 수 있는가. 일이 이미 드러나자 왕저는 도망가지 않고 스스로를 묶어 사구司寇에게 나아갔으며, 명이 다다랐을 때도 기개는 꺾이지 않았고, 죽음 보기를 집에 돌아가듯 여겼으니 참으로 살신하여 이름을 이루었다. 자로와 구목은 죽어서도 후회하지 않는 사람이다. 그러므로 〈검가〉를 〈의협〉으로 바꾼다.

왕저의 자는 자명이며, 익도 사람이다. 어려서부터 침착 강인하였고, 담기가 있었다. 재물을 가벼이 여기고 의리를 중시하였으며 작은 절차에 얽매이지 않았다. 일찍이 이吏가 되었으나 기뻐하지 않고 떠나 종군하였다. 후에 요승 고화상과 천호千戶 행세를 하며 돌아와 이 거사를 일으켰다. 죽을 때 나이는 스물아홉이었다. 때는 지원 19년 임오년 3월 17일 정축일 밤이었다.

그대는 못 보았나, 비풍 쓸쓸히 불 제 차가운 역수 건너
서쪽으로 가서 돌아오지 않는 형가를.
허망한 계획은 독충처럼 보잘것없어서
지금껏 한 품은 뼈가 진나라에 묻혀 있네.
또 보지 못했나, 예양豫讓은 의분하여
몸에 옻을 바르고 숯을 삼켜 남들이 알아보지 못하게 하였지.
몸을 해쳐 겨우 한 몸 은혜 갚으려고
조양자趙襄子의 옷을 세 번 쳐도 무슨 득이 있었나.
고금을 넘어 으뜸이라 짝이 없는 이는
당당한 열사 청주의 왕저王著라네.
임오년 3월 정축일 밤에
왕윤王允의 비책은 신통하였다네.
태자궁이 노나라 양관兩觀 되고,
소정묘少正卯의 이미 날아간 혼백이 배회하였지.

소맷속 쇠뭉둥이와 참마검으로
담소하며 간신의 머리를 베었지.
구중궁궐 천자는 안색이 변하였지만,
일만 목숨을 낭떠러지에서 건져내었네.
연경燕京을 기울인 비는 시대를 구하는 비가 되어
육합六合의 요기를 씻어 거두었네.
장부는 백 년에 한 번 죽기를 기다리니
죽을 곳 찾으면 홍모처럼 여기지.
그의 정성은 찬란히 사라지지 않으며,
해를 뚫는 무지개요 가을 서리라.
물가에서 오자서의 분노 일으키지 않고,
지하에서는 용봉과 함께 놀리라.
긴 노래 붓을 놓으니 강개가 더하고,
내 머리칼 쭈뼛 서서 찬바람이 스친다.
등불 앞에 산귀가 문득 슬피 휘파람 부니
철면 어사라도 그대에게는 부끄러우리.

■ 주 석

漢允(한윤) : 한나라의 왕윤王允. 왕윤은 연환계를 사용하여 동탁董卓을 제거하였다. 이 구절은 왕저가 아합마阿合馬를 제거한 계책은 장역張易이 세웠음을 암시한다.

兩觀(양관) : 노나라 궁궐. 공자가 소정묘를 이곳에서 처단하였다.

卯魄(묘백) : 소정묘의 혼백. 아합마의 혼백을 비유한다.

龍逢(용봉) : 관용봉關龍逢(?~?). 하夏나라 말기의 대신으로 걸桀임금이 황음무도하여 정치를 돌보지 않자 직간하다가 살해되었다.

■ 해제

1282년 3월에 익도益都 천호千戶 왕저王著와 고화상高和尙이 중서평장정사中書平章政事 아합마阿合馬를 죽인 사건이 일어났다. 세조世祖 쿠빌라이와 태자 진금眞金이 상도上都로 간 틈을 이용하여 왕저는 가짜 태자를 대도大都로 데리고 들어왔다. 밤중에 태자의 명을 사칭하여 아합마를 동궁東宮으로 불러서 바로 철퇴로 척살하였다. 세조는 왕저와 고화상을 처형하였다. 곧 아합마의 죄상이 밝혀져 그를 부관참시하고, 왕저의 명예를 회복시켰다. 아합마는 회회回回 사람으로 원초元初에 재정 정책을 개혁하면서 부정을 저질러 공분을 사고 있었다. 왕운은 이 시를 지어 왕저의 의거를 칭송하였다.

곽앙郭昻(1234~1294)

자는 언고彦高, 호는 야재野齋이며, 창덕彰德 임주林州(하남河南 임현林縣) 사람이다. 지원至元 2년(1265)에 권신 염희헌廉希憲에게 발탁되어 막료가 되었다. 원군이 남송을 공격할 때 한군漢軍 장령將令의 신분으로 양양襄陽을 포위하여 함락하고 남방을 전전하였다. 지원 26년(1289)에 무주撫州를 진수하였고, 이어서 광동으로 가서 전함을 건조하였다. 시호는 문의文毅이다.

偶感
우 감

滿眼黃塵興已闌, 閉門高臥且加餐.
만 안 황 진 흥 이 란　폐 문 고 와 차 가 찬

一燈兒女團圞易, 千古風雲際會難.
일 등 아 녀 단 란 이　천 고 풍 운 제 회 난

檐外日暄捫蝨坐, 庭前月出擧杯看.
첨 외 일 훤 문 슬 좌　정 전 월 출 거 배 간

翠藤儘著參天長, 不與孤松並歲寒.
취 등 진 착 참 천 장　불 여 고 송 병 세 한

우연한 감회

누런 먼지 눈에 가득하니 흥이 사라져
문을 닫고 편히 자고 또 밥 많이 먹는다.
등잔 하나에 아들 딸 단란하기는 쉽고,
천고에 바람과 구름이 만나기는 어려워라.
처마 밖에 해가 따뜻하니 이를 잡으며 앉았다가
마당 앞에 달 뜨니 잔을 들고 바라본다.
푸른 등나무는 온통 하늘 뚫도록 자라서
고송과 함께 세한을 보내지 않는다네.

■ 주 석

風雲際會(풍운제회) : 임금과 신하의 만남.

■ 해 제

가족과 함께 단란하게 지내는 일상의 행복을 중시하였다. 풍운회風雲會라든가 세한歲寒이라든가 하는 욕망 추구와 절개는 어쩌면 가족의 희생 위에서만 가능하기에 시인은 일찌감치 그 길을 걷지 않았다. 햇볕 아래 이를 잡고, 술잔 쥐고 달구경하는 일상에 참다운 행복이 있음을 깨달았던 것이다.

백안伯顏(1236~1294)

몽고蒙古 팔린부八隣部 사람이다. 팔린은 지금은 파림巴林이라고 한다. 백안은 부유하다, 부유한 사람이라는 뜻이며, 돌궐어 '파의巴依'와 같은 말이다. 증조부가 칭기즈칸 휘하에서 공을 세웠으며, 부친은 서역 정벌에서 공을 세웠다. 백안은 서역에서 성장하였으며, 세조 쿠빌라이에게 발탁되었다. 광록대부光祿大夫, 중서좌승상中書左丞相이 되었다.

일한국에서 자랐으며 기독교도이다. 1253년, 욱렬올旭烈兀(타뢰자拖雷子)의 서역 정벌에 수행하였다. 1265년, 쿠빌라이에게 인정 받아 그의 근신이 되었다. 지원至元 2년(1265)에 중서좌승상이 되었고 후에 중서우승中書右丞이 되었다. 지원 7년에 동지추밀원사同知樞密院事가 되었고, 1273년에는 남송 정벌의 최고 통수에 임명되었다. 지원 11년, 다시 좌승상이 되어 총병을 셋으로 나누어 송나라를 공략하였다. 지원 13년에 임안臨安을 함락하고 황제와 사태후謝太后 등을 사로잡아 남송을 멸망시키고 그 영토를 접수하였다. 이후 각종 반란을 진압하여 원나라의 기틀을 굳건히 다졌다.

지원 29년(1292)에 참소를 당하여 파직되었다. 지원 31년에 세조가 죽자 고명을 받아 철목이鐵穆耳를 추대하여 즉위시키고 다시 지추밀원사知樞密院事가 되었다. 사후, 대덕大德 8년(1304)에 회안왕淮安王에 추봉되었고, 지정至正 4년(1344)에는 회왕淮王에 추봉되었다.

度梅關
도 매 관

馬首經從庾嶺關, 王師到處悉平夷.
마 수 경 종 유 령 관 왕 사 도 처 실 평 이

擔頭不帶江南物, 只插梅花一兩枝.
담 두 부 대 강 남 물 지 삽 매 화 일 량 지

매관을 넘다

말머리는 대유령 관문을 거쳐 오면서
왕의 군대 도처에서 이적을 평정하였네.
짐에는 강남의 물건 넣지 않고서
다만 매화 한두 가지만 꽂았네.

■ 주 석

梅關(매관) : 대유령大庾嶺. 매화가 많아 매관이라고도 한다. 광동성과 강서성의 통로이다.

■ 해 제

원元 세조世祖의 명을 받아 남송을 정벌하고 유령관庾嶺關을 넘을 때 지었다. 몽고의 군대를 '왕사王師', 남송을 '이夷'라고 표현하였다. 점령지의 재물을 약탈하지 않고 매화 한두 가지를 꽂고 돌아오는 장군의 모습에 아취가 가득하다.

奉使收江南
봉 사 수 강 남

劍指青山山欲裂, 馬飮長江江欲竭.
검 지 청 산 산 욕 렬　마 음 장 강 강 욕 갈

精兵百萬下江南, 干戈不染生靈血.
정 병 백 만 하 강 남　간 과 불 염 생 령 혈

사명을 받들어 강남을 거두다

칼로 청산을 겨누니 청산은 갈라질 듯하고,
말이 장강물을 마시니 장강도 마를 듯하여라.

정예병 백만이 강남을 함락하였으나
창과 방패에는 백성의 피 물들지 않았네.

■ **해 제**

몽고 대군의 총수답게 기세가 하늘을 찌를 듯하다. 몽고 대군은 금나라를 정벌할 때는 무자비한 살육을 자행하였으나 남송을 정벌할 때는 양상이 사뭇 달랐다.

요수姚燧(1238~1313)

자는 단보端甫, 호는 목암牧庵, 영주營州 유성柳城(요녕遼寧 조양朝陽) 사람이다. 3세 때 부친을 여의고 숙부 요추姚樞를 따라 하남河南 휘현輝縣에서 살았다. 지원至元 17년 섬서한중도제형안찰부사陝西漢中道提刑按察副使로 관직에 들어서서 한림직학사翰林直學士, 대사농승大司農丞, 강동염방사江東廉訪使, 강서행성참정江西行省參政을 거쳐 무종武宗 지대至大 원년(1308)에는 태자빈객太子賓客이 되고 이어서 태자소부太子少傅가 되었다. 한림학사승지를 끝으로 치사하고 귀향하였다. 시호는 문文이다. 문집에 《목암집牧庵集》이 있다.

發舟青神縣
발 주 청 신 현

青神開百丈, 江岸轉荒涼.
청 신 개 백 장 　 강 안 전 황 량

薜荔緣松起, 蒹葭並竹長.
벽 려 연 송 기 　 겸 가 병 죽 장

深披豺虎徑, 毒犯虺蛇鄉.
심 피 시 호 경 　 독 범 훼 사 향

何莫非王事, 牽夫可惋傷.
하 막 비 왕 사　견 부 가 완 상

청신현에서 배로 출발하다

청신현에서 배 끄는 줄을 매니
강 언덕이 더욱 황량하네.
벽려는 소나무에 붙어 올라가고,
갈대는 대나무와 나란히 자랐다.
승냥이 범 다니는 길을 깊이 헤치고,
독사 마을을 독하게 범한다.
무엇인들 모두 나랏일 아니랴마는
배 끄는 인부 처량도 하다.

■ 주 석

靑神縣(청신현) : 사천성四川省 성도成都 부근의 지역.
牽夫(견부) : 배를 끄는 인부. 배가 강을 거슬러 올라갈 때는 줄을 묶어 사람이 끈다.

■ 해 제

배를 끄는 인부들은 가장 고된 노동에 시달리는 사람들이다. 왕명으로 이곳저곳을 다니다가 목도한 민생의 참상을 읊었다.

연문봉連文鳳(1240~?)

자는 백정百正 또는 백정伯正이며, 호는 응산應山이다. 복건福建 삼산三山 사람이다. 남송 도종度宗 함순咸淳 연간에 태학太學에 들어갔으니 그 무렵에 출사한 듯하다. 송나라가 망하자 강호를 떠돌며 유민 고로故老들과 교유하였다. 《백정병자고百正丙子稿》가 있었으나 사라졌다. 청淸나라 때 사고관四庫館에서 《영락대전永樂大典》에 의거하여 《백정집百正集》 3권을 편찬하였다.

春日田園雜興
춘 일 전 원 잡 흥

老我無心出市朝, 東風林壑自逍遙.
노 아 무 심 출 시 조 동 풍 림 학 자 소 요

一犁好雨秧初種, 幾道寒泉藥旋澆.
일 리 호 우 앙 초 종 기 도 한 천 약 선 요

放犢曉登雲外壟, 聽鶯時立柳邊橋.
방 독 효 등 운 외 롱 청 앵 시 립 류 변 교

池塘見說生新草, 已許遊魂入夢招.
지 당 견 설 생 신 초 이 허 유 혼 입 몽 초

봄날 전원의 흥취

늙은 나는 세상에 나갈 마음 없으니

동풍 부는 수풀에서 절로 소요한다.

고마운 봄비 내려 모를 갓 내고

몇 줄기 차가운 샘물 작약밭에 빙글 뿌린다.

송아지 풀어 새벽에 구름 밖 언덕을 오르고

꾀꼬리 소리 들으며 때때로 버들 밖 다리에 선다.
지당에 새풀 돋았다 들으니
어느새 혼은 꿈속으로 불려 들어간다.

■ 주 석

一犂好雨(일리호우) : '일리우'는 봄비를 가리킨다. 비가 충분히 내려 쟁기로 밭을 갈 수 있다는 뜻에서 생긴 말이다.
藥(약) : 작약芍藥. 이 구는 작약밭에 샘물을 골고루 뿌린다는 뜻이다.

■ 해 제

남송의 유민 오위吳渭 등이 세운 시사詩社 월천음사月泉吟社가 1286년에 '춘일전원잡흥'을 시제로 내걸고 시를 모집하자 연문봉이 나공복羅公福이라는 필명으로 응시하여 '제일명第一名'을 차지한 작품이다. 시에는 남송의 유민으로서 벼슬을 버리고 전원에 숨어살겠다는 의지가 시종일관 드러난다. 봄비, 샘물, 모, 작약, 송아지, 꾀꼬리 등의 경물로 봄날 소생하는 생명을 펼쳐냈다. 그러나 연못가 새로 돋은 풀은 자신의 눈으로 직접 목도하지 않고 남의 말을 듣고 알았으며, 그 말을 듣자마자 바로 정신은 몽롱히 꿈으로 불려 가버리고 만다. 결국 새 생명이 만발하는 시절이지만 자신은 그 속에 있지 못하고 도피하는 신세이다. 나라 잃은 백성의 처지는 그럴 수밖에 없다. "여러 걸작 가운데 흠 없이 깨끗하고 매우 가지런하며 내용의 폭이 좁지 않은 것을 찾으니 이 작품이 으뜸이다(衆傑作中, 求其粹然無疵, 極整齊而不窘邊幅者, 此爲冠)"라는 평을 받았다. 당시 제일명에게 준 상은 '공복公服 만들 비단 1겸 7장, 붓 5첩, 묵 5자루(公服羅一縑七丈, 筆五貼, 墨五笏)'였다.

하실何失(약 1247~1326)

자는 득지得之이며, 창평昌平(지금의 북경) 사람이다. 선우추鮮于樞, 고극공高克恭과 함께 시를 배웠다. 대도大都에서 자력으로 평생을 먹고 살며 "시조市朝에 은거하는" 대은大隱으로 자처하였다. 한때는 사모紗帽를 짜서 생계를 유지하였으며 품질이 뛰어나 값을 깎지 않았다고 한다.

感興四首 (選二首)
감흥사수 선이수

大寶隱於石, 哲匠莫覈眞.
대보은어석 철장막핵진

猛虎走四野, 尺草豈蔽身.
맹호주사야 척초기폐신

昧者虎不見, 投石安足珍.
매자호불견 투석안족진

所以卞和泣, 千載共霑巾.
소이변화읍 천재공점건

飮酒莫啜醨, 結交當求知.
음주막철리 결교당구지

論人先論行, 相馬不相皮.
논인선론행 상마불상피

一諂余何敢, 三讒親亦疑.
일첨여하감 삼참친역의

投身入屠釣, 猶勝坐書癡.
투신입도조 유승좌서치

감흥 4수 중 2수

큰 보배 돌에 숨어서
고명한 장인도 진가를 모른다.
맹호가 사방 들을 달리니
한 자 풀이 어이 몸을 가리리.
어두운 사람은 호랑이를 못 보고,
돌을 던져 소중히 여기지 않는다.
변화卞和가 운 까닭에
천 년 동안 함께 수건 적신다.

술을 마시고 물 탄 술은 마시지 말며,
교제 맺을 땐 지혜로운 이를 구하라.
사람을 논할 때는 행실을 먼저 논하고,
말을 볼 때는 가죽을 보지 말라.
한 번 아첨을 내 어이 감당하며,
세 번 참소하면 친척도 의심하네.
백정과 낚시꾼 되는 것이
앉은 서치보다 낫다네.

■ 주 석

醨(이) : 물을 타서 띄운 삼삼한 술.

三讒(삼참) : 공자의 제자 증삼曾參과 동명이인이 살인을 하자 이웃사람들이 증삼의 어머니에게 증삼이 살인했다고 알렸다. 처음에는 믿지 않던 어머니도 세 번째 사람이 와서 살인을 고하자 담을 넘어 도망갔다고 한다.

書癡(서치) : 책만 볼 줄 아는 멍청이.

■ **해 제**

세속의 명리를 떠나 천성을 보전하며 지혜롭게 살아가는 은자의 신념이 드러난다. 변화卞和에 대한 동정은 자신의 진실을 굳게 지키겠다는 다짐이다.

유인劉因(1249~1293)

초명은 인駰, 자는 몽길夢吉 또는 몽기夢驥이며, 호는 정수靜修이며, 웅주雄州 용성容城(하북河北) 사람이다. 3세에 글자를 알고, 6세에 시를 지었으며, 10세에는 문장을 지었다. 20세에 재능이 출중하였고, 성격이 거리낌 없었으며, 집이 가난하여 학생들을 가르쳤다. 제갈량諸葛亮의 "정이수신靜以修身"이라는 말을 좋아하여 거처에 "정수靜修"라는 이름을 붙였다. 원元 세조世祖 지원至元 19년(1282)에 부름을 받고 입조하여 승덕랑承德郞, 우찬선대부右贊善大夫가 되었다. 오래지 않아 어머니의 병을 핑계로 사직하고 귀향하였다. 지원 28년, 세조가 다시 불렀으나 병을 핑계로 사양하였다. 사후에 한림학사翰林學士, 자정대부資政大夫, 상호군上護軍을 추증하였고, 용성군공容城郡公에 추봉하였다. 시호는 문정文靖이다. 명나라 때 현관縣官과 향신鄕紳들이 사당을 세웠다. 《정수집靜修集》이 있다.

宋理宗書宮扇 (并序)
송리종서궁선 병서

杭州宮扇二, 好事者得之燕市. 一畫雪夜泛舟, 一畫二
항주궁선이 호사자득지연시 일화설야범주 일화이
色菊. 理宗題其背, 有「興盡爲期」及「晩節寒香」之句.
색국 이종제기배 유흥진위기 급만절한향 지구

諸公賦詩, 予亦同作.
제 공 부 시 여 역 동 작

天津月明啼杜鵑, 梁園春色凝寒煙.
천 진 월 명 제 두 견 양 원 춘 색 응 한 연

傷心莫說靖康前, 吳山又到繁華年.
상 심 막 설 정 강 전 오 산 우 도 번 화 년

繁華幾時春已換, 千秋萬古合歡扇.
번 화 기 시 춘 이 환 천 추 만 고 합 환 선

銅雀香銷見墨痕, 秋去秋來幾思怨.
동 작 향 소 현 묵 흔 추 거 추 래 기 사 원

一聲白雁更西風, 冠蓋散爲煙霧空.
일 성 백 안 갱 서 풍 관 개 산 위 연 무 공

百錢襪錦天留在, 禍胎要鑒驪山宮.
백 전 말 금 천 류 재 화 태 요 감 려 산 궁

當時夢裏金銀闕, 百子樓前無六月.
당 시 몽 리 금 은 궐 백 자 루 전 무 유 월

瓊枝秀發後庭春, 珠簾晴卷天門雪.
경 지 수 발 후 정 춘 주 렴 청 권 천 문 설

櫂歌一曲白雲秋, 不覺金人淚暗流.
도 가 일 곡 백 운 추 불 각 금 인 루 암 류

乾坤幾度靑城月, 扇影無情也解愁.
건 곤 기 도 청 성 월 선 영 무 정 야 해 수

五雲回首燕山北, 燕山雪花大如席.
오 운 회 수 연 산 북 연 산 설 화 대 여 석

雪花漫漫冰峨峨, 大風起兮奈爾何.
설 화 만 만 빙 아 아 대 풍 기 혜 내 이 하

송 이종의 글이 있는 궁중 부채 (병서)

항주의 궁중 부채 두 자루를 호사가가 연경의 시장에서 샀다. 하나는 눈 내리는 밤 물 위에 뜬 배를 그렸고, 하나는 두 가지 색의 국화를 그렸다. 이종이 그 뒷면에 "흥이 다하면 끝내리라", "늦은 시절의 차가운 향기" 라고 썼다. 여러 공들이 시를 지었고, 나도 함께 지었다.

천진의 명월에 두견이 울고,
양원의 봄빛에 찬 안개가 서렸다.
상심하여 정강 이전을 말하지 마시게나,
오산에 다시 번화한 시절이 왔으니.
번화한 지 얼마 만에 봄이 벌써 바뀌고,
천추만고에 합환선이 남았구나.
동작대 향기는 묵흔에 갇혀 나타나니
가을 가고 가을 오며 얼마나 그리고 원망했나.
한 소리 흰 기러기에 다시 서풍 불더니
벼슬아치들 흩어져서 연무가 되었구나.
백 전 내고 보는 비단 버선은 하늘이 남겨 놓았고,
화의 근원은 여산의 궁전을 귀감 삼아야 한다네.
그때 꿈속의 금궐 은궐,
백자루 앞에는 한여름이 없었지.
아름다운 가지에는 후원의 봄이 피어나고,
주렴은 맑은 날에 궁문의 눈을 말아 올렸지.
뱃노래 한 곡에 흰 구름 떠도는 가을,
금나라 사람들 몰래 눈물 흘리는 줄 몰랐다.

천지에는 몇 번 청성의 달이 지고 떴나,
부채 그림은 무정하면서도 시름을 풀어 주네.
오색 구름 피는 연산의 북쪽으로 고개 돌리니
연산의 눈꽃은 자리만큼 크구나.
설화는 흐드러졌고 얼음은 높고 높아
큰 바람 불어오니 너를 어이할까.

■ 주 석

宮扇(궁선) : 단선團扇, 둥근 부채. 궁중에서 많이 쓴다. 합환선合歡扇이라고도 한다.

合歡扇(합환선) : 단선. 대칭 문양이 있어 남녀의 만남을 상징한다.

銅雀香(동작향) : 동작대銅雀臺의 향. 조조曹操가 임종할 때 자신의 후궁들이 때때로 동작대에 올라 자신의 무덤을 바라보게 하라고 유언하고, 또 남은 향을 여러 부인들에게 나눠 주라고 하였다. 동작향이라는 말은 후에 죽기 전에 처첩들에게 은전을 내린다는 뜻으로 사용하였다.

百錢(백전) : 돈 1백 전. 양귀비楊貴妃의 버선을 구경하는 값. 《현종유록玄宗遺錄》에 이런 이야기가 있다. 고역사高力士가 양귀비가 처형되기 전에 남긴 비단 한 짝을 품에 품고 있었다. 후에 현종이 꿈에 양귀비를 보고 고역사에게 귀비가 화를 당하기 전에 버선 한 짝을 남겼다고 하던데 네가 거두었느냐고 물었다. 이에 고역사가 버선을 바쳤다. 또 이조李肇의 《국사보國史補》 주注에는 이런 이야기가 실려 있다. 양귀비가 마외파馬嵬坡의 배나무에서 목을 매어 죽은 후 부근 주막의 노파가 비단버선 한 짝을 주워 과객들에게 백 전씩 받고 보여주었다고 한다.

百子樓(백자루) : 남송 때 항주 서호西湖에 금벽색金碧色을 칠하여 세운 누대. 기둥이 백 개라서 백주루百柱樓라고도 하였다. 이곳은 여름에도 매우 시원하였다고 한다.

青城月(청성월) : 1233년 금나라의 서면원수西面元帥 최립崔立이 변경汴京에서 실권을 장악하고 몽고에게 변경을 떼 주기로 약속하였다. 이 해 4월에 최립은 금나라 궁실의 남녀 500명을 몽고에 보냈고, 몽고는 이들을 청성으로 끌고 가서 모두 죽였다.

■ **해 제**

남송의 궁전에서 쓰던 부채를 연경의 시장에서 우연히 구하였다. 부채에는 그림과 남송 이종의 글씨가 있다. 남송의 궁정은 사치와 향락에 빠져 북방 금나라가 몽고에게 망하는 줄도 몰랐고, 곧 이어 따라 망하고 말았다. 부채 한 자루에 흥망성쇠의 회한이 서려 있다.

정거부程鉅夫(1249~1318)

원명은 정문해程文海이다. 자가 거부鉅夫이며, 무종武宗의 이름 '해산海山'을 기휘하여 자로 행세하였다. 호는 설루雪樓, 원재遠齋이며 건창로建昌路 남성南城(강서江西) 사람이다. 숙부 정비경程飛卿이 남송 시절 건창통판建昌通判이었다. 몽고가 남송을 공격하자 항복하였으며, 인질로 잡혀 대도로 가서 선무장군宣武將軍, 관군천호管軍千戶에 임명되었다. 세조는 그를 통하여 강남의 정치 정보와 풍속을 이해하였다. 한림원의 몇몇 직책을 거쳐 집현직학사겸비서소감集賢直學士兼秘書少監이 되었다. 지원至元 23년(1286)에는 강남의 인재를 발탁하여 남북의 인재를 섞어 쓰라고 상소하였다. 다음해 상서성尙書省을 세우고 정거부를 참지정사參知政事로 삼으려 하였으나 거절하였다. 세조가 다시 어사중승御史中丞으로 삼으려 하자 대신臺臣들은 그가 남인南人 출신이며 나이가 어리다고 반대하였다. 세조는 "남인을 써 보지도 않고 쓸 수 없음을 어떻게 아느냐, 지금부터 성부대원省部臺院에는 반드시 남인을 섞어 쓰라"고 명하였다. 그는 시어사侍御史가 되어 강남에서 인재를 모집하였다. 조맹부趙孟頫, 장백순張伯淳, 오징吳澄 등 20여 인을 추천하여 모두 "대헌급문학지직臺憲及文學之職"을 받았다. 지원 30년에는 민해도숙정염방사閩海道肅政廉訪使, 대덕大德 4년(1300)에는 강남호북도숙정염방사江南湖北道肅政廉訪使가 되어 업적을 쌓았다. 대덕 8년에는 한림학사翰林學士가 되었으며, 지대至大 원년(1308)에는 《원성종실록元成宗實錄》을 편찬하였다. 지대 3년에는 산남강북도숙정염방사山南江北道肅政廉訪使가 되었고, 한림승지로 승진하였다. 황경皇慶 원년(1312)에는 《원무종실록元武宗實錄》을 편찬하였다. 연우延祐 원년(1314)에 치사하고 귀향하였으며, 인종仁宗은 특명을 내려 정신廷臣들이 대도大都의 제화문齊化門에서 전송하였다. 태정泰定 2년(1325)에 초국공楚國公에 추봉하였고, 시호는 문헌文憲이다. 아들이 문집 45권을 편집하였으며, 게굉揭汯이 다시 30권으로 편집하여 간행하였다. 현존 《설루집雪樓集》은 이를 바탕으로 하였다.

少陵春遊圖
소 릉 춘 유 도

杜陵野客正尋詩, 花柳前頭思欲迷.
두 릉 야 객 정 심 시 　화 류 전 두 사 욕 미

一樣東風驢背穩, 曲江何似浣花溪.
일 양 동 풍 로 배 온 　곡 강 하 사 완 화 계

두보의 봄놀이 그림

두릉의 나그네 시를 찾을 제
꽃버들 앞에서 생각에 잠기는구나.
다 같은 동풍에 나귀 등이 편안해도
곡강이 어이 완화계와 같으리.

■ 주 석

少陵(소릉) : 당나라 시인 두보杜甫.

■ 해 제

두보가 봄놀이 나왔다가 술에 취해 나귀를 타고 돌아가는 그림을 보고 지은 제화시이다. 그림에서 두보가 봄놀이하는 곳은 장안長安의 곡강이거나 사천四川 성도成都의 완화계이다. 송대 이후 두보의 봄놀이 그림을 많이 그렸지만 그 장소는 곡강 또는 완화계로 상징되는 봄놀이의 공간일 뿐 현실의 지역과는 상관이 없다.

秋江釣月
추 강 조 월

荷蓑非避世, 持竿不求賞.
하 쇠 비 피 세 지 간 불 구 상

夙抱江海心, 寧爲利名鞅.
숙 포 강 해 심 영 위 리 명 앙

天明紫煙裏, 日暮淸波上.
천 명 자 연 리 일 모 청 파 상

四顧無人知, 孤舟自來往.
사 고 무 인 지 고 주 자 래 왕

가을 강에서 달을 낚다

도롱이 걸쳤다고 세상을 피하는 게 아니고,

낚싯대 잡았다고 상을 바라는 게 아니네.

일찍 강과 바다에 살고픈 마음 품었으니

어이 명리에 얽매이리오.

하늘은 보랏빛 안개 속에 밝아오고,

날은 맑은 물결 위에 저문다.
사방을 돌아보아도 아는 이 없이
외로운 배만 절로 오고 절로 간다.

■ 주 석

持竿(지간) : 낚싯대를 잡다. 강태공姜太公은 반계磻溪에서 낚시하다가 주周나라 문왕文王에게 발탁되었다.

■ 해 제

세속의 명리는 물론 피세避世의 명분까지 초탈한 지극히 자유로운 경지가 드러난다. 아무도 없는 가을날 강물 위에서 배에 몸을 맡겨 이리저리 떠다니는 절대 자유와 고독의 경지는 인간이 추구할 수 있는 또 하나의 최고이리라.

조맹부趙孟頫(1254~1322)

자는 자앙子昂, 호는 송설도인松雪道人이며, 호주湖州(절강浙江 오흥吳興) 사람이다. 송宋나라의 종실 조덕방趙德芳의 후손이다. 남송 때 14세에 진주사호참군眞州司戶參軍이 되었으나 송나라가 망하고 은거하였다. 원 세조世祖 지원至元 24년(1287)에 정거부程鉅夫가 조정에 추천하였고, 다음해에 병부낭중兵部郞中이 되었다. 지원 27년에 집현학사集賢學士가 되었다. 성종成宗이 즉위한 다음 《원세조실록元世祖實錄》 편집에 참여하였고, 절강 등지의 유학제거儒學提擧를 지냈다. 지대至大 3년(1310)에 경사로 돌아와 한림시독학사翰林侍讀學士가 되었다. 인종仁宗이 즉위하여 집현시강학사集賢侍講學士에 임명하였다. 연우延祐 원년(1314)에는 한림시강학사翰林侍講學士, 연우 3년에는 한림학사승지翰林學士承旨가 되었다. 인종은 그를 당대唐代의 이백李白, 송대宋代의 소식蘇軾에 비견하였다. 죽은 다음 위국공魏國公에 추봉하였으며, 시호는 문민文敏이다. 《송설재집松雪齋集》이 있다. 원대를 대표하는 서예가이자 화가로서 해서楷書, 초서草書, 예서隸書, 전서篆書에 모두 능하였으며, 산수山水, 화조花鳥, 인물 등을 두루 잘 그렸으며, 특히 말을 잘 그렸다.

罪出
죄 출

在山爲遠志, 出山爲小草.
재 산 위 원 지　출 산 위 소 초

古語已云然, 見事苦不早.
고 어 이 운 연　견 사 고 부 조

平生獨往願, 丘壑寄懷抱.
평 생 독 왕 원　구 학 기 회 포

圖書時自娛, 野性期自保.
도 서 시 자 오　야 성 기 자 보

誰令墮塵網, 宛轉受纏繞.
수 령 타 진 망　완 전 수 전 요

昔爲水上鷗, 今如籠中鳥.
석 위 수 상 구　금 여 롱 중 조

哀鳴誰復顧, 毛羽日摧槁.
애 명 수 부 고　모 우 일 최 고

向非親友贈, 蔬食常不飽.
향 비 친 우 증　소 식 상 불 포

病妻抱弱子, 遠去萬里道.
병 처 포 약 자　원 거 만 리 도

骨肉生別離, 丘壟誰爲掃.
골 육 생 별 리　구 롱 수 위 소

愁深無一語, 目斷南雲杳.
수 심 무 일 어　목 단 남 운 묘

慟哭悲風來, 如何訴穹昊.
통 곡 비 풍 래　여 하 소 궁 호

죄인이 되어 나오다

산에 있을 때 뜻이 원대하였으나
산을 나오니 작은 풀이 되었네.
옛말이 이미 그러하거늘
사태를 알았을 때는 참으로 늦었도다.
평생 홀로 품었던 소원은
구학에 회포를 맡겨서
도서를 때때로 절로 즐기며
야성을 스스로 보전하는 것.
누가 진망에 빠뜨렸나,

이리저리 얽매였다.
예전에는 물 위의 갈매기였다가
지금은 새장 안의 새가 되었네.
슬피 울어도 누가 다시 돌아볼까,
깃털은 날로 꺾이고 마르도다.
이전에 친우들이 보내주지 않으면
푸성귀도 늘 배불리 먹지 못했지.
병든 아내는 어린 자식 안고
멀리 만리 길을 떠났다.
골육과 생이별하였으니
무덤은 누가 보살피려나.
시름 깊어 한마디 말도 없이
아득한 남쪽 구름 간 데까지 바라본다.
통곡하니 서러운 바람 불어
어이하면 하늘에 하소연할까.

■ **주 석**

丘壟(구롱) : 무덤.
穹昊(궁호) : 궁창穹蒼. 하늘.

■ **해 제**

정거부에게 발탁되어 경사로 간 지 4년 후 37세 무렵에 〈기선우백기寄鮮于伯機〉 시를 지어 "먼지 그물에 잘못 떨어져 서울의 봄을 네 번 보냈네(誤落塵網中, 四度京華春)"라고 읊어 후회의 심정을 드러내었다. 그 후에 이 시를 지어 송 황실의 후예로서 원조에 출사한 자신을 죄인으로 치부하고, 벼슬길에 얽매인 현실을 새장에 비겼다. 변절에 대한 후회와 벼슬살이의 괴로움이 절절이 드러난다.

풍자진馮子振(1257~1324 이후)

호는 해속海東, 괴괴도인怪怪道人이며, 유주攸州(호남湖南 유현攸縣) 사람이다. 세조世祖 지원至元 연간에 승사랑承仕郎 집현대제集賢待制가 되었다. 권상勸相 상가桑哥를 칭송하는 시를 썼다가 상가가 실각한 후 조신들의 탄핵을 받았으나 세조가 직접 나서 변호함으로써 연루되지는 않았다.

梅花百詠 (選四首)
매 화 백 영 　선 사 수

未開梅
미 개 매

重重椒萼護輕寒, 不放春心一點閒.
중 중 초 악 호 경 한 　불 방 춘 심 일 점 한

可是花房芳信晚, 故應緘密待春還.
가 시 화 방 방 신 만 　고 응 함 밀 대 춘 환

乍開梅
사 개 매

土脉陽和氣候新, 花房微露一分春.
토 맥 양 화 기 후 신 　화 방 미 로 일 분 춘

想應未識東君面, 猶自含羞效淺顰.
상 응 미 식 동 군 면 　유 자 함 수 효 천 빈

半開梅
반 개 매

暖入南枝氣未匀, 笑含芳意待餘馨.
난 입 남 지 기 미 균 　소 함 방 의 대 여 형

相看絶似瑤臺夜，斜掩重門認不眞.
상 간 절 사 요 대 야　사 엄 중 문 인 부 진

全開梅
전 개 매

玉臉盈盈總是春，都將笑色媚東君.
옥 검 영 영 총 시 춘　도 장 소 색 미 동 군

道人放鶴歸來晩，月下看花似白雲.
도 인 방 학 귀 래 만　월 하 간 화 사 백 운

매화 100수 (선4수)

피지 않은 매화

겹겹 초악매 가벼운 추위로부터 보호하니
한 점 춘심을 터뜨리지 않았다.
그러나 화방의 꽃소식 늦으니
꼭꼭 싸서 봄 오기를 기다리리.

살짝 핀 매화

토맥이 따뜻하고 기후도 새로워
화방에 한 점 봄이 살짝 맺혔다.
당연 동군의 얼굴 모를 터이나
오히려 절로 부끄럼 품고 살짝 찡그림 배운다.

반개한 매화

따뜻함이 남쪽 가지에 들었으나 기운이 고르지 않아
웃음에 향기 머금고 넘치길 기다리네.
바라보니 요대의 밤과 꼭 같지만,
겹문을 비스듬히 닫고서 진짜 아닌 줄 아노라.

활짝 핀 매화

옥 얼굴 가득하니 모두가 봄이라,
웃음 띠고 동군에게 아양 떠네.
도인은 학을 풀어 저녁에 돌아와
달 아래 꽃을 보니 흰 구름 같구나.

■ 주 석

椒萼(초악) : 초악매椒萼梅. 매화의 일종.
花房(화방) : 꽃잎. 온실.
芳信(방신) : 꽃이 핀다는 소식.
東君(동군) : 태양. 봄의 신.

■ 해 제

매화를 읊은 조시組詩로 모두 100수이다. 그 중 매화가 봉오리를 맺어 활짝 피기까지 찰나를 포착한 시를 몇 수 골랐다.

장양호張養浩(1270~1329)

자는 희맹希孟, 호는 운장雲莊, 제남濟南 역성歷城(산동山東) 사람이다. 당唐나라의 명재상 장구령張九齡의 동생 장구고張九皋의 23대손이다. 어려서부터 독서에 힘을 쏟아 향리에서 명성을 얻었고, 안찰사의 추천으로 동평東平 학정學正이 되었다. 무종武宗 때 감찰어사監察御使를 거쳐 한림대제翰林待制가 되었다. 시정時政에 관해 만여 언의 상소를 올렸다가 재상의 뜻을 거슬러 벼슬을 버리고 이름을 바꾸고 숨어살았다. 인종仁宗이 즉위하자 우사도사右司都事를 거쳐 한림직학사翰林直學士가 되었다. 연우延祐 원년(1314) 과거를 시행하자 예부시랑禮部侍郞으로서 시험을 주관하였으며, 예부상서禮部尙書가 되었다. 영종英宗 때 내정內廷의 대보름 등산燈山 놀이를 폐지하라는 상소를 올렸다가 사직하고 은거하였다. 문종文宗 천력天曆 2년(1329) 섬서陝西에 기근이 들자 섬서행대어사중승陝西行臺御史中丞이 되어 구휼에 힘쓰다가 병이 들어 죽었다. 시호는 문충文忠이다. 산곡散曲에도 뛰어났다. 《장문충공집張文忠公集》이 있다.

雲莊遣興自和二首
운 장 견 흥 자 화 이 수

其一
기 일

中年才過卽歸閒, 好在河汾屋數間.
중 년 재 과 즉 귀 한 　호 재 하 분 옥 수 간

病裏檢書多爲藥, 老來忘世不因山.
병 리 검 서 다 위 약 　노 래 망 세 불 인 산

翠翻平野禾抽穎, 錦委深林筍脫斑.
취 번 평 야 화 추 영 　금 위 심 림 순 탈 반

莫恨韶光太相促, 若非衰暮詎能還.
막 한 소 광 태 상 촉 　약 비 쇠 모 거 능 환

其二
기 이

人云五十未宜閒, 我道彭籛亦夢間.
인 운 오 십 미 의 한 아 도 팽 전 역 몽 간

五斗折腰慚作縣, 一生開口愛談山.
오 두 절 요 참 작 현 일 생 개 구 애 담 산

荒村未暮門先掩, 老樹才秋葉已斑.
황 촌 미 모 문 선 엄 노 수 재 추 엽 이 반

只恐溪翁厭喧聒, 隔林遙喚野猿還.
지 공 계 옹 염 훤 괄 격 림 요 환 야 원 환

운장에서 흥이 일어 짓고, 스스로 화답한 2수

(제1수)

중년 겨우 지나서 돌아와 한가하니
하수 분수 사이 몇 간 집에 편하다.
병중에 책을 봄은 약 때문이고,
늙어서 세상 잊음은 산 때문이 아니로다.
푸른빛 일렁이는 평야에 벼는 패고,
비단 덮은 깊은 숲에 죽순이 껍질을 벗는다.
세월 빨리 간다 한스러워 마시게,
늘그막이 아니면 어이 돌아왔으리.

(제2수)

오십에 한가해서는 아니된다 말하지만,
나는 팽조彭祖도 꿈속 같다네.

닷 말에 허리 꺾어 현령하기 부끄럽고,
평생 입을 열면 산 이야기 하였지.
궁촌이라 저물기 전 문 먼저 닫고,
늙은 나무는 가을 되자 벌써 잎은 얼룩덜룩.
시냇가 늙은이 시끄러움 싫어할까 걱정하며
숲 너머 멀리 원숭이 돌아오라 부른다.

■ 주 석

彭籛(팽전) : 팽조彭祖. 성이 전籛이고, 팽彭을 봉지로 받았다. 8백 년을 살았다고 한다.

■ 해 제

벼슬길에서 전원으로 돌아와 한가히 사는 정취를 읊었다. 흐르는 세월은 무조건 원망의 대상이지만, 시인처럼 귀전원의 즐거움을 반기는 자세로 나이를 먹어야겠다.

哀流民操
애류민조

哀哉流民, 爲鬼非鬼, 爲人非人.
애재류민 위귀비귀 위인비인

哀哉流民, 男子無縕袍, 婦女無完裙.
애재류민 남자무온포 부녀무완군

哀哉流民, 剝樹食其皮, 掘草食其根.
애재류민 박수식기피 굴초식기근

哀哉流民, 晝行絶煙火, 夜宿依星辰.
애재류민 주행절연화 야숙의성신

哀哉流民, 父不子厥子, 子不親厥親.
애재류민 부부자궐자 자불친궐친

哀哉流民, 言辭不忍聽, 號哭不忍聞.
애 재 류 민 언 사 불 인 청 호 곡 불 인 문

哀哉流民, 朝不敢保夕, 暮不敢保晨.
애 재 류 민 조 불 감 보 석 모 불 감 보 신

哀哉流民, 死者已滿路, 生者與鬼鄰.
애 재 류 민 사 자 이 만 로 생 자 여 귀 린

哀哉流民, 一女易斗粟, 一兒錢數文.
애 재 류 민 일 녀 역 두 속 일 아 전 수 문

哀哉流民, 甚至不得將, 割愛委路塵.
애 재 류 민 심 지 부 득 장 할 애 위 로 진

哀哉流民, 何時天雨粟, 使女俱生存.
애 재 류 민 하 시 천 우 속 사 녀 구 생 존

哀哉流民.
애 재 류 민

유민을 슬퍼하는 노래

슬프다 유민이여,

귀신이나 귀신 아니고, 사람이나 사람 아니도다.

슬프다 유민이여,

남자는 온포가 없고, 여자는 성한 치마가 없구나.

슬프다 유민이여,

나무는 껍질 벗겨서 먹고, 풀은 뿌리를 캐서 먹는구나.

슬프다 유민이여,

낮에는 다니느라 연화가 끊겼고, 밤에는 별 아래 자는구나.

슬프다 유민이여,

아비는 그 자식을 키우지 못하고, 자식은 그 부모를 모시지 못하네.

슬프다 유민이여,

말은 차마 못 듣겠고, 울음도 차마 못 듣겠노라.

슬프다 유민이여,

아침에는 저녁을 알 수 없고, 저녁에는 아침을 알 수 없도다.

슬프다 유민이여,

길에는 죽은 자 가득하고, 산 자도 귀신과 이웃하네.

슬프다 유민이여,

딸은 한 말 곡식과 바꾸고, 아들은 몇 문 돈에 파는구나.

슬프다 유민이여,

심지어 데려가지도 못하고, 길가 먼지에 버리는구나.

슬프다 유민이여,

어느 때 하늘이 곡식 내려, 너희들 모두를 살릴까.

슬프다 유민이여.

■ **해 제**

문종文宗 천력天曆 2년(1329)에 관중關中 지역에 큰 가뭄이 들었다. 이때 시인은 이미 사직하고 누차 불러도 가지 않다가 의연히 부름에 응하였다. 섬서행대중승陝西行臺中丞을 맡아 백성 구제에 힘쓰다가 넉 달만에 과로로 임지에서 죽었다. 이 시는 당시에 가뭄을 만난 백성들의 참상을 묘사하였다. '조操'는 금곡琴曲의 명칭이며, 후세에 시체詩體의 하나가 되었다.

양재楊載(1271~1323)

자는 중홍仲弘, 조적祖籍은 포성浦城(복건福建)이며 후에 항주杭州로 이주하였다. 우집虞集, 범팽范梈, 게혜사揭傒斯와 함께 원시사대가元詩四大家로 불린다. 군서를 박람하고 40세 이후에 포의布衣로서 천거되어 한림국사원편수관翰林國史院編修官이 되어 《원무종실록元武宗實錄》 편찬에 참여하였다. 연우延祐 2년(1315)에 진사에 장원급제하여 승무랑承務郎이 되었다. 영국로총관부추관寧國路總管府推官으로 옮겼으나 도임하기 전에 죽었다. 일찍이 조맹부趙孟頫에게 존중 받아 경사의 문단에서 인정을 받았다. 《양중홍시집楊仲弘詩集》이 있다.

題文丞相書梅堂
제 문 승 상 서 매 당

大廈就傾覆, 難以一木支.
대 하 취 경 복 　난 이 일 목 지

惟公抱忠義, 挺然出天資.
유 공 포 충 의 　정 연 출 천 자

死既得所處, 自顧乃不疑.
사 기 득 소 처 　자 고 내 불 의

惻愴大江南, 名與日月垂.
측 창 대 강 남 　명 여 일 월 수

我行見遺墨, 再拜墮涕洟.
아 행 견 유 묵 　재 배 타 체 이

名堂有深意, 亦唯歲寒枝.
명 당 유 심 의 　역 유 세 한 지

可知平昔心, 慷慨非一時.
가 지 평 석 심 　강 개 비 일 시

峨峨著棟宇, 昭昭示民知.
아 아 저 동 우 소 소 시 민 지

勿使風雨敗, 永慰千古思.
물 사 풍 우 패 영 위 천 고 사

문천상의 서매당書梅堂에 부치다

큰 집이 쓰러져
나무 하나로 받칠 수가 없구나.
오직 공께서만 충의를 안고서 우뚝하니
타고난 자질을 드러내셨다.
죽어서 이미 계실 곳을 얻었으니
절로 돌아보아 의심하지 않는다.
대강 남쪽을 슬퍼하시니
이름은 해와 달과 함께 드리웠네.
나는 가서 유묵을 보고서
재배하니 눈물 콧물이 떨어진다.
명당에 깊은 뜻이 있고,
또한 오직 세한을 견디는 가지로다.
평소의 마음을 알겠거니
강개함은 한때가 아니로다.
높디높게 지붕 위로 빛나고,
밝디밝게 백성들에게 알려주도다.
비바람에 쓰러지지 않게 하라,
길이 천고의 그리움을 위로하리니.

■ 주 석

文丞相(문승상) : 남송南宋 말의 재상 문천상文天祥(1236~1283). 초명初名은 운손雲孫이며, 천상은 자이다. 길주吉州 여릉廬陵(지금의 강서江西 청원青原) 사람이다. 과거에 급제하여 공사貢士가 된 후 이름을 천상, 자를 이선履善이라고 바꾸었다. 보우寶祐 4년(1256)에 장원급제한 후 다시 자를 송서宋瑞라고 하였다. 후에 문산文山에서 살았으므로 호를 문산이라 하고, 또 부휴도인浮休道人이라고도 하였다. 남송이 망하고 포로가 되어 원 세조世祖가 항복을 권하였지만 굽히지 않고 죽었다. 후세에 육수부陸秀夫, 장세걸張世傑과 함께 "송말삼걸宋末三傑"로 불린다.

書梅堂(서매당) : 문천상의 서재 이름.

■ 해 제

남송의 충신 문천상의 서매당을 찾아 그를 추념하였다.

宗陽宮望月分韻得聲字
종 양 궁 망 월 분 운 득 성 자

老君臺上涼如水, 坐看冰輪轉二更.
노 군 대 상 량 여 수 　 좌 간 빙 륜 전 이 경

大地山河微有影, 九天風露寂無聲.
대 지 산 하 미 유 영 　 구 천 풍 로 적 무 성

蛟龍並起承金榜, 鸞鳳雙飛載玉笙.
교 룡 병 기 승 금 방 　 난 봉 쌍 비 재 옥 생

不信弱流三萬里, 此身今夕到蓬瀛.
불 신 약 류 삼 만 리 　 차 신 금 석 도 봉 영

종양궁에서 달을 보며 운자를 나누어 청자 운을 얻다

노군대는 물처럼 서늘하여
앉아서 얼음 같은 달을 보니 이경이 지나간다.
대지와 산하는 희미하게 그림자 지고,
구천에는 바람 이슬 적막하여 소리가 없다.
교룡이 나란히 일어나 금방을 받치고,
난봉이 쌍으로 날아 옥생을 나른다.
약수 삼만 리 흐른단 말 못 믿겠네,
이 몸이 오늘 밤 봉래산에 왔으니.

■ 주 석

宗陽宮(종양궁) : 도궁道宮의 명칭. 남송의 수도 임안臨安에 있었다. 《서호유람지西湖遊覽志》에 "종양궁은 본래 송나라 덕수궁 뒤의 밭이었다. …… 안에는 노군대, 득월루가 있었다(宗陽宮, 本宋德壽宮後圃也. …… 內有老君臺得月樓)"고 하였다.

分韻(분운) : 집회에서 시를 지으라 명하고 운자韻字를 각자에게 나누어 주는 일.

蓬瀛(봉영) : 봉래산蓬萊山과 영주산瀛洲山. 신선이 사는 곳.

■ 해 제

응제작으로서 기세가 광활하고 의경意境이 유원하여 예로부터 절창으로 꼽혀 왔다. 중추절 밤에 달을 구경하면서 누대의 풍광과 상상 속 천궁을 연결하여 그윽하고 담박한 분위기를 자아낸다.

범팽范梈(1272~1330)

자는 형보亨父, 덕기德機이며, 청강淸江(강서江西) 사람이다. 원시사대가의 한 사람이다. 36세 때 처음 경사로 가서 점을 쳐 주고 먹고살았다. 중승中丞 동사선董士選이 추천하여 한림편수翰林編修가 되었다. 후에 해남해북염방사조마海南海北廉防司照磨 등 지방의 관직을 전전하였다. 후에 병으로 사직하고 귀향하였으며, 신유新喩(강서 신여新餘) 백장산百丈山으로 이주하였다. 사가 가운데 관직 생활이 가장 짧아 대각시臺閣詩의 색채도 가장 옅다. 《연연고燕然稿》 등 여러 시집을 남겼으나 모두 전하지 않고, 원말에 간행된 《범덕기시집范德機詩集》이 있다.

己未行
기 미 행

二年六月己未朔, 京城五更大地作.
이 년 유 월 기 미 삭　경 성 오 경 대 지 작

臥者顚衣起若吹, 起者環庭眩相愕.
와 자 전 의 기 약 취　기 자 환 정 현 상 악

室宇無波上下搖, 乾坤有位東西卻.
실 우 무 파 상 하 요　건 곤 유 위 동 서 각

自我南來覩再震, 初震依微不今若.
자 아 남 래 도 재 진　초 진 의 미 불 금 약

昨朝展席坐堂上, 耽玩圖書靜無覺.
작 조 전 석 좌 당 상　탐 완 도 서 정 무 각

堂下群兒又驚報, 方饌饔人喪杯勺.
당 하 군 아 우 경 보　방 찬 옹 인 상 배 작

櫛者倉皇下床榻, 門屋鏗鏘振鈴鐸.
즐 자 창 황 하 상 탑　문 옥 갱 장 진 령 탁

祇今猶自騰妖訛, 旦暮殊言共郛郭.
지 금 유 자 등 요 와 단 모 수 언 공 부 곽

大家夜臥張穹廬, 小家露坐瞻星落.
대 가 야 와 장 궁 려 소 가 로 좌 첨 성 락

焉知怪變不可屢, 安巢盡有南飛鵲.
언 지 괴 변 불 가 루 안 소 진 유 남 비 작

昔聞上帝憂瀛洲, 親勑巨鼇十二頭.
석 문 상 제 우 영 주 친 극 거 오 십 이 두

特爲群臣擧首戴, 萬古不與水東流.
특 위 군 신 거 수 대 만 고 불 여 수 동 류

豈其九州亦類此, 此事或誕或有由.
기 기 구 주 역 류 차 차 사 혹 탄 혹 유 유

上帝甚神吾甚愚, 戴者勿動心優游.
상 제 심 신 오 심 우 대 자 물 동 심 우 유

기미일의 노래

2년 6월 기미일 초하루,
경성 오경에 대지가 흔들렸다.
누운 사람 허둥지둥 일어나니 바람에 날리는 듯,
선 사람은 마당을 둘러 아찔하여 경악한다.
집은 파도도 없는데 아래위로 흔들리며,
건곤은 제자리 있어도 동과 서로 물러난다.
나는 남방에서 온 후로 두 번째 지진을 보니
첫 번째는 미미하여 지금 같지 않았다.
어제 아침에는 자리 펴고 당상에 앉아서
도서에 빠져서 고요히 느낌이 없었지.
당 아래 여러 아이들 놀라서 알리니

막 밥 먹던 사람들 술잔 떨어뜨렸네.
머리 빗던 사람은 황급히 탑상에서 내려오고,
문루에는 쨍강쨍강 방울이 흔들렸다.
지금은 오히려 허망한 말 들끓어
한 도시 안에서 아침저녁 말이 다르네.
큰 집에서는 밤에 궁려를 치고 자고,
작은 집에서는 노천에 앉아 별을 바라보누나.
변괴는 자주 일어나지 않으며,
안전한 둥지에 남으로 가는 까치만 있는 줄 어이 알리.
예전에 들었지, 상제께서 영주를 걱정하셔서
거대한 자라 열두 마리에게 칙명 내려서
신하 되어 머리 들고 받쳐서
만고에 물과 함께 동으로 흐르지 않는다고.
어이하면 구주도 이와 같이 될까,
이 일은 허망하기도 하고 까닭이 있기도 하다네.
상제는 매우 신령스럽고 나는 매우 어리석거니와
떠받든 자는 마음 풀어 움직이지 마시라.

■ 주 석

顚衣(전의) : 전도의상顚倒衣裳. 황급하여 옷을 제대로 입지 못하고 걸치다. 허둥지둥.

■ 해 제

인종仁宗 황경皇慶 2년 계축년癸丑年 6월 1일이 기미일이다. 태양력으로는 1313년 6월 24일로, 이날 대도에 지진이 일어났다. 지진을 소재로 지은 드문 작품이다.

贈杜淸碧
증두청벽

徵君家住武夷山, 白鶴玄猿夜扣關.
징군가주무이산 백학현원야구관

船泛淸冷凡九曲, 屋分丹碧只三間.
선범청랭범구곡 옥분단벽지삼간

世人往往知名姓, 仙子時時定品班.
세인왕왕지명성 선자시시정품반

孔壁秦灰天未喪, 幾多魚豕待重刪.
공벽진회천미상 기다어시대중산

두청벽에게 주다

징군께서는 무이산에 사시니
흰 학과 검은 원숭이가 밤에 문을 두드린다네.
맑고 서늘한 물에 배를 띄우니 모두 아홉 굽이,
단청이 갈린 집은 겨우 세 간.
세상 사람들 왕왕 이름을 알고,
신선들은 때때로 등급을 정하네.
공벽에서 나온 책은 진시황의 불길에도 타지 않고 남아서
얼마나 많은 글자가 교정을 기다리나.

■ 주 석

徵君(징군) : 징사徵士의 존칭. 조정의 부름에 응하지 않는 은사隱士.
武夷山(무이산) : 복건성福建省 서북부에서 강서성江西省에 인접한 명산. 유명한 무이구곡武夷九曲이 있다.
孔壁秦灰(공벽진회) : 서한西漢 경제景帝 말년 노魯 공왕恭王 유여劉餘가 궁

실을 넓히기 위해 공자의 구택을 허물자 벽에서 전국시대戰國時代 육국문자六國文字로 쓴 각종 전적이 많이 나왔다. 진시황의 분서焚書를 피해 벽 속에 숨긴 책이었다.

魚豕(어시) : 노어해시魯魚亥豕의 약어. '노魯'와 '어魚', '해亥'와 '시豕'는 전문篆文의 자형이 비슷하여 종종 잘못 쓰거나 잘못 읽는다.

■ 해 제

두청벽(?~?)은 1341년에 의서 《오씨상한금경록敖氏傷寒金鏡錄》을 지었다. 이 책에서 설태舌苔를 관찰하여 병을 진단하고 치료하는 방법을 서술하였다. 무이산에 은거하며 옛 책을 교정하는 두청벽에게 준 시이다.

우집虞集(1272~1348)

자는 백생伯生, 호는 도원道園, 소암邵庵이며, 무주撫州 숭인崇仁(강서江西) 사람이다. 남송 승상 우윤문虞允文의 5대손이며, 오징吳澄을 사사하였다. 성종成宗 대덕大德 초년에 추천으로 대도로유학교수大都路儒學教授가 되었으며, 이어 국자감조교國子監助教가 되었다가 국자박사國子博士로 승진하였다. 인종仁宗이 즉위하여 태상박사太常博士에 임명하였고, 집현수찬集賢修撰으로 옮겼다. 연우延祐 6년(1319)에 한림대제翰林待制가 되었다. 태정泰定 초년에 국자사업國子司業에 임명되었고, 비서소감秘書少監으로 옮겼다. 상도上都에서 경서를 강론하고 한림직학사翰林直學士가 되었으며, 곧 국자좨주國子祭酒를 겸임하였다. 문종文宗이 즉위하여 규장각시독학사奎章閣侍讀學士가 되었으며, 《경세대전經世大典》 편찬을 주관하였다. 편찬을 마치고 눈병 때문에 사직을 청하였으나 이루지 못하였다. 문종이 죽은 다음 임천臨川으로 귀향하였으며, 만년에는 거의 실명하였다. 시호는 문정文靖이며 인수군공仁壽郡公에 추봉되었다. 우집은 원대의 영향력이 큰 문신이자 가장 명망이 높은 문인이다. 《도원학고록道園學古錄》, 《도원유고道園類稿》, 《한림주옥翰林珠玉》, 《우백생시속편虞伯生詩續編》 등이 전한다.

院中獨坐
원 중 독 좌

何處他年寄此生, 山中江上總關情.
하 처 타 년 기 차 생　산 중 강 상 총 관 정

無端繞屋長松樹, 盡把風聲作雨聲.
무 단 요 옥 장 송 수　진 파 풍 성 작 우 성

정원에 홀로 앉아

어느 곳에서 다른 해 이 생을 맡길까,

산속과 물가가 모두 마음을 끄네.
까닭 없이 집을 두른 큰 소나무에
바람소리가 모두 빗소리가 되었네.

■ 해제

지금은 여기 살고 있지만 가까운 미래에도 내 삶이 어느 곳으로 옮겨갈지는 알 수 없다. 그러나 산속이나 물가나 모두 내 마음에 드는 곳이다. 집 둘레 장송長松에 바람이 불더니 어느새 그 바람이 비를 몰고 온다. 달관한 삶이란 이런 것인가.

贈別兵部崔郎中暫還高麗卽回中朝
증별병부최랑중잠환고려즉회중조

東髮來東海, 從軍護北門.
속발래동해 종군호북문

珠光連旭景, 玉氣達春溫.
주광련욱경 옥기달춘온

淵靜龍含德, 門嚴虎列屯.
연정룡함덕 문엄호렬둔

從容參幄帳, 慷慨屬櫜鞬.
종용참악장 강개촉고건

拜表推黎獻, 趨朝謁至尊.
배표추려헌 추조알지존

雲依溫室樹, 星入紫微垣.
운의온실수 성입자미원

不道璠璵貴, 仍嬰管庫煩.
부도번여귀 잉영관고번

利行雖近市, 義守不窺園.
이행수근시 의수불규원

眷遇忘身得, 危難欲手援.
권 우 망 신 득 위 난 욕 수 원

懷邦維父母, 於國實甥婚.
회 방 유 부 모 어 국 실 생 혼

草草還羈靮, 原原致壁飧.
초 초 환 기 적 원 원 치 벽 손

魯連名竟重, 箕子教應存.
노 련 명 경 중 기 자 교 응 존

簡在從當日, 扶持系宿藩.
간 재 종 당 일 부 지 계 숙 번

淸宮風肅肅, 驂乘火焞焞.
청 궁 풍 숙 숙 참 승 화 돈 돈

帝所爲郞重, 王家報禮惇.
제 소 위 랑 중 왕 가 보 례 돈

暫伸桑梓敬, 未愛李桃繁.
잠 신 상 재 경 미 애 리 도 번

神闕秋期早, 康侯晝錫蕃.
신 궐 추 기 조 강 후 주 석 번

九成思閣鳳, 六月待冥鵾.
구 성 사 각 봉 유 월 대 명 곤

잠시 고려로 돌아갔다가 곧 조정으로 돌아올 병부 최낭중과 이별하면서 주다

머리 묶을 나이에 동해 건너와

종군하며 북문에서 호위하였네.

구슬빛은 아침 햇빛에 닿았고,

옥 기운은 봄의 온기에 닿았네.

연못 고요하여 용은 덕을 머금었고,

문 엄하여 호랑이가 줄을 지었네.
조용히 모의謀議에 참여하였고,
강개하여 활과 화살 찼다네.
표문 올려 어진 사람 추천하였고,
조정에 나가 지존을 알현하였네.
구름은 온실 나무에 걸렸고,
별은 자미원에 들었다.
옥구슬이 귀하다 말하지 말라,
창고지기 번거롭게 해야 한다네.
이익을 취하자면 시장이 가까웠지만
의리 지켜 정원 경치를 엿보지 않았네.
황제 총애 받아 한 몸을 잊었고,
위난에 손을 뻗어 구하려 했네.
고국 그리움은 오직 부모님 때문이고,
그 나라에서는 사위였다네.
말고삐를 돌리어 빨리 달리면
끊임없이 벽옥 숨긴 밥을 바치리.
노중련의 이름은 결국 무거워졌고,
기자의 교화 응당 남아 있으리.
황제께서 발탁하심은 지난날부터이며,
곁에서 모심은 오랜 번국에 연계되어 있지.
깨끗한 궁궐에는 바람이 소슬하고,
모시고 탄 수레에는 불꽃이 이네.
황제 계신 곳에서 낭중 중임을 맡았고

왕가에서는 보답하는 예 도타웠네.
잠시 고향 공경하는 예를 폈지
도리가 번성함을 좋아함이 아니라.
신성한 궁궐에는 가을이 일찍 오니
강후는 낮에 접견하고 말을 하사했네.
아홉 번 악곡 연주하며 전각에 봉새 오기를 그리고,
여섯 달 동안 남명南冥의 곤새 기다리리.

■ 주 석

束髮(속발) : 머리를 묶다. 옛날 남자 아이가 동자가 되면 머리를 묶어 상투를 튼다. 나이는 8세 또는 15세라고 한다. 여기서는 15세로 봄이 좋을 듯하다.

幄帳(악장) : 군사 작전을 모의하는 군막.

櫜鞬(고건) : 동개. 활과 화살을 꽂아 등에 지는 도구.

窺園(규원) : 정원의 경치를 엿보다. 동중서董仲舒는 휘장을 치고 강학하여 제자들도 그 얼굴을 볼 수 없었으며, 3년간 정원을 엿보지 않았다. 오로지 학문에 정진함을 뜻한다.

原原(원원) : '원원源源'과 같다. 끊임없이. 계속.

璧飧(벽손) : 벽옥을 숨긴 밥. 춘추시대 진晉 문공文公 중이重耳가 공자 시절 여러 나라를 떠돌아다녔다. 조曹나라에 갔을 때 조 공공共公은 예우하지 않았다. 조나라의 대부 희부기僖負羈의 아내는 중이가 장차 진나라의 제후가 될 줄 알고 그에게 음식을 보내면서 밥 속에 벽옥을 숨겨 보냈다. 중이는 음식만 받고 벽옥은 돌려보냈다. 벽손을 대접한다는 말은 인물 됨을 알아보고 예우한다는 뜻이다.

魯連(노련) : 노중련魯仲連(약 기원전 305~기원전 245). 전국시대 제齊나라의 명사.

桑梓(상재) : 《시경詩經 · 소아小雅 · 소변小弁》에 '유상여재維桑與梓, 필공경지必恭敬止'라는 구절이 있다. 이에 대해 주희朱熹는 《시집전詩集傳》에서 "뽕나무 가래나무 두 나무는 옛날 5무의 택지에 담장 아래 심어 자손들에게 양잠과 기구 제작용으로 남겨 주었다. …뽕나무 가래나무는 부모가 심는 것이다(桑梓二木, 古者五畝之宅, 樹之墻下, 以遺子孫給蠶食具器用者也… 桑梓父母所植)"라고 하였다. 동한東漢 이래로 '상재桑梓'는 고향이나 고향의 부로를 상징한다. 고향의 어른들에 대한 예를 '상재례桑梓禮'라고 한다.

簡在(간재) : 선택한다, 간택하다, 조사하다, 존재하다. 《서경書經 · 상서商書 · 탕고湯誥》에 "그대들에게 선이 있으면 짐이 함부로 가리지 못하고, 죄가 짐에게 있으면 스스로 용서하지 못함은 오로지 하느님의 마음이 선택하기 때문이라(爾有善, 朕弗敢蔽, 罪當朕躬, 弗敢自赦, 惟簡在上帝之心)"라는 구절이 있다. 《논어論語 · 요왈堯曰》에도 "하느님의 신하를 덮어 가리지 못함은 하느님께서 선택하기 때문이라(帝臣不蔽, 簡在帝心)"는 구절이 있다.

李桃(이도) : 도리桃李. 후진後進을 뜻한다. 이 구절은 앞 구절과 함께 최선정이 고려로 잠시 돌아가는 까닭은 부모를 뵙기 위함이지 자신의 세력을 불리기 위함이 아님을 말하는 듯하다.

康侯(강후) : 주周 무왕武王의 동생 희봉姬封. 처음에 강康에 봉하였으므로 '강후'라고 한다. 《주역周易 · 진晋》에 "강후는 말을 많이 주고, 낮에 세 번을 접견하였다(康侯 用錫馬蕃庶, 晝日三接)"고 하였다.

九成(구성) : 악곡을 아홉 번 연주하다. '성'은 곡을 1회 연주하여 마침을 뜻한다. 《상서尙書 · 익직益稷》에 "〈소소〉를 아홉 번 연주하니 봉황이 와서 예를 바친다(簫韶九成, 鳳凰來儀)"고 하였다. 최낭중이 오기를 기다리는 간절한 마음을 악곡을 아홉 번 연주한다고 표현하였다.

冥鵾(명곤) : 남명南冥의 곤새. 《장자莊子 · 소요유逍遙遊》에 다음 구절이 있다. "북명에 물고기가 있어 그 이름이 곤이다. 곤의 크기는 몇천 리나 되는지 모른다. 변하여 새가 되어 그 이름을 붕이라고 한다. 붕새의 등은 몇천 리나 되는지 모른다. 노하여 날면 그 날개는 하늘에 드리운 구름 같다. 이 새는 바다를 운행하여 남명으로 가려고 한다. 남명이란 천지이다. 《제해》는 괴상한 일을 기록한 것이다. 《제해》에서 말하였다. '붕새가 남명으로 갈 때 물을 삼천 리를 치고 빙글 날아서 구만 리를 오르며, 떠나서 여섯 달이 되어서야 그친다'(北冥有魚, 其名爲鯤. 鯤之大, 不知其幾千里也. 化而爲鳥, 其名爲鵬. 鵬之背, 不知其幾千里也. 怒而飛, 其翼若垂天之雲. 是鳥也, 海運則將徙於南冥, 南冥者, 天池也. 齊諧者, 志怪者也. 諧之言曰, 鵬之徙於南冥也, 水擊三千里, 搏扶搖而上者九萬里, 去以六月息者也)" 남명의 곤새는 최낭중을 가리키며, 그가 고려를 왕복하는 기간이 여섯 달 걸림을 뜻한다.

■ **해 제**

병부 최낭중은 고려인으로서 원나라에 귀화한 최선정崔善政이다. 자는 내경耐卿이며, 호는 손재遜齋이다. 시의 내용을 볼 때 그는 약관의 나이에 원나라로 갔다. 원나라에서 예쑨테무르也孫鐵木兒의 측근이 되었으며, 예쑨테무르가 태정제泰定帝로 즉위한 이후 그는 병부낭중으로 발탁되었다. 1324년(태정 원년) 원나라 대도大都에 억류되어 있던 고려 충숙왕忠肅王이 귀국 허락을 받자 최선정도 부모를 뵙기 위하여 일시 귀국하기로 하였고, 이 소식을 접한 우집이 전별시로 써 주었다. 그러나 충숙왕은 1325년에 귀국하였으며, 최선정이 함께 고려로 왔는지는 알 수 없다. 우집 외에 원나라의 여러 관료 문인들이 이때 송별 시문을 써 주었다.

게혜사揭傒斯(1274~1344)

자는 만석曼碩이며, 용흥龍興 부주富州(강서江西 풍성豊城) 사람이다. 문인 집안에서 태어나 젊어서부터 명성이 있었다. 성종成宗 대덕大德 초년에 양호兩湖 지역을 유람하였다. 정거부程鉅夫가 그를 보고는 기재奇才로 여겨 사촌 여동생과 결혼시켰다. 황경皇慶 초년에 정거부를 따라 입조하여 사대부들과 교유하였다. 연우延祐 원년(1314)에 한림편수翰林編修로 추천되었으며 이때 나이는 40이 넘었다. 이후 주로 한림원翰林院과 국자감國子監에서 관직을 지냈으며, 천력天曆 2년(1329) 문종文宗이 규장각을 열고 게혜사를 수경랑授經郞에 임명하였다. 지순至順 3년(1332) 《경세대전經世大典》 찬수에 참여하였고, 이후 집현한림학사集賢翰林學士를 지내고, 《요사遼史》 편찬을 총괄하였다. 죽은 후 예장군공豫章郡公에 추봉되었고, 시호는 문안文安이다. 《게문안집揭文安集》이 있다.

漁父
어 부

夫前撒網如車輪, 婦後搖櫓靑衣裙.
부 전 살 망 여 거 륜　부 후 요 노 청 의 군

全家託命煙波裏, 扁舟爲屋鷗爲鄰.
전 가 탁 명 연 파 리　편 주 위 옥 구 위 린

生男已解安貧賤, 生女已得供炊爨.
생 남 이 해 안 빈 천　생 녀 이 득 공 취 찬

天生網罟作田園, 不教衣食看人面.
천 생 망 고 작 전 원　불 교 의 식 간 인 면

男大還娶漁家女, 女大還作漁家婦.
남 대 환 취 어 가 녀　여 대 환 작 어 가 부

朝朝骨肉在眼前, 年年生計大江邊.
조 조 골 육 재 안 전　연 년 생 계 대 강 변

更願官中減征賦, 有錢沽酒供醉眠.
갱 원 관 중 감 정 부　유 전 고 주 공 취 면

雖無餘羨無不足, 何用世上千鍾祿.
수 무 여 선 무 부 족　하 용 세 상 천 종 록

어부

지아비는 앞에서 수레바퀴 같은 그물을 뿌리고,
지어미는 뒤에서 푸른 치마 저고리 입고 노를 젓는다.
일가족이 안개 어린 물결 속에 목숨을 맡겨
조각배는 집이요 갈매기는 이웃이로다.
아들 낳으니 벌써 빈천을 편히 여길 줄 알고,
딸 낳으니 이미 밥을 지을 줄 안다.
하늘이 그물을 내려 전원을 삼으니
먹고 입는 데 남의 신세 지지 않는다.
아들 자라 어부 딸에게 장가 들고,
딸은 커서 어부 아낙이 된다.
날마다 골육이 눈앞에 있으며,
해마다 큰 강가에서 생계를 꾸린다.
관가에서 세금 줄여 주기를 다시 바라고,
돈 있으면 술을 사서 취해 잠든다.
남지는 않아도 부족하지도 않으니
세상의 천종 녹을 어디에 쓰리오.

■ 주 석

餘羨(여선) : 넉넉함.

■ **해 제**

지극히 평범한 일상의 행복을 추구한다. 사실 가장 얻기 어려운 행복이 평범한 행복임은 이미 하늘도 실토한 바 있다. 넉넉하지는 않지만 그저 관가에서 세금을 조금이나마 줄여서 그 돈으로 술을 사 마시면 그 아니 행복할까. 공명이니 초탈이니 하는 말은 모두 일상의 행복을 몰라서 하는 말이 아닐까.

高郵城
고 우 성

高郵城, 城何長.
고 우 성　성 하 장

城上種麥, 城下種桑.
성 상 종 맥　성 하 종 상

昔日鐵不如, 今爲耕種場.
석 일 철 불 여　금 위 경 종 장

但願千萬年, 盡四海外爲封疆.
단 원 천 만 년　진 사 해 외 위 봉 강

桑陰陰, 麥茫茫, 終古不用城與隍.
상 음 음　맥 망 망　종 고 불 용 성 여 황

고우성

고우성, 성벽이 얼마나 긴가.

성 위에 보리를 심고, 성 아래 뽕나무 심었네.

옛날에는 쇠보다도 튼튼하더니

지금은 곡식 심는 들이 되었네.

천만 년 동안 사해 안팎이 모두 영토 되기를 바랄 뿐.

뽕나무 그늘 짙고, 보리 이삭 아득하니
영원히 성과 해자 쓰지 않기를.

■ **해 제**

고우는 지금의 고우시이다. 강소성江蘇省 중부 장강 삼각주에 있다. 고우성에 아래위에 자란 보리와 뽕나무를 보고 감개가 무량하다. 이전에는 철통처럼 견고한 요새였건만 이제는 그저 농토가 되어버렸다. 사실 이보다 더 좋은 일은 없다. 성이며 해자며 칼이며 방패며 다 무엇에 쓰는 물건인가.

結羊腸詞
결 양 장 사

正月十六好風光, 京師女兒結羊腸.
정 월 십 륙 호 풍 광　경 사 녀 아 결 양 장

焚香再拜禮神畢, 翦紙九道尺許長.
번 향 재 배 례 신 필　전 지 구 도 척 허 장

撚成對綰雙雙結, 心有所祈口難說.
연 성 대 관 쌍 쌍 결　심 유 소 기 구 난 설

爲輪爲鐙恆苦多, 忽作羊腸心自別.
위 륜 위 등 항 고 다　홀 작 양 장 심 자 별

鄰家女兒聞總至, 未辨吉凶憂且畏.
인 가 녀 아 문 총 지　미 판 길 흉 우 차 외

須臾結罷起送神, 滿座歡欣雜顦頩.
수 유 결 파 기 송 신　만 좌 환 흔 잡 초 췌

但願年年逢此日, 兒結羊腸神降吉.
단 원 년 년 봉 차 일　아 결 양 장 신 강 길

결양장의 노래

풍광 좋은 정월 열엿새,

경사의 여아들 양장을 엮는다.

향 사르고 재배하여 신명에게 예를 올리고,

한 자 남짓 종이를 아홉 가닥 오린다.

노를 꼬아 쌍쌍이 매듭짓고

마음에 기원 있으나 입으로 말할 수가 없구나.

바퀴도 만들고 등자도 만들어 늘 고생 많지만

문득 양장을 만드니 마음은 절로 다르네.

이웃집 딸아이는 신령이 문득 온다는 말 듣더니

길흉을 몰라서 근심하고 두려워하네.

수유간에 모두 맺고 일어나 신령을 보내니

온 자리에 기쁨과 시름이 뒤섞였네.

해마다 이날을 만나서

여아들은 양장 맺고 신령은 복을 내리시리라.

■ 주 석

結羊腸(결양장) : 정월 대보름의 풍속. 종이를 오려 노를 아홉 가닥 만들고 다시 이를 엮어 매듭을 짓는다.

■ 해 제

정월 대보름을 맞아 처녀들이 매듭을 맺으며 소원을 빈다. 무슨 소원이길래 입밖으로 내지 못하고 속으로만 빌까.

마조상馬祖常(1279~1338)

자는 백용伯庸, 호는 석전石田이다. 서역西域 옹고족雍古族 출신으로 고조부 석리길사錫里吉思가 금金나라 말기에 봉상병마판관鳳翔兵馬判官이 되어 자손들은 마씨馬氏로 불렸다. 증조부 월합月合이 원군을 따라 남하하여 변경汴京을 함락한 후 그곳에 머물렀고, 후에 광주光州로 이주하였다. 부친은 마윤馬潤이다. 연우延祐 2년(1315) 원대의 첫 과거에서 진사 급제하여 응봉한림문자應奉翰林文字에 임명되고 이어서 감찰어사監察御史로 승진하였다. 권신 철목질아鐵木迭兒의 열 가지 죄를 물어 파직시켰다. 철목질아가 다시 재상이 되어 개평현윤開平縣尹으로 좌천되었으며, 그가 계속 중상하려 하자 광주로 물러갔다. 철목질아가 죽자 한림대제翰林待制가 되고, 예부상서禮部尙書, 지공거知貢擧, 독권관讀卷官을 역임하였다. 원통元統 초에 어사중승御史中丞이 되고 이어서 추밀부사樞密副使가 되었으며, 사직하고 귀향하였다. 원대의 전형적인 대각臺閣 문인이다. 《석전집石田集》 15권이 있다.

河湟書事二首
하황서사이수

陰山鐵騎角弓長, 閒日原頭射白狼.
음산철기각궁장 한일원두사백랑
青海無波春雁下, 草生磧裏見牛羊.
청해무파춘안하 초생적리견우양

波斯老賈度流沙, 夜聽駝鈴識路賒.
파사로고도류사 야청타령식로사
採玉河邊青石子, 收來東國易桑麻.
채옥하변청석자 수래동국역상마

하황에서 일을 적다 2수

음산의 철기들 긴 각궁 지니고
한가한 날 언덕에서 백랑을 사냥하네.
청해에는 파도 없어 봄날 기러기 내려앉고,
풀 자란 서덜에 소와 양이 보이네.

페르시아 늙은 상인 사막을 건너며
밤에 낙타 방울 들으며 길이 먼 줄 아는구나.
옥을 캐는 강가에는 푸른 돌,
모아 와서 동쪽 나라에서 비단 삼베와 바꾸네.

■ **주 석**

河湟(하황) : 지금의 청해성青海省과 감숙성甘肅省 경내의 황하黃河와 황수湟水가 합류하는 지역.
波斯(파사) : 페르시아.
東國(동국) : 페르시아 동쪽의 나라. 중국.
桑麻(상마) : 비단과 삼베.

■ **해 제**

하황의 음산 지역에서 말을 탄 사냥꾼이 이리를 사냥하고, 고요한 청해 가 풀밭에는 소와 양이 풀을 뜯는다. 이곳에는 비단길이 지난다. 밤에 페르시아 상인이 낙타를 몰고 도착한다. 페르시아 특산 옥을 가지고 중국으로 와서 비단과 포목을 바꾸어 간다.

살도랄薩都剌(약 1280~약 1346)

자는 천석天錫, 호는 직재直齋이며, 서역 답실만씨答失蠻氏 사람이다. 답실만은 이슬람교 교도 또는 이슬람교 선교사를 말한다. 태정泰定 4년(1327)에 진사 급제하였으며, 양유정楊維楨과 동년同年이다. 각 지방의 중하급 직책을 전전하였다. 《살천석시집薩天錫詩集》이 있다.

白翎雀
백 령 작

凄凄幽雀雙白翎, 飛飛只傍烏桓城.
처 처 유 작 쌍 백 령　비 비 지 방 오 환 성

平沙無樹巢弗營, 雌雄爲樂相和鳴.
평 사 무 수 소 불 영　자 웅 위 락 상 화 명

君不見舊日輕盈舞紫燕, 鴛鴦鎖老昭陽殿.
군 불 견 구 일 경 영 무 자 연　원 앙 쇄 로 소 양 전

風喧芍藥春可憐, 露冷芙蓉秋莫怨.
풍 훤 작 약 춘 가 련　노 랭 부 용 추 막 원

백령작

쓸쓸한 백령작 한 쌍,
날고 날아 오환성에 갔구나.
평평한 사막에 나무 없어 둥지도 못 틀었지만
암수 서로 즐거이 우짖는다.
그대는 못 보았나, 지난날 사뿐 춤추던 보랏빛 제비를,
원앙은 늙어서 소양전에 갇혔네.
작약에 훈풍 부는 봄은 사랑스럽지만,
부용에 이슬 찬 가을을 원망하지 말라.

■ 주 석

白翎雀(백령작) : 몽고의 사막 지역에 사는 새. 암수가 매우 사이좋게 지내다고 한다.

■ 해 제

물찬 제비도 아리따운 원앙도 봄이 가고 가을이 오면 모두 신세가 처량해진다. 황량한 사막이지만 변함없이 암수가 정다운 백령작의 처지가 오히려 더 낫다.

燕姬曲
연 희 곡

燕京女兒十六七, 顏如花紅眼如漆.
연 경 녀 아 십 륙 칠 안 여 화 홍 안 여 칠

蘭香滿路馬塵飛, 翠袖籠鞭嬌欲滴.
난 향 만 로 마 진 비 취 수 롱 편 교 욕 적

春風淡蕩搖春心, 錦箏銀燭高堂深.
춘 풍 담 탕 요 춘 심 금 쟁 은 촉 고 당 심

繡衾不暖錦鴛夢, 紫簾垂霧天沈沈.
수 금 불 난 금 원 몽 자 렴 수 무 천 침 침

芳年誰惜去如水, 春困著人倦梳洗.
방 년 수 석 거 여 수 춘 곤 착 인 권 소 세

夜來小雨潤天街, 滿院楊花飛不起.
야 래 소 우 윤 천 가 만 원 양 화 비 불 기

연경의 아가씨

연경의 여아 열예닐곱 살,

얼굴은 꽃처럼 붉고 눈동자는 칠흑 같아.

난향 가득한 길에 말이 먼지를 날리며
푸른 소매에 채찍 담아 교태가 뚝뚝 흐를 듯.
춘풍이 하늘하늘 춘심을 흔들고,
금쟁 은촉 차린 고당이 깊숙하구나.
수놓은 이불에 원앙의 꿈 따뜻하지 않고,
보라 발에 안개 드리워 하늘이 침침하다.
방년의 나이 물처럼 흐름을 누가 애석해 하나,
춘곤이 사람에게 붙어 소세도 게을리하네.
밤에 가랑비가 연경 길을 적셔
정원 가득 버들꽃도 날리지 않네.

■ **해 제**

〈양화곡楊花曲〉이라고도 한다. 연경 소녀의 자태와 심사를 묘사하였다.

紀事
기 사

當年鐵馬遊沙漠, 萬里歸來會二龍.
당 년 철 마 유 사 막 만 리 귀 래 회 이 룡

周氏君臣空守信, 漢家兄弟不相容.
주 씨 군 신 공 수 신 한 가 형 제 불 상 용

祇知奉璽傳三讓, 豈料遊魂隔九重.
지 지 봉 새 전 삼 양 기 료 유 혼 격 구 중

天上武皇亦灑淚, 世間骨肉可相逢.
천 상 무 황 역 쇄 루 세 간 골 육 가 상 봉

일을 기록하다

그 해에 철마로 사막을 지나서
만리 건너 돌아와 두 용이 만났네.
주왕周王과 신하들은 부질없이 믿음 지켰으나
황제의 형제들 서로 용납할 수 없었지.
옥새 받들어 세 번 사양하고 받을 줄만 알았지
혼이 구중궁궐 너머 떠돌 줄 어이 헤아렸으랴.
하늘에서 무종 황제도 눈물 뿌리리,
세간의 골육을 만날 수 있으니.

■ 주 석

二龍(이룡) : 무종武宗의 두 아들 명종明宗과 문종文宗.
周氏(주씨) : 명종을 가리킨다. 명종은 주왕周王에 책봉되었다.
三讓(삼양) : 세 번 사양하였다가 등극하다. 제위에 오르는 절차.

■ 해 제

무종의 두 아들 명종과 문종의 골육상잔 천력지변天曆之變을 다룬 시이다. 치화致和 원년(1328) 7월, 태정제泰定帝가 죽자 지추밀원사知樞密院事 엔티무르[燕鐵木兒]가 대도大都에서 정변을 일으키고, 무종의 아들을 옹립하려고 사신을 강릉江陵으로 보내 대도로 영접하였다. 8월에 양왕梁王 왕선王禪과 승상 도랄사倒剌沙 등이 태정제의 아들 아수기바阿速吉八를 상도上都에서 옹립하고 군대를 동원하여 대도를 공격하였다. 9월에 투테무르[圖帖睦爾, 문종]가 대도에서 제위를 계승하고 연호를 천력天曆이라고 하였다. 엔티무르와 그의 휘하 흠찰欽察 군단과 무종 세력의 지지를 얻어 왕선과 도랄사를 물리치고 상도를 점령하였다. 이어서 사천四川 운남雲南의 반대 세력을 평정하였다. 천력 2년(1329), 무종의 장자 화세랄和世瑓이 화림和林의 북방에서 즉위하였으니, 명종이다. 명종은 남행하여 상도 부근의 왕홀찰도旺忽察都(지금의 하북河北 장북현張北縣) 북쪽에 이르렀을 때 명목상으로는 제위를 양위한 투테무르와 옌티무르가 영접하였다. 환영 주연에서 투테무르는 형 명종을 독살하고, 다시 제위에 올랐다. 이 사건을 천력지변이라고 부른다.

송본宋本(1281~1334)

자는 성부誠夫, 원명은 송극신宋克信이며, 대도大都 사람이다. 부친 송정宋禎이 항주杭州 강릉江陵 등지에서 벼슬하여 강남 지역에서 수학하였다. 부친이 작고하자 동생 송경宋褧과 함께 대도로 돌아가 과거에 응시하여 정시廷試에서 장원 급제하였다. 한림수찬翰林修撰, 감찰어사監察御史, 국자감승國子監丞, 이부시랑吏部侍郎 등을 역임하였다. 문종文宗 지순至順 원년(1330)에 규장각학사奎章閣學士가 되고 이듬해 예부상서禮部尙書로 승진하였고, 집현학사集賢學士, 국자감좨주國子監祭酒가 되었다. 사후에 범양군후范陽君侯에 추봉되었으며, 시호는 정헌正獻이다. 일생 청렴하여 대도 사람이지만 대도에서 가산을 경영하지 않고 집을 세내어 살았다. 《지치집至治集》이 있다.

大都雜詩四首
대 도 잡 시 사 수

拋却漁竿滄海邊, 拂衣來看九重天.
포 각 어 간 창 해 변 불 의 래 간 구 중 천

畫闌九陌橋如月, 綠影千門樹似煙.
화 란 구 맥 교 여 월 녹 영 천 문 수 사 연

南國佳人王幼玉, 中朝才子杜樊川.
남 국 가 인 왕 유 옥 중 조 재 자 두 번 천

紫雲樓上如澠酒, 孤負東風二十年.
자 운 루 상 여 승 주 고 부 동 풍 이 십 년

繡錯繁華徧九衢, 上林詞賦漢西都.
수 착 번 화 편 구 구 상 림 사 부 한 서 도

朱門細婢金條脫, 紫禁材官玉鹿盧.
주 문 세 비 금 조 탈 자 금 재 관 옥 록 로

萬里星辰關上界, 四朝冠蓋翊皇圖.
만 리 성 신 관 상 계 사 조 관 개 익 황 도

東鄰白面生紈綺, 笑殺揚雄臥一區.
동 린 백 면 생 환 기 소 살 양 웅 와 일 구

盧溝曉月墮蒼煙, 十二門開日色鮮.
노 구 효 월 타 창 연 십 이 문 개 일 색 선

海上神仙非弱水, 人間平地有鈞天.
해 상 신 선 비 약 수 인 간 평 지 유 균 천

寶幢珠珞瞿曇寺, 豪竹哀絲玳瑁筵.
보 당 주 락 구 담 사 호 죽 애 사 대 모 연

春雨如膏三萬里, 盡將嵩呼祝堯年.
춘 우 여 고 삼 만 리 진 장 숭 호 축 요 년

形勢全燕擁地靈, 梯航萬國走王城.
형 세 전 연 옹 지 령 제 항 만 국 주 왕 성

狗屠已仕明天子, 牛相寧知別太平.
구 도 이 사 명 천 자 우 상 녕 지 별 태 평

玄武鉤陳騰王氣, 白麟赤雁入新聲.
현 무 구 진 등 왕 기 백 린 적 안 입 신 성

近來朝報多如雨, 不見河南召賈生.
근 래 조 보 다 여 우 불 견 하 남 소 가 생

대도 잡시 4수

낚싯대를 푸른 바닷가에 버리고,

옷 떨치고 와서 구중 하늘 바라본다.

거리마다 단청 난간, 다리는 달 같고,
푸른 그늘 드리운 천문千門에 나무는 구름 같아라.
남국의 가인 왕유옥,
중원의 재자 두목.
자운루紫雲樓에 호수 같은 술,
홀로 동풍을 20년이나 저버렸구나.

아로 수놓은 듯 번화가繁華街 펼쳤고,
상림에서 사부 짓던 한나라의 장안이라.
붉은 문의 어린 노비는 금팔찌,
자금성紫禁城의 무졸은 옥 녹로검鹿盧劍.
만리 성신星辰은 하늘에 갇혔고,
네 조정 신료들은 제왕을 보좌하네.
동쪽 이웃의 백면서생은 부유한 가문에서 태어나
한 구석에 누운 양웅이 우스워 죽는구나.

노구교蘆溝橋의 새벽달은 푸르스름 안개 속에 지고,
열두 문 열려 햇빛이 곱구나.
해상 신선은 약수弱水가 아니니
인간의 평지에 균천鈞天이 있도다.
경당經幢에 영락瓔珞 달린 석가모니의 절,
씩씩하고 구슬픈 관현 울리는 잔칫자리.
봄비 삼만 리를 살찌우니
요임금처럼 사시라 모두가 만세 부른다.

형세는 연燕을 모두 차지하여 지령이 받들고,

산 넘고 물 건너 만국이 왕성으로 오도다.
개백정도 밝은 천자에게 벼슬 살고,
우승상이 어찌 다른 태평시절을 알리오.
현무와 구진이 왕기를 북돋고,
백린과 적안이 새 노래가 되었네.
근래에 조보朝報가 빗발쳐도
하남의 가의賈誼를 부르지는 않는구나.

■ 주 석

王幼玉(왕유옥) : 당唐나라 덕종德宗 때 형양衡陽 회안봉回雁峰 부근에 살던 기녀. 본래 명문가의 후예였으나 황소黃巢의 난 때 형양으로 피난 와서 부모를 잃고 기녀가 되었다.

杜樊川(두번천) : 두목杜牧.

紫雲樓(자운루) : 당唐 개원開元 14년 곡강曲江에 세운 누대. 현종은 자운루에서 자주 잔치를 열었다.

如澠酒(여승주) : 승수澠水처럼 많은 술. 《좌전左傳 · 소공昭公 12년》에 "제나라 제후가 화살을 들고 말하였다. '술이 승수처럼 있고, 고기가 언덕처럼 있습니다. 과인이 이 화살을 넣으면 임금 대신 흥하리다.' 역시 항아리에 들어갔다(齊侯擧矢, 日, 有酒如澠, 有肉如陵. 寡人中此, 與君代興. 亦中之)"라는 구절이 있다. 승수는 제나라 지역을 흐르는 강이다.

東風(동풍) : 봄바람. '동東'은 '춘春'으로 된 판본도 있다.

條脫(조탈) : 팔찌의 일종.

材官(재관) : 무졸武卒 또는 저급의 무직武職.

闕(관) : '개開'로 된 판본도 있다.

揚雄(양웅) : 기원전 53~기원후 18. 자는 자운子雲이며, 서한의 문인 관료이다. 어려서부터 학문을 좋아하여 박학다식하고 사부辭賦를 잘 지었다. 집안은 가난하였으나 부귀를 선망하지 않았다. 왕망王莽이 제위에 오른 후 천록각天祿閣 교서관校書官이 되었다. 후에 사건에 연루되어 체포되기 직전에 누각에 뛰어내려 자살을 시도하였으나 죽지는 않았다. 뒤에 대부大夫가 되었다.

盧溝曉月(노구효월) : 노구교의 새벽달. '노구盧溝'는 '노구蘆溝'로도 쓴다. 노구교는 지금의 북경 서남쪽 영정하永定河를 건너는 석교로서 금나라 때 놓았다. '노구효월'은 연경팔경燕京八景의 하나이다.

仙(선) : '산山'으로 된 판본도 있다.

鈞天(균천) : 천제天帝가 사는 곳. 제왕帝王.

玄武(현무), 鉤陳(구진) : 현무는 북방의 신수神獸이며, 구진은 북극성이다. 대도가 북방에 있으므로 북방을 상징하는 신수와 별자리로 비유하였다.

白麟(백린), 赤雁(적안) : 고대의 상서로운 신수이다. 고악부古樂府에 〈백린가白麟歌〉와 〈적안가赤雁歌〉가 있다. 《한서漢書 · 무제기武帝紀》에 "원수 원년 겨울 10월에 옹으로 행차하였다가 백린을 잡았으므로 〈백린지가〉를 지었다(元狩元年冬十月, 行幸雍, 獲白麟, 作白麟之歌)"는 기록이 있다. 〈백린가〉는 〈조농수朝隴首〉라고도 한다. 또 《한서 · 예악지禮樂志》에서 〈상재유象載瑜〉에 대해 "태시 3년에 동해로 행차하였다가 적안을 잡아서 지었다(太始三年, 行幸東海, 獲赤雁作)"고 하였다. 〈상재유〉는 〈적안가〉이다.

賈生(가생) : 가의賈誼. 기원전 201~기원전 169. 서한의 문인 관료.

■ **해 제**

원元나라의 수도인 대도의 풍경과 세태를 읊었다. 송나라 때까지만 해도 지금의 북경을 소재로 시를 지은 사람은 많지 않았다. 원나라 때부터 북경은 본격적으로 시에 등장하여 이후 연경팔경燕京八景 시가 양산되었다.

허유임許有壬(1287~1364)

자는 가용可用이며, 탕음湯陰(하남河南) 사람이다. 무종武宗 지대至大 초년에 관운석貫雲石과 함께 대도에서 문인들과 교유하였다. 연우延祐 2년(1315)에 진사 급제하여 요주동지遼州同知에 임명되었다. 지치至治 원년(1321)에 이부주사吏部主事가 되었고, 이듬해 강남어사대감찰어사江南御史臺監察御史가 되었다. 무종이 갑자기 죽자 정국 안정에 진력하였고, 태정제泰定帝에게 〈정시십사正始十事〉를 올렸다. 근 50년 간 여섯 임금을 섬기며 직간하며, 권세가에 굴하지 않았다. 시호는 문충文忠이다. 《지정집至正集》이 있다.

哀棄兒
애 기 아

雪霜載途風裂肌, 有兒鶉結行且啼.
설 상 재 도 풍 렬 기 유 아 순 결 행 차 제

問兒何事乃爾悲, 父母棄之前欲追.
문 아 하 사 내 이 비 부 모 기 지 전 욕 추

木皮食盡歲又饑, 夫婦行乞甘流離.
목 피 식 진 세 우 기 부 부 행 걸 감 류 리

負兒遠道力已疲, 勢難俱生灼可推.
부 아 원 도 력 이 피 세 난 구 생 작 가 추

與其㢆尾莫我隨, 不如忍割從所之.
여 기 체 미 막 아 수 불 여 인 할 종 소 지

今夕曠野兒安歸, 明朝道殣非兒誰.
금 석 광 야 아 안 귀 명 조 도 근 비 아 수

父兮母兮豈不慈, 天倫遽絶天實爲.
부 혜 모 혜 기 부 자 천 륜 거 절 천 실 위

十年執政雖咸腓, 發廩有議常堅持.
십 년 집 정 수 함 비　발 름 유 의 상 견 지

昔聞而知今見之, 倉皇援手無所施.
석 문 이 지 금 견 지　창 황 원 수 무 소 시

兒行不顧寒日西, 哭聲已遠猶依稀.
아 행 불 고 한 일 서　곡 성 이 원 유 의 희

버림받은 아이를 슬퍼함

눈서리 덮인 길, 살을 찢는 바람 속에
누더기 입은 아이가 울면서 길을 간다.
아이에게 무슨 일로 그리 슬피 우느냐 물으니
어버이가 나를 버려 앞으로 쫓아간다 하는구나.
나무껍질도 다 먹어 다시 굶주리는 해,
부부는 기꺼이 유리걸식 나섰구나.
아이 업고 먼 길 가느라 힘이 부치니
다 살아남기 어려움은 불을 보듯 뻔한 일.
진퇴양난 나를 따라오지 말고,
차마 떼어버려 갈 대로 가는 게 더 낫지.
오늘밤 광야에서 아이는 어디로 가려나,
내일 아침 길가에 굶어 죽은 이는 아이 아니면 누구일까.
아비여 어미여 어이 자애롭지 않았으리오,
천륜을 문득 끊음은 실로 하늘이 한 일이라.
십년 집정에 망동한 적 있었지만
창름 풀자는 의론은 항상 견지하였네.
예전에 들었다가 오늘 볼 줄 알았으니

창망히 손을 뻗어도 할 수가 없구나.

아이는 가면서 돌아보지 않고 차가운 해는 서쪽으로 지고,

곡소리 이미 멀어졌지만 아직도 희미하게 들리네.

■ 주 석

鶉結(순결) : 순의백결鶉衣百結. 하도 많이 기워 메추라기처럼 얼룩덜룩한 옷. 누더기.

疐尾(치미) : 발호치미跋胡疐尾. 앞으로 가려다 턱 밑의 늘어진 혹을 밟고, 뒤로 물러서려다 꼬리를 밟다. 진퇴양난을 말한다. 《시경詩經 · 빈풍豳風 · 낭발狼跋》에 "이리가 턱 밑 혹을 밟고, 꼬리를 밟네(狼跋其胡, 載疐其尾)"라는 구절이 있다.

■ 해 제

한겨울 노상에서 부모에게 버림 받은 아이를 발견하였다. 그 부모도 어쩔 수 없이 자식을 버렸고, 시인도 그 아이를 거두어 키울 수가 없다. 지는 해를 따라 아이의 울음소리도 잦아드니 그 말로를 어이 말로 할 수 있으리!

杜子美騎驢醉歸圖
두 자 미 기 려 취 귀 도

田翁招飮不須沽, 時事多憂一醉除.
전 옹 초 음 불 수 고　시 사 다 우 일 취 제

天子乘騾蜀山險, 浣花溪上分騎驢.
천 자 승 루 촉 산 험　완 화 계 상 분 기 려

두보가 나귀 타고 취하여 돌아가는 그림

농부가 불러 마시니 술 살 일 없고,

시사에 많은 시름 한 번 취해 없앤다.

천자는 촉산 험로에서 노새를 타고,

완화계에서는 기꺼이 나귀를 타는구나.

■ **주 석**

天子(천자) : 당唐 현종玄宗을 말한다. 안사安史의 난이 일어나자 현종은 촉으로 피난 갔다.

■ **해 제**

당나라 시인 두보杜甫가 취하여 나귀 타고 돌아가는 모습을 그린 그림을 보고 지은 제화시題畵詩이다.

관운석貫雲石(1286~1324)

위구르족이며, 본명은 관소운석해애貫小雲石海涯이며 줄여서 관운석이라고 하였다. 조부 아리해애원阿裏海涯原은 고창高昌 회골回鶻 왕국의 농민으로서 몽고군의 서역 중원 정벌에 참여하였으며, 남송 공략에 전공을 세워 호광행성湖廣行省의 군정 대권을 장악하였다. 그는 1286년 관운석이 태어나던 해에 권력 투쟁에 패배하여 대도大都에서 자결하였다. 부친은 관지가貫只哥로서 회골 이름은 소운석해애小雲石海涯이다. 부친 명자의 첫 자 '관貫'을 성으로 삼아 이후 북정北庭 관씨로 불린다.

그는 몸이 건장하고 날랬으며 소년 시절에는 위구르족 무예를 익혔다. 자라서 글을 익혀 내뱉으면 바로 문장이 되었다. 집안의 작위를 세습하여 선무장군양회만호부宣武將軍兩淮萬戶府 다루가치[達魯花赤]가 되었다. 이때 당시의 구어로 《효경직해孝經直解》를 편찬하여 태자 시절의 인종仁宗에게 인정받았다. 벼슬하기 싫어서 아우에게 직위를 물려주고 북상하여 요수姚燧의 문하에 들어갔으며, 오래지 않아 영종英宗의 잠저潛邸에 설서수재說書秀才로 뽑혔다. 1313년(황경皇慶 2) 한림시독학사翰林侍讀學士, 중봉대부中奉大夫, 지제고知制誥, 동수국사同修國史에 임명되었으며, 과거제를 다시 시행하는 데 큰 역할을 하였다. 1314년(연우延祐 원년) 병을 핑계로 사직하고 강남으로 돌아갔다. 이후 그는 강남의 명승지와 고적을 유람하며 시문과 사곡을 지으며 생을 마쳤다. 사후에 경조군공京兆郡公에 추봉되었다. 그는 시와 문장, 사와 곡, 서법에 일가를 이루었다.

蘆花被 (并序)
노화피 병서

僕過梁山泊，有漁翁織蘆花爲被，僕尙其淸，欲易之以
복과량산박 유어옹직로화위피 복상기청 욕역지이

綢者. 翁曰：君尙吾淸，願以詩輸之. 遂賦，果卻綢.
주자 옹왈 군상오청 원이시수지 수부 과각주

採得蘆花不涴塵，翠蓑聊復藉爲茵.
채득로화불완진 취사료부자위인

西風刮夢秋無際，夜月生香雪滿身.
서풍괄몽추무제 야월생향설만신

毛骨已隨天地老，聲名不讓古今貧.
모골이수천지로 성명불양고금빈

靑綾莫爲鴛鴦妒，欸乃聲中別有春.
청릉막위원앙투 애내성중별유춘

갈대꽃 이불 (병서)

내가 양산박을 지날 때 어부가 갈대꽃을 짜서 이불을 만들고 있었다. 나는 그 맑음이 좋아서 비단 이불과 바꾸자고 하였다. 어부가 말하였다. "그대가 나의 맑음을 좋아하니 시로써 사시오." 마침내 시를 지어 주었더니 비단 이불은 거절하였다.

갈대꽃 따서 먼지 씻지도 않고
푸른 도롱이를 잠시 깔아 자리 삼았다.
서풍이 꿈에 불어 가을은 가없고,
달은 향기 뿜고 눈이 몸에 가득하다.
모골은 벌써 천지 따라 늙었고,
명성은 고금에 양보하지 않는다.
푸른 비단 원앙이 질투하지 않고,
어사와 노 소리에 봄이 따로 있도다.

■ 주 석

梁山泊(양산박) : 산동성山東省 서남부 양산현梁山縣에 있는 호수. 황하 하류 문수汶水와 제수濟水가 모여 형성되었다.
欸乃(애내) : 노 젓는 소리. 어사와.

■ 해 제

시인이 양산박을 배를 타고 건너다가 뱃사공의 갈대꽃으로 만든 이불이 마음에 들어 비단이불과 바꾸자고 하였으나, 뱃사공은 시인의 시와 바꾸자고 하였다. 갈대꽃 이불이 마음에 든 시인과 비단이불을 마다하고 시인의 시를 요구한 뱃사공의 아취가 향기롭다.

장저張翥(1287～1368)

자는 중거仲擧, 호는 태암蛻庵이며, 진녕晉寧(산서山西 임분臨汾) 사람이다. 항주초고부사杭州鈔庫副使를 지내고 전당錢塘(절강浙江 항주杭州)에서 우거한 아버지를 따라 오랫동안 강남에서 살았다. 소싯적에는 음악과 축국을 좋아하여 거리낌없이 지내다가 문득 대오각성하여 폐문 독서하였다. 송대의 육구연陸九淵을 계승한 강동의 대유 이존李存에게서 배워 도덕과 성명性命의 학설에 정통하였다. 송대의 유로 구원仇遠에게서 시를 배웠으며 시문으로 명성을 얻었다. 강남의 문단에서 3,40년 동안 활동하다가 순제順帝 지원至元 말년에 나이 60이 넘어 은일隱逸로서 조정에 천거되었다. 대도의 국자감國子監 조교助教가 되어 상도上都의 생원을 가르쳤다. 요금원遼金遠 3대의 사서를 편찬할 때 한림원翰林院 편수編修로 참여하였으며, 한림원의 여러 직책을 역임하고 한림시독학사겸국자감좨주翰林侍讀學士兼國子監祭酒에 올랐다가 한림학사승지翰林學士承旨로 치사하였다. 노국공潞國公을 받았다. 시집《태암집蛻庵集》이 남아 있다.

授鉞
수 월

天子臨軒授鉞頻, 東南何處不紅巾.
천 자 림 헌 수 월 빈　동 남 하 처 불 홍 건

鐵衣遠道三軍老, 白骨中原萬鬼新.
철 의 원 도 삼 군 로　백 골 중 원 만 귀 신

烈士精靈虹貫日, 仙家談笑海揚塵.
열 사 정 령 홍 관 일　선 가 담 소 해 양 진

只將滿眼淒涼淚, 哭盡平生幾故人.
지 장 만 안 처 량 루　곡 진 평 생 기 고 인

출정出征

천자께서 전전前殿에 납시어 병권 수여 잦으니
동남의 어느 곳인들 홍건군이 없으랴.
병사들 먼 길 가느라 삼군이 다 늙었고,
백골 널린 중원에 새 귀신 무수히 생겼네.
열사의 정령은 무지개처럼 해를 뚫고,
신선들 담소하는 사이 바다가 육지 되어 먼지가 인다.
다만 눈 가득 처량한 눈물로
죽은 이 몇이나 평생 통곡하였는가.

■ **주 석**

授鉞(수월) : 옛날 대장大將이 출정할 때 군주가 부월斧鉞을 주어 병권兵權을 수여함을 표시하였다.
臨軒(임헌) : 황제가 정전正殿에 앉지 않고 전전으로 나오다. 전각과 계단 사이 처마 가까운 곳에 난간과 막이판이 있어 수레의 헌과 같다.
紅巾(홍건) : 홍건군紅巾軍. 원말元末에 유복통劉福通 등이 이끈 농민 반란군. 머리에 붉은 두건을 썼다.
海揚塵(해양진) : 바다가 변하여 육지가 되어 먼지가 일다. 세상사에 큰 변화가 일어남을 말한다.

■ **해 제**

원나라 말기 동남 지역에서 붉은 두건을 두른 농민 반란군이 일어나 결국 원나라는 망하고 말았다. 원나라 황제가 진압군 장수에게 병권을 수여하는 의식을 자주 치르니 관군이든 반군이든 죽어서 귀신만 자꾸 늘어간다.

양유정楊維楨(1296~1370)

자는 염부廉夫, 호는 철애鐵崖, 철적도인鐵笛道人, 만호晩號는 동유자東維子이며, 산음山陰(절강浙江 소흥紹興) 사람이다. 태정泰定 4년(1327)에 진사 급제하여 천태현윤天台縣尹에 임명되었다가 소흥전청장염사령紹興錢清場鹽司令으로 옮겼다. 순제順帝 지정至正 초에 조정에서 송요금宋遼金 삼대의 사서를 완성하자 〈정통변正統辯〉을 올렸다. 이 일로 수사총재修史總裁 구양현歐陽玄이 그를 천거하였으나 벼슬을 받지는 못하였다. 오래도록 하급 관리로 지내다가 항주사무제거杭州四務提擧가 되었다가 건덕로추관建德路推官을 거쳐 강서유학제거江西儒學提擧로 승진하였다. 그러나 각지에서 반란이 일어나 부임하지 못하고 부춘산富春山에 숨었고, 전당錢塘으로 이주하였다. 장사성張士誠이 소주蘇州 항주杭州를 차지하고 그를 불렀으나 가지 않았다. 명明나라 홍무洪武 2년(1369)에 조정에 불려가 예악서를 편찬하였고, 관직을 주었으나 받지 않았다. 다음해 홍무제가 수레를 보내 경사로 불렀고, 석 달만에 돌아가 바로 죽었다. 《동유자문집東維子文集》, 《철애고악부鐵崖古樂府》, 《철애영사주鐵崖詠史注》, 《철애부고鐵崖賦稿》 등이 있다.

鹽商行
염 상 행

人生不願萬戶侯, 但願鹽利淮西頭.
인 생 불 원 만 호 후　단 원 염 리 회 서 두

人生不願萬金宅, 但願鹽商千料舶.
인 생 불 원 만 금 택　단 원 염 상 천 료 박

大農課鹽析秋毫, 凡民不敢爭錐刀.
대 농 과 염 석 추 호　범 민 불 감 쟁 추 도

鹽商本是賤家子, 獨與王家埒富豪.
염 상 본 시 천 가 자　독 여 왕 가 날 부 호

亭丁焦頭燒海榷, 鹽商洗手籌運握.
정 정 초 두 소 해 각　염 상 세 수 주 운 악

大席一囊三百斤, 漕津牛馬千蹄角.
대 석 일 낭 삼 백 근　조 진 우 마 천 제 각

司綱改法開新河, 鹽商添力莫誰何.
사 강 개 법 개 신 하　염 상 첨 력 막 수 하

大艘鉦鼓順流下, 檢制孰敢懸官鉈.
대 수 정 고 순 류 하　검 제 숙 감 현 관 사

吁嗟海王不愛寶, 夷吾筴之成伯道.
우 차 해 왕 불 애 보　이 오 협 지 성 패 도

如何後世嚴立法, 祇與鹽商成富媼.
여 하 후 세 엄 립 법　지 여 염 상 성 부 온

魯中綺, 蜀中羅, 以鹽起家數不多.
노 중 기　촉 중 라　이 염 기 가 수 부 다

只今誰補貨殖傳, 綺羅往往甲州縣.
지 금 수 보 화 식 전　기 라 왕 왕 갑 주 현

염상의 노래

사람이 살면서 만호후 바라지 않고,
다만 회수 서쪽에서 소금으로 돈 벌기 바라노라.
사람이 살면서 만금짜리 집을 바라지 않고,
다만 염상 천 석짜리 배만 바라노라.
대사농은 소금 부과하며 한 톨 한 톨 따지지만,
백성들이 미세한 양을 다툴 수 있으랴.
염상은 본래 천한 집의 아들,
홀로 왕가와 부를 겨룬다네.
정호의 사나이 머리 그슬리며 바다 소금 굽고,

염상은 손을 씻고 주판을 쥐네.
큰 자리만한 자루 하나가 삼백 근,
조운漕運 나루에는 우마가 천 마리.
법을 바꿔 새 물길을 뚫으니
염상은 누구나 할 것 없이 힘을 보태네.
큰 배가 징 울리고 북 치며 물결 따라 내려가면
점검하면서 누가 감히 관가의 저울추를 걸겠는가.
우아, 바다를 다스리매 보배를 좋아하지 않았으나
관중管仲이 염정鹽政 세워 패도를 이루었네.
어이하면 후세에도 엄하게 법을 세울 수 있을까,
다만 염상만 부호로 만들어 주었네.
노나라 비단, 촉나라 깁이 있었지,
소금으로 집안 일으킨 사람 많지 않았다.
지금 다시 〈화식전〉을 보완한다면
누가 비단과 깁이 종종 주현에서 최고라고 말할까.

■ 주 석

千料舶(천료박) : 물건 천 석石이나 사람 백여 명을 태울 수 있는 배. 1요料는 1석石과 같다. 1천 요짜리 배는 길이가 50여 장丈이며, 사람 100여 명을 태울 수 있다고 한다.

大農(대농) : 대사농大司農. 진秦나라 때 치속내사治粟內史를 설치하였고, 한漢 경제景帝 때 대농령大農令으로 개칭하였다가 무제武帝 때 다시 대사농이라고 바꿔 불렀다. 조세租稅, 화폐와 곡물, 염철鹽鐵과 국가의 재정 출입을 담당하였다.

課鹽(과염) : 소금을 세금으로 부과하다.

亭丁(정정) : 정호亭戶의 남자. 정호는 옛날 염호鹽戶의 일종이다. 당唐나라 건원乾元 원년(758)에 제오기第五琦가 염법鹽法을 제정하여 제염민호制鹽民戶를 특수 호적으로 편성하고 잡역雜役을 면제하여 관염官鹽만 생산하도록 하였다. 소금 굽는 곳을 정장亭場이라고 하였으므로 정호라고 불렀다.

官鉈(관사) : 관가에서 공인한 저울추. 이 구는 염상의 소금을 점검하면서 그 누구도 감히 관가에서 정한 저울추를 사용하지 못한다는 뜻이다.

海王(해왕) : 《관자管子》에 〈해왕〉편이 있다. '해왕'은 '왕해王海' 즉 바다를 다스려 이득을 취한다는 뜻이다. 관중管仲은 문공文公에게 국가가 소금을 전매하여 수익을 거두어야 한다고 제안하였다.

夷吾(이오) : 관중. 이름이 이오이다. 춘추시대 진晉나라 문공을 보좌하여 그를 패자로 만들었다.

伯道(패도) : 패도覇道. '패伯'는 '패覇'와 통한다.

富媪(부온) : '부온富熅'으로 써야 한다. 땅이 보물을 품고 있어 따뜻한 기운이 하늘에까지 닿는다는 말로 부유하고 번성함을 말한다.

■ **해 제**

원나라 때는 국내외 무역이 활발하였으며, 소금도 그 주요 품목이었다. 이 시는 염상이 갖가지 수완을 부려 백성과 정부를 속여 축재하는 현상을 꼬집고 있다.

설옥립偰玉立(1290~1365)

자는 세옥世玉이며, 위구르족이다. 선조가 고창高昌(신강新疆 위구르자치구 트루판)으로 이주하였으며 마니교摩尼教 집안으로 설옥립은 마니교 신도가 아니었다. 연우延祐 연간(1314~1320)에 진사 급제하였다. 지정至正 9년(1349) 5월, 정의대부正議大夫 복건행성福建行省 천주로총관泉州路總管에서 천주 다루가치[達魯花赤]로 승진하였다. 천주에 그의 사당이 있다. 고려 말에 귀화하여 여말선초麗末鮮初 외교에서 활약한 설손偰遜의 백부이다.

清源洞
청 원 동

洞府神仙去不還, 清源紫帽聳高寒.
동 부 신 선 거 불 환 　청 원 자 모 용 고 한

泉南佛國幾千界, 閩海蓬萊第一山.
천 남 불 국 기 천 계 　민 해 봉 래 제 일 산

夜月鳳簫聲隱隱, 秋風鶴珮聽珊珊.
야 월 봉 소 성 은 은 　추 풍 학 패 청 산 산

瑤池豈隔塵寰路, 更扣危岑最上關.
요 지 기 격 진 환 로 　갱 고 위 잠 최 상 관

청원동

동부의 신선은 떠나서 돌아오지 않으나

청원산 자모산 높이 솟아 서늘하다.

천주 남쪽에는 불국토가 몇 천이런가,

복건 바다에는 봉래제일산이 있도다.

밤에 달 뜨면 봉소 소리 은은하고,
가을바람에 학패 소리 쨍강쨍강 들린다.
요지가 어찌 진세와 떨어져 있으리,
다시 우뚝한 봉우리 가장 높은 문을 두드린다.

■ 주 석

淸源洞(청원동) : 순양동純陽洞이라고도 한다. 복건성 천주 청원산淸源山 정상에 있는 동굴이다. 남송南宋 소흥紹興 연간에 배도인裵道人이 사람을 해치는 거대한 구렁이를 쫓아 이곳에 와서 구렁이가 동굴로 도망가자 돌로 동굴을 막고 입구에서 앉은 채로 입적하여 구렁이가 나오지 못하게 했다고 한다. 이로부터 배선동裵仙洞이라 부르고, 관공루觀空樓, 불조전佛祖殿, 배선사裵仙祠 등을 건립하였다.

紫帽(자모) : 자모산紫帽山. 천주에 있는 산. 청원산과 비스듬히 마주 서 있다.

■ 해 제

다루가치를 지낸 천주의 청원동을 방문하고 경치를 읊었다. 청원동은 속세에 가까운 곳이지만 바로 신선세계라고 말하여 그 초탈적인 분위기를 전한다.

전유선錢惟善(1294~1379 이후)

자는 사복思復, 호는 곡강거사曲江居士, 심백도인心白道人이며, 전당錢塘(절강浙江 항주杭州) 사람이다. 《강월송풍집江月松風集》이 있다.

題杜甫麻鞋見天子圖
제 두 보 마 혜 현 천 자 도

四郊多壘未還鄕, 又別潼關謁鳳翔.
사 교 다 루 미 환 향 　우 별 동 관 알 봉 상

九廟君臣同避難, 十年弟妹各殊方.
구 묘 군 신 동 피 난 　십 년 제 매 각 수 방

中興百戰洗兵甲, 萬里一身愁虎狼.
중 흥 백 전 세 병 갑 　만 리 일 신 수 호 랑

寂寞當時窮獨叟, 按圖懷古恨茫茫.
적 막 당 시 궁 독 수 　안 도 회 고 한 망 망

두보가 미투리를 신고 천자를 알현하는 그림에 부치다

사방 교외에 보루가 많아 고향에 돌아가지 못하고,
또 동관을 떠나 봉상에 알현하네.
구묘의 군신들 함께 피난하니
10년 동안 동생 누이들 각자 다른 고장이라.
중흥 위해 백 번 싸워 전쟁 그쳤으나
만리에 단신으로 범과 승냥이를 걱정하네.
적막하여라, 그때에 곤궁하고 외로운 늙은이,
그림 보고 옛날 생각하니 한이 망망하구나.

■ 주 석

九廟(구묘) : 제왕의 종묘宗廟. 옛날 제왕은 태조묘太祖廟와 삼소묘三昭廟 삼목묘三穆廟 등 모두 칠묘를 세워 조상을 받들었다. 왕망王莽이 조묘祖廟를 다섯, 친묘親廟를 넷으로 늘려 모두 구묘를 만들었다. 후대에는 이를 따랐다.

■ 해 제

두보가 안녹산의 반군에게 잡혀 장안에 억류되어 있다가 탈출하여 봉상의 숙종肅宗을 알현하는 그림에 부친 제화시題畵詩이다. 그림 속의 두보는 행색이 남루하여 미투리를 신고 있다.

월로불화月魯不花(1308~1366)

자는 언명彦明, 호는 지헌芝軒이며, 몽고 손도사씨遜都思氏 사람이다. 원통元統 원년에 진사 급제하였다. 이부상서吏部尙書, 대도로大都路 다루가치를 역임하고, 강남행대중승江南行臺中丞, 산서염방사山西廉訪使를 지냈다. 해상에서 왜적倭賊을 만나 굽히지 않고 해를 당하였다. 요양등처행중서성평장정사遼陽等處行中書省平章政事, 상주국上柱國을 추증하였으며, 시호는 충숙忠肅이다.

簡見心上人
간 견 심 상 인

避地東鄞郭外居, 坐無齋閣出無輿.
피 지 동 은 곽 외 거 좌 무 재 각 출 무 여

雲山滿眼常觀畫, 烽火連年近得書.
운 산 만 안 상 관 화 봉 화 련 년 근 득 서

坐久頗能評海錯, 交深多感饋鱸魚.
좌 구 파 능 평 해 착　교 심 다 감 궤 로 어

論文正欲頻相過, 門掩清風客到疏.
논 문 정 욕 빈 상 과　문 엄 청 풍 객 도 소

견심상인에게 쓰는 편지

세상 피해 동은 성곽 밖에 사노라니

앉을 때는 재각이 없고 나갈 때는 수레가 없구나.

눈 가득 구름 산은 언제나 그림이고,

해마다 봉화 오르는 근자에 편지를 받았구나.

머문 지 오래라 해산물 평할 수 있고,

교제가 깊어 농어 선물에 깊이 감사하네.

글월을 논하려 자주 들르고자 하지만

맑은 바람에 문은 닫혀 손이 뜸하구나.

■ 주 석

鱸魚(노어) : 농어. 이 구절 뒤에 "근래 집에서 온 편지를 받았다. 이날 우정이 농어를 보내 왔다(近得家書, 是日羽庭饋鱸)"라는 주가 있다.

■ 해 제

지정至正 중기 전란 중에 지었다. 집에서 온 편지를 받았을 때 절동浙東의 시벗 유인본劉仁本이 보낸 농어가 왔다.

장욱張昱(약 1330년 전후 재세)

자는 광필光弼이며, 일소거사一笑居士라고 자호하였다. 여릉廬陵 사람이다. 원元 문종文宗 지순至順 전후에 활동하였으며 83세로 죽었다. 원말에 좌승左丞 양왕찰륵楊旺紮勒(양완楊完이라고 한다)이 강절江浙을 다스릴 때 참모군부사參謀軍府事로 임용되었다. 좌우사원외랑左右司員外郞, 추밀원판관樞密院判官을 지냈다. 양왕찰륵이 죽은 다음 벼슬을 버리고 은거하였다. 명明 태조太祖가 불러서 갔으나 늙었으므로 "쉬어야겠도다(可閑矣)"라 하고, 상을 주어 돌려보냈다. 그리하여 호를 가한노인可閑老人이라 하고, 서호西湖의 산수를 노닐다가 생을 마쳤다. 우집虞集에게서 시를 배워 시풍이 웅건하고 침울한 강개가 있다. 《가한노인집可閑老人集》이 있다.

宮中詞二十一首 (選二首)
궁 중 사 이 십 일 수 　선 이 수

宮衣新尙高麗樣, 方領過腰半臂裁.
궁 의 신 상 고 려 양 　방 령 과 요 반 비 재

連夜內家爭借看, 爲曾著過御前來.
연 야 내 가 쟁 차 간 　위 증 착 과 어 전 래

和好風光四月天, 百花飛盡感流年.
화 호 풍 광 사 월 천 　백 화 비 진 감 류 년

宮中無以消長日, 自擘龍頭十二絃.
궁 중 무 이 소 장 일 　자 벽 룡 두 십 이 현

궁중사 21수 (선2수)

궁중 의상은 고려양을 새로 숭상하니

모난 깃에 허리 아래 내려오고 소매는 반이라네.

밤마다 궁녀들 다투어 빌려가서 보니
입고서 어전을 지난 적이 있기 때문이지.

풍광 부드러운 4월,
온갖 꽃이 날리니 흐르는 세월 느낀다.
궁중에는 긴 날 보낼 거리 없으니
용머리 장식 열두 줄 금을 절로 훑는다.

■ **주 석**

高麗樣(고려양) : 원나라에 유행한 고려의 문물.

■ **해 제**

궁중사는 궁사宮詞, 즉 궁중의 세속과 경물을 노래한 시이다. 원나라 때 몽고 조정에 고려양이 유행하였다. 긴 여름날 소일거리가 없어 궁녀들은 할 수 없이 금을 탄다.

3. 명시明詩

명대明代(1368~1644) 시가의 전개과정을 살펴보면 이전의 시대와 비교해 볼 때 크게 다른 점을 두세 가지 정도 찾을 수 있다. 하나는 사회 각 계층의 수많은 사람들이 시인의 대열에 적극적으로 참여하기 시작했으며, 대다수 시인들의 신분이 관료가 아닌 평민으로 바뀌었다는 것이다. 이와 같은 정황은 13세기 남송 말년에 이르러 이미 그 조짐이 나타났다. 그 후 시대의 진전에 따라 그 추세가 더욱 명백해졌는데, 우선 원대元代에는 한족들이 몽고족의 지배하에 있어서 정치 참여의 기회가 크게 줄어들었기 때문에 대부분의 지식인들이 관직 진출에의 꿈을 접고 일생의 정력을 시가 창작에 쏟았다. 명대에 들어서서도 정치 체제가 평민 세력의 대두와 신장에 유리했던 데다가 교육의 보급이 확대되어 작시 활동에 종사하는 사람들의 수적 증가가 두드러져 마침내 중국 시단 공전의 성황이 조성되었다.

또 하나 이 시기 시단의 특징이라고 볼 수 있는 것은 의고擬古의 기풍이 성행했다는 점이다. 본래 과거의 시인과 그 작품을 전범으로 삼아 그것을 학습하고 본뜨는 작풍은 이전에도 늘 있어 왔던 것이어서 새로운 현상이 아니다. 그러나 그와 같은 의식적인 행위가 명대에는 지나치게 강조된 측면이 있다. 어찌 보면 시인이 대량으로 증가하고 시가 창작이 성행한 시대임을 고려하면 그 같은 추세는 당연한 결과라고 할 수 있다.

한 가지 더 추가해서 주목할 만한 점은 명시 중에서 순전히 서정에 속하는 작품은 왕왕 진부하고 천편일률적이어서 전인들이 구축한 울타리에서 벗어나지 못했지만, 당시의 변화하는 현실을 묘사하거나 반영한 작품들은 창의성이 많아 신선한 느낌을 준다는 것이다. 기실 송시에도 이와 유사한 경향이 있었지만 명시가 그 점을 계승하고 강화시켜 주목할 만한 성과를 거두었다.

명초의 시인들은 대다수가 동남지역에서 생장했다. 이 중에서 성취가 큰 시인은 오중사걸吳中四傑로 불리는 고계高啓(1336~1374), 양기楊基, 장우張羽, 서분徐賁과 〈백연白燕〉 시로 유명한 원개袁凱이다. 고계는 명대 시인 중의 으뜸이라는 평가가 있을 정도로 성취가 커서 원대의 시풍을 변화시키는 한편, 각 시체詩體에 모두 뛰어나 각종 체재의 표현 수법을 크게 발전시켰다. 그러나 한편으로는 자신만의 고유한 풍격을 구축하지 못하여 수준 높은 예술 경계에 도달하지 못했으니, 명대 시의 이 같은 결함이 고계에서부터 나타났다고 할 수 있다.

이들 이외에도 민중십자閩中十子로 불리는 임홍林鴻과 고병高棅(1350~1423) 등이 있다. 이들은 성당盛唐 시를 표방하며 그 음절과 색상을 본받으려고 했다. 그러나 이들의 성당 숭상과 고계의 각종 체재 모방이 알게 모르게 삼양三楊 및 전칠자前七子·후칠자後七子의 의고擬古 기풍에 영향을 미쳤다.

명초의 시인들이 이런저런 이유로 문자옥文字獄을 겪어 시단에서 사라진 후, 영락永樂(1403~1424) 연간에 양영楊榮(1371~1440)·양부楊溥(1372~1446)·양사기楊士奇(1365~1444)의 삼양三楊이 이른바 대각체臺閣體로 시가의 무대에 등장했다. 이는 그 방향이 이지理智를 중시하고 감정을 경시하는 것이어서 그들이 추구한 것은 전아한 언어로 태평성대와 황은皇恩을 찬양하는 것이었다. 그 결과 그들의 시가는 공허한 내용이 대부분을 차지하여 명초의 소박하고 진솔한 시풍이 그들로 인해 사라지고 말았다.

대각체가 성행하고 있을 때 그들의 영향에서 벗어날 수 있었던 사람으로 이동양李東陽(1447~1516)이 있었다. 그는 대각체 시의 전아한 측면을 인정하면서도 산림山林의 맑으면서도 웅장한 면을 함께 수용했다. 그는 웅혼한 시풍으로 당시의 전아하지만 내용이 공허한 시풍을 개혁하고자 시도하면서 송宋·원元을 아우르고 당唐으로 올라가 이백과 두보를 추숭하였다. 그를 필두로 한 다릉시파茶陵詩派 시인들은 진실한 취지에 힘을 쏟는 한편 격률과 운미韻味에 주의하여 당시 침체에 빠진 시단에 활기를 불어넣었다.

이동양이 당시唐詩의 음률과 성조와 격식을 본받자고 주장한 것은 이몽양李夢陽(1473~1530)·하경명何景明(1483~1521) 등의 전칠자에게 영향을 끼쳤지만, 이들은 이동양이 송宋·원元을 아우르고 진실한 취지에 힘을 쏟는 것에는 찬성하지 않았다. 그러다 이동양이 죽자 복고의 기치를 높이 들고 "문장은 반드시 진秦·한漢 이전이어야 하고, 시는 반드시 성당盛唐 이전이어야 한다"고 주장하니 당시 사람들이 크게 호응하여 문단의 맹주가 되었다. 이들의 복고 주장은 표면적으로 송대의 시가를 반대한 것이지만 실제로는 이지를 중시하고 감정을 경시하는 풍조에 반대하며 진실한 감정을 시가의 근본으로 삼을 것을 요구한 것이었다.

이몽양·하경명·서정경徐禎卿·변공邊貢·강해康海·왕구사王九思·왕정상王廷相의 전칠자가 모두 복고를 자임했지만 시론과 창작은 각자 조금씩 다른 길을 걸었다. 특히 하경명과 이몽양은 시론에 이견이 많아 적지 않은 논쟁을 벌이기도 했다. 창작 방면에서 이몽양의 시는 웅혼하고 호탕하여 기골氣骨이 빼어났고, 하경명의 시는 조화롭고 아름다워서 자태가 빼어나는 등 각자가 모두 남다른 장점이 있어서 명시가 극성기로 치달을 수 있었다.

가정嘉靖(1522~1566) 연간에 이르러서는 전칠자에 뒤이어 이반룡李攀龍(1514~1570)·왕세정王世貞(1526~1590)·사진謝榛(1495~1575)·종신宗臣·양유예梁有譽·서중행徐中行·오국륜吳國倫의 후칠자가 등장하여 반세기 가깝게 시단을 지배하였다. 이들 중 이반룡은 율시와 절구에 뛰어났고, 왕세정은 박학다재하여 각 체에서 모두 훌륭한 솜씨를 발휘하였고, 사진은 오언율시에 공을 들여 침착돈좌沈着頓挫한 풍격을 보여주었다. 그러나 전 · 후칠자의 복고운동은 점차 그 폐단을 드러냈다. 본래 복고는 창신을 전제로 하지 않으면 모의模擬로 흐르기 쉬운 법이다. 칠자의 경우도 예외가 아니어서 갈수록 모의의 경향이 두드러져 이것이 결국 그들의 몰락을 초래하고 말았다.

전후칠자가 시단을 풍미할 때 그들의 기풍에 휩쓸리지 않은 시인으로 양신楊愼(1488~1559)과 고숙사高叔嗣(1501~1537) 등이 있었다. 양신은 육조시에 심취하여 세상에 염정시를 유포시켰고 만년에는 이백 · 두보 · 소식蘇軾 · 황정견黃庭堅을 배워 점점 노련해졌다. 고숙사는 당시를 이어 송시를 배워서 부염한 면을 없애고 담백하고 청신한 시를 썼다. 이들 외에도 서위徐渭(1521~1593) · 문징명文徵明(1470~1559) · 당인唐寅(1470~1523) 등이 서화書畵로 이름을 떨쳤지만 시도 자신의 풍격을 갖추어 일가를 이루었다. 특히 서위는 만명晩明의 신사조新思潮를 연 사람으로서, 부정적 세계관에 기초한 자아의식을 시에 담아내었다.

칠자의 말류가 모의模擬로 치닫고 기교와 형식을 따지며 시가의 생명력을 잃자 공안삼원公安三袁이라 불리는 원종도袁宗道(1560~1600) · 원굉도袁宏道(1568~1610) · 원중도袁中道(1570~1623)가 그런 경향에 반기를 들고 성령설性靈說을 주창했다. 물론 이들에 앞서서 서위가 자아의식을 시로 표출하였고, 이지李贄(1527~1602)가 동심설童心說을 내세우며 문학작품에는 진심이 들어있어야 한다고 역설하여 성령설의 기반이 마련되었기 때문에 당시 사람들의 이목을 끌 수 있었다.

공안파 시인들은 시가 성령에서 나와야 한다고 하면서 사람의 희로애락과 기호 정욕을 직접 표현해야 좋은 시요 참된 시라고 주장했다. 이들이 반복고 · 반모의의 기치를 내세우며 정감과 운치가 풍부한 시를 창작하자 많은 사람의 호응을 불러일으켰지만 동시에 또한 일부 시인들은 맹목적으로 삼원三袁을 추종하며 천속한 시를 쏟아내기도 했다. 복고파의 병폐가 판에 박은 듯한 모의라면 공안파의 병폐는 시를 천속하게 몰아간 점이어서 이것이 경릉파竟陵派를 등장시켰다.

경릉파의 대표는 경릉 출신인 종성鍾惺(1574~1624)과 담원춘譚元春(1586~1637)이다. 이들은 애써 자구를 다듬으며 괴벽한 글자와 운韻을 사용하여 시를 이해하기 어렵게 만들어서 또 하나의 극단으로 치달았기 때문에 전겸익錢謙益 등에게 크게 비판을 받았다.

명대 말년에 공안파나 경릉파를 추종하지 않은 시인들도 적지 않게 있었다. 이를테면 격률을 따지며 맑고 우렁찬 시를 쓴 구대상區大相 등의 영남시가嶺南詩家와, 당시를 본받으면서도 단순한 답습을 벗어난 서통徐熥 등의 민중시인閩中詩人이 있고, 명말의 대혼란이 낳은 진자룡陳子龍(1608~1647)과 하완순夏完淳(1631~1647) 등의 애국시인이 있는데 그들의 시는 강렬한 현실성과 시대성을 지니고 있어서 비장하고 격렬하다.

고계高啓(1336~1374)

원말명초元末明初 혼란기에 39년의 짧은 생애를 살다가 명 태조 주원장에 의해 허리를 잘리는 형벌을 받고 죽은 비운의 시인이다. 그러나 그가 남긴 2,000여 수의 시는 원대 말기의 유약하거나 기이한 작풍에서 벗어나 당시唐詩의 서정성을 회복하여 새롭게 명초明初의 시풍을 열은 것이라고 평가받고 있다. 작시 성향은 당시唐詩가 보여준 순수 서정의 세계를 회복하는 것이었다. 따라서 그의 시는 희로애락의 감정 표현이 중심을 이루고 있으며, 솔직하고 이해하기 쉬운 언어를 즐겨 사용하였다. 다시 말해서 시를 쓰면서 작가 자신의 감정과 사물의 진면목이 있는 그대로 자연스럽게 표출되도록 노력하였다. 그렇게 함으로써 원나라 말기 양유정楊維楨의 괴벽한 시풍을 바로잡아 명대의 시가가 나아갈 길을 선도적으로 제시할 수 있었다.

得家書
득 가 서

未讀書中語, 憂懷已覺寬.
미 독 서 중 어　우 회 이 각 관

燈前看封篋, 題字有平安.
등 전 간 봉 협　제 자 유 평 안

아내의 편지를 받고

서신 속의 말을 읽기도 전에
걱정하던 마음이 이미 놓인다.
등불 앞에서 편지 상자를 보니
위에 '평안'이라는 제목이 있다.

■ 주 석

封篋(봉협) : 편지를 넣고 봉한 작은 상자.

■ 해 제

고계가 살아가던 원말명초는 한 치 앞을 내다볼 수 없는 매우 어지러운 세상이었고, 따라서 고향의 아내에게서 온 편지는 반가우면서도 그 안에 무슨 내용이 담겨 있을지 걱정이 앞서는 것이 인지상정이다. 그런데 시인의 아내는 미리 남편의 마음을 헤아려 편지가 들어있는 상자 위에 커다랗게 제목처럼 '평안'이라고 써둠으로써 남편이 편지의 내용을 읽기도 전에 마음이 놓이도록 배려하고 있다. 남편에 대한 사랑에서 우러나오는 세심한 배려가 돋보이는 작품이어서 읽는 이에게 잔잔한 감동을 준다.

梅花九首(其一)
매화구수 기일

瓊姿只合在瑤臺, 誰向江南處處栽.
경자지합재요대 수향강남처처재

雪滿山中高士臥, 月明林下美人來.
설만산중고사와 월명림하미인래

寒依疎影蕭蕭竹, 春掩殘香漠漠苔.
한의소영소소죽 춘엄잔향막막태

自去何郎無好詠, 東風愁寂幾回開.
자거하랑무호영 동풍수적기회개

매화 9수 (제1수)

백옥 같은 자태는 요대에 있어야 하건만

누가 강남 땅 곳곳에 심어 놓았을까?

눈 덮인 산속에 고상한 선비가 누워 있고

달빛 비치는 숲 아래에서 미인이 나온다.
추위 속에 맑은 그림자 대나무에 의지하고
봄날에 향긋한 꽃잎이 이끼 위에 떨어진다.
하손이 떠난 뒤로 아름다운 노래가 끊겨서
봄바람 속에 홀로 슬프니 몇 번이나 피려나?

■ **주 석**

瑤臺(요대) : 신선의 거처.
江南(강남) : 양자강 남쪽. 당송唐宋 시기에 중국의 기후가 점차 한랭해져서 북방에서는 매화가 드물어지고 강남지방에 많았다.
高士(고사) : 고상한 선비. 여기서는 동한東漢의 원안袁安을 가리킨다. 《후한서後漢書 · 원안전》에 의하면 그는 젊었을 때 출사하지 않고 은거하였는데, 겨울에 큰눈이 산을 덮었을 때에도 그는 모두가 어려운 때에 자신까지 민폐를 끼치고 싶지 않다고 하며 집안에 누워 추위와 굶주림을 참고 다른 사람의 도움을 구하기 위해 밖으로 나오지 않았다고 한다.
蕭蕭(소소) : 바람이 초목에 불 때 나는 의성어.
漠漠(막막) : 빽빽한 모양. 여기서는 매화 숲 아래 이끼가 빽빽이 낀 것을 형용한다.
何郎(하랑) : 남조南朝 양梁의 저명한 시인 하손何遜을 가리킨다. 그는 매화를 몹시 좋아하였고, 매화시도 명편을 남겨 후인의 영매시詠梅詩에 자주 등장한다.

■ **해 제**

〈매화 9수〉는 고계의 영물시詠物詩를 대표한다고 할 수 있다. 이 연작시에서 시인은 매화의 청초하고 아름다운 모습에 대한 묘사를 통해 자신의 고결한 품격과 정신을 표현하였으며, 예술성이 높아 인구에 회자되는 명구名句도 많다. 이 시는 그 중의 첫 번째 작품인데, 전반부에서는 매화의 고결함과 아름다움을 묘사하였고 후반부에서는 대나무만이 의지가 될 뿐 아무도 알아주지 않는 매화의 고독을 언급함으로써 시인 자신의 처지를 암시하였다. 특히 함련頷聯은 고계의 명구로 알려져 있다.

寄題安慶城樓
기 제 안 경 성 루

層構初成百戰終, 憑高應喜楚氛空.
층 구 초 성 백 전 종 빙 고 응 희 초 분 공

山隨粉堞連雲起, 江引淸淮與海通.
산 수 분 첩 련 운 기 강 인 청 회 여 해 통

遠客帆檣秋水外, 殘兵鼓角夕陽中.
원 객 범 장 추 수 외 잔 병 고 각 석 양 중

時淸莫問英雄事, 回首長煙滅去鴻.
시 청 막 문 영 웅 사 회 수 장 연 멸 거 홍

안경성루에 부쳐

층층 높이의 성루가 완성되고 전쟁은 끝이 나서
높은 데서 바라보면 불길한 기운 걷혀 기쁘리라.
산등성이는 하얀 성가퀴 따라 구름에 이어지고
장강은 맑은 회수를 이끌고 바다로 흘러간다.
멀리서 온 여객선은 가을물 밖에 정박해 있고
남아 있는 군영의 북과 호각이 석양에 울려온다.
세상이 밝아졌으니 영웅의 일일랑 묻지 마시게
머리 돌려 바라보니 안개 속에 기러기 사라진다.

■ 주 석

層構(층구) : 층층 높이의 건축물. 여기서는 성루城樓를 가리킨다.

楚(초) : 장강長江 중류의 호북湖北 · 안휘安徽 일대를 가리킨다. 전에 진우량陳友諒의 근거지였다.

氛(분) : 길흉을 예시한다고 하는 기운. 여기서는 불길한 기운을 가리킨다.

粉堞(분첩) : 흰 빛을 띤 성가퀴. 성 위에 쌓은 톱니바퀴 모양의 낮은 담. 적을 방어하는 데 사용된다.

帆檣(범장) : 돛과 돛대. 여기서는 이것으로 배를 지칭하였다.

■ 해 제

안경安慶은 안휘성安徽省 남서부 양자강 북안北岸에 있는 중요한 항구로 전략요충지이다. 원元 지정至正 18년(1358) 정월에 진우량陳友諒이 안경을 공략하여 차지했지만 3년 후 안경은 결국 주원장朱元璋의 수중에 들어가게 된다. 이 시는 홍무洪武 3년(1370)에 지어진 것인데, 시인이 직접 안경에 갔던 것은 아니지만 전쟁이 끝나 평화가 회복된 데 대한 기쁜 심정이 잘 묘사되어 있다. 시의 경계가 웅활雄闊하고 격조가 높아서 고계의 명작에 속한다.

東門行
동 문 행

出東門, 暮歸來.
출 동 문 　 모 귀 래

入室四壁空, 突中無煙生埃.
입 실 사 벽 공 　 돌 중 무 연 생 애

弱妻蓬頭稚子瘦, 使我心下忽有哀.
약 처 봉 두 치 자 수 　 사 아 심 하 홀 유 애

安能學東方生，空抱國士才.
안 능 학 동 방 생　공 포 국 사 재

身長七尺齒編貝，索米不得取笑咍.
신 장 칠 척 치 편 패　색 미 부 득 취 소 해

雞鳴東門早欲開，仗劍當遠去，不乘駟馬不復迴.
계 명 동 문 조 욕 개　장 검 당 원 거　불 승 사 마 불 부 회

妻前挽衣言，君可棄妾，奈此呱呱孩.
처 전 만 의 언　군 가 기 첩　내 차 고 고 해

君莫憂無糧，田中已生秾.
군 막 우 무 량　전 중 이 생 래

君莫憂無裳，機中布成尙可裁.
군 막 우 무 상　기 중 포 성 상 가 재

不須苦慕富貴，富貴多有害菑.
불 수 고 모 부 귀　부 귀 다 유 해 재

賤妾與君同生同居，死卽共作山下灰.
천 첩 여 군 동 생 동 거　사 즉 공 작 산 하 회

吾欲行爲徘徊，仰視蒼天重咄哉.
오 욕 행 위 배 회　앙 시 창 천 중 돌 재

동문행

동문을 나섰다가 저녁에 돌아왔다.
집안으로 들어가니 아무것도 없이 벽뿐이고
굴뚝에선 연기 대신 먼지만 일어난다.
봉두산발한 허약한 아내와 비쩍 마른 아이들이
내 마음을 울컥 슬픔에 젖게 한다.
어찌 하면 동방삭을 배울 수 있을까?
나라 제일의 재능이 있어도 소용이 없다.

칠척 장신에 치아는 조개를 엮은 듯 가지런하지만
쌀을 구해도 얻을 수 없어 웃음만 나온다.
닭이 울고 동문이 일찍 열리면
검을 쥐고 먼 길을 떠나서
사두마차를 타지 않으면 돌아오지 않으리라.
아내가 앞에서 옷을 붙잡고 말한다.
"서방님이 저를 버리실 수 있다고 해도
저 우는 아이들은 어쩌시렵니까?
서방님께서는 쌀이 없다고 걱정하지 마세요.
밭에는 벌써 보리가 자라고 있답니다.
서방님께서는 옷이 없다고 걱정하지 마세요.
베틀의 천이 짜지면 옷을 지을 수 있답니다.
고달프게 부귀를 부러워할 필요가 없어요.
부귀는 오히려 해악이 많답니다.
저는 서방님과 함께 살다가
죽으면 함께 산 아래의 재가 되렵니다."
내가 떠나려다 그만 주저하게 되니
푸른 하늘 바라보며 거듭 탄식만 나온다.

■ **주 석**

四壁空(사벽공) : 가정형편이 빈한하여 가진 것이 아무것도 없음을 형용하는 말이다.

東方生(동방생) : 한漢 무제武帝 때의 동방삭東方朔을 가리킨다.

齒編貝(치편패) : 동방삭을 가리킨다. 여기서는 주인공이 동방삭처럼 몸집이 크고 튼튼한 이를 지녔음을 말한다. 《한서漢書 · 동방삭전》에 "신

동방삭은 나이가 스물둘이고, 키가 아홉 자 세 치이며, 눈은 진주를 매단 듯하고, 치아는 조개를 엮은 듯 가지런합니다."(臣朔年二十二, 長九尺三寸, 目若懸珠, 齒若編貝.)라고 하였다.

索米(색미) : 쌀을 구하다. 이 역시 《한서 · 동방삭전》에서 나온 말로 살 길을 찾는 것을 뜻한다.

駟馬(사마) : 사두마차. 지위가 높은 사람이 타는 화려한 수레를 가리킨다.

害菑(해재) : 재해. 해악.

■ **해 제**

이 시는 고계가 〈고악부古樂府 · 동문행東門行〉을 모의模擬하여 지은 것이다. 두 작품이 다 가난 때문에 처자를 먹여 살리기가 힘든 젊은 남편이 이렇게 살다 죽을 수는 없다며 집을 뛰쳐나가려 하자 아내가 가난해도 가족이 함께 사는 것보다 더 소중한 건 없다며 남편을 붙잡는 안타까운 상황을 노래하였다. 그러나 동시에 이 두 작품은 고악부와 사대부 시인의 시가 어떻게 다른지를 잘 보여주고 있다. 고악부의 주인공은 소시민으로서 가난에 지쳐 견딜 수 없는 울분에 칼을 빼들고 뛰쳐나가 산적질이라도 할 것 같은 기세를 보여주고 있지만, 고계 시의 주인공은 불우한 선비로서 이대로 재능을 썩힐 수는 없다며 공명을 이루어 금의환향하겠다는 포부를 담고 있다. 그러면서도 두 작품이 다 오늘을 사는 우리들의 심금을 울리는 것은 처절한 삶의 현장에서 어떻게 살아야 할 것인가 하는 문제로 갈등하고 있는 주인공의 모습을 통해 사랑과 행복에 관한 근원적인 문제를 제기하고 있기 때문일 것이다. 참고로 〈고악부 · 동문행〉을 적어보면 다음과 같다.

동문을 나가서는	東門行
돌아오지 않기로 작정하고	不顧歸
집으로 돌아오니	來入門
슬픔에 가슴이 미어진다.	悵欲悲
독 안에는 남아 있는 쌀이 없고	盎中無斗米儲
둘러봐도 횃대엔 걸려 있는 옷이라곤 없다.	還視架上無懸衣
칼을 빼들고 동문으로 나서려니	拔劍東門去

집의 아이 엄마가 옷을 붙잡고 운다.	舍中兒母牽衣啼
"다른 집에선 부귀만을 바란다지만	他家但願富貴
저는 죽을 먹을지언정 당신과 함께 살래요.	賤妾與君共餔糜
위로는 푸른 하늘이 있고	上用倉浪天故
아래로는 이 아이들이 있잖아요.	下當用此黃口兒
지금 가시면 안돼요."	今非
"닥쳐요, 가야 해!	咄行
내 이미 나서는 게 늦었소.	吾去爲遲
백발이 되도록 이대로 살 수는 없소!"	白髮時下難久居

우겸于謙(1398~1457)

자字가 정익廷益이며, 전당錢塘(지금의 절강성浙江省 항주시杭州市) 사람이다. 정통正統 14년(1449)에 토목보土木堡 사변이 일어나 영종英宗이 오이라트의 포로가 되는 사건이 발생했다. 당시 우겸은 병부상서를 맡아 경제景帝를 옹립하고 북경을 사수하여 나라를 지켜낸 공이 컸는데, 천순天順 원년(1457)에 영종이 다시 황제가 되면서 모함을 받아 살해되었다. 시는 현재 614수가 전하는데, 애국우민愛國憂民과 자신의 굳건한 지조를 표현한 것이 주된 내용이다. 시풍詩風은 소박하면서 굳센 편이다. 《우숙민공집于肅愍公集》이 있다.

荒村
황촌

村落甚荒凉, 年年苦旱蝗.
촌 락 심 황 량　연 년 고 한 황

老翁傭納債, 稚子賣輸糧.
노 옹 용 납 채　치 자 매 수 량

壁破風生屋, 梁頹月墮床.
벽 파 풍 생 옥　양 퇴 월 타 상

那知牧民者, 不肯報災傷.
나 지 목 민 자　불 긍 보 재 상

황폐한 마을

마을이 황량하기 짝이 없는데
해마다 가뭄과 충해로 고통 받는다.
노인은 빚 갚느라 품을 팔아야 하고
어린 자식을 팔아 세금을 내야 한다.
벽은 파괴되어 집안에 바람이 일고
들보는 무너져 달이 침상에 떨어진다.
아무것도 모르는 벼슬아치는
재앙의 피해를 보상하려 하지 않는다.

■ 주 석

輸糧(수량) : 세금을 내다. '양糧'은 '추량秋糧'으로, 명대 세금의 일종이다.
月墮床(월타상) : 지붕이 무너져 침상에 누우면 하늘 위에 뜬 달이 그대로 보여 달이 몸 위로 떨어질 것 같다는 말이다.
那知(나지) : 직역하면 '어찌 알랴?'로 아무것도 모른다는 말이다.

■ 해 제

우겸은 나라를 위기에서 구한 민족영웅으로서 백성에 대한 남다른 관심을 폭넓고 진실 되게 시에 담았다. 이 시는 그가 황폐한 마을에 사는 농민의 고통을 진솔하게 묘사한 작품이어서 당시 농민이 처한 상황과 그들에 대한 시인의 애정이 진정성 있게 표현되었다.

이동양李東陽(1447~1516)

자字가 빈지賓之이고 호號가 서애西涯이며 다릉茶陵(지금의 호남성湖南省) 사람이다. 명대 다릉파茶陵派의 영수로서 명초의 대각체臺閣體와 명 중기 전칠자前七子 사이의 과도 인물이다. 두보, 백거이, 소식 등을 전범으로 학습하여 자신의 시 세계를 열어나갔다. 50여 년 동안 조정의 관료로 지냈기 때문에 시가의 제재와 내용이 협소하다는 평가를 받지만 백성의 고통을 반영하고 그들을 동정하는 시도 여러 편 있다. 시적 재능이 풍부하여 언어가 전아하고 세련되었으며, 풍격은 강건 웅혼한 편이다.

夜過邵伯湖
야 과 소 백 호

蒼蒼霧連空, 冉冉月墮水.
창 창 무 련 공　염 염 월 타 수

飄颻雙鬢風, 恍惚無定止.
표 요 쌍 빈 풍　황 홀 무 정 지

輕帆不用楫, 驚浪長在耳.
경 범 불 용 즙　경 랑 장 재 이

江湖日浩蕩, 行役方未已.
강 호 일 호 탕　행 역 방 미 이

羈栖正愁絶, 況乃中夜起.
기 서 정 수 절　황 내 중 야 기

밤에 소백호를 지나며

자욱하게 안개는 하늘까지 뻗어 있고,

뉘엿뉘엿 달은 물속으로 떨어진다.

불어오는 바람에 양 귀밑머리 날리고,

어슴푸레한 것이 정착하여 멈출 곳이 없다.
작은 배 가벼워 노를 저을 필요가 없고,
놀란 파도 소리가 계속 귓가에 맴돈다.
강과 호수가 날로 이리도 넓으니
여행길은 아직도 마치지 못했다.
객지에 머물러 슬픔이 극에 달하는데
하물며 이 슬픔 한밤중에 일어남에랴!

▩ 주 석

邵伯湖(소백호) : 지금의 강소성江蘇省 중부 양주揚州 북쪽에 있는 호수. 북쪽으로는 고우호高郵湖와 이어지고 있다.
蒼蒼(창창) : 무성한 모양, 자욱한 모양.
冉冉(염염) : 천천히 움직이는 모양.
飄颻(표요) : 바람에 나부끼는 모양.
恍惚(황홀) : 잘 보이지 않는 모양, 정신이 흐리멍덩한 모양.
浩蕩(호탕) : 물이 광대한 모양.
羈栖(기서) : 객지에 머물고 있는 것.
愁絕(수절) : 대단히 근심함. 근심이 극에 다다름.

▩ 해 제

성화成化 8년 이동양이 젊었을 적(26세)에 한림원편수翰林院編修로 재직하면서 휴가를 내어 조상들의 고향인 호남으로 가다가 소백호邵伯湖 근처를 지나면서 지은 시이다. 이때 여행하면서 지은 시를 묶어 《남행고南行稿》를 편찬했는데 이 시는 그 중 한 편이다.
시의 앞 6구는 호수의 야경을 묘사했다. 연기가 자욱한 음력 10월 한가한 풍경이 펼쳐진 호수에서 달이 천천히 호수 먼 곳에서 사라졌다. 가벼운 바람이 이따금씩 불어오고 양 귀밑머리는 바람에 나풀거린다. 분위기가 때로는 고조되었다가 때로는 가라앉는다. 시인은 작은 배를 타고서 바람을 일으키며 나아가면서 다만 뱃머리에서 물결치는 소리만 들릴 뿐이다. 시의 마지막 4구는 시인 자신의 감흥을 토로한 것으로 남쪽으로 가는 도중 객의 신분으로 느끼는 감회에 대해 서술하고 있다.

南囿秋風
남 유 추 풍

別苑臨城輦路開, 天風昨夜起宫槐.
별 원 림 성 연 로 개 천 풍 작 야 기 관 괴

秋隨萬馬嘶空至, 曉送千旓拂地來.
추 수 만 마 시 공 지 효 송 천 소 불 지 래

落雁遠驚雲外浦, 飛鷹欲下水邊臺.
낙 안 원 경 운 외 포 비 응 욕 하 수 변 대

宸游睿藻年年事, 況有長楊侍從才.
신 유 예 조 년 년 사 황 유 장 양 시 종 재

남유의 가을바람

성에서 내려다보이는 별원에 황제의 수레 길이 열리고
하늘 바람이 어젯밤 관도의 회화나무에서 일었다.
가을은 하늘을 향해 우는 만 마리 말 따라 이르고,
새벽은 땅을 스치는 천 개의 깃발을 보내며 온다.
내려가는 기러기는 멀리 구름 밖 물가에서 놀라고,
나는 매는 물가에 있는 대臺로 내려오려고 한다.
황제의 유렵과 시문 짓는 일은 매년 있는 일인데
하물며 장양부 쓰는 재능 있는 시종이 있음에랴!

■ 주 석

南囿(남유) : 남원南苑 또는 남해자南海子라고도 하며 지금의 북경 남쪽 교외에 있다. 명대明代의 성조成祖, 선종宣宗, 영종英宗이 자주 군신들을 이끌고 이곳에 와서 사냥을 했다.

別苑(별원) : 황제의 정식 궁전 이외의 궁전.

臨城(임성) : '남유南囿'를 가리킨다.

輦路(연로) : 거둥하는 길 즉, 천자가 수레를 타고 지나가는 길.

官槐(관괴) : 관청에서 관도官道 가에 심어 놓은 회화나무.

宸游(신유) : 제왕의 순유巡遊.

睿藻(예조) : 황제 혹은 황후가 지은 시문.

長楊(장양) : 한나라 양웅이 쓴 〈장양부長楊賦〉의 약칭.

■ 해 제

이 시는 명대 전기에 황제가 남원으로 사냥하러 온 것을 묘사한 것이어서 시 전체가 사냥을 중심으로 전개된다. 이 시가 뛰어나다고 주목받는 부분은 함련頷聯과 경련頸聯으로 이 4구는 남유에서 사냥하는 모습의 웅장함에 대해 묘사했는데, '만마萬馬', '천소千旓' 등의 시어를 통해 사냥을 위한 수레들의 위용이 대단함을 나타내었다.

이동양의 시 가운데 상당수의 작품은 명초 대각체臺閣體의 영향을 받았다. 특히, 이 시의 미련 부분에서 그 영향을 받은 흔적이 보인다. 《열조시집소전列朝詩集小傳》에 보면 선종과 양사기 등의 신하를 지칭하며 "임금과 신하가 함께 사냥을 나가고, 시가를 서로 주고받으며 이어 부른다"라는 설명이 있는데, 미련 2구가 바로 이것이다. 이로부터 이동양이 양사기를 대각체 구사에 가장 능한 사람으로 여겨 높이 평가하고 있음을 알 수 있다.

重經西涯
중경서애

缺岸危橋斷復行, 野人相見不通名.
결안위교단부행 야인상견불통명

轆轤聲裏田田水, 楊柳枝頭樹樹鶯.
녹로성리전전수 양류지두수수앵

看竹東林無舊主, 買山南國有新盟.
간죽동림무구주 매산남국유신맹

不知城外春多少, 芳草晴烟已滿城.
부지성외춘다소 방초청연이만성

거듭 서애를 지나며

무너진 강가 높이 걸린 다리를 멈추었다 다시 가고,
들에서 일하는 사람들은 만나도 누군지 모른다.
두레박 소리 들리는 가운데 논마다 물을 대고,
버드나무 가지에선 나무마다 꾀꼬리 지저귄다.
대나무 바라보던 동쪽 숲의 옛 주인은 없어졌지만,
남쪽 땅에 산을 사서 새 의형제가 생겼다.
성밖에는 봄이 얼마나 왔는지 모르겠다만,
향기로운 풀과 맑은 안개가 이미 성에 가득하다.

■ 주 석

缺岸(결안) : 곳곳이 약간씩 무너져 있는 강 언덕.
危橋(위교) : 높이 걸린 다리.
轆轤(녹로) : 고패, 활차. 깃발이나 두레박 따위 물건을 높은 곳으로 들어 올리는 데 쓰이는 도르래.

■ 해제

이 시는 홍치弘治 12년(1499)에 쓴 작품이다. 서애西涯는 이동양의 선조들이 살던 곳이다. 이동양의 증조부는 다릉茶陵 사람으로 홍무洪武 초기에 군대를 따라 북경에 와서 서애(지금의 덕승문德勝門 부근의 적수담積水潭)에 거처를 정해 살았다.

시의 전반부 4구는 서애 교외의 경치에 대하여 묘사했다. 시에서 쓴 '전전田田'과 '수수樹樹'는 첩어로 논끼리 서로 이어져 있는 모습과 꾀꼬리 울음소리가 이어지는 것을 표현한 것으로, 서애 자연 경치의 다채롭고 아름다운 모습을 묘사한 것이다. 후반부 4구는 서애를 지나면서 느낀 감상에 대해 썼다. 이동양의 《문후고文後稿》 제10권 〈봉겸재서선생서奉謙齋徐先生書〉에 따르면 "나는 서부徐溥에게 부탁하여 상주에 논 몇 무畝를 사두어 관직에서 떠난 후 그곳에 살고자 준비했다"라는 구절이 나오는데, '신맹新盟'이 바로 이 일을 가리킨다. 마지막 2구는 서애의 풍경에서 좀 더 확장하여 북경성 주변의 경치에 대해 묘사한 것이다.

문징명文徵明(1470~1559)

원래 이름이 벽璧이고 자字가 징명徵明이었는데, 나중에는 자字로 행세했다. 장주長洲(지금의 강소성江蘇省 소주시蘇州市) 사람이다. 50세가 넘어서 한림대조翰林待詔를 제수 받아 3년 동안 북경에서 생활한 후 사직하고 귀향했다. 화가로 더 알려져 있는데, 육유陸游와 강서시파江西詩派의 시를 본받아 전고의 사용을 즐겼고, "내력이 없는 글자는 사용하지 않는다"는 원칙을 고수하면서도 다른 사람들이 그것을 눈치 채지 못하게 했다. 《보전집甫田集》이 있다.

新秋
신 추

江城秋色淨堪憐, 翠柳鳴蜩鎖斷煙.
강 성 추 색 정 감 련 　 취 류 명 조 쇄 단 연

南國新凉歌白苧, 西湖夜雨落紅蓮.
남국신량가백저 서호야우락홍련

美人寂寞空愁暮, 華髮凋零不待年.
미인적막공수모 화발조령부대년

莫去倚闌添悵望, 夕陽多在小樓前.
막거의란첨창망 석양다재소루전

초가을

강가 성의 가을빛 맑아 사랑스러운데
푸른 버들과 우는 매미는 연무에 싸여 있다.
강남이 서늘해지니 〈백저가〉를 부르고
서호에 밤비 내리니 붉은 연꽃 떨어진다.
미인은 적막 속에 공연히 황혼이 슬프고
희끗한 머리카락 빠지니 세월이 기다려 주지 않는다.
난간에 기대서서 슬픔을 보태지 말지니
석양이 마침 작은 누각 앞에 있구나.

■ 주 석

江城(강성) : 항주杭州를 가리킨다. 항주가 전당강錢塘江 가에 있으므로 그렇게 칭한 것이다.

堪憐(감련) : 사랑스럽다. '가애可愛'와 같다.

鎖斷煙(쇄단연) : 연무에 잠겨 있다. 연무에 덮여 있다.

白苧(백저) : 악부樂府의 곡조명으로, '백저白紵'라고도 한다.

美人(미인) : 굴원屈原의 〈이소離騷〉 이래 '미인'은 현인賢人을 비유하는데, 여기서는 이것으로 시인 자신을 암시하였다.

多(다) : 여기서는 부사로 사용되어 '마침', '바로'의 뜻이다.

■ **해 제**

문징명은 그의 그림이 그렇듯이 시도 아름답고 빼어나다. 이 시는 시인이 초가을을 맞아 항주 서호의 정경과 그로 인해 유발된 "세월은 사람을 기다려 주지 않는다"는 감회를 쓴 것인데, 묘사와 서정성이 빼어나고 깊다.

이몽양李夢陽(1473~1530)

자字가 헌길獻吉이고 호號는 공동자空同子이며 경양慶陽(지금의 감숙성甘肅省) 사람인데 후에 개봉開封으로 이주했다. 하경명何景明, 서정경徐禎卿, 변공邊貢, 강해康海, 왕구사王九思, 왕정상王廷相과 함께 '칠자七子'로 병칭되었다. 그들은 "문장은 반드시 진秦 · 한漢 이전이어야 하고, 시는 반드시 성당盛唐 이전이어야 한다"는 복고운동을 창도하여 영락永樂(1403~1424) 이래 문단을 주도했던 대각체臺閣體에 종지부를 찍었다. 그가 제창한 복고는 단순히 고대의 전범을 모방하는 것이라기보다는 고대의 순박을 회복하여 그것을 문학의 본질로 삼아야 한다는 것으로, 명대 서민정신의 발현이라고 볼 수 있어서 당시 사회에 큰 반향을 일으켰다. 그러나 후대에 와서 그들의 문학은 '의고주의擬古主義'라는 비판을 감수해야 했는데, 그 원인을 살펴보면 옛사람을 모방하여 그들과 똑같이 되려고 노력했을 뿐이어서 "문학은 시대의 반영이어야 한다"는 문학의 역사적 사명과 현실에 귀를 기울이지 않았기 때문이다. 《공동집空同集》이 있다.

夏登汴城東樓
하 등 변 성 동 루

身世吾垂老, 中原此上樓.
신 세 오 수 로 중 원 차 상 루

陰陽眞去鳥, 天地本虛舟.
음 양 진 거 조 천 지 본 허 주

王屋千峰伏，黃河一線流.
왕 옥 천 봉 복　황 하 일 선 류

晴沙暮浩浩，羨爾自行鷗.
청 사 모 호 호　선 이 자 행 구

여름날 변성의 동쪽 누각에 올라

이내 신세 노년이 다가오는데
중원 땅 이곳에서 누각에 오른다.
세월의 흐름은 날아가는 새와 같고
하늘과 땅은 본래 빈 배이런가.
왕옥산은 수많은 봉우리 엎드려 있고
황하는 한 줄기 실처럼 흘러간다.
맑은 저녁 모래밭은 아득한데
부럽구나 유유자적하는 갈매기가.

■ 주 석

垂老(수로) : 노년이 다가오다. '근로近老'와 같다.

陰陽(음양) : 세월의 흐름, 시간의 이동을 가리킨다.

王屋(왕옥) : 산 이름으로 산서성과 하남성의 경계에 있다. 그 모양이 마치 지붕[屋]과 비슷하며, 천단산天壇山이라고도 부른다.

浩浩(호호) : 넓고 아득한 것을 말한다.

■ 해 제

이 시에서 알 수 있듯이 이몽양이 심혈을 기울여 모방하고자 했던 것은 두보의 웅장함과 고고함이지 두보의 섬세함과 치밀함이 아니다. "중원中原", "천지天地" 같은 시어는 그가 자주 사용했던 단어로 그의 다른 시에서도 여러 차례 사용되었다. 모방의 대상이 제한적이었기 때문에 단어의 선택 역시 고정적이었다. 같은 단어를 여기저기서 사용하다보니 시가 단조롭게 되는 걸 면치 못하여, 마치 동일한 주제와 제재가 계속 중복되는 것 같다. 그러나 이는 이몽양 한 개인의 문제가 아니라 복고주의 시인들이 공통적으로 가지고 있던 문제점이었다.

遊金山(其一)
유금산 기일

狂瀾日東倒, 此嶼忽中流.
광란일동도 차서홀중류

蜃學樓臺結, 龍專澒洞遊.
신학루대결 용전홍통유

光涵天上下, 影變地沈浮.
광함천상하 영변지침부

解識超三象, 何須問十洲.
해식초삼상 하수문십주

금산에 가서 (제1수)

광란의 물결이 매일 동쪽으로 쏟아지는데
이 섬이 물 흐름 가운데 우뚝 솟아 있다.
누대는 신기루인 듯 늘어서 있고
용은 망망대해를 차지하고 노닌다.
물빛은 하늘을 담고서 오르내리고
그림자는 땅을 변화시키며 부침한다.
집착에서 벗어나면 삼라만상을 초월하니
신선이 산다는 십주를 물을 필요 있으랴?

■ 주 석

金山(금산) : 진강시鎭江市 서북부의 장강長江 가에 있다.

澒洞(홍통) : 널리 퍼져 나감. 여기서는 망망대해처럼 넓은 장강을 가리킨다.

光涵(광함) 2구 : 이 두 구절은 물에 비친 하늘과 땅의 모습이 물결 따라 일렁거리는 것을 형용하였다.

解識(해식) : 제칠말나식第七末那識의 다른 말. 아뢰야식阿賴耶識에서 연기緣起된 것으로, 모든 인식에서 비롯되는 집착을 벗어나는 것을 뜻한다.

十洲(십주) : 전설 속에 나오는 바다 밖에 있는 신선 섬이다.

■ 해 제

이몽양이 만년에 창작한 시 중 오언율시 〈유금산遊金山〉 3수는 비교적 원숙한 작품으로 그의 대표작으로 꼽을 만하다. 그는 주로 두보의 율시를 학습하면서 두보시의 우아하고 치밀한 부분은 소홀히 하고, 그의 광활하고 호쾌한 격조를 답습했기 때문에 새로운 뜻이 없이 진부하고 단조롭게 흐른 면이 있는데, 여기서는 그의 참신하면서도 원숙한 기교를 살펴볼 수 있다.

述憤十七首(其十一首)
술분십칠수 기십일수

湫宇夕陰陰, 寒燈焰不長.
추우석음음 한등염부장

氣棲遞微明, 飄忽如淸霜.
기서체미명 표홀여청상

人云網恢恢, 我胡寓玆房.
인운망회회 아호우자방

墉鼠語牀下, 蝙蝠穿空梁.
용 서 어 상 하　편 복 천 공 량

驚風振南牖, 徂夜倏已央.
경 풍 진 남 유　조 야 숙 이 앙

於邑不成寐, 輾轉情內傷.
오 읍 불 성 매　전 전 정 내 상

번민을 술회하며 (제11수)

축축하고 비좁은 방은 저녁이라 음침한데
싸늘한 등불은 불꽃이 가물거린다.
통풍구는 교대로 희미하게 빛을 내는데
종잡을 수 없음이 백발의 내 신세 같다.
사람들 말하길 하늘의 그물 넓다는데
나는 어찌하여 이곳에 갇히게 되었나?
벽의 쥐는 침상 밑에서 찍찍거리고
박쥐는 텅 빈 들보 사이를 날아다닌다.
거센 바람이 남쪽 창문에 몰아치더니
밤이 지나가자 갑자기 그쳐버렸다.
기가 막혀서 잠을 이루지 못하고
전전반측하니 마음속이 아프다.

■ **주 석**

氣棲(기서) : 의미가 분명치 않은데, 통풍구를 말하는 듯하다.

人云(인운) 2구 : 이 두 구절은 《노자老子》 73장의 "하늘의 그물은 넓고 넓어, 엉성하지만 놓치는 것이 없다(天網恢恢, 疏而不失)"에서 나왔다. 사람들은 하늘이 선을 권장하고 악을 징계하며 공평무사하다고 말하는데 나는 어찌하여 감옥에 갇히게 된 것인가라는 의미이다.

已央(이앙) : 이미 끝나다. '이진已盡'과 같다.

於邑(오읍) : 우울해하며 괴로워하다. 슬퍼서 기가 막히다.

■ **해 제**

효종孝宗 홍치弘治 18년(1505) 4월에 이몽양은 효종의 외척인 수녕후壽寧侯 장학령張鶴齡을 탄핵하였다가 황후와 그 어머니 김부인金夫人의 노여움을 사서 두 번째로 하옥되었다. 그는 옥중에서 〈술분述憤〉 17수를 지었는데, 이 시는 제11수이다. 이몽양의 관운官運은 순탄치 않은 정도가 아니라 오히려 험난하여 가끔 예기치 못한 화를 당했다. 그의 정치적인 태도는 그가 문학에서 주장을 펼칠 때 그러하였듯, 자신의 능력을 믿고 남들을 경시하며 언행이 과격하여 걸핏하면 사람들의 미움을 사는 바람에 세 차례나 무고하게 불경죄의 판결을 받아 금의위錦衣衛에 감금되는 죄인 신세가 되었고, 그 중 한 번은 하마터면 목숨을 잃을 뻔 했다. 이 시에 그의 그와 같은 신세지감이 잘 나타나 있다.

서정경徐禎卿(1479~1511)

자字가 창곡昌谷이고 오현吳縣(지금의 강소성江蘇省) 사람이다. 문징명文徵明, 당인唐寅, 축윤명祝允明과 함께 '오중사재자吳中四才子'로 불렸으며, '전칠자前七子' 중의 하나이기도 하다. 시는 언어가 명쾌하고 준수하며 담고 있는 정과 뜻이 깊다. 시론 역시 진정성에 주력하였다. 《적공집迪功集》과 《담예록談藝錄》이 있다.

濟上作
제 상 작

兩年爲客逢秋節, 千里孤舟濟水傍.
양 년 위 객 봉 추 절　천 리 고 주 제 수 방

忽見黃花倍惆悵, 故園明日又重陽.
홀 견 황 화 배 추 창　고 원 명 일 우 중 양

제수 가에서

두 해나 나그네로 가을을 맞아
천리 길 외로운 배 제수 가로다.
갑자기 국화를 보니 슬픔이 배가되니
고향 땅 내일이면 다시 중양절이다.

■ 주 석

濟上(제상) : 제수濟水 가. 제수는 하남성 왕옥산王屋山에서 발원하여 동쪽으로 흘러 산동성으로 들어간다.

秋節(추절) : 음력 9월 9일 중양절重陽節을 가리키는 말인데, 여기서는 가을을 뜻한다.

■ 해 제

왕세정王世貞이 《예원치언藝苑巵言》(권5)에서 서정경의 시에 대해 "흰 구름이 흘러가는 듯하다"(如白雲自流)라고 칭찬했는데, 이 시가 그 특색을 잘 보여주고 있다. 심덕잠沈德潛이 《명시별재집明詩別裁集》에서 이 시를 평하여 "언어가 심오하지 않은데도 정이 깊어서 당대 시인으로서의 신분이 이와 같다"(語不必深而情深, 唐人身分如此)라고 했는데, 적절한 평가라고 하겠다.

하경명何景明(1483~1521)

자字가 중묵仲默이고 호號는 백파白坡 또는 대복산인大復山人이며 신양信陽(지금의 하남성河南省) 사람이다. 전칠자前七子의 일원으로 이몽양과 함께 문단의 영수로서 복고의 기치를 내세웠는데, 그 취지는 복고를 통해 혁신을 추구하는 것이어서 옛것을 그대로 고수할 것을 주장한 이몽양과는 달리 옛것의 모방을 디딤돌로 하여 자신의 풍격을 이루어야 한다고 주장하였다. 때문에 그는 이몽양보다 더욱 전통을 멸시하여 영락永樂·성화成化 연간의 대각체 시풍을 종결짓는 데 앞장서고, 개성의 해방을 지향한 만명문학晩明文學을 여는 데 일조하였다. 시풍은 청원淸遠·준일俊逸한 편이며, 당시의 정치 현실에 민감하여 적지 않은 사회시를 남겼다. 《대복집大復集》이 있다.

答望之
답 망 지

念汝書難達, 登樓望欲迷.
염 여 서 난 달 등 루 망 욕 미

天寒一雁至, 日暮萬行啼.
천 한 일 안 지 일 모 만 행 제

饑饉饒群盜, 徵求及寡妻.
기 근 요 군 도 징 구 급 과 처

江湖更搖落, 何處可安棲.
강 호 갱 요 락 하 처 가 안 서

매부 망지에게

그대의 편지 도달하기 어려울까 염려되어
누대에 올라 바라보니 흐릿하니 아득하다.

차가운 하늘 기러기 한 마리 날아오더니
날은 저물어 가는데 끊임없이 울어댄다.
기근이 들어 도적 떼들이 설쳐대는데
세금 징수는 과부도 면제되지 않는다.
시골 마을이 이토록 더욱 황폐해가니
어디서 편안히 살 수 있단 말인가?

■ 주 석

望之(망지) : 하경명의 매부 맹양孟洋의 자字이다. 그도 신양信陽 사람으로 홍치弘治 18년(1505)에 진사가 되어 관직이 남경대리시경南京大理寺卿에 올랐다.

搖落(요락) : 초목이 시들어 떨어지는 것을 형용하는데, 여기서는 황폐해지는 것을 뜻한다.

■ 해 제

이 시는 하경명이 무종武宗 정덕正德 2년(1507)부터 정덕 5년 사이 집에 들어앉아 있을 때 지은 것이다. 그가 쓸쓸하게 지내고 있던 그때, 정치적 이상을 함께하는 매부 맹양이 마침 남방에 사신으로 파견되어 서신을 보내오자 그에 대한 그리움과 함께 개인의 신세와 혼란한 사회에 대한 감개를 깔끔하게 표현하였다.

양신楊愼(1488~1559)

자字가 용수用修이고 호號가 승암升庵이며 신도新都(지금의 사천성四川省) 사람이다. 일찍이 이동양으로부터 시법을 전수받았는데, 전후칠자의 "시는 반드시 성당 이전이어야 한다"는 주장에 동조하지 않고 폭넓게 공부하여 자신만의 박아굉려博雅宏麗한 시풍을 형성하였다. 시론에 있어서는 함축과 자연을 주장하고 타인의 시에 대한 평가가 정치하여 그가 지은 《승암시화升庵詩話》는 후대에 적지 않은 영향을 끼쳤다. 그러나 시는 그의 학문을 바탕으로 육조와 당인의 시구를 원용한 경우가 많아 시론처럼 참신하고 자연스럽게 써낸 시가 많지 않다. 《승암시문집升庵詩文集》이 있다.

興教寺海棠
흥 교 사 해 당

兩樹繁花占上春, 多情誰是惜芳人.
양 수 번 화 점 상 춘 　 다 정 수 시 석 방 인

京華一朶千金價, 肯信空山委路塵.
경 화 일 타 천 금 가 　 긍 신 공 산 위 로 진

흥교사 해당화

두 그루에 한껏 핀 꽃이 초봄을 차지하니
다정하여 이 꽃을 아끼는 이는 누구인가?
서울이라면 한 떨기가 천금이나 나갈 텐데
먼지처럼 빈 산에 버려짐을 누가 믿겠는가?

■ 주 석

興教寺(흥교사) : 지금의 운남성雲南省 검천현劍川縣 남쪽에 있는 절이다.

上春(상춘) : 음력 정월을 가리킨다. '맹춘孟春'과 같다.
京華(경화) : 명나라 수도 북경을 가리킨다. '경성京城'과 같다.
肯信(긍신) : '기긍신豈肯信'(어찌 믿으려 하겠는가)의 뜻이다.

■ 해 제

이 시는 양신이 이원양李元陽과 함께 석보산石寶山에 갔을 때 흥교사에 핀 두 그루 해당화를 보고 감흥이 일어 지은 것이다. 초봄에 핀 꽃을 사랑하고 아끼는 시인의 마음이 호소력 있게 전달되고 있다.

武侯廟
무 후 묘

劍江春水綠沄沄, 五丈原頭日又曛.
검 강 춘 수 록 운 운 　 오 장 원 두 일 우 훈

舊業未能歸後主, 大星先已落前軍.
구 업 미 능 귀 후 주 　 대 성 선 이 락 전 군

南陽祠宇空秋草, 西蜀關山隔暮雲.
남 양 사 우 공 추 초 　 서 촉 관 산 격 모 운

正統不慚傳萬古, 莫將成敗論三分.
정 통 불 참 전 만 고 　 막 장 성 패 론 삼 분

무후 제갈량의 사당

검강의 봄물은 시퍼렇게 휘몰아치고
오장원 위로 태양은 다시 어둑하다.
못 이룬 숙원사업이 후주에게 돌아갔건만
큰 별이 먼저 군영 앞으로 떨어졌구나.
남양의 사당은 가을 풀만 무성하고

서촉의 산하는 저녁 구름 저 멀리 있다.
정통의 지위는 만고에 전해질 만하니
성패를 가지고 삼국을 논하지 말라.

■ **주 석**

武侯廟(무후묘) : 제갈량의 사당. 제갈량은 후주 유선劉禪에 의해 무향후武鄕侯에 봉해졌고, 죽은 뒤에는 충무후忠武侯라는 시호가 주어졌다. 제갈량의 사당은 여러 곳이 있는데 여기서 언급한 곳은 운남성 검천현劍川縣에 있다.

劍江(검강) : 지금의 운남성 검천현 동쪽으로 흐르는 강이다.

沄沄(운운) : 물의 흐름이 거세게 휘몰아치는 모양이다.

五丈原(오장원) : 지금의 섬서성陝西省 미현眉縣 서남쪽 사곡구斜谷口 서쪽 옆에 있는데, 제갈량이 위나라를 정벌할 때 이곳에 주둔했다가 병사했다.

舊業(구업) : 유비 때부터 품었던 한 왕조 회복의 숙원사업.

大星(대성) : 큰 별. 《삼국지 · 촉서蜀書 · 제갈량전》 주注에 《진양추晉陽秋》를 인용하여 제갈량이 죽을 때 커다란 붉은 별이 그의 군영 앞으로 떨어졌다고 한다.

南陽(남양) : 제갈량이 출사하기 전에 은거했던 곳으로 지금의 하남성 남양시에 있다. 후인들이 이곳에 제갈량의 사당을 세웠는데, 지금은 박물관으로 사용되고 있다.

正統(정통) : 유비는 자칭 한 경제景帝의 아들 중산정왕中山靖王의 후예라고 하며 촉한蜀漢이 한 왕조를 잇는 정통이라고 주장했다.

三分(삼분) : 위魏, 오吳, 촉蜀 삼국을 가리킨다.

■ **해 제**

이 시는 양신이 운남성 검천현에 있는 제갈량의 사당에 들러 그를 추모하며 지은 것인데, 삼국시대 촉한의 역사적 사실과 제갈량 개인의 활약상을 압축적으로 잘 그려내었다.

사진謝榛(1495~1575)

임청臨淸(지금의 산동성 임청현) 사람으로 자字가 무진茂秦이고 호號가 사명산인四溟山人이다. 평생 관직에 나아가지 않고 창작에만 몰두했다. 명대明代 후칠자後七子의 한 사람으로서 처음에는 이반룡李攀龍 · 왕세정王世貞과 함께 시사詩社 활동을 했으나 나중에는 견해가 달라져서 그들과 절교하기에 이르렀다. 이반룡 · 왕세정보다 나이가 훨씬 많았지만 문단에 있어서의 영향력은 그들보다 약했다. 시문집으로 《사명집》이 있다.

搗衣曲
도 의 곡

秦關昨夜一書歸, 百戰猶隨劉武威.
진 관 작 야 일 서 귀 　 백 전 유 수 류 무 위

見說平安收涕淚, 梧桐樹下搗征衣.
견 설 평 안 수 체 루 　 오 동 수 하 도 정 의

다듬이 노래

변방에서 어젯밤에 편지 한 통 왔는데

백 번 싸워도 아직까지 유무위를 따라간다네.

평안하단 말 듣고 나서 눈물 거두고

오동나무 밑에서 군복을 다듬이하네.

■ 주 석

搗衣曲(도의곡) : 곡조 이름. 머나먼 변방에서 나라를 지키는 남편에게 겨울옷을 지어주기 위해 다듬이질하는 아낙네의 슬픔과 그리움을 노래한 가사가 많다.

秦關(진관) : 진秦 지방의 관문. 서북쪽 변방을 가리킨다.

劉武威(유무위) : 후한 때의 무위장군 유상劉尙. 여기서는 변방의 장수를 가리킨다.

見說(견설) : …라고 하는 말을 듣다.

梧桐(오동) : 《시경詩經 · 대아大雅 · 굽은 언덕卷阿》에 "수봉황과 암봉황이 나란히 날며, 퍼드덕퍼드덕 날개를 치네(鳳皇于飛, 翽翽其羽)"라는 구절이 있는 것처럼 봉황은 암수가 매우 화목하다고 한다. 아낙이 오동나무 밑에서 다듬이질을 하는 것은 남편과 다정하게 지내고 싶은 소망을 기탁한 것이다.

■ 해 제

남편이 멀리 변방으로 수자리하러 가고 난 뒤 혼자 남은 젊은 아낙의 애타는 심정을 묘사한 것이다. 아직 전쟁이 끝나지 않았지만 잘 지낸다는 소식 한마디만으로도 신이 나서 얼른 남편의 겨울옷을 준비하는 천진한 아낙의 모습이 눈에 선하게 그려진다. 진정 어린 동작을 잘 포착했기에 미려한 수사를 전혀 구사하지 않고도 큰 감동을 자아내는 시라 하겠다.

楡河曉發
유 하 효 발

朝暉開衆山, 遙見居庸關.
조 휘 개 중 산 요 견 거 용 관

雲出三邊外, 風生萬馬間.
운 출 삼 변 외 풍 생 만 마 간

征塵何日靜, 古戍幾人閑.
정 진 하 일 정　고 수 기 인 한

忽憶棄繻者, 空慚旅鬢斑.
홀 억 기 수 자　공 참 려 빈 반

새벽에 유하를 떠나며

아침 해가 떠올라 뭇 산을 열자
저 멀리 높은 곳에 거용관이 보인다.
국경지대 너머에 구름이 솟고
만 마리의 말 틈에서 바람이 인다.
전쟁의 먼지가 언제 가라앉을까?
오래된 보루에 한가한 이 몇일까?
통행증을 버린 사람 문득 생각나나니
다니느라 반백이 된 게 부끄러울 뿐이다.

■ **주 석**

楡河(유하) : 북경에 있는 강. 거용관居庸關에서 동남쪽으로 흐르다가 통현通縣에 이르러 백하白河와 합류한다.

居庸關(거용관) : 북경시 창평현昌平縣 서북쪽의 만리장성에 있는 관문. 계문관薊門關이라고도 한다.

三邊(삼변) : 한나라 때에는 흉노匈奴 · 남월南越 · 조선朝鮮의 세 변방을 가리켰고, 명나라 때에는 연수延綏 · 감숙甘肅 · 영하寧夏의 세 변방을 가리켰다. 널리 변방을 두루 가리키기도 하는바, 여기서는 범칭으로 쓰인 듯하다.

征塵(정진) : 전쟁으로 인하여 일어나는 먼지. 전쟁을 가리킨다.

棄繻者(기수자) : 통행허가증 받기를 포기한 사람. 한나라 때 제남濟南 사람 종군終軍은 열여덟 살 때 박사제자가 되어 도성인 장안長安(지금의 섬서성 서안西安)으로 들어갔다. 동관潼關(일설에는 함곡관函谷關)을 지날 때 관문지기가 나중에 돌아갈 때 필요하다며 통행허가증을 주자 대장부가 일단 도성으로 들어가면 다시 나올 일이 없을 것이라며 받지 않았다. 나중에는 젊고 패기 넘치는 사람을 가리키는 말로 쓰이게 되었다. 옛날에는 비단에 글씨를 써서 둘로 나눈 다음 그 중 하나를 필요한 사람에게 주어서 통행증으로 삼았으니 이것을 '수繻'라고 했다. 종군은 자청하여 흉노 땅에 사신으로 들어가 그들이 한나라를 침략하지 말도록 설득하기도 했고, 자청하여 남월 땅으로 들어가 남월이 한나라에 귀순하도록 남월왕을 설득하기도 했다.(《한서 · 종군전》 참조)

旅鬢(여빈) : 여기저기로 돌아다니는 자신의 살쩍을 가리킨다.

■ **해 제**

여기저기로 떠돌아다니던 어느 날 유하에서 느낀 감회를 노래한 것이다. 열여덟 살이라는 젊은 나이에 박사제자가 되어 자신감과 패기에 찬 채 장안으로 들어갔고, 나중에는 사신이 되기를 자청하여 흉노왕으로 하여금 한나라에 대한 침략을 중단하게 하고, 남월왕이 한나라에 귀순하게 하는 등 나라에 큰 공을 세운 종군과 비교함으로써, 장기간에 걸친 달단족韃靼族의 침략을 보면서도 나라에 조금도 보탬이 되지 못하는 자신의 무기력한 모습을 자탄했다. 달단족의 침략을 막지 못하여 매번 화의나 청하는 조정의 무능에 대한 풍자도 넌지시 깃들여 놓은 것으로 보인다.

이반룡李攀龍(1514~1570)

역성歷城(지금의 산동성 제남濟南) 사람으로 자字가 우린于麟, 호가 창명滄溟이다. 가정嘉靖 23년(1544)에 진사에 급제하여 섬서안찰사제학부사陝西按察司提學副使를 지낸 뒤 10년 동안 집에 머물다가 다시 출사하여 하남안찰사河南按察使를 역임했다. 먼저 이선무李先茂 · 사진謝榛 · 오유악吳維岳 등과 함께 시사詩社를 결성하여 활동하다가 나중에 왕세정王世貞이 이 시사에 가입하자 그와 가깝게 지냈다. 왕세정과 더불어 명대明代 후칠자後七子의 영수로서 '왕리王李'로 병칭되었던 그는 전칠자의 뒤를 이어 "문장은 진한秦漢 시대의 것을 이상으로 삼고, 시는 성당盛唐 시대의 것을 이상으로 삼아야 한다(文必秦漢, 詩必盛唐)"는 복고주의를 주장했다. 시에 있어서 그는 격조格調를 중시하여 당시에 크게 문명을 날렸는데 후세에는 비판의 목소리도 높았다. 시문집으로 《창명집》이 있다.

杪秋登太華山絶頂
초 추 등 태 화 산 절 정

縹緲眞探白帝宮, 三峰此日爲誰雄.
표 묘 진 탐 백 제 궁　삼 봉 차 일 위 수 웅

蒼龍半掛秦川雨, 石馬長嘶漢苑風.
창 룡 반 괘 진 천 우　석 마 장 시 한 원 풍

地敞中原秋色盡, 天開萬里夕陽空.
지 창 중 원 추 색 진　천 개 만 리 석 양 공

平生突兀看人意, 容爾深知造化功.
평 생 돌 올 간 인 의　용 이 심 지 조 화 공

늦가을에 태화산 꼭대기에 올라가

참으로 아스라한 백제궁을 찾아왔도다.

삼봉은 지금 누구에게 웅장한 자태를 뽐내는가?
창룡은 반쯤 진천의 빗속에 걸려 있고
석마는 길게 한나라 동산의 바람 앞에서 울어댄다.
드넓은 중원 땅에 가을빛이 바래고
탁 트인 만리장천에 석양이 스러진다.
평생토록 도도하게 남을 얕보던 내 마음
너를 보니 조화옹의 공적을 잘 알겠도다.

■ 주 석

杪秋(초추) : 만추. 늦가을.

太華山(태화산) : 화산華山. 오악 가운데 서악으로 섬서성 동쪽 끝의 화음시華陰市 남쪽에 있다.

縹緲(표묘) : 높고 멀어서 보일 듯 말 듯 하는 모양.

白帝(백제) : 고대 신화에서 말하는 다섯 천제天帝 가운데 하나로 서방을 관장하는 신.

三峰(삼봉) : 낙안봉落雁峰 · 연화봉蓮花峰 · 조양봉朝陽峰 등 화산을 대표하는 세 봉우리를 가리킨다.

蒼龍(창룡) : 화산에 창룡령蒼龍嶺이라는 몹시 험하고 긴 산등성이가 있다. 그러나 여기서는 이것만이 아니라 도처에 있는 푸른 산등성이를 두루 가리키는 듯하다.

秦川(진천) : 지금의 섬서성과 감숙성에 걸쳐 있는 진령秦嶺 이북의 평원지대. 춘추전국 시대의 진나라에 속한 땅이기 때문에 이렇게 부른다.

石馬(석마) : 화산 옥녀사玉女祠 앞의 동굴에 말 모양의 돌이 있다. 그러나 화산에는 바위로 이루어진 등성이가 매우 많은데, 낙안봉에서 연화봉으로 이어져 있는 것이 특히 좁고 길고 험하다. 여기서는 이러한 바위 등성이를 두루 가리키는 듯하다.

漢苑(한원) : 화산은 한나라 도성 장안長安 근교이기 때문에 한나라 황실의 동산으로 쓰였다.

突兀(돌올) : 높이 솟은 모양.

容爾(용이) : 너로 인하여. '용容'은 '용庸' · '용用'과 같다.

▩ 해제

섬서제학부사陝西提學副使로 재임할 때 서악 화산의 꼭대기에 올라가서 웅장한 산세와 그 너머에 펼쳐져 있는 일망무제의 풍경을 굽어보며 느낀 바를 호방한 필치로 노래한 것이다. 대자연의 위용 앞에서 인간이란 얼마나 왜소하고 미약한 존재인지에 대한 자각이 깃들어 있다.

挽王中丞
만 왕 중 승

其一
기 일

司馬臺前列柏高, 風雲猶自夾旌旄.
사 마 대 전 렬 백 고 　 풍 운 유 자 협 정 모

屬鏤不是君王意, 莫作胥江萬里濤.
촉 루 불 시 군 왕 의 　 막 작 서 강 만 리 도

其二
기 이

幕府高臨碣石開, 薊門丹旐重徘徊.
막 부 고 림 갈 석 개 　 계 문 단 조 중 배 회

沙場入夜多風雨, 人見親提鐵騎來.
사 장 입 야 다 풍 우 　 인 견 친 제 철 기 래

왕중승 만가

(제1수)

우뚝한 측백나무 늘어선 사마대 앞
어르신의 풍운이 아직 깃발을 맴돕니다.
촉루검을 내리신 건 임금님 뜻이 아니오니
만리 파도를 일으키는 파도의 신이 되진 마옵소서.

(제2수)

갈석산 높은 곳에 막부를 벌였기에
계문의 붉은 기를 거듭 배회하는군요.
모래밭에 밤이 오면 비바람이 드센데
친히 철마를 끄는 모습 본 사람이 있다네요.

■ 주 석

挽(만) : 애도하다. 만가를 부른다는 뜻이다. '만輓'과 같다.

王中丞(왕중승) : 왕세정王世貞의 부친 왕여王忬를 가리킨다. 왕여는 여러 차례의 전투에서 전공을 많이 세웠는데 계료총독薊遼總督으로 재임 중이던 가정嘉靖 38년(1559)에 전략상의 실책으로 적의 침입을 막지 못했다. 그러자 그와 사이가 나빴던 엄숭嚴嵩이 이 일을 기화로 강력하게 그를 탄핵하는 바람에 이듬해에 왕여는 마침내 참수형에 처해졌다.

司馬(사마) : 군사 업무를 관장하던 관직. 명나라 때에는 총독이 도어사都御史의 직함을 가졌기 때문에 어사대를 사마대라고 한 것이다.

列柏(열백) : 늘어선 측백나무. 한나라 때 어사대 앞에 측백나무를 많이 심어 놓았기 때문에 어사대가 '백대柏臺' 또는 '백서柏署'로 불리게 되었다.

風雲(풍운) : 높고 원대한 포부. 그러한 포부를 지닌 왕여의 영령英靈을 가리킨다.

猶自(유자) : 여전히.

旌旄(정모) : 원래 지휘용으로 사용하는 기를 가리켰지만 나중에는 일반적인 기를 두루 가리키기도 했다.

屬鏤(촉루) : 춘추시대 오나라 임금 부차夫差의 보검寶劍. 오왕 부차가 자꾸 제齊나라를 공격하자 오자서伍子胥가 제나라보다 먼저 월越나라를 쳐서 멸망시킴으로써 후환을 없애야 한다는 간언을 몇 번이고 올렸다. 그러나 부차는 끝내 오자서의 말을 듣지 않고 자신의 촉루검을 오자서에게 주면서 자결을 명했다.(《사기 · 오자서열전》 참조)

君王(군왕) : 명나라 세종世宗을 가리킨다.

胥江萬里濤(서강만리도) : 부차가 오자서의 시체를 가죽 부대에 담아 절강浙江 즉 전당강錢塘江에 던져 넣자 오자서가 파도의 신이 되어 거센 파도를 일으키곤 했으니 이것을 '서도胥濤'라고 했다. 서도는 흔히 절강조浙江潮 또는 전당조로 불린다.

幕府(막부) : 장수가 머물면서 군사를 지휘하던 군막軍幕.

碣石(갈석) : 지금의 하북성 창려현昌黎縣 북쪽에 있는 산.

薊門(계문) : 계구薊丘. 지금의 북경시 덕승문德勝門 바깥에 있다.

丹旐(단조) : 출상할 때 들고 가던 붉은색 명정銘旌.

鐵騎(철기) : 철갑을 입혀 무장한 기마.

■ **해 제**

정적에게 탄핵받아 억울하게 참수된 왕세정의 아버지 왕여를 위해서 지은 만가로 제1수에서는 왕여의 혼령을 위로했고, 제2수에서는 그의 인품을 칭송했다.

明妃曲
명 비 곡

天山雪後北風寒，抱得琵琶馬上彈.
천 산 설 후 북 풍 한　포 득 비 파 마 상 탄

曲罷不知青海月，徘徊猶作漢宮看.
곡 파 부 지 청 해 월　배 회 유 작 한 궁 간

명비의 노래

천산에 눈 내린 뒤 북풍이 차가운데
비파를 끌어안고 말 위에서 탔겠지.
한 곡조를 다 타면 청해의 달인 줄 모르고
서성이며 여전히 한나라 궁중인 줄 알았겠지.

■ 주 석

明妃(명비) : 한나라 원제元帝의 후궁 왕장王嬙은 자字가 소군昭君이었는데 서진西晉 무제 사마염司馬炎의 아버지로 건국의 초석을 닦아 무제에 의하여 문제로 추존된 사마소司馬昭의 이름을 피하기 위하여 명군明君으로 바뀌었다가 나중에 다시 명비로 바뀌었다. 한나라 원제는 흉노와 화친을 맺기 위하여 그들이 요구한 대로 왕소군을 흉노족의 추장인 호한야呼韓邪에게 시집보냈다.

天山(천산) : 즉 기련산祁連山. 옛날에 흉노 땅에 있던 산. 흉노족은 하늘을 '기련'이라고 했다.

琵琶(비파) : 서역에서 들어온 악기로 유목민들이 말 위에서 연주하던 풍습에 따라 말 위에서 연주하는 것이 관례였다. 왕소군은 한나라를 떠날 때 흉노족의 복장으로 비파를 들고 갔다고 한다.

青海(청해) : 지금의 청해성 일대. 은나라와 주나라 때는 서강西羌에 속하고, 진晉나라 때는 토곡혼吐谷渾에 속하고, 당나라 때는 토번吐蕃에 속하고, 명나라에 이르러서는 몽고에 속하는 등 시대에 따라 주인이 바뀌었다. 여기서는 흉노 땅을 가리킨다.

■ **해 제**

흉노족과의 화친을 위하여 삭막한 흉노 땅으로 끌려가 슬픔과 그리움 속에 한맺힌 삶을 산 한나라 원제의 궁녀 왕소군의 일상을 상상하는 형식으로 지은 영사시詠史詩이다. 위정자의 무능이 초래한 민족적 치욕을 노래함으로써 넌지시 당시의 실정을 풍자하고자 하는 시인의 의도를 읽을 수 있다.

서위徐渭(1521~1593)

산음山陰(지금의 절강성 소흥紹興) 사람으로 자字가 문청文淸 또는 문장文長이고 청등도사靑藤道士 · 천지수생天池漱生 · 천지산인天池山人 · 붕비처인鵬飛處人 · 수수노인壽漱老人 · 산음포의山陰布衣 등 여러 개의 호가 있다. 제생諸生이 된 지 10여 년 만에 절민총독浙閩總督 호종헌胡宗憲의 막료가 되어 그의 총애를 받으며 왜구를 평정하는 전투에 참여했다. 그 뒤 호종헌이 하옥되자 연루되는 것을 두려워하여 두 차례 자살을 기도했으며 나중에는 정신착란증을 일으키기 시작했다. 시 · 문장 · 희곡 · 서예 · 그림에 두루 능통했는데 자신은 서예가 첫 번째이고, 시가 두 번째, 문장이 세 번째, 그림이 네 번째라고 여겼다. 시는 명쾌한 표현으로 자신의 불평을 토로한 것이 많다. 시문집으로 《서문장집》이 있다.

王元章倒枝梅花
왕 원 장 도 지 매 화

皓態孤芳壓俗姿, 不堪復寫拂雲枝.
호 태 고 방 압 속 자　불 감 부 사 불 운 지

從來萬事嫌高格, 莫怪梅花着地垂.
종 래 만 사 혐 고 격 막 괴 매 화 착 지 수

왕원장의 가지가 처진 매화

하얀 자태와 고독한 향기가 속된 자태를 압도하니
구름에 닿는 높은 가지를 다시는 그리지 못하렸다.
예로부터 세상만사 높은 격조를 싫어하니
매화가 땅으로 처졌다고 나무라지 말지로다.

■ 주 석

元章(원장) : 원나라 말기의 유명 화가 왕면王冕의 자字.
不堪(불감) : …하지 못하다.
拂雲枝(불운지) : 구름에 닿는 가지. 위로 높이 뻗은 매화나무 가지를 가리킨다.

■ 해 제

가지가 땅으로 처진 왕면의 매화 그림을 보고 지은 제화시題畫詩로 사물을 노래하는 가운데 회재불우한 자신의 신세감개를 깃들여 놓았다. 서위는 해학적 감각이 매우 뛰어난 사람이었는데 이 시에도 그의 재치 있고 익살스러운 면모가 드러나 있다.

왕세정王世貞(1526~1590)

태창太倉(지금의 강소성 태창) 사람으로 자字가 원미元美, 호가 봉주鳳洲 또는 엄주산인弇州山人이다. 타고난 재주가 비범하여 한 번 본 책은 다 기억할 정도였으며 읽지 않은 책이 없다고 할 만큼 독서량 또한 대단히 많았다. 가정嘉靖 26년(1547)에 진사에 급제하여 형부주사刑部主事·원외낭중員外郎中·산동병비부사山東兵備副使 등의 관직을 역임하다가 부친이 참수되는 참변을 당한 뒤 관직에서 물러났다. 융경隆慶(1567~1572) 초에 부친이 누명을 벗게 되자 다시 관직에 나아가 각급 관직을 거쳐 형부상서刑部尙書에 이르렀다. 이반룡李攀龍이 결성한 시사詩社에 가입하여 그와 함께 시문복고운동을 전개한바, 이반룡과 더불어 명대明代 후칠자後七子의 영수로서 '왕리王李'로 병칭되었다. 이반룡 사후에는 20여 년 동안 혼자 문단을 주도하여 타의 추종을 불허할 정도로 문명을 떨쳤다. 악부·절구·율시 등 각종 시체에서 모두 빼어난 성취를 이루었는데 젊은 시절에는 운율을 중시하고 수식에 빠진 문제가 있었으나 만년에는 평담하고 자연스러운 시풍으로 발전했다. 시문집으로 《엄주산인사부고弇州山人四部稿》와 《엄주산인속고弇州山人續稿》가 있다.

廣陵訪周公瑕不遇
광 릉 방 주 공 하 불 우

豪華自古讓維揚, 一水橫江卽異鄕.
호 화 자 고 양 유 양　일 수 횡 강 즉 이 향

二十四橋歌吹遍, 不知何處覓周郎.
이 십 사 교 가 취 편　부 지 하 처 멱 주 랑

광릉으로 주공하를 찾아갔다가 만나지 못하고

호화롭기는 예로부터 유양이 으뜸
강 하나만 건너면 거기가 바로 타향.
이십사교 주변에는 풍악이 요란할 터
어디에서 주랑을 찾을지 모르겠네.

■ 주 석

廣陵(광릉) : 강소성 양주揚州의 다른 이름.
公瑕(공하) : 주천구周天球의 자字. 명나라 때의 서예가로 문징명文徵明에게 크게 인정받았다.
維揚(유양) : 양주의 다른 이름.
二十四橋(이십사교) : 양주 수서호瘦西湖에 있는 다리. 다리 이름의 유래에 대해서는 여러 가지 이설이 있는데 미인 24명이 이 다리에서 퉁소를 분 데서 비롯되었다는 설이 비교적 유력하다. 왕세정도 이 설에 근거하여 이런 말을 한 것이다.
周郞(주랑) : 원래 삼국시대 오나라의 장수로 음악에도 정통했던 주유周瑜를 가리키는 말인데, 여기서는 주천구를 가리킨다.

■ 해 제

양주에 있는 친구 주천구를 찾아갔다가 그가 놀러 나가고 없자 그를 성姓이 같은 주유에 비유하여 수서호의 이십사교에 가서 미인들에게 노래 부르는 법과 악기 연주하는 법을 지도해 주고 있겠다고 우스갯소리를 한 것이다. 자연미와 해학미가 뛰어난 시이다.

登太白樓
등 태 백 루

昔聞李供奉, 長嘯獨登樓.
석 문 리 공 봉　장 소 독 등 루

此地一垂顧, 高名百代留.
차 지 일 수 고　고 명 백 대 류

白雲海色曙, 明月天門秋.
백 운 해 색 서　명 월 천 문 추

欲覓重來者, 潺湲濟水流.
욕 멱 중 래 자　잔 원 제 수 류

태백루에 올라서

옛날에 들었나니 한림공봉 이태백이
휘파람 길게 불며 혼자 누각에 올랐다지.
그분이 이곳에 한 번 왔다 간 뒤로
높은 명성이 백 대에 걸쳐 전해오고 있겠지.
흰 구름 뜬 바다에는 새벽빛이 밝아오고
밝은 달 뜬 천문에는 가을빛이 생겨난다.
다시 오는 사람 있나 찾아보려고
제수는 너울너울 쉬지 않고 흐른다.

■ 주 석

太白樓(태백루) : 산동성 제녕濟寧, 안휘성 마안산馬鞍山, 안휘성 흡현歙縣 및 사천성 강유江油의 이백고거李白故居 등 네 군데에 태백루가 있는데 여기서는 제녕에 있는 태백루를 가리킨다. 태백은 이백의 자字이다.

李供奉(이공봉) : 당나라 현종 때 한림공봉翰林供奉을 지낸 이백을 가리킨다.

垂顧(수고) : 돌아보다. 왕림하다.

海色(해색) : 바다의 경색景色. 특히 동틀 무렵의 바다 풍경을 가리킨다.

天門(천문) : 태산에 있는 천문을 가리킨다. 이백의 시 〈태산에서 노닐며遊泰山〉에 "천문에서 길게 한 번 휘파람을 부노라니, 만리 밖에서 맑은 바람이 시원하게 불어온다(天門一長嘯, 萬里淸風來)"라는 구절이 있다.

重來者(중래자) : 다시 찾아오는 사람 가운데 이백과 같은 사람을 가리킨다.

潺湲(잔원) : 끊이지 않는 모양.

濟水(제수) : 산동성 경내를 흐르는 강으로 황하·장강·회하淮河와 더불어 '사독四瀆'으로 불린다. 하남성 제원현濟源縣의 왕옥산王屋山에서 발원하여 동쪽으로 흘러서 황해로 들어간다.

■ 해 제

산동성 제녕에 있는 태백루에 올라간 감회를 노래한 시이다. 태백루에 얽힌 역사적 사실을 회상하고 태백루에서 내려다본 드넓은 풍경을 묘사한 뒤, 끝으로 이백 같은 위대한 시인이 다시 나타나 주기를 고대하는 복고적 지향을 엿보이고 있다.

亂後初入吳與舍弟小酌
난 후 초 입 오 여 사 제 소 작

與爾同茲難, 重逢恐未眞.
여 이 동 자 난　중 봉 공 미 진

一身初屬我, 萬事欲輸人.
일 신 초 속 아　만 사 욕 수 인

天意寧群盜, 時艱更老親.
천 의 녕 군 도　시 간 갱 로 친

不堪追往昔，醉語亦傷神.
불 감 추 왕 석　취 어 역 상 신

난리가 끝난 뒤 처음으로 오 지방에 들어가 동생과 함께 한잔하며

너와 함께 이 재난을 당하고 나니
재회한 게 진짜가 아닐까봐 두렵구나.
처음에는 내 한몸이 나 자신에게 속했는데
이제는 만사를 남에게 맡겨버리고 싶구나.
하늘의 뜻이 어찌 도적떼에게 있으랴만
시절이 수상하니 더욱 노친이 그립구나.
지난날은 되돌아보기조차 힘드나니
술 먹고 얘기해도 마음이 아프구나.

■ 주 석

亂(난) : 명나라 조정이 해안지역의 치안을 보장하기 위하여 무허가해상무역 금지령을 내리자, 이에 반발하여 일본 히라도섬平戶島(나가사키현長崎縣 서북부)을 거점으로 삼아 스스로 휘왕徽王이라 칭하며 명나라 조정에 항거하던 휘주徽州 출신의 해상무역업자 왕직汪直이 가정嘉靖 31년(1552) 왜구와 결탁하여 일으킨 반란을 가리킨다. 이 반란으로 상해上海 · 소주蘇州 · 소흥紹興 · 영파寧波 등 동남쪽의 많은 해안지역이 심하게 유린당했다.
舍弟(사제) : 왕세정의 동생 왕세무王世懋를 가리킨다.
輸人(수인) : 남에게 넘겨주다.
往昔(왕석) : 반란이 일어났던 때를 가리킨다.

■ 해 제

왕직의 난이 끝난 뒤 오 지방에서 동생 오세무를 만나 끔찍했던 난리를 회고하면서 다시 한 번 몸서리를 친 것이다. 평이하고 자연스러운 언어로 난리를 겪은 자신의 심경을 진솔하게 토로하는 가운데 무기력하기 짝이 없는 자신의 존재에 대한 회의를 깃들였다.

戰城南
전 성 남

戰城南, 城南壁, 黑雲壓我城北.
전 성 남 성 남 벽 흑 운 압 아 성 북

伏兵搗我東, 游騎抄我西, 使我不得休息.
복 병 도 아 동 유 기 초 아 서 사 아 부 득 휴 식

黃塵合匝, 日爲靑, 天模糊.
황 진 합 잡 일 위 청 천 모 호

鉦鼓發, 亂歡呼.
정 고 발 난 환 호

胡騎斂, 飈迅驅.
호 기 렴 표 신 구

樹若薺, 草爲枯.
수 약 제 초 위 고

啼者何, 父收子, 妻問夫.
제 자 하 부 수 자 처 문 부

戈甲委積, 血淹頭顱.
과 갑 위 적 혈 엄 두 로

家家招魂入, 隊隊自哀呼.
가 가 초 혼 입 대 대 자 애 호

告主將, 主將若不知.
고 주 장 주 장 약 부 지

生爲邊陲士, 野葬復何悲.
생 위 변 수 사　야 장 부 하 비

釜中食, 午未炊.
부 중 식　오 미 취

惜其倉皇遂長訣, 焉得一飽爲.
석 기 창 황 수 장 결　언 득 일 포 위

野風騷屑魂依之.
야 풍 소 설 혼 의 지

曷不睹主將, 高牙大纛坐城中.
갈 부 도 주 장　고 아 대 독 좌 성 중

生當封徹侯, 死當廟食無窮.
생 당 봉 철 후　사 당 묘 식 무 궁

성곽 남쪽에서의 전투

성곽 남쪽에서 전투하는데
성곽 남쪽 벽에서 전투하는데
먹구름이 우리 성의 북쪽을 짓누른다.
복병은 우리의 동쪽을 공격하고
돌격대는 우리의 서쪽을 기습하여
우리에게 잠시도 쉴 틈을 아니 준다.
싯누런 먼지가 온 하늘을 뒤덮어
햇빛은 푸르고
하늘은 흐릿하다.
징과 북이 울리고
사방에서 어지러이 함성이 일며
오랑캐의 기마가 한데 모여서

폭풍처럼 빠르게 몰아닥치면
나무는 냉이 같고
풀은 시든다.
우는 이가 누구인가?
아들의 시신을 수습하는 아버지와
남편의 소식을 물어보는 아내로다.
버려진 창과 갑옷 수북이 쌓여 있고
붉은 피가 머리를 흥건하게 적셨다.
집집마다 죽은 이의 혼을 불러들이고
부대마다 스스로 슬프게 소리친다.
이 일을 원수님께 보고했더니
원수님은 아무것도 모르는 듯이
살아서 변방의 전사가 되었거늘
들에 묻힌들 슬플 게 또 뭐 있냐 한다.
가마솥에서 지을 밥을
한낮이 다 되도록 짓지 못하는 것은
창황하게 영원히 이별할 게 아쉬운 것
어떻게 자기 혼자 배불릴 수 있으리?
쏴쏴 부는 들바람에 혼백을 의탁하리.
어찌 보지 못하는가 저 원수님이
기를 높이 세워놓고 성안에 앉아 계신 것을?
생전에는 당연히 철후에 봉해지고
죽어서는 두고두고 사당에 모셔지리.

■ 주 석

戰城南(전성남) : 한나라 악부樂府의 곡조 이름. 그 뒤로도 전쟁에 관한 일을 노래할 때 많이 사용되어 왔다.

黑雲(흑운) : 적군의 무리를 가리킨다.

游騎(유기) : 순라와 돌격을 맡은 기병.

黃塵(황진) : 전진戰塵을 가리킨다.

合匝(합잡) : 에워싸다. 뒤덮다.

鉦鼓(정고) : 징과 북. 징은 퇴각 신호로 쓰이고, 북은 진격 신호로 쓰였다.

飈迅(표신) : 폭풍처럼 빠르다.

委積(위적) : 쌓이다.

頭顱(두로) : 머리.

招魂(초혼) : 객사한 사람의 혼이 객지를 떠돌지 않도록 집으로 불러들이는 일을 말한다.

主將(주장) : 한 부대의 으뜸이 되는 장수. 원수元帥.

邊陲(변수) : 변방.

倉皇(창황) : 창황하다. 몹시 급박하다.

長訣(장결) : 영결하다. 영원히 이별하다.

爲(위) : 문장 끝에 붙어서 의문의 어기를 표시하는 조사.

騷屑(소설) : 바람 부는 소리.

高牙大纛(고아대독) : 기다란 깃대를 상아로 장식한 대장의 기.

徹侯(철후) : 진秦나라 때 전공이 있는 사람에게 주던 작위 가운데 가장 높은 것. 한漢나라 때는 무제 유철劉徹의 이름을 피하기 위해 '통후通侯' 또는 '열후列侯'로 개칭했다. 나중에는 각급 제후와 고관대작을 두루 가리키는 말로 쓰이게 되었다.

廟食(묘식) : 사당에 모셔져서 제사를 받는다는 뜻이다.

■ **해 제**

한나라 때의 악부인 〈전성남〉을 빌려 전장에서 싸우다 참혹하게 죽어가면서도 인격적 대우를 전혀 받지 못하는 하급 병사들의 모습과, 이와 반대로 병사들의 공을 독차지한 대가로 고관대작의 반열에 올라 온갖 영화를 다 누리는 장군의 형상을 대비하는 방식으로, 전쟁의 참혹성을 고발함과 동시에 당시 병영에 만연해 있던 계급갈등을 적나라하게 풍자했다. 평이한 언어로 형상감 있게 묘사한 점이 돋보인다.

탕현조湯顯祖(1550~1616)

임천臨川(지금의 강서성 무주撫州) 사람으로 자字가 의약義若이고 호號가 약사若士 또는 해약海若이다. 만력萬曆 11년(1583)에 진사에 급제하여 남경태상박사南京太常博士·예부주사禮部主事 등의 관직을 역임하다가 만력 26년에 관직을 그만두고 고향으로 돌아갔다. 시보다 희곡에 관심이 많아 만년에 근 20년 동안 성리학의 금욕주의를 부정하는 희곡을 많이 지었다. 시는 백거이와 소식의 시풍을 추구하여 성취도가 상당히 높았다. 시문집으로 《옥명당집玉茗堂集》이 있다.

聞都城渴雨時苦攤稅
문 도 성 갈 우 시 고 탄 세

五風十雨亦爲褒, 薄夜焚香沾御袍.
오 풍 십 우 역 위 포　박 야 분 향 첨 어 포

當知雨亦愁抽稅, 笑語江南申漸高.
당 지 우 역 수 추 세　소 어 강 남 신 점 고

한창 세금으로 고통당할 때 도성에 비가 안 온다는 소문을 듣고

적당하게 비 오는 건 역시 칭송할 만한 일

초저녁에 향 피우고 곤룡포를 적시지만

비도 세금 걱정함을 알아야만 한다고
강남의 신점고가 웃으며 얘기했지.

■ 주 석

攤稅(탄세) : 명나라 때의 영업세의 일종. 여기서는 일반적인 세금을 가리킨다.

五風十雨(오풍십우) : 닷새에 한 번씩 바람이 불고 열흘에 한 번씩 비가 내린다는 뜻으로 일기가 고른 것을 가리킨다.

褒(포) : 칭송할 만한 일. 왕충王充의 《논형論衡 · 정응正應》에 "닷새에 한 번씩 바람이 불고, 열흘에 한 번씩 비가 온다고 하는 것은 칭송하는 것이다(言其五日一風, 十日一雨, 褒之也)"라는 말이 있다.

薄夜(박야) : 초저녁.

御袍(어포) : 임금의 도포.

抽稅(추세) : 세금을 징수하다.

申漸高(신점고) : 오대五代 때 오吳나라의 악공. 남당南唐 선주先主 이변李昪이 오나라의 중서령中書令을 맡고 있을 때 도성에 오래도록 가뭄이 들므로 주위에 있는 사람들에게 "근교에는 비가 많이 오는데 도성에는 비가 오지 않으니 무엇 때문일까?"라고 물었다. 그러자 우스갯소리를 잘하는 악공 신점고가 "비도 세금이 두려워서 감히 도성으로 들어오지 못하는 모양입니다"라고 대답했다. 이변이 크게 웃으며 세금을 경감해 주라고 했다.(《남당서南唐書 · 담해전談諧傳 · 신점고》 참조)

■ 해 제

만력萬曆 26년(1598) 4월에 심한 가뭄이 들어 신종황제가 궁중에서 저녁마다 하늘에 비를 내려달라고 기도했다. 이 시는 이 일을 풍자하여 지은 것이다. 왜냐하면 당시 과도한 세금 징수가 가뭄 못지않게 심각한 문제가 되고 있었는데 황제가 이 문제의 심각성을 전혀 알지 못하고 있었기 때문이다. 전반부에서는 황제가 비를 내리게 하기 위해 노고를 아끼지 않음을 찬양했고, 후반부에서는 하나만 알고 둘은 모르는 황제의 작태를 풍자했다.

원종도袁宗道(1560~1600)

공안公安(지금의 호북성 공안) 사람으로 자字가 백수伯修이고 호號가 석포石浦이다. 만력萬曆 14년(1586)에 진사에 급제하여 한림원서길사翰林院庶吉士·우서자右庶子 등의 관직을 역임했다. 동생 원굉도袁宏道 및 원중도袁中道와 함께 공안파公安派를 형성하여 전후칠자前後七子의 복고주의를 반대하고 작자의 영감이 깃든 독창적인 시문을 중시해야 한다는 주장을 전개했다. 자신의 서재를 백소재白蘇齋라고 명명할 정도로 백거이白居易의 시와 소식蘇軾의 시를 좋아했거니와, 시는 이들의 시풍에 가깝고 불교적인 색채도 상당히 강하다. 시문집으로 《백소재집》이 있다.

初晴卽事
초 청 즉 사

晨風吹淡淡, 檐日報新晴.
신 풍 취 담 담 첨 일 보 신 청

盡啓花開戶, 全收雨後淸.
진 계 화 개 호 전 수 우 후 청

沈煙留棐几, 竹色上楸枰.
침 연 류 비 궤 죽 색 상 추 평

自識斜川意, 虛名總不爭.
자 식 사 천 의 허 명 총 부 쟁

비가 갓 갠 뒤에

새벽바람 산들산들 시원하게 불더니

처마에 걸린 해가 날이 갰다 알려주매
꽃이 핀 방문을 최대한 활짝 열고
비 온 뒤의 상쾌함을 한껏 맛보노라니
비자나무 안석에는 침향 연기 배어들고
가래나무 바둑판엔 대 그림자 올라온다.
사천에서 노닌 뜻을 잘도 알기에
헛된 명예 따위는 조금도 안 다툰다.

■ 주 석

卽事(즉사) : 눈앞의 일이나 사물에 감흥이 일어서 짓다.
沈煙(침연) : 침향목沈香木으로 만든 향의 연기.
棐几(비궤) : 비자나무로 만든 안석案席.
楸枰(추평) : 가래나무로 만든 바둑판.
斜川(사천) : 강서성 성자현星子縣과 도창현都昌縣에 걸쳐 흐르는 시내. 소식蘇軾의 사 〈강성자江城子〉(夢中了了醉中醒)의 서문에 "도연명은 1월 5일 사천에 가서 놀았는데 냇물에 임하여 줄지어 앉아서는 남쪽 언덕을 돌아보고 증성의 홀로 빼어남을 좋아하여 〈사천에서 노닐며(遊斜川)〉라는 시를 지었거니와 그것은 지금도 그곳을 머릿속에 떠올리게 한다(陶淵明以正月五日遊斜川, 臨流班坐, 顧瞻南阜, 愛曾城之獨秀, 乃作〈斜川〉詩, 至今使人想見其處)"라고 했다.

■ 해 제

비가 갓 갠 어느 봄날 아침의 쾌적한 분위기와 그것을 누리는 상쾌한 기분을 노래한 시이다. 도연명에 비길 수 있을 만큼 세속적인 일에 욕심이 없는 초연하고 고답적인 시인의 모습이 쉽고 자연스러운 언어로 생생하게 그려져 있다.

원굉도袁宏道(1568~1610)

공안公安(지금의 호북성 공안) 사람으로 자字가 중랑中郞 또는 무학無學이고 호號가 석공石公이다. 만력萬曆 20년(1592), 진사에 급제하여 오현지현吳縣知縣·순천교수順天敎授·예부주사禮部主事·고공원외랑考功員外郞 등의 관직을 역임했다. 형 원종도袁宗道의 영향을 받아 전후칠자前後七子의 복고주의를 반대하고 작자의 영감이 깃든 독창적인 시문을 중시함으로써 천하의 이목을 새롭게 했다. 형 원종도 및 동생 원중도袁中道와 함께 공안파公安派를 형성했는데 그는 그 중에서도 가장 대표적인 인물이었다. 시는 참신하고 개성이 넘치지만 때로는 경박하고 천근하다는 비판도 받았다. 시문집으로 《원중랑집》이 있다.

聽朱生說水滸傳
청 주 생 설 수 호 전

少年工諧謔, 頗溺滑稽傳.
소 년 공 해 학 파 닉 골 계 전

後來讀水滸, 文字亦奇變.
후 래 독 수 호 문 자 역 기 변

六經非至文, 馬遷失組練.
육 경 비 지 문 마 천 실 조 련

一雨快西風, 聽君酣舌戰.
일 우 쾌 서 풍 청 군 감 설 전

주생의 〈수호전〉 이야기를 들으며

젊을 때는 해학에 재주가 있어

〈골계전〉에 무척이나 빠졌었는데

나중에 《수호전》을 읽어 봤더니

문자가 역시나 기이하고 참신했네.
육경은 가장 좋은 문장이 아니었고
사마천의 문장도 세련되지 못했는데
비 온 뒤에 상쾌한 서풍을 맞듯
그대가 도취하여 설전하는 소리 듣네.

■ 주 석

朱生(주생) : 당시의 유명한 이야기꾼일 것이나 자세한 사적은 알려져 있지 않다.

水滸傳(수호전) : 원나라 말기의 시내암施耐庵이 지은 장편소설.

工諧謔(공해학) : 청나라 심덕잠沈德潛의 《설시수어說詩晬語》에 "한 번 변하여 원중랑의 해학이 되었다(一變爲袁中郎之諧謔)"라고 한 것을 보면 원굉도가 해학에 능했음을 알 수 있다.

滑稽傳(골계전) : 사마천司馬遷이 지은 《사기史記》의 편명篇名. 명사들의 익살스러운 일화를 기록한 글이다.

奇變(기변) : 기이하고 변화롭다.

六經(육경) : 《시경》·《서경》·《역경》·《예기》·《춘추》·《악기》 등 여섯 가지의 유가 경전.

至文(지문) : 가장 훌륭한 문장.

馬遷(마천) : 사마천. 그의 《사기 · 골계전》을 가리킨다.

組練(조련) : 끈으로 엮은 갑옷과 그 위에 걸쳐 입는 비단옷이라는 뜻으로, 정예부대를 가리킨다. 여기서는 짜임새 있는 구성과 멋진 표현을 가리킨다.

舌戰(설전) : 설전을 벌이듯 열을 올려 이야기하는 것을 가리킨다.

■ 해제

주생이라는 예인이 《수호전》을 구연하는 모습을 보고 느낀 바를 노래한 것이다. 전통적인 유가 서적보다 통속적이지만 개성 있고 생동감 넘치는 소설에 더욱 매력을 느낀 원굉도의 면모가 잘 나타나 있다.

棹歌行
도가행

妾家白蘋洲, 隨風作鄕土.
첩가백빈주 수풍작향토

弄篙如弄鍼, 不曾拈一縷.
농고여롱침 부증념일루

四月魚苗風, 隨君到巴東.
사월어묘풍 수군도파동

十月洗河水, 送君發揚子.
시월세하수 송군발양자

揚子波勢惡, 無風浪亦作.
양자파세악 무풍랑역작

江深得魚難, 鸕鷀充糕臛.
강심득어난 노자충고학

生子若鳧雛, 穿江復入湖.
생자약부추 천강부입호

長時剪荷葉, 與兒作衣襦.
장시전하엽 여아작의유

뱃노래

이 몸은 네가래 섬을 집으로 삼는지라

바람 따라 가다가 멈추는 곳이 고향이네.

상앗대를 놀리는 게 바늘을 놀리듯하지만
아직까지 한 오리도 실은 잡은 적 없네.
어묘풍이 불어오는 사월이 되면
임을 따라 파동까지 가기도 하고
세하수가 내리는 시월이 오면
양자강에서 떠나는 임을 보내기도 하는데
양자강은 파도가 하도 험악해
바람이 안 불어도 물결이 이네.
강이 깊어 고기를 잡기가 어려우매
가마우지를 떡과 고기 대신에 먹네.
아들을 낳으면 물오리 새끼처럼
강을 따라가다가 또 호수로 들어가네.
자라나면 넓적한 연잎을 잘라
아이에게 바지와 저고리를 지어 주네.

■ 주 석

棹歌行(도가행) : 악부 곡조 이름. 배를 저으며 부르는 노래이다.
妾(첩) : 옛날에 여자가 자신을 낮추어 부르던 말.
白蘋洲(백빈주) : 흰 네가래가 자라 있는 섬.
魚苗風(어묘풍) : 어민들 사이에서 쓰이는 말로 물고기 새끼가 막 부화해 나올 무렵인 음력 4월에 부는 바람을 가리킨다.
巴東(파동) : 지금의 호북성 파동. 장강 삼협의 중간에 있다.
洗河水(세하수) : 음력 10월에 내리는 큰비.
揚子(양자) : 양자강. 강소성 양주揚州 부근을 지나가는 장강長江.
鸕鷀(노자) : 가마우지.

糕臛(고학) : 떡과 고깃국.

■ **해 제**

장강 가에 사는 한 어촌 아낙의 입을 빌려 고단하고 위험한, 그러면서도 궁핍하기 짝이 없는 어민들의 생활을 파헤친 시이다. 백화투의 평이하고 친근한 표현으로 어민들의 생활을 핍진하게 그려냈다.

종성鍾惺(1574~1624)

경릉竟陵(지금의 호북성 천문天門) 사람으로 자字가 백경伯敬이고 호號가 퇴곡退谷이다. 만력萬曆 38년(1610)에 진사에 급제하여 공부주사工部主事·남경예부낭중南京禮部郎中·복건제학첨사福建提學僉事 등의 관직을 역임했다. 전후칠자前後七子의 복고주의를 반대하고 영감의 발현을 주장하여 공안파公安派와 상통하는 면이 있었다. 그러나 공안파의 시가 천근하고 속되다고 생각하여 특이하고 유별난 표현을 추구했다. 같은 고을의 담원춘譚元春과 함께 경릉파를 이루었는데 그들은 《고시귀古詩歸》·《당시귀唐詩歸》·《명시귀明詩歸》 등을 편찬함으로써 자신들의 시관詩觀을 펼쳐 당시 문단에 종담체鍾譚體가 널리 성행했다. 시문집으로 《은수헌집隱秀軒集》이 있다.

夜歸
야 귀

落月下山徑, 草堂人未歸.
낙 월 하 산 경 초 당 인 미 귀

砌蟲泣涼露, 籬犬吠殘暉.
체 충 읍 량 로 이 견 폐 잔 휘

霜靜月逾皎，煙生墟更微.
상 정 월 유 교　연 생 허 갱 미

入秋知幾日，鄰杵數聲稀.
입 추 지 기 일　인 저 수 성 희

밤에 돌아가노라니

지는 달빛 받으며 산길을 내려가니
초당의 주인은 아직 돌아오지 않았는데
섬돌 밑의 벌레는 찬 이슬에 흐느끼고
울타리 밑의 개는 석양을 보고 짖어댄다.
서리가 소리 없어 달 더욱 희고
안개가 피어올라 마을 더욱 희미하다.
며칠이 더 지나면 가을이 올까?
몇 군데서 아련하게 다듬이 소리 들려온다.

■ 주 석

落月(낙월) : 지는 달. 초저녁에 서쪽 하늘에 보였다가 금방 지는 초승달을 가리키는 것으로 보인다.

草堂(초당) : 흔히 은자의 집을 가리킨다.

杵(저) : 절굿공이일 수도 있고 다듬이 방망이일 수도 있는데, 계절이 가을의 문턱이므로 겨울옷을 준비하는 다듬이 방망이일 가능성이 더 커 보인다.

■ 해 제

가을이 다 되어가는 어느 날 초저녁에 산에서 내려와 자기 집으로 돌아갈 때 본 정경을 그린 것이다. 가을을 앞둔 산골 마을의 저녁 풍경이 한 폭의 그림처럼 아름답게 그려져 있다.

舟晩
주 만

舟棲頻易處, 水宿偶依岑.
주 서 빈 역 처　수 숙 우 의 잠

岸暝江逾遠, 天寒谷自深.
안 명 강 유 원　천 한 곡 자 심

隔墟煙似曉, 近峽氣先陰.
격 허 연 사 효　근 협 기 선 음

初月難離霧, 疏燈稍着林.
초 월 난 리 무　소 등 초 착 림

漁樵昏後語, 山水靜中音.
어 초 혼 후 어　산 수 정 중 음

莫教歸鴉翼, 徒驚倦客心.
막 교 귀 아 익　도 경 권 객 심

배 안에서 맞는 저녁

배 안에서 살다 보니 사는 곳을 자주 바꿔
때로는 언덕 밑에 붙어 자나니
언덕이 어둑하여 강 더욱 멀고
날이 추워 계곡이 저절로 깊다.
건넌마을 연기가 새벽과 비슷한데
협곡이 가까워서 공기부터 음산하다.
초승달은 안개에서 좀처럼 못 벗어나고
등불은 하나둘씩 숲에 걸린다.
해 저물녘 어부와 나무꾼의 얘기가
고요한 이 산하에 울려 퍼진다.

그 소리에 까마귀가 둥지로 날아가며
공연히 지친 길손 놀라게 하지 말길.

■ 주 석

水宿(수숙) : 물 위에서 자다. 배 안에서 자는 것을 말한다.
依岑(의잠) : 언덕에 바짝 다가가다.
疏燈(소등) : 띄엄띄엄 켜져 있는 등불.
稍(초) : 점점.
莫敎(막교) : …하게 하지 말라.
歸鴉翼(귀아익) : 저녁이 되어 둥지로 돌아가는 까마귀의 날갯짓을 가리킨다.
倦客(권객) : 떠돌이생활에 지친 자기 자신을 가리킨다. 이 연은 적막을 깨는 어부와 나무꾼의 얘기 소리에 까마귀가 깜짝 놀라 둥지로 날아가면 자신이 '까마귀도 저물면 둥지로 돌아가는데 나는 왜 그러지 못하는가?'하고 슬픔에 빠지게 될까 봐 조바심을 낸 것이다.

■ 해 제

배를 타고 정처없이 돌아다니는 자신이 어느 날 저녁, 협곡 입구에 배를 대고 하룻밤을 지내며 보고 느낀 감회를 노래한 것이다. 협곡 근처의 고즈넉한 저녁 풍경이 평이한 언어로 선명하게 그려져 있어서 경릉파竟陵派의 전형적 시풍과는 거리가 있다는 평가를 받는 시이다.

담원춘譚元春(1586~1637)

경릉竟陵(지금의 호북성 천문天門) 사람으로 자字가 우하憂夏이고 호號가 곡만鵠灣 또는 사옹蓑翁이다. 천계天啓 7년(1627)에 향시鄕試에 1등으로 급제했으나 진사시험에 응시하기 위해 도성에 머물 때 여관에서 죽었다. 같은 고을의 종성鍾惺과 함께 경릉파를 이루었는데 그들은 《고시귀古詩歸》·《당시귀唐詩歸》·《명시귀明詩歸》 등을 편찬함으로써 자신들의 시관詩觀을 펼쳐 당시 문단에 종담체鍾譚體가 널리 성행했다. 재주가 없고 학식이 얕으면서 이상만 너무 높아 시가 괴벽하고 난삽하다는 비판을 받기도 했지만, 복고주의를 반대하고 영감의 발현을 중시한 그의 시 중에는 범인과는 다른 훌륭한 시가 많다. 시문집으로 《악귀당집岳歸堂集》이 있다.

過利西泰墓而弔之
과 리 서 태 묘 이 조 지

來從絶域老長安, 分得城西一土棺.
내 종 절 역 로 장 안　분 득 성 서 일 토 관

斫地呼天心自苦, 挾山超海事非難.
작 지 호 천 심 자 고　협 산 초 해 사 비 난

私將禮樂攻人短, 別有聰明用物殘.
사 장 례 악 공 인 단　별 유 총 명 용 물 잔

行盡松楸中國大, 不教奇骨任荒寒.
행 진 송 추 중 국 대　불 교 기 골 임 황 한

마테오 리치의 무덤을 지나다 애도하는 마음으로

만리 밖 이역에서 와서 장안에서 늙다가
성 서쪽의 토관 하나 차지하였네.
땅을 치고 하늘에 호소하며 마음이 괴로웠지만

> 산을 끼고 바다 건너는 것 힘들게 여기지 않았네.
> 예악을 가지고 그의 단점을 사사로이 공격했지만
> 그는 특별히 총명했고 용품도 남겨 줬네.
> 드넓은 중국을 돌아다니다 소나무 가래나무 밑에서 멈추니
> 기인의 뼈를 황량하고 썰렁하게 하지 않았네.

■ 주 석

利西泰(이서태) : 이탈리아의 예수회 선교사 마테오 리치(Matteo Ricci, 1552~1610). 그의 이름은 중국어로 음역하여 '마제구瑪提歐 이기利奇'라고도 썼지만 이와 별도로 '이마두利瑪竇'라는 중국식 이름도 있었다. '서태西泰'는 그의 호號이다.

絶域(절역) : 아주 멀리 떨어진 지역.

長安(장안) : 명나라의 도성인 북경北京을 가리킨다.

城西(성서) : 마테오 리치의 무덤은 북경 부성문阜城門 서북쪽의 북경시北京市 위당교委黨校 안에 있다.

土棺(토관) : 흙으로 만든 널.

斫地呼天(작지호천) : 땅을 치고 하늘을 향해 부르짖다. 견디기 힘든 고통을 겪는다는 뜻이다.

挾山超海(협산초해) : 태산을 끼고 북해를 건너다. 마테오 리치가 멀리 이탈리아에서 중국까지 온 것을 가리킨다. 《맹자孟子 · 양혜왕梁惠王 상上》에 "태산을 옆구리에 끼고 북해를 건너면서 '나는 이 일을 할 수 없다'라고 한다면 이는 참으로 할 수 없는 것이다(挾太山以超北海, 曰 : '我不能.' 是誠不能也)"라는 말이 있다.

將(장) : …을 가지고.

攻人短(공인단) : 남의 단점을 공격하다. 서여가徐如珂, 안문휘晏文輝, 심각沈潅 등이 상소문을 올려 마테오 리치가 예악도 모르면서 백성들을

현혹한다고 비난한 것을 가리킨다.(《명사明史 · 외국外國 7 · 이탈리아 意大里亞》 참조)

聰明(총명) : 《명사 · 외국 7 · 이탈리아》에 마테오 리치를 평하여 "대체로 총명하고 특출한 선비로 오로지 선교에만 뜻을 두고, 벼슬하여 돈을 버는 일은 추구하지 않았으며, 그가 지은 책에는 중국 사람들이 아직 언급하지 않은 것이 많았다(大都聰明特達之士, 意專行教, 不求祿利, 其所著書, 多華人所未道)"라고 했다.

用物(용물) : 마테오 리치가 전한 일용품을 가리킨다. 이 구절은 마테오 리치가 서양의 과학 지식과 선진 문물을 명나라에 전했다는 말이다. 그는 세계지도, 역서曆書, 자명종 등을 명나라에 전했다.

行盡(행진) : 다 다니다.

松楸(송추) : 소나무와 가래나무. 둘 다 무덤에 많이 심는 나무이기 때문에 무덤을 가리킨다.

不教(불교) : …하게 하지 않다.

奇骨(기골) : 비범한 골격. 마테오 리치의 주검을 가리킨다.

荒寒(황한) : 황량하고 썰렁하다.

■ **해 제**

마테오 리치는 선교를 위해 서양의 과학과 학술을 중국어로 번역하여 소개하는 등 명나라 과학과 학술의 발전에 큰 영향을 미쳤다. 그러나 그는 명나라에 머무는 동안 보수적인 명나라 관리들로부터 많은 비난과 멸시를 받았다. 담원춘은 이들 폐쇄적인 사고방식의 소유자들과 달리 마테오 리치의 입장을 동정하고 그의 공적을 찬양했다.

진자룡陳子龍(1608~1647)

화정華亭(지금의 상해시 송강현松江縣) 사람으로 자字가 인중人中 또는 와자臥子이고 호號가 일부軼符 또는 대준大樽이다. 숭정崇禎 10년(1637)에 진사에 급제하여 소흥추관紹興推官 · 병과급사중兵科給事中 등의 관직을 지내다가 조정이 부패한 꼴이 보기 싫어서 사직하고 고향으로 돌아가 하윤이夏允彝 · 서부원徐孚遠 등과 함께 기사幾社를 결성했다. 명나라가 망한 뒤에는 적극적으로 항청운동抗淸運動을 벌이다가 체포되었는데 압송 도중에 기회를 보아 투신자살했다. 시는 명나라의 멸망을 분기점으로 작풍에 큰 차이가 있으니, 명나라 멸망 이전에는 옛사람의 작풍을 모의한 것이 많고, 명나라 멸망 이후에는 조국을 잃은 비분강개한 심정과 이민족에 대한 적개심을 노래한 것이 많다. 시문집으로 《진충유공전집陳忠裕公全集》이 있다.

小車行
소 거 행

小車班班黃塵晚, 夫爲推, 婦爲輓.
소 거 반 반 황 진 만　부 위 추　부 위 만

出門何所之.
출 문 하 소 지

靑靑者楡療吾飢, 願得樂土共哺糜.
청 청 자 유 료 오 기　원 득 락 토 공 포 미

風吹黃蒿, 望見墻宇, 中有主人當飼汝.
풍 취 황 호　망 견 장 우　중 유 주 인 당 사 여

叩門無人室無釜, 躑躅空巷淚如雨.
고 문 무 인 실 무 부　척 촉 공 향 루 여 우

소거행

먼지 날리는 저녁 나절 작은 수레 삐걱삐걱
남편은 밀어주고
아내는 끄네.
대문을 나서서 어디로 가나?
파란 느릅잎으로 허기나 면한지라
낙원으로 가서 함께 죽이라도 먹고 싶네.
바람 불어 누런 쑥대 기울어지자
그 사이로 담과 처마 바라보이니
그 집 주인 그대들에게 음식을 좀 주겠네.
문 두드려도 사람 없고 집에 솥도 없으매
인적 없는 길에서 배회하며 비 오듯 눈물을 흘리네.

■ 주 석

班班(반반) : 수레가 굴러가는 소리.
楡(유) : 느릅나무. 여린 잎과 여린 열매는 구황식물로 쓰였다.
墻宇(장우) : 담과 처마. 집을 가리킨다.
躑躅(척촉) : 배회하다.

■ 해 제

숭정崇禎 10년(1637) 여름, 북경 일대에는 가뭄이 들고 산동 지방에는 메뚜기의 일종인 누리의 피해가 심해 흉년이 들었다. 이 시는 악부 형식을 빌려 당시 백성들의 생활상을 그려낸 것으로 굶주림을 참다 못해 먹을거리를 찾아 나서 보지만 다른 집도 더 나을 바가 없는 참담한 정경이 쉽고 자연스러운 언어로 형상감 있게 묘사되어 있다.

4. 청시清詩

명明나라 숭정崇禎 17년(1644)에 이자성李自成이 북경을 함락하자 청清나라 군대가 그 틈을 타 쳐들어와서 정권을 장악한 뒤 만주족滿洲族이 중국을 지배하였다.

청 초기에는 통치를 공고하게 하기 위하여 사상 통제를 강화하고 문자옥文字獄을 크게 일으켜 시가 창작은 크게 위축되었다. 그러나 시국이 안정된 이후 청조의 통치자는 포악하고 잔인한 방법으로 한족을 억압했던 몽고족의 원元나라와는 달리 한족의 문화를 인정하고 지식인을 대우해주는 유화책을 사용하였고, 심지어 통치계층인 만주족 스스로 한족의 문화를 배우기까지 하였다. 강희제康熙帝(1662~1722 재위)와 건륭제乾隆帝(1736~1795 재위)는 학술 부흥책에 힘을 쏟아 대대적으로 도서 편찬 사업을 펼쳤으니 《강희자전康熙字典》, 《고금도서집성古今圖書集成》, 《대청일통지大清一統志》, 《사고전서四庫全書》 등이 이 시기에 나온 전적들이다. 역대 시가를 정리하고 시가 창작의 참고자료를 제공하는 사업도 행해졌으니 《패문운부佩文韻府》, 《전당시全唐詩》 등이 그 결과물이다.

만주족 통치자의 유화정책은 한족의 기존 문화유산을 연구하고 보존하려는 한족 지식인의 욕구와 일치하여, 청대의 학술계는 고증학考證學과 훈고학訓詁學 방면에서 뛰어난 성취를 이루었고, 학문 풍토도 옛것을 중시하는 복고적인 경향을 보였다. 이러한 경향은 시가 방면에서도 예외가 아니어서 대다수의 청대 시인들은 당시唐詩와 송시宋詩 등을 시의 전범으로 받들어 이를 배우고 계승하려는 노력을 하였다. 따라서 청대의 시는 독창적인 새로운 영역을 개척하지 못하고 전대의 시풍을 답습하는 한계를 보였다.

청대淸代는 초기, 중기, 후기로 시기를 구분할 수 있는데, 초기는 순치順治, 강희, 옹정雍正 시기가 이에 해당하고, 중기는 건륭乾隆, 가경嘉慶 시기부터 아편전쟁鴉片戰爭 이전까지이고, 후기는 아편전쟁 이후이다.

청 초기에 저명한 시인으로 전겸익錢謙益(1582~1664), 오위업吳偉業(1609~1671), 공정자龔鼎孶(1615~1673) 세 사람을 우선 들 수 있는데 이들은 '강좌삼대가江左三大家'라 칭해지며 시명을 떨쳤다. 이들은 모두 명조에서 벼슬한 뒤 청조에서 다시 벼슬을 하였기에 망국의 유신으로 지조를 지키지 못했다는 심리적 갈등이 시 속에 반영되어 있다.

전겸익은 명明나라 칠자七子의 "시는 반드시 성당의 시라야 한다(詩必盛唐)"는 시관詩觀을 반대하고 송시宋詩를 높이 평가하였다. 특히 소식蘇軾, 육유陸遊, 원호문元好問 등을 추숭하였다.

오위업은 명나라에서 벼슬한 사람으로 청나라에서도 벼슬을 하였기 때문에 같은 처지에 있었던 동시대의 다른 시인과 마찬가지로 지조를 지키지 못하고 청나라에서 벼슬하였다는 죄책감에 시달리며 살 수밖에 없었다. 다수의 그의 시에는 이로 인한 심리적 갈등이 반영되어 있다. 고통 받는 인민들의 생활상을 담은 작품을 많이 창작하였는데 이 또한 난세에 살았던 지식인의 고민 때문이었을 것이다.

강좌삼대가에 이어 청대 초기의 시단에서 명성을 떨쳤던 시인으로 시윤장施閏章(1618~1683)과 송완宋琬(1614~1673)이 있는데 시윤장이 안휘安徽 출신이고 송완이 산동山東 출신이어서 당시 사람들이 이 두 사람을 병칭하여 '남시북송南施北宋'이라 하였다.

전겸익과 오위업 이후 문단의 영수가 되어 시가 창작에 큰 영향을 끼친 사람은 왕사정王士禛(1634~1711)이다. 그는 송시宋詩를 배척하고 당시唐詩를 시의 모범으로 받들었으며, 특히 왕유王維, 맹호연孟浩然, 위응물韋應物 등의 시를 좋아하였다. 그는 작시作詩 이론으로 신운설神韻說을 주장하였는데 왕유, 맹호연 등 당대唐代 시인들의 시를 모아 엮은 《당현삼매집唐賢三昧集》을 통해 그가 이상으로 삼은 시가 어떤 것인지 확인할 수 있다.

왕사정에 의해 '종당宗唐'의 기풍이 일시에 유행하였지만, 뒤이어 일군의 시인들은 당시를 반대하고 송시를 표방하였는데, 이들 중 사신행査愼行(1650~1727)이 가장 높은 성취를 이루었다. 그는 송시 중에서도 특히 소식蘇軾의 시를 애호하여 편년編年하고 주해註解하였다. 그는 여러 지역을 유람한 이력이 있어서 기행시를 많이 지었으며 민간의 질고를 반영한 작품도 적지 않다.

이상의 시인 이외에도 청 초기 시단에 큰 족적을 남긴 시인으로 조집신趙執信(1662~1744)이 있다. 그는 언지言志를 위주로 하는 시를 지었으며 시상이 예리하고 빼어나다는 평을 받았다. 신악부新樂府와 같이 현실을 반영한 고체시古體詩에 저명한 작품이 많지만 한가로운 정취情趣를 담은 서정시에서도 많은 수작을 남겼다.

건륭, 가경 연간에 많은 특출한 시인들이 등장하고 여러 유파流派가 생기는데 대표적인 것으로는 심덕잠沈德潛(1673~1769)이 주도한 격조파格調派, 원매袁枚(1716~1797)가 주도한 성령파性靈派, 옹방강翁方綱(1733~1818)이 주도한 기리파肌理派 등이 있다. 그 외에도 여악厲鶚(1692~1752), 정섭鄭燮(1693~1765), 황경인黃景仁(1749~1783) 등의 시인이 제각기 독특한 시경詩境을 개척하여 중기의 시단에서 일가를 이루었다.

심덕잠은 건륭 연간에 주로 활동한 시인으로 시의 표현이 '온유돈후溫柔敦厚'하면서 격조格調에 맞아야 한다고 주장하고, 작시의 모범으로 한위漢魏와 성당盛唐의 시를 내세우며 송시를 폄하하였다. 그가 지은 시 중에는 가작도 적지 않지만 대부분은 문학성이 뛰어나지 않아 창작 방면의 성취는 한계를 보였다.

원매는 장사전蔣士銓(1725~1785), 조익趙翼(1727~1814)과 함께 '건가삼대가乾嘉三大家'로 칭해지고, 기윤紀昀(1724~1808)과 함께 '남원북기南袁北紀'라 칭해진 대시인이다. 그는 명대明代 공안파公安派의 문학주장을 계승하여 성령설을 주창하였다. 성령이란 작가의 성정이나 영감을 뜻하는 말인데, 원매는 작품 속에 작가의 참된 성정이 담겨 있고 새롭고 활발한 영감이 발현되어야 한다고 주장하여, 개성적이고 주정적主情的인 글쓰기를 표방하였다.
옹방강은 이전의 신운설, 격조설, 성령설 등이 모두 단점이 있다고 생각하여 기리설을 제창하였다. '기리肌理'란 원래 사람의 살결을 뜻하는 말이지만 그는 사상을 뜻하는 의리義理나 글을 뜻하는 문리文理를 아우르는 말로 사용하면서, 시가는 학문을 바탕으로 해야 내용이 실질적이고 형식이 전아하게 된다는 주장을 내세운 것이다. 그러나 그의 시는 도리어 서정성이 결여되었고, 심지어 학술적인 내용을 시 형식에 담기까지 하여 원매에 의해 "책을 베껴 시를 지었다"는 혹평을 받았다.
여악은 도연명, 사영운, 왕유, 맹호연 등의 영향을 받아 산수자연시에 뛰어난 성취를 이루었고 오언고시五言古詩를 잘 지었다. 송시宋詩도 깊이 연구하여 《송시기사宋詩紀事》를 지었다.
정섭은 양주팔괴揚州八怪의 한 사람으로 꼽히는 유명한 화가이나, 글씨와 시에도 뛰어나 삼절三絶이라는 칭호를 받은 인물이다. 그의 시풍은 백낙천白樂天과 비슷하고 백묘白描의 수법을 잘 운용하였다.
황경인은 뛰어난 재능이 있었음에도 평생 뜻을 펴지 못하고 생활이 곤궁하였기에, 그의 시 대다수에는 우수와 울분의 감정이 짙게 배여 있다. 아울러 강인하고 고집스러운 기개도 담고 있어서 그의 시는 독자에게 깊은 감동을 준다.
1840년부터 1911년까지 청나라는 서양 제국주의 침략에 반식민지半植民地 상태로 전락해 가다가 결국 신해혁명辛亥革命으로 왕조의 종말을 맞이하는 격동과 변혁의 시기였다. 이 시기에 시를 지은 시인들은 다수가 선각자이자 계몽가였으며, 사상가이자 혁명가였다. 따라서 이들의 시에는 날로 몰락해가는 조국의 현실과 그에 대한 비탄, 개혁의 방안과 혁명에 대한 열정이 흘러넘치며, 이는 이 시기 시가의 가장 큰 특징을 이룬다.
1840년 아편전쟁에서 패한 청나라는 점차 반봉건半封建 반식민 사회로 추락하였다. 부패하고 무능한 청 정부는 제국주의 열강의 침략에 영토를 할

양하여 강화를 맺는 수밖에 없었다. 1851년부터 1864년까지 존속한 태평천국太平天國은 청나라 정부의 통치력을 소모시켜 혁명운동의 싹을 틔웠다. 19세기 후반에 청나라 정부는 양무운동洋務運動이라고 불리는 근대화를 시도하지만 결국 실패로 돌아갔다. 1884년 청일전쟁에서 패배하고, 1900년에는 팔국연합군이 북경을 점령하기에까지 이르렀다. 멸만흥한滅滿興漢의 기치를 내건 혁명의 물결은 1911년 신해혁명을 일으켜 청 정부는 종말을 맞이하였다.

아편전쟁 시기부터 청말까지 스러져 가는 나라의 참상과 치욕을 목도한 많은 시인들이 애국적 열정을 시가로 토로하였으며, 이는 이 시기 시가의 가장 큰 특징을 이룬다. 아편의 폐해를 고발하고 아편전쟁의 참상을 읊은 시가가 양산되었다. 영국군에 맞서 용감히 싸운 군인과 백성을 찬양하고, 전사자에 대한 애도를 시로 표현하였다. 주락周樂의 〈아편연가鴉片烟歌〉, 장유병張維屛의 〈삼원리三元里〉, 조함趙函의 〈십애시十哀詩〉 등이 이 시기의 명편이다.

쇠락해가는 나라의 현실을 목도하고 개혁을 주장한 개량주의자改良主義者들도 시가를 통하여 현실을 고발하고 사상을 표현하였다. 공자진龔自珍, 위원魏源 등은 개량주의의 선구자들이다. 공자진은 48세 때인 1839년(도광道光 19) 기해년에 벼슬을 그만두고 고향으로 돌아가면서 《기해잡시己亥雜詩》 315수를 지었다. 여로에서 목격한 현실을 반영하고 자신의 생애를 회고한 작품이다.

청말 무술변법戊戌變法 등 유신운동에 활약한 강유위康有爲, 양계초梁啓超, 담사동譚嗣同, 황준헌黃遵憲, 임서林紓 등도 시가로 진보적인 사상을 고취하였다. 황준헌은 외교관으로서 일본과 미국에서 근무한 경험을 시로 표현하였다. 청일전쟁 당시 청군과 일본군의 평양전투를 시로 읊었으며, 미국으로 부임하면서 태평양을 횡단하는 배에서 지구를 시로 읊기도 하여 독특한 시세계를 보여준다. 신해혁명 전야에는 추근秋瑾, 소만수蘇曼殊 등이 군주제도의 변혁을 시가로 주장하였다.

전겸익錢謙益(1582~1664)

자字가 수지受之이고, 호號가 목재牧齋이다. 만년에는 몽수蒙叟라는 호를 썼다. 강소江蘇 상숙常熟 사람으로 명말의 정치결사였던 동림당東林黨의 지도자였다. 명明 만력萬曆 연간에 진사가 되어 관직이 이부시랑吏部侍郎에 이르지만, 연좌되어 사직 당하였다. 복왕福王(홍광제弘光帝)이 남명南明을 세우자 그의 조정에서 예부상서禮部尙書를 지냈다. 청나라 군대가 남하하여 남경이 함락되자 청나라에 투항하여 예부우시랑禮部右侍郎이 되었으나, 곧 사직하고 고향으로 돌아왔다. 귀향한 후 몰래 항청복명抗淸復明 활동에 종사하였고, 명 왕조를 추념하는 내용의 시를 다수 썼다. 저서로《초학집初學集》,《유학집有學集》,《투필집投筆集》등이 있다.

河間城外柳二首(其一)
하간성외류이수 기일

日炙塵霾轍跡深, 馬嘶羊觸有誰禁.
일적진매철적심 마시양촉유수금

劇憐春雨江潭後, 一曲淸波半畝陰.
극련춘우강담후 일곡청파반무음

하간성 밖의 버드나무 2수 (제1수)

햇볕 뜨겁고 먼지 날리며 바퀴자국 깊은 곳

말이 시끄럽게 울고 양이 뿔로 부딪치나 누가 이를 막으랴?

몹시도 그리운 것은 강담에 봄비 내린 후

한 굽이 맑은 물결에 넓은 그늘 드리운 모습이라네.

■ 주 석

日炙(일적) : 해가 몹시 뜨거운 것을 말한다.
觸(촉) : 뿔로 부딪치는 것을 말한다.
劇憐(극련) : 몹시 좋아하다, 너무 사랑하다. '극劇'은 '몹시'라는 뜻이다.

■ 해 제

고향에서 칩거 중이던 시인이 수도로 와서 관직을 맡으라는 부름을 갑작스럽게 받고 길을 떠나 오랜 여행길의 고생을 겪던 중, 하간의 성에 묵으며 성밖의 버드나무를 보고서 이 시를 썼다. 사람들이 많이 다니는 길가에 선 타향의 버드나무의 고통스러운 모습을 보고, 봄비 내린 날 강담에 그늘을 드리운 고향의 아름다운 버드나무를 마음속에 떠올렸다. 고향에서 자유롭게 살지 못하고 벼슬길에서 고생하는 자신의 신세를 마음 아파하였기 때문이리라.

金陵後觀棋絶句六首 (其三)
금릉후관기절구륙수 기삼

寂寞枯枰響泬寥, 秦淮秋老咽寒潮.
적막고평향혈료 진회추로열한조
白頭燈影凉宵裏, 一局殘棋見六朝.
백두등영량소리 일국잔기견륙조

금릉에서 후에 지은 바둑 구경 6수 (제3수)

적막한 바둑판에는 공허한 소리 울리고,
가을 깊은 진회에는 조수가 흐느낀다.
백발의 노인이 등불 비치는 싸늘한 밤에,
남은 바둑 한판에서 육조의 흥망을 본다.

■ 주 석

後觀棋(후관기) : 전겸익은 이전에 〈관기절구육수위왕유청작觀棋絶句六首爲汪幼靑作〉을 지었었는데, 후에 또 이 여섯 수를 지었기에 〈금릉후관기金陵後觀棋〉라고 제목을 단 것이다.

枯枰(고평) : 마른 나무로 만든 바둑판.

響(향) : 바둑판에 돌을 놓을 때 나는 소리를 말한다.

泬寥(혈료) : 공허하거나 쓸쓸한 상황을 형용한다.

秦淮(진회) : 진회하秦淮河. 남경南京을 지난다.

■ 해 제

이 시는 순치順治 4년(1647) 남경에서 쓴 것이다. 세상사를 실컷 겪은 흰머리의 시인은 한 판의 바둑판에서 남경을 도읍으로 하였던 역대 왕조의 흥망성쇠를 읽어낼 수 있었으니, 이 순간 시인이 몸담았던 남명의 멸망이 더욱 가슴 아팠을 것이다.

오위업吳偉業(1609~1671)

자가 준공駿公, 호가 매촌梅村이며 강소江蘇 태창太倉 사람이다. 숭정 연간에 진사進士가 되고 여러 관직을 역임하였다. 남명南明 정권이 수립된 뒤 복왕福王의 부름을 받고 잠시 소첨사小詹事가 되었으나 곧 사직하고 낙향하였다. 이후 순치 연간에 청조의 부름을 받고 국자감좨주國子監祭酒를 지냈지만 사직하고 고향으로 돌아와 여생을 보냈다. 저서에 《매촌집梅村集》이 있다.

伍員
오 원

投金瀨畔敢安居, 覆楚亡吳數上書.
투 금 뢰 반 감 안 거 　복 초 망 오 삭 상 서

手把屬鏤思往事, 九原歸去愧包胥.
수 파 촉 루 사 왕 사　구 원 귀 거 괴 포 서

오원

금을 던져 넣은 뇌수 가에서 감히 편히 머물 수 있었겠는가?
초나라를 전복하기 위해 오나라로 망명하여 자주 글을 올렸지.
손에 촉루검을 잡고 지난 일 돌이켜보았을 때
무덤으로 돌아가면 신포서에게 부끄럽겠다고 생각했겠지.

■ 주 석

伍員(오원) : 춘추시대 오吳나라의 대부 오자서伍子胥를 가리킨다. 이름이 '원員'이고, 자가 '자서子胥'이다. 초楚나라 사람이었으나 아버지와 형이 살해되자 오나라에 망명하여 오왕 합려闔閭를 보좌하여 오나라를 강대국으로 키웠으며, 군사를 이끌고 초나라를 쳐서 원수를 갚았다. 합려가 죽고 부차夫差가 즉위한 뒤에 월越나라와의 강화를 극력 반대하다가 부차의 미움을 사 자결을 강요받고 죽었다.

投金瀨(투금뢰) : 오자서가 초나라에서 오나라로 도망가는 길에 뇌수瀨水 옆에서 빨래를 하고 있던 여인에게 걸식하였다. 오자서는 그녀가 준 음식을 먹고 나서 그녀에게 먹은 흔적을 숨겨달라고 부탁하여 행적을 감추려 했다. 그러자 여인은 스스로 강물에 투신하여 그의 걱정을 풀어주었다. 뒤에 오자서가 다시 뇌수를 지나며 그녀의 집을 수소문하였으나 찾지 못하자 달리 보답할 길이 없어 그녀가 뛰어든 강물에 금을 던져 넣었다. 뇌수는 강소성江蘇省 율양현溧陽縣에 있다.

上書(상서) : 월나라가 오나라에게 패배한 뒤 월왕 구천이 화해를 청하자 부차는 이를 받아들였다. 오자서가 이는 후환거리가 된다고 생각하여 극력 간언하였다.

屬鏤(촉루) : 검 이름. 부차가 오자서에게 자결하라고 이 검을 주었다.
九原(구원) : 묘지.
包胥(포서) : 초나라의 대부 신포서申包胥를 가리킨다. 오자서와는 본래 친구 사이다. 오자서가 망명하면서 그에게 반드시 초나라를 전복하겠다고 하자 그는 반드시 초나라를 지킬 것이라고 답하였다. 오자서가 초나라를 공격할 때 진秦나라로 가서 도와줄 것을 요청하며 7일 밤낮을 울었는데 이에 감복한 진나라 왕이 구원병을 내주었다.

■ **해제**

오자서는 망명길에서 마음 편할 수 없었고, 망명한 뒤 오나라를 위해서 갖은 노력을 하였다. 그는 오왕 합려를 보좌하여 큰 공업을 세웠고 부차를 위해 충성을 다했으나 도리어 죽임을 당하였다. 조국을 등지고 타국을 위해 애쓴 결과는 너무나 비참하였으니, 죽음에 임해 조국을 위해 평생을 바친 신포서를 생각했을 때 만감이 교차했을 것이다.
이 시에는 명과 청 두 왕조를 섬겨 변절했다는 오명汚名 속에 산 시인의 회한이 투영되어 있다.

自歎
자 탄

誤盡平生是一官, 棄家容易變名難.
오 진 평 생 시 일 관 　 기 가 용 이 변 명 난

松筠敢厭風霜苦, 魚鳥猶思天地寬.
송 균 감 염 풍 상 고 　 어 조 유 사 천 지 관

鼓枻有心逃甫里, 推車何事出長干.
고 예 유 심 도 보 리 　 추 거 하 사 출 장 간

旁人休笑陶弘景, 神武當年早掛冠.
방 인 휴 소 도 홍 경 　 신 무 당 년 조 괘 관

스스로를 탄식하다

일생을 죄다 망친 것이 한 번의 벼슬살이,

가족을 버리기는 쉬워도 이름 바꾸기는 어렵구나.

소나무 대나무가 어찌 바람서리의 괴로움을 꺼리리오!

물고기와 새는 천지가 넓음을 그리워한다네.

배 저어 보리로 도피하고 싶은 마음 있었건만

무슨 일로 수레 타고 장간을 나가는가?

사람들아, 도홍경을 비웃지 말지니

당시에 일찌감치 관모를 신무문에 걸었다네.

■ 주 석

鼓枻(고예) : 노를 젓다. 배를 띄우다.

甫里(보리) : 만당晩唐 시인 육구몽陸龜蒙은 그가 은거한 지명을 따라 보리선생甫里先生이라 자호하였다. 보리는 지금의 강소성江蘇省 오현吳縣에 있는데 육구몽이 이곳에 은거하며 유유자적한 생활을 하였다. 오위업도 청에 출사出仕하기 전 근 10년간 은거생활을 하였기에 자신을 육구몽에 견주한 것이다.

長干(장간) : 즉 장간리로 지금의 강소성 중화문中華門 밖에 있었는데, 여기서는 남경을 대칭한다. 오위업이 남경을 거쳐 북쪽으로 올라갔기 때문에 "출장간出長干"이라고 한 것이다.

旁人(방인) : 옆에 있는 사람. 일에 관계없는 일반인을 뜻한다.

陶弘景(도홍경) : 남조南朝 양梁나라 사람이다. 456~536년. 남제南齊에서 좌위전중장군左衛殿中將軍 등을 역임하였다가, 영명永明 10년(492) 조복朝服을 벗어 신무문神武門에 걸어놓고 은거하였다. 그러나 관직에서 물러난 뒤에도 계속해서 정치에 관심을 가져 사람들의 비웃음을 샀다.

오위업은 남명 조정에서 벼슬을 사직한 적이 있었지만 이제 다시 벼슬길에 나서니 도홍경만도 못하다고 자탄한 것이다.

■ **해 제**

이 시는 오위업이 45세 때인 순치 10년(1653), 청조에 출사하러 북상北上하기 직전에 쓴 것으로 추정된다. 변절자의 비난을 받게 될 것이 자명함에도 불구하고 가족이 핍박 받을 것을 두려워하여 출사할 수밖에 없는 신세를 자탄하는 시인의 처지가 안쓰럽다.

梅村
매 촌

枳籬茅舍掩蒼苔, 乞竹分花手自栽.
지 리 모 사 엄 창 태 걸 죽 분 화 수 자 재

不好詣人貪客過, 慣遲作答愛書來.
불 호 예 인 탐 객 과 관 지 작 답 애 서 래

閒窗聽雨攤詩卷, 獨樹看雲上嘯臺.
한 창 청 우 탄 시 권 독 수 간 운 상 소 대

桑落酒香盧橘美, 釣船斜繫草堂開.
상 락 주 향 로 귤 미 조 선 사 계 초 당 개

매촌

탱자 울타리의 초가집은 푸른 이끼에 덮여 있는데
대나무 꽃나무 얻어다가 손수 심어 놓았다.
남을 찾아가는 것은 좋아하지 않으면서 손님이 들러주기를 바라고
답장은 으레 늦게 쓰면서 편지 오는 건 좋아한다.
한가로운 창에 빗소리 들릴 적엔 시집을 펼쳐보고

홀로 선 나무 위의 구름을 보려면 누대에 오른다.
상락주 향기롭고 비파가 맛있을 적에
낚싯배는 비스듬히 묶어 놓고 초당은 열어 놓았다.

■ **주 석**

梅村(매촌) : 오위업의 별장 이름.
嘯臺(소대) : 하남河南 위씨현尉氏縣에 있는 누대 이름. 서진西晉 시인 완적阮籍이 여기서 휘파람을 불었기에 붙여진 이름으로 완공소대阮公嘯臺 혹은 완적대阮籍臺라고도 불린다. 여기서는 매촌에 있는 누대를 말한다.

■ **해 제**

오위업이 젊은 시절 과거에 급제한 뒤 고향에 돌아가 살았는데, 그때 살던 매촌의 경물과 그 속에서의 자적한 심사를 읊은 시이다. 함련의 두 구는 인구에 회자하는 오위업의 명구로 음미할 만하다.

고염무顧炎武(1613~1682)

초명初名이 강絳이고 자가 충청忠淸이었는데 후에 개명하고 자를 영인寧人으로 하였다. 강소성 곤산昆山 사람으로 호가 정림亭林이어서 세칭 정림선생이라 한다. 명말의 수재秀才로 환관과 권귀權貴의 부패한 정치에 반대하던 복사復社에 참여하였고 청나라 초기에는 항청抗淸 운동에 동참하여 평생 지조를 꺾지 않았다. 황종희黃宗羲, 왕부지王夫之와 함께 청초의 세 대유大儒로 존경받았다. 시는 두보의 시 정신을 배워 고국의 쇠망에 대한 안타까움과 인민의 질고에 대한 동정심을 표현하였다. 청대 학술의 기초를 개척하여 학자로서도 일가를 이루었다. 저서로는《정림시집亭林詩集》,《일지록日知錄》등이 있다.

精衛
정 위

萬事有不平, 爾何空自苦.
만 사 유 불 평　이 하 공 자 고

長將一寸身, 銜木到終古.
장 장 일 촌 신　함 목 도 종 고

我願平東海, 身沈心不改.
아 원 평 동 해　신 침 심 불 개

大海無平期, 我心無絶時.
대 해 무 평 기　아 심 무 절 시

嗚呼, 君不見西山銜木衆鳥多,
오 호　군 불 견 서 산 함 목 중 조 다

鵲來燕去自成窠.
작 래 연 거 자 성 과

정위새

만사가 다 공평하지 않은 법이거늘
너는 무엇 때문에 공연히 스스로 고생하여,
길이가 한 치 되는 몸으로
영원토록 나무를 물어 나르는가?
나는 동해를 메우고자 하니
몸이 물에 빠져도 마음 바뀌지 않으리니,
큰 바다 메워질 날 없다면
내 마음도 그만둘 때 없으리라.
아아! 그대는 보지 못했는가,
서산에 나무를 물어 나르는 뭇 새들 많은데
오고가는 까치와 제비가 자기 둥지만 만드는 것을.

■ **주 석**

精衛(정위) : 고대 신화 속에 나오는 새 이름. 《산해경 · 북산경北山經》에 의하면 "그 모양이 까마귀와 비슷한데, 머리에는 무늬가 있고 부리는 하얗고 다리는 붉다. 원래 염제炎帝의 막내딸로 이름이 여와였는데 동해에 갔다가 물에 빠져 죽은 뒤 정위가 되었고, 자신을 죽게 한 동해를 메우려고 항상 부리로 나무와 돌을 물어다가 동해에 던져 넣는다"고 하였다.

■ **해 제**

순치順治 4년(1647)에 지었다. 청나라에 저항하고 명나라를 다시 일으켜 세우겠다는 시인의 의지를 신화에 나오는 정위 이야기를 빌어 표출하였다. 불가능한 목표임에도 포기하지 않고 끝까지 투쟁하겠다는 정위의 다짐이 자기 살 궁리만 하는 까치, 제비의 생태와 대조되어 독자로 하여금 깊이 감동하게 한다.

송완宋琬(1614~1673)

자가 옥숙玉叔이고 호는 여상荔裳이며, 산동성山東省 내양萊陽 사람이다. 순치順治 4년(1647)에 진사가 되었고, 호부주사戶部主事, 절강안찰사浙江按察使 등을 역임하였다. 절강안찰사 재임 시에 반란 사건에 연루되어 여러 해 옥살이를 하였고, 석방 후에도 장시간 일없이 지냈다. 만년에 사천안찰사四川按察使를 하였다. 두보杜甫, 한유韓愈, 육유陸游 등을 배워 시풍이 호탕豪宕한 시를 많이 지었다. 내용상으로는 시세에 대한 감상과 비분한 심사를 읊은 시가 많다. 당시 그의 명성이 높아 시윤장施閏章과 '남시북송南施北宋'이라 병칭되었다. 문집으로 《안아당집安雅堂集》이 있다.

舟中見獵犬有感
주 중 견 렵 견 유 감

秋水蘆花一片明, 難同鷹隼共功名.
추 수 로 화 일 편 명 　난 동 응 준 공 공 명

檣邊飽飯垂頭睡, 也似英雄髀肉生.
장 변 포 반 수 두 수 　야 사 영 웅 비 육 생

배 안에서 사냥개를 보고 느낌

가을 물과 갈대꽃이 온통 밝으니
매와 공명을 같이하기는 어렵겠구나.
돛대 옆에서 배불리 먹고 머리 드리우고 자고 있으니
넓적다리에 살이 붙은 영웅의 신세와 같아라.

■ **주 석**

鷹隼(응준) : 매.

髀肉(비육) : 넓적다리 살. 《삼국지三國志》를 보면 유비劉備가 말을 타고 전장을 누빌 때는 넓적다리에 살이 없었는데, 오랫동안 놀고 있자 살이 붙었다고 탄식한 적이 있었다. 이 구절은 유비의 고사를 사용한 것이다.

■ 해 제

가을이 되어 사냥감이 풍부하다. 창공을 나는 매는 마음껏 사냥을 하건만 개는 강물 위의 배 안에 있어서 역량을 펼 수가 없다. 제자리가 아니어서 쓸모가 없는 사냥개는 바로 여건이 되지 않아 뜻을 펴지 못하는 시인의 투영이다.

시윤장施閏章(1618~1683)

자는 상백尙白이고 호는 우산愚山이며 안휘성安徽省 선성宣城 사람이다. 순치順治 6년(1649)에 진사가 되었고 벼슬은 강서포정사참의江西布政司參議를 거쳐 강희康熙 연간에 한림시독翰林侍讀을 하였다. 위응물韋應物, 유종원柳宗元의 시풍을 추구하였고 오언시에 뛰어났다. 송완宋琬과 함께 '남시북송南施北宋'이라 병칭되었는데, 심덕잠沈德潛이 이들을 평하여 "송완의 시는 웅건하고 뜻이 큰 점에서 뛰어나고, 시윤장의 시는 온유하고 돈후한 점에서 뛰어나다(宋以雄健磊落勝, 施以溫柔敦厚勝)"라 하였다. 문집에 《학여당집學餘堂集》이 있다.

燕子磯
연 자 기

絶壁寒雲外, 孤亭落照間.
절 벽 한 운 외 고 정 락 조 간

六朝流水急, 終古白鷗閒.
육 조 류 수 급 종 고 백 구 한

樹暗江城雨, 天青吳楚山.
수 암 강 성 우　천 청 오 초 산

磯頭誰把釣, 向夕未知還.
기 두 수 파 조　향 석 미 지 환

연자기

차가운 구름 너머 깎아지른 석벽石壁
낙조 사이에 보이는 외로운 정자.
육조 시절에도 물은 급히 흘렀고
언제나 흰 갈매기는 한가롭게 나네.
강가 성에 비가 내려 나무 빛은 짙고
오나라 초나라의 산 위에는 하늘이 푸르다.
물가 바위 머리에서 낚시하는 이 누구일까,
저녁이 되어도 돌아갈 줄 모르네.

■ 주 석

燕子磯(연자기) : 지명. 남경시南京市 북쪽 관음산觀音山 위에서 장강을 굽어보는 형국으로 제비 모양을 한 물가 암석이다. '기磯'는 파도가 부딪치는 바위가 있는 물가를 뜻한다.

六朝(육조) : 남경은 육조의 수도이다.

吳楚(오초) : 오는 대략 강소江蘇 일대이고, 초는 호북湖北 일대를 가리킨다.

■ 해 제

연자기에 올라서 본 경물과 그 경물로 인해 촉발된 느낌을 읊은 시이다. 경물 묘사가 뛰어나 한 폭의 동양화를 보는 듯하다. 함련은 시대는 바뀌어도 강산은 그대로라는 회고의 정을 담고 있다.

雪中閣望
설 중 각 망

江城草閣俯漁磯, 雪滿千山失翠微.
강 성 초 각 부 어 기　설 만 천 산 실 취 미

笑指白雲來樹梢, 不知却是片帆飛.
소 지 백 운 래 수 초　부 지 각 시 편 범 비

눈 내린 날 누각에서 바라보다

강가 성 풀집에서 낚시하는 바위를 굽어보니
모든 산에 눈이 가득 쌓여 푸른빛이 사라졌네.
나무 끝에 걸린 흰 구름을 가리키며 웃었으니
조각돛 나는 모습임을 몰랐기 때문이라.

■ 주 석

草閣(초각) : 풀로 엮은 누각.
漁磯(어기) : 물가의 낚시하는 바위.
翠微(취미) : 산의 푸른빛.
却(각) : 도리어.

■ 해 제

강가 집에서 본 천산만학千山萬壑의 설경을 읊은 시이다. 돛대의 돛을 보고 나무 끝에 구름이 와서 매달린 것으로 착각하고 웃는 모습이 재미있다.

오가기 吳嘉紀(1618~1684)

자는 빈현賓賢이고 호는 야인野人이며, 강소성江蘇省 태주泰州 사람이다. 젊은 시절 소금 굽는 일을 하였고, 후에 각지를 돌아다니며 항청운동抗淸運動에 참여하였다. 항청운동이 실패하자 고향에 은거하여 가난과 병으로 어려운 삶을 살았다. 다수의 시에서 인민의 고단한 삶을 반영하였고 항청 정신을 표출하였다. 문집에 《누헌시집陋軒詩集》이 있다.

絶句
절 구

白頭竈戶低草房, 六月煎鹽烈火旁.
백 두 조 호 저 초 방 유 월 전 염 렬 화 방

走出門前炎日裏, 偸閒一刻是乘涼.
주 출 문 전 염 일 리 투 한 일 각 시 승 량

절구

흰 머리 부엌 일꾼이 나지막한 초가집에서
유월에 타는 불 옆에서 소금물을 달인다.
문 앞 뜨거운 태양 아래로 달려 나가니
잠시 틈을 내어 바람을 쐬고자 해서라네.

■ **주 석**

竈戶(조호) : 바닷물을 끓여 소금 만드는 일꾼을 말한다.
草房(초방) : 풀로 지붕을 한 집.
煎(전) : 달이다.

■ 해제

염전에서 일하는 노동자의 고단한 삶을 생생하게 묘사한 시이다. 뜨거운 태양 아래가 도리어 시원하게 생각되어 잠시 작업장을 빠져나가 문 앞에 서 있는 백발노인의 모습이 눈에 선하다.

주이준朱彝尊(1629~1709)

자는 석창錫鬯이며 호는 죽타竹垞로, 절강성 수수秀水 사람이다. 젊은 시절 항청 활동에 가담하였고, 남명南明 왕조의 마지막 황제인 계왕桂王(만력제萬曆帝의 손자인 영력제永曆帝)이 피살 당한 뒤 여러 지역을 유랑하였다. 강희康熙 18년(1679) 청나라 조정에서 처음으로 박학홍사과博學鴻詞科를 만들었는데 이에 추천되어 한림원검토翰林院檢討가 되고《명사明史》의 편찬에 종사하였다. 그러나 관직생활을 오래하지 못하고 만년에는 고향으로 돌아가 살았다. 경사經史에 박학하였으며 시, 사詞 및 고문에 뛰어났다. 시는 왕사정王士禎과 이름을 나란히 하였는데 박학博學을 바탕으로 시를 지었기 때문에 청신淸新한 맛에서는 왕사정만 못하다는 평가를 받았다. 문집으로《폭서정집曝書亭集》이 있다.

雲中至日
운 중 지 일

去歲山川縉雲嶺, 今年雨雪白登臺.
거 세 산 천 진 운 령　금 년 우 설 백 등 대

可憐至日長爲客, 何意天涯數擧杯.
가 련 지 일 장 위 객　하 의 천 애 삭 거 배

城晩角聲通雁塞, 關寒馬色上龍堆.
성 만 각 성 통 안 새　관 한 마 색 상 룡 퇴

故園望斷江村裏，愁說梅花細細開.
고 원 망 단 강 촌 리　수 설 매 화 세 세 개

동짓날 운중에서

작년에는 진운령의 산천을 즐겼건만
올해는 백등대의 눈비 속에 있다.
가련하게도 동짓날에 늘 나그네 신세니
하늘가에서 술잔 자주 들 줄을 생각이나 했으랴?
성에 해 저물녘 호각 소리가 안문관까지 들리는데
관문의 추위 속에 말을 타고 백룡퇴에 오른다.
고향 쪽 바라보나 강마을은 보이지 않아
시름 속에 "매화가 조금씩 피겠지"라 말하네.

■ 주 석

雲中(운중) : 군郡 이름. 지금의 산서성山西省 대동시大同市에 해당한다.
至日(지일) : 동지와 하지. 여기에서는 동짓날을 가리킨다.
縉雲(진운) : 절강성浙江省 진운현縉雲縣 선도산仙都山에 있는 고개 이름. 산수가 아름다운 곳이다.
白登(백등) : 산 이름. 지금의 대동시 동북쪽에 있다. 산 위에 누대가 있는데 그것이 백등대白登臺이다.
雁塞(안새) : 안문관雁門關. 지금의 산서성 대현代縣 서북쪽에 위치하는데 중요 관문 중 하나이다.
龍堆(용퇴) : 백룡퇴白龍堆. 지금의 신강新疆 위구르자치구維吾爾自治區에 있는 사막 이름. 북동쪽에서 남서쪽으로 뻗어 있는 사막의 형태가 용龍 같다고 하여 백룡퇴라고 부른다. 고대 서역西域의 교통 요지로도 유명하다. 넓게는 변방지역의 사막지대를 통칭한다.

■ **해제**

강희 3년(1664) 주이준의 나이 36세 때 그는 당시 산서안찰부사山西按察副使를 맡고 있던 조용曹溶을 만나기 위해 운중에 갔는데, 이 시는 그때 쓴 것이다. 동지는 한 해가 다하고 새해를 맞이하는 시절이라 고향에서 가족과 함께 지내는 것이 마땅하다. 그러나 시인은 이날 객지에 있었으니, 절로 유랑생활을 하는 자신의 신세를 탄식하게 되었다. 지난 해 동짓날에는 강남의 진운령에서 아름다운 산천을 유람했는데, 올해에는 북방 변경의 백등대에서 눈비를 맞고 있다는 사실을 통해 주이준의 인생 역정이 얼마나 파란만장하였는지 알려준다.
강남은 기후가 온난하여 동지에도 매화가 핀다. 차가운 북녘 땅에서 고향 마을을 그리워하지만 보이지 않아 지금쯤 매화가 조금씩 피어나겠지 하고 혼자 독백하는 시인의 애처로운 모습이 눈에 선하다.

鴛鴦湖棹歌一百首（其八）
원 앙 호 도 가 일 백 수 　 기 팔

檣燕檣烏繞楫師, 樹頭樹底挽船絲.
장 연 장 오 요 집 사 　 수 두 수 저 만 선 사

村邊處處圍桑葉, 水上家家養鴨兒.
촌 변 처 처 위 상 엽 　 수 상 가 가 양 압 아

원앙호의 노 젓는 노래 100수 (제8수)

돛대 위 제비와 까마귀는 노 젓는 사공을 돌며 날고
호수 가 나무 위와 아래에는 배의 밧줄이 묶여 있다.
마을 가 곳곳은 뽕잎에 에워싸이고
물 위에는 집집마다 오리를 기른다.

■ 주 석

鴛鴦湖(원앙호) : 일명 남호南湖라고 한다. 주이준의 고향인 절강성浙江省 가흥현嘉興縣 남쪽에 있다. 원앙호라고 명명한 이유는 원앙이 많기 때문이라는 설도 있고, 양쪽 호수가 서로 붙어 있는 것이 원앙 같기 때문이라는 설도 있다.

檣烏(장오) : 돛대 위에 풍향계가 아니라 실물의 까마귀나 까치이다.

鴨兒(압아) : 새끼오리.

■ 해 제

〈원앙호도가鴛鴦湖棹歌〉는 주이준이 자신의 고향에 있는 원앙호를 중심으로 그 지역의 아름다운 경물과 생활상을 민가풍으로 읊은 연작시로 총 100수이다.

제8수는 저녁 무렵 원앙호 일대의 이런저런 경물을 전대격全對格으로 묘사하였다. 제비와 까마귀가 뱃사공 주위를 날아다니는 모습에서 인간과 동물이 자연 속에서 교감하고 사는 평화로운 삶이 느껴지고, 호수 가 나무에 빈틈없이 묶여 있는 배와 마을 주변을 에워싼 뽕나무, 그리고 집집마다 키우는 오리를 통해 의식衣食을 위해 열심히 살아가는 생활상이 짐작된다.

鴛鴦湖棹歌一百首（其十）
원 앙 호 도 가 일 백 수 　 기 십

穆湖蓮葉小於錢, 臥柳雖多不礙船.
목 호 련 엽 소 어 전 　 와 류 수 다 불 애 선

兩岸新苗纔過雨, 夕陽溝水響溪田.
양 안 신 묘 재 과 우 　 석 양 구 수 향 계 전

원앙호의 노 젓는 노래 100수 (제10수)

목호의 연잎은 엽전보다 작고
누워 있는 버들이 많아도 배를 방해하지 않는다.
양쪽 언덕 새로 돋은 싹에 마침 비가 지나자
석양에 도랑물 소리 시냇가 밭에서 울린다.

■ 주 석

穆湖(목호) : 목계穆溪 또는 목하穆河라고도 한다. 가흥성嘉興城 동북쪽에 있다.

臥柳(와류) : 옆으로 기울어져 누운 듯한 버드나무. 가지가 수면에 닿아 있을 것이다.

■ 해 제

시 전체가 녹색의 경물로 채워져 있다. 연잎, 버드나무, 새싹 등이 짙고 옅은 녹색으로 비 온 뒤 원앙호의 청신한 풍정風情을 그려낸다. 마지막 구에 등장하는 밭으로 콸콸 흘러 들어가는 도랑물은 녹색의 화면에 소리를 더하여 살아있는 풍경을 만들어낸다.

굴대균屈大均(1630~1696)

초명初名은 소릉紹隆이고 자는 옹산翁山이다. 광동성廣東省 번우番禺(지금의 광주시廣州市) 사람으로 명나라의 수재秀才이다. 청나라 군대가 광동에 들어오자 항청抗淸 군사 활동을 하였지만 실패하였다. 실패한 뒤 삭발하고 승려가 되었다가 얼마 후 환속하고 이름을 바꾸었다. 시는 강개한 기상으로 애국 사상을 표현하거나 인민의 고통을 노래한 것이 많다. 문집에 《도원당집道援堂集》이 있다.

魯連臺
노 련 대

一笑無秦帝, 飄然向海東.
일 소 무 진 제 　 표 연 향 해 동

誰能排大難, 不屑計奇功.
수 능 배 대 난 　 불 설 계 기 공

古戍三秋雁, 高臺萬木風.
고 수 삼 추 안 　 고 대 만 목 풍

從來天下士, 只在布衣中.
종 래 천 하 사 　 지 재 포 의 중

노련대

진나라 황제를 일소에 붙여 무시하고
표연히 바다 동쪽으로 갔으니,
또 누가 큰 환난을 물리치고도
기이한 공을 따지지 않았겠는가?
옛 수자리에는 가을 기러기 날고

높은 대에는 수많은 나무에 바람이 분다.
예로부터 천하의 큰 선비는
오직 포의 중에 있었다네.

■ 주 석

魯連臺(노련대) : 산동성山東省 요성聊城 동쪽에 있었던 누대로 노련을 기리기 위하여 세웠다고 한다. 노련은 전국시대 제齊나라 사람 노중련魯仲連이다. 노중련이 조趙나라에 있을 때, 때마침 진秦나라가 조나라를 포위하였고 다급한 조나라는 위魏나라에 구원을 요청하였다. 위나라에서 파견된 신원연辛垣衍은 조나라에게 진나라를 황제국으로 받들고 포위를 풀어줄 것을 청하라고 설득하였다. 노중련은 신원연을 만나 격렬한 논쟁을 벌였는데 진나라를 받드는 것의 이해득실을 따져서 신원연을 굴복시켰다. 진나라 장군이 이러한 사실을 전해 듣고는 군사를 50리 후퇴시켰으며, 이어서 위나라의 신릉군信陵君이 병사를 이끌고 조나라를 구하러 오니 진나라 군대는 포위를 풀고 떠나갔다. 뒤에 조나라에서 사례하려 하였으나 그는 거절하고 떠났다.

不屑(불설) : 우습게 여기다.

■ 해 제

전국시대의 지사志士인 노중련의 공적과 인품을 읊은 시이다. 노중련의 이야기를 통하여 시인 자신의 항청抗清 의식을 드러내고, 아울러 나라가 망하였음에도 불구하고 일신의 영달만 추구하며 구차하게 살아가는 당시의 벼슬아치들에 대한 분노를 표출하고자 하였을 것이다.

왕사정王士禎(1634~1711)

자字가 이상貽上이고 호號는 완정阮亭이며, 별호別號는 어양산인漁洋山人이다. 본래 이름은 사진士禛이지만, 사후에 옹정제雍正帝의 휘 윤진胤禛을 피하여 이름을 바꾸게 되었다. 산동山東 신성新成 사람이다. 순치順治 연간에 진사進士가 되었고 이후 여러 벼슬을 거쳐 형부상서刑部尙書에까지 이르렀다. 송시宋詩를 배척하고 당시唐詩를 시의 모범으로 받들었으며, 특히 왕유王維, 맹호연孟浩然, 위응물韋應物 등의 시를 좋아하였다. 작시作詩 이론으로 신운설神韻說을 주장하였는데 왕유, 맹호연 등 당대唐代 시인들의 시를 모아 그가 엮은 《당현삼매집唐賢三昧集》을 통해 그가 이상으로 삼은 시가 어떤 것인지 확인할 수 있다. 시는 당시 시단에 큰 반향을 불러일으켰으며 특히 칠언절구에 뛰어난 솜씨를 발휘하여 다수의 명편을 남겼다. 문집으로 《대경당집帶經堂集》, 《거이록居易錄》 등이 있다.

江上
강 상

吳頭楚尾路如何, 煙雨秋深暗白波.
오 두 초 미 로 여 하　연 우 추 심 암 백 파

晩趁寒潮渡江去, 滿林黃葉雁聲多.
만 진 한 조 도 강 거　만 림 황 엽 안 성 다

강에서

오나라 땅 머리와 초나라 땅 꼬리가 닿은 길이 어떠한가?

안개비 내리는 깊은 가을에 흰 물결이 어둡다.

저녁에 차가운 조수 따라 강을 건너니

온 숲은 누렇게 물들어 있고 기러기 소리 많구나.

■ 주 석

吳頭楚尾(오두초미) : 춘추시대 오나라와 초나라의 접경지대를 말하며, 지금의 강서성江西省 북쪽 지방이 이에 해당한다. 여기서는 장강 하류 일대를 가리킨다.

■ 해 제

순치順治 17년(1660)에 지은 시로, 깊은 가을에 강을 건너며 본 경물을 읊었다.

秋柳四首 (其一)
추류사수 기일

秋來何處最銷魂, 殘照西風白下門.
추래하처최소혼 잔조서풍백하문

他日差池春燕影, 秖今憔悴晩煙痕.
타일치지춘연영 지금초췌만연흔

愁生陌上黃驄曲, 夢遠江南烏夜村.
수생맥상황총곡 몽원강만오야촌

莫聽臨風三弄笛, 玉關哀怨總難論.
막청림풍삼롱적 옥관애원총난론

가을 버드나무 4수 (제1수)

가을 되자 어디가 가장 넋을 잃게 하는가?

저녁노을에 서풍 부는 백하문이라네.

지난날에는 어지러이 날던 봄 제비 그림자 있었는데

이제는 초췌해진 저녁 안개 흔적뿐이네.

길 위의 황총곡에 시름이 일고
강남의 오야촌은 꿈속에서 아득하네.
바람에 실려 오는 세 번의 피리소리 듣지 말라.
옥문관의 슬픔은 도무지 이야기할 수 없으니.

■ 주 석

白下門(백하문) : 성문 이름. 지금의 남경南京 서북쪽에 있었다. 흔히 남경의 대칭으로 쓰였다.

黃驄曲(황총곡) : 황총은 당 태종 이세민의 애마이다. 고구려를 침공하였을 때 이 말이 죽었는데 이를 애석하게 여겨 악공에게 명하여 '황총첩黃驄疊'이라는 곡을 만들었다.

烏夜村(오야촌) : 동진東晋 목제穆帝의 황후가 태어난 곳으로, 그녀가 태어날 때에 많은 까마귀들이 몰려와 울었다고 해서 그 마을을 '오야촌'이라 이름하였다.

三弄笛(삼롱적) : 당나라 왕유王維가 〈송원이사안서送元二使安西〉 시를 지어 "위성의 아침 비가 가벼운 먼지를 적시니, 객사의 푸른 버들은 그 빛이 새롭다. 그대에게 권하노니 한 잔 술을 더 들게나. 양관 서쪽으로 나가면 친구도 없을 테니(渭城朝雨浥輕塵, 客舍靑靑柳色新, 勸君更進一杯酒, 西出陽關無故人)"라 하였다. 후인이 이 시를 송별가로 부를 때 끝 구인 '양관陽關' 구를 반복하여 불러서 '양관삼첩陽關三疊'이라 하는데 아마 이를 두고 한 말일 것이다.

玉關(옥관) : 옥문관玉門關. 당나라 왕지환王之渙의 〈양주사涼州詞〉에 "오랑캐 피리는 하필 버들을 원망하는가? 봄바람이 옥문관을 넘어오지도 않는데(羌笛何須怨楊柳, 春風不度玉門關)"라는 구절이 있다.

▩ 해 제

〈채근당시집서菜根堂詩集序〉에 의하면 이 시는 왕사정이 나이 24세인 순치順治 14년(1657) 가을 산동성山東省 제남濟南에 갔을 때 지은 것이다. 마침 향시가 열리는 때여서 명사名士들이 많이 와 있었다. 어느 날 대명호大明湖 정자에서 연회를 하였는데 정자 아래에 천여 그루의 버드나무가 물가에 가지를 늘어뜨리고 있었다. 잎은 노래지기 시작하였고 가을빛이 물들어 그 잎들이 곧 질 듯했다. 그것을 보고 왕사정은 슬픈 감회에 잠겨 네 수를 짓게 되었다.

이 시는 당시 광범한 애호를 받아 많은 사람들이 이 시에 대한 화작시를 지었고, 이로 인해 왕사정은 큰 명성을 얻었다.

제1수에서 시인은 제남의 가을 버들을 보고 남경의 버드나무를 연상하였다. 그리고 고도古都인 남경의 흥망성쇠에 대한 감회를 역사 고사와 결합하여 시상을 전개함으로써 일개 자연물에 불과한 버들의 영고榮枯를 매개로 시정詩情을 인간사와 세상사 전반에 걸친 무상감으로 확장하였다.

사신행查愼行(1650~1727)

자字가 회여悔餘이고 호號가 초백初白으로, 절강浙江 해녕海寧 사람이다. 처음 이름은 사련嗣璉이었으나 신행愼行으로 개명하였다. 강희康熙 42년(1703)에 진사進士가 된 뒤 한림원翰林院 편수編修를 지냈다. 옹정雍正 4년(1726)에 동생 사정嗣庭의 일에 연좌되어 옥고를 치르고 사면된 뒤 얼마 후에 병사하였다. 송시宋詩를 추숭하여 종송파宗宋派의 대표적 인물로 꼽히는데, 특히 소식蘇軾의 시를 애호하여 편년編年하고 주해註解하였다. 또한 경학에도 조예가 있었으며 특히 《역경易經》에 대한 연구가 깊었다. 여러 지역을 유람한 이력이 있어서 기행시를 많이 지었으며 민간의 질고를 반영한 작품도 적지 않다. 시는 표현이 섬세하고 의경意境이 청신하다는 평을 받았다. 문집으로 《경업당집敬業堂集》이 있다.

初入黔境土人皆居懸巖峭壁間緣梯上下, 與猿猱無異, 睹之心惻而作是詩
초입검경토인개거현암초벽간연제상하 여원유무이 도지심측이작시시

巢居風俗故依然, 石穴高當萬木顚.
소거풍속고의연 석혈고당만목전

幾地流移還有伴, 舊時井竈斷無煙.
기지류이환유반 구시정조단무연

餘生兵革逃難穩, 絶塞田疇瘠可憐.
여생병혁도난온 절새전주척가련

爲報長官寬賦斂, 獼猿家室久如懸.
위보장관관부렴 미원가실구여현

처음 귀주 지경에 들어가 보니, 그 지역 사람들이 모두 높고 가파른 바위 절벽 사이에 살면서 사다리를 놓고 오르락내리락 하는 것이 원숭이와 다를 바 없었다. 이를 보고 마음이 아파 이 시를 짓는다

나무 위에 사는 풍속이 예전 같으니
바위 동굴이 많은 나무 꼭대기쯤에 높다랗게 있다.
몇 곳을 떠돌아다녔으니 아직도 일행이 있겠는가?
예전의 샘과 아궁이에는 단연코 연기가 끊어졌으리.
남은 삶은 전쟁에 도망 다니느라 안온하기 어렵고
먼 변방의 논밭은 척박하여 가련하다.
수령에게 부세를 너그럽게 해달라고 아뢰니
원숭이 같은 신세여서 집안 살림이 오래 전에 텅 비었기 때문이라네.

■ 주 석

黔(검) : 지금의 귀주貴州 지역을 뜻한다.
懸巖峭壁(현암초벽) : 높고 깎아지른 듯한 절벽.
巢居(소거) : 나무 위에 거처를 마련하고 사는 것.
絕塞(절새) : 아주 먼 변방. 귀주가 오지임을 뜻한다.
獼猿(미원) : 도망다니며 동굴 속에서 사는 백성들을 비유한 것이다.
如懸(여현) : '현懸'은 곧 '현경懸磬'으로 가난하여 집안에 아무것도 없는 것을 뜻한다.

■ 해 제

강희 19년(1680)에 지은 시이다. 당시 사신행은 귀주 순무巡撫였던 양옹건楊雍建의 막료로 오삼계吳三桂의 난을 진압하기 위해 지금의 귀주 지방인 검黔 지역에 와 있

었다. 전란을 피해 오지인 귀주에 사는 인민들의 고통스러운 실정을 드러낸 이 시는 의론議論을 중시하는 송시의 특징을 잘 보여준다.

大小米灘
대 소 미 탄

掀波成山石作底，風平石出波瀰瀰.
흔 파 성 산 석 작 저 풍 평 석 출 파 미 미
秋天一碧雨新洗，大灘小灘如撒米.
추 천 일 벽 우 신 세 대 탄 소 탄 여 살 미

대소미탄

솟구쳐 오른 파도 산을 이루어 바위가 바닥이 되더니
바람 잔잔해지니 바위가 드러나고 파도는 치런치런하다.
비가 새로 씻어 가을하늘 온통 푸르고
큰 여울, 작은 여울은 쌀을 뿌려 놓은 것 같다.

■ 주 석

大小米灘(대소미탄) : 복건성福建省 건구현建甌縣 담계潭溪에 대미탄大米灘과 소미탄小米灘이 있다.
掀(흔) : 들어올리다. 바람에 파도가 솟구쳐 오른 것을 뜻한다.
瀰瀰(미미) : 물이 가득한 것을 뜻한다.

■ 해 제

이 시는 강희 37년(1698), 민閩 지역(지금의 복건福建)의 건구建甌를 지나다가 비 내린 뒤의 대미탄과 소미탄의 모습을 보고 쓴 것이다. 여울의 이름에 왜 쌀[米]이라는 말을 썼을까? 시에서 시인은 그 이유를 말해주고 있으니, 비가 와서 불어난 물 사이로 보이는 여울의 하얀 돌이 쌀을 뿌려 놓은 듯하기 때문이다.

조집신趙執信(1662~1744)

자는 신부伸符, 호는 추곡秋谷, 만년의 호는 이산노인飴山老人으로 산동성山東省 익도益都(지금의 박산博山) 사람이다. 강희康熙 18년(1679) 18세가 되던 해에 진사에 합격하여 그 뒤 벼슬은 우춘방우찬선右春坊右贊善 겸 한림원검토翰林院檢討까지 올랐다. 국상 때 친구 홍승洪昇(1645~1704)이 만든 연극인 《장생전長生殿》을 구경한 것이 문제가 되어 관직생활을 그만두게 되었다. 그 뒤로 벼슬하지 않고 자유로이 살았다. 처음에 왕사정의 시작을 추종하였지만 후에는 신운설을 반대하고 언지言志를 위주로 하는 시를 지었는데 시상이 예리하고 빼어나다는 평을 받았다. 신악부新樂府와 같이 현실을 반영한 고체시古體詩에 저명한 작품이 많지만 한가로운 정치를 담은 서정시에서도 많은 수작을 남겼다.

螢火
형 화

和雨還穿戶, 經風忽過牆.
화 우 환 천 호 　경 풍 홀 과 장

雖緣草成質, 不借月爲光.
수 연 초 성 질 　불 차 월 위 광

解識幽人意, 請今聊處囊.
해 식 유 인 의 　청 금 료 처 낭

君看落空闊, 何異大星芒.
군 간 락 공 활 　하 이 대 성 망

반딧불

비와 같이 창문 안으로 들어오더니

바람이 불자 홀연 담을 넘어가네.

비록 풀로 인해 몸이 되었지만

달의 힘 빌리지 않고도 빛을 내네.

숨어 지내는 사람 뜻 이해하리니

이제 잠시 주머니 속에 있어 주게나.

자네 저 넓은 하늘 보게나.

큰 별빛과 무에 다르겠는가?

■ **주 석**

草成質(초성질) : 풀이 바탕을 이루다. 최표崔豹의 《고금주古今注 · 어충魚蟲》에 의하면 썩은 풀이 반딧불이가 된다고 한다.

處囊(처낭) : 진晉나라 차윤車胤이 비단주머니에 반딧불이를 잡아 넣어 그 빛으로 책을 읽었던 고사를 활용한 말이다.

落空(낙공) : 하늘. 허공.

星芒(성망) : 별빛.

■ **해 제**

반딧불이에 시인의 강개한 심사를 기탁한 시이다. 반딧불이는 미천한 은사隱士를 상징한다. 반딧불이는 미약한 몸이지만 비바람 속에서도 꿋꿋하게 살아가며, 하찮은 존재지만 결코 남에게 기대지 않는다. 그 빛이 미미한 것 같지만 그것을 모아 주머니 속에 넣어두면 그 밝기가 하늘의 별과 다를 게 무엇인가? 하늘에 높이 달려 있는 별과 땅에서 낮게 떠다니는 반딧불이, 그 둘의 지위는 천양지차天壤之差가 나지만 그 가치는 마찬가지라는 말 속에 시인이 전달하려는 뜻이 담겨 있다.

村舍
촌 사

亂峯重疊水橫斜, 村舍依稀在若耶.
난 봉 중 첩 수 횡 사　촌 사 의 희 재 약 야

垂老漸能分菽麥, 全家合得住烟霞.
수 로 점 능 분 숙 맥　전 가 합 득 주 연 하

催風筍作低頭竹, 傾日葵開衛足花.
최 풍 순 작 저 두 죽　경 일 규 개 위 족 화

雨玩山姿晴對月, 莫辭閒澹送生涯.
우 완 산 자 청 대 월　막 사 한 담 송 생 애

시골집

어지러운 산봉우리 겹쳐 있고 강물이 비껴 흐르니
시골집이 마치 약야에 있는 듯.
늙은 몸이 점차 콩과 보리를 분별할 줄 알게 되니
온 가족이 안개와 노을 속에서 살 수 있겠다.
바람에 몰리어 죽순은 머리 숙인 대가 되고
해를 향해 해바라기는 뿌리 지키는 꽃을 피운다.
비가 오면 산의 모습 즐기고 날 개이면 달을 즐기니
한가롭고 담박하게 생애를 마치는 것 사양하지 말 것이라.

■ 주 석

村舍(촌사) : 시인이 고향인 산동 박산博山의 성城 동쪽 50리 떨어진 곳에 지은 '홍엽산루紅葉山樓'를 가리킨다.

若耶(약야) : 절강성 회계현會稽縣 부근의 지명으로 산수가 아름다운 곳이다. 서시西施가 빨래했다는 약야계若耶溪가 바로 여기에 있다.

低頭竹(저두죽) : 죽순이 바람에 쏠려 기울어진 것을 두고 한 표현이다.

衛足花(위족화) : 해바라기의 별명이다. 《좌전左傳 · 무왕武王 17년》에 보면, 제나라 대부인 포장자鮑莊子가 참소를 받아 발을 잘리는 형벌을 받자 공자가 "포장자의 지혜가 해바라기[葵]보다 못하다. 해바라기는 오히려 그 발을 보호하니"라고 했다. 공자가 말한 '규葵'가 해바라기가 아니라 아욱과 같은 식용 채소라는 설도 있지만 여기서는 일단 해바라기로 번역해 둔다.

■ **해 제**

시인의 나이가 거의 50이 되었을 때 지은 시로 만년에 벼슬을 그만두고 지내면서 산수를 즐기려는 심사를 읊었다.

경련이 특히 음미할 만하다. 연약한 죽순처럼 고개를 숙이고 삶으로써 해바라기처럼 일신을 보호하겠다는 시인의 심사가 투영되었는데, 젊은 시절 함부로 처신하다가 파직 당한 경험이 이러한 명철보신의 인생관을 갖게 했을 것이다.

심덕잠沈德潛(1673~1769)

자字는 학사确士이고 호는 귀우歸愚이며 강소성江蘇省 장주長洲(지금의 소주蘇州) 사람이다. 빈한한 가정에서 출생하였으나 건륭乾隆 4년에 진사가 된 뒤 관직이 예부시랑禮部侍郞까지 되었다. 시의 표현이 '온유돈후溫柔敦厚'하면서 격조格調에 맞아야 한다고 주장하고, 작시의 모범으로 한위漢魏와 성당盛唐의 시를 내세우며 송시를 폄하하였다. 그가 지은 시 중에는 가작도 적지 않지만 대부분은 문학성이 뛰어나지 않아 창작 방면의 성취는 한계를 보였다.

過許州
과허주

到處陂塘決決流, 垂楊百里罨平疇.
도처피당결결류 수양백리엄평주

行人便覺鬚眉綠, 一路蟬聲過許州.
행인편각수미록 일로선성과허주

허주를 지나며

도처 못에 물이 콸콸 흐르고

백리 길 수양버들이 넓은 들을 덮어,

행인은 수염 눈썹조차 파랗게 된 듯 느끼며

길 내내 매미소리 들으며 허주를 지난다.

■ 주 석

許州(허주) : 지금의 하남성河南省 허창시許昌市.

決決(결결) : 물 흐르는 소리.

罨(엄) : 덮다.

■ 해 제

콸콸 흐르는 물도 푸르고 백리 길 수양버들도 푸르다. 초여름 비온 뒤 온통 푸른 경치에 시인은 자신의 얼굴마저 푸르게 물들 것 같은 느낌을 받았다. 게다가 시원한 매미소리가 가는 길 내내 들리니 상쾌한 심사에 허주를 단숨에 지나갔을 것이다.

여악厲鶚(1692~1752)

자字는 태홍太鴻, 호號는 번사樊榭이며 절강성浙江省 전당錢塘 사람이다. 강희康熙 59년(1720) 29세의 나이에 거인擧人이 되었고 건륭乾隆 원년(1736)에는 박학홍사博學鴻詞에 천거되었으나 시험에 실패하고, 이후 시문을 지으며 세월을 보냈다. 도연명陶淵明, 사영운謝靈雲, 왕유王維, 맹호연孟浩然 등의 영향을 받아 산수자연시에 뛰어난 성취를 이루었고 오언고시五言古詩를 잘 지었다. 송시宋詩도 깊이 연구하여 《송시기사宋詩紀事》를 지었다. 문집으로 《번사산방집樊榭山房集》이 있다.

靈隱寺月夜
영 은 사 월 야

夜寒香界白, 澗曲寺門通.
야 한 향 계 백　간 곡 사 문 통

月在衆峰頂, 泉流亂葉中.
월 재 중 봉 정　천 류 란 엽 중

一燈群動息, 孤磬四天空.
일 등 군 동 식　고 경 사 천 공

歸路畏逢虎, 況聞巖下風.
귀 로 외 봉 호　황 문 암 하 풍

영은사의 달밤

차가운 밤에 절은 달빛으로 하얗고

굽이진 골짝은 절 문으로 통하네.

달은 여러 산봉우리 위에 있고

샘물은 어지러운 나뭇잎 사이로 흐르네.

하나의 등불 비치는 곳에 뭇 생물이 쉬고 있고
외로운 경쇠소리에 온 하늘이 고요하네.
돌아오는 길에 호랑이 만날까 두려운데
게다가 바위 아래 바람소리가 들려옴에랴.

■ 주 석

靈隱寺(영은사) : 항주杭州 서호西湖 부근에 있는 유명한 절. 부근에 비래봉, 냉천정 등의 명소가 있다.

香界(향계) : 부처가 있는 곳. 절.

四天(사천) : 사선천四禪天. 색계色界의 제천諸天을 뜻하는 불교용어로, 여기서는 하늘을 뜻한다.

逢虎(봉호) : 영은사 일대는 예전에 호랑이가 자주 출몰하여 '호림虎林'이라고 불리웠다.

■ 해 제

이 시는 가을밤에 찾아간 영은사의 모습을 묘사한 시이다. 여러 경물 묘사가 절의 분위기를 잘 그려내었는데, 특히 경련頸聯에서는 선취禪趣가 진하게 느껴진다.

春寒
춘 한

漫脫春衣浣酒紅, 江南三月最多風.
만 탈 춘 의 완 주 홍 강 남 삼 월 최 다 풍

梨花雪后酴醾雪, 人在重簾淺夢中.
이 화 설 후 도 미 설 인 재 중 렴 천 몽 중

봄 추위

봄옷을 벗어던져 술기운을 가라앉히려는데
강남의 삼월은 바람이 가장 심하다네.
배꽃에 눈 내린 뒤 덩굴장미에 눈 내릴 제
사람은 겹겹의 발 안에서 얕은 꿈을 꾼다네.

■ **주 석**

浣(완) : 지우다. 해소하다.
酒紅(주홍) : 술 마신 뒤 얼굴이나 눈 언저리의 붉은 기운.
雪(설) : 배꽃과 도미꽃의 빛이 흰 것을 비유한다.
酴醿(도미) : 덩굴장미의 일종. 늦은 봄에 핀다.

■ **해 제**

옹정雍正 원년(1723) 시인이 집에 머물 때 쓴 시이다. 술을 마신 뒤 열기를 식히려고 옷을 벗자니 바람이 쌀쌀하고, 잠을 자려고 해도 한기가 느껴져 깊이 잠들기가 어렵다. 봄이라면 따뜻한 날씨가 연상되게 마련인데 이와 달리 쌀쌀한 기운을 읊은 것이 재미있다. 흰색의 이화梨花와 도미화酴醿花를 눈에 견준 것도 한기寒氣를 표현하려는 의도 때문이리라.

정섭鄭燮(1693~1765)

자字는 극유克柔, 호號는 판교板橋이며 강소성江蘇省 흥화興化 사람이다. 건륭乾隆 원년(1736)에 진사가 된 뒤 산동성山東省의 범현范縣, 유현濰縣 등의 지현知縣을 지냈다. 흉년에 백성들을 구제하기 위해 구휼미를 나누어 주는 일이 문제가 되어 벼슬을 그만두었다. 이후 양주揚州에 살면서 그림을 팔아 생계를 꾸렸다. 시, 그림, 글씨에 모두 뛰어나 일가를 이루었다. 시풍은 백낙천白樂天과 비슷하고 백묘白描의 수법을 잘 운용하였다. 문집으로 《판교전집板橋全集》이 있다.

紹興
소 흥

丞相紛紛詔勅多, 紹興天子只酣歌.
승 상 분 분 조 칙 다 　소 흥 천 자 지 감 가

金人欲送徽欽返, 其奈中元不要何.
금 인 욕 송 휘 흠 반 　기 내 중 원 불 요 하

소흥

승상이 어지러이 많은 조칙을 내리는데
소흥의 천자는 술 마시고 노래할 뿐.
금나라 사람이 휘종과 흠종을 돌려보내고자 해도
송나라에서 원치 않으니 어찌하랴?

■ **주 석**

紹興(소흥) : 남송南宋 고종高宗의 연호.

丞相(승상) : 금金나라와 싸울 것을 반대하고 화의和議를 주장하던 진회秦

檜를 가리킨다. 그는 고종 때 재상을 19년이나 하였다. 이 구는 천자가 내리는 조칙을 진회가 내린다는 뜻으로 진회가 정권을 농단하였음을 말한다.

徽欽(휘흠) : 휘종과 흠종. 두 사람은 북송의 마지막 황제들로 이른바 '정강靖康의 난' 때 금나라에 의해 포로로 잡혀갔다.

中原(중원) : 여기서는 남송을 뜻한다.

■ 해 제

정강의 난 이후 남송을 세운 고종과 화의를 주장하여 후대에 간신으로 악명 높은 진회를 소재로 한 영사시詠史詩이다. 강토를 수복하고 전조前朝의 치욕을 갚고자 하기는커녕 자신들의 지위가 위태로워질까봐 현상 유지에 급급했던 고종과 진회에 대한 비판이 통렬하다.

시인은 이 시를 통해 이민족의 지배를 받고 있는 한족의 각성을 촉구하고자 했을 것이다.

濰縣署中畫竹呈年伯包大中丞括
유 현 서 중 화 죽 정 년 백 포 대 중 승 괄

衙齋臥聽蕭蕭竹, 疑是民間疾苦聲.
아 재 와 청 소 소 죽 의 시 민 간 질 고 성

些少吾曹州縣吏, 一枝一葉總關情.
사 소 오 조 주 현 리 일 지 일 엽 총 관 정

유현의 관청에서 대나무를 그려 연백이신 포괄 중승에게 드리다

관청에 누워 대가 흔들리는 소리 듣자니

백성들 고생하는 소리인 듯하다.

하찮은 우리네야 고을의 관리지만

한 가지 한 잎에 모두 마음이 걸린다.

■ 주 석

濰縣(유현) : 산동성에 속한 현 이름.

署(서) : 관청을 뜻한다.

年伯(연백) : 부친과 과거 시험에 같이 급제한 사람, 또는 본인과 과거 시험에 같이 급제한 부친 연배의 사람을 칭하는 말. 포괄은 시인의 부친과 같은 해에 과거에 급제하였을 것이다.

包大中丞括(포대중승괄) : 포괄은 당시 산동포정사山東布政使로 순무巡撫의 직책을 겸하고 있었다. 청대淸代에는 순무를 중승이라 칭하였고 '대大'자를 덧붙인 것은 존경의 뜻을 나타내기 위해서이다.

衙齋(아재) : 관청 사무실.

蕭蕭(소소) : 여기서는 바람에 대가 흔들리는 소리를 뜻한다.

些少(사소) : 하찮다. 보잘것없다.

■ 해 제

대나무 그림에 쓴 제화시題畵詩이다. 시의 내용으로 보아 시인이 그린 대나무는 바람에 흔들리는 대나무, 즉 '풍죽風竹'이다. 바람에 흔들리는 대나무 소리를 들으며 시인은 세상의 풍우風雨에 시달리는 인민들의 신음을 연상하였다. 정섭이 시를 짓고 그림을 그리는 행위가 현실과 동떨어진 것이 아니라 현실을 표현하려는 것임을 이 시를 통해 확인할 수 있다.

정섭의 대 그림을 받은 포괄은 이 시를 보고 심사가 어떠했을까? 그림을 그림으로만 즐길 수는 없었을 것이다.

원매袁枚(1716~1797)

자字는 자재子才이고, 호는 간재簡齋, 수원노인隨園老人이며 절강浙江 전당錢塘(지금의 항주杭州) 사람이다. 건륭乾隆 4년에 진사가 되었고 강녕江寧(지금의 남경시南京市에 속함) 등에서 지현知縣을 지내다가 40세에 벼슬을 그만두고 강녕 소창산小倉山에 수원隨園이라는 정원을 짓고 살았다. 장사전蔣士銓(1725~1785), 조익趙翼(1727~1814), 정섭鄭燮(1693~1765), 황경인黃景仁(1749~1783) 등 당대의 저명한 문인과 교유하였을 뿐만 아니라, 화상和尙, 도사道士 등 다양한 계층의 사람들과도 시를 수작하며 어울렸다. 특히 수십 명의 여성을 문하에 두었고 여성의 시를 채집하여 세상에 알리기도 하였다. 시에 성령性靈을 표현하는 것을 주장하였고 백묘白描의 수법으로 시를 짓는 데에 능하였다. 문집에 《소창산방시문집小倉山房詩文集》, 《수원시화隨園詩話》 등이 있다.

推窓
퇴 창

連宵風雨惡, 蓬戶不輕開.
연 소 풍 우 악　봉 호 불 경 개

山似相思久, 推窗撲面來.
산 사 상 사 구　추 창 박 면 래

창문을 밀다

밤새 비바람이 사나워

쑥문을 쉽게 열지 못했는데,

산은 오랫동안 날 그리워한 듯

창문을 밀자 얼굴 치며 들어오네.

■ 주 석

撲面(박면) : 얼굴을 치다.

■ 해 제

시인은 수원隨園에 은거한 뒤 산수와 교감하며 많은 양의 경물시를 읊었는데, 이 시도 그 중 하나이다.
사나운 비바람 때문에 산을 보고 싶은 마음을 참고 있다가 날이 개자 급히 창을 열어 보니 산도 한참 시인을 기다렸다는 듯이 대뜸 시인의 얼굴에 부딪치며 방에 들어온다. 자연과의 교감이 기발한 발상으로 표현되었다.

馬嵬(其二)
마 외 기 이

莫唱當年長恨歌, 人間亦自有銀河.
막 창 당 년 장 한 가 인 간 역 자 유 은 하

石壕村裏夫妻別, 淚比長生殿上多.
석 호 촌 리 부 처 별 누 비 장 생 전 상 다

마외 (제2수)

그때의 〈장한가〉를 부르지 말 것이니
인간 세상에도 본시 은하가 있는 법.
석호촌에서 부부가 이별할 때
장생전에서보다 더 많은 눈물 흘렸으리.

■ 주 석

馬嵬(마외) : 섬서성陝西省 흥평현興平縣에 있다. 안녹산安祿山의 반군이 장안을 위협하여 현종玄宗이 촉蜀으로 도망갈 때 마외역馬嵬驛에 체류

하였다. 현종의 근위병이 양국충楊國忠을 죽이고도 여전히 동요하자 현종은 부득이 양귀비楊貴杞를 목매달아 죽게 하고, 마외파馬嵬坡에 묻었다. 훗날 백거이白居易는 〈장한가長恨歌〉를 지어 현종과 양귀비의 애절한 사랑을 노래하였다.

銀河(은하) : 은하수. 견우과 직녀가 은하수를 사이에 두고 1년 내내 이별하였다가 칠월 칠석에 만난다는 전설이 있다. 이 구는 인간 세상에는 이별이 있을 수밖에 없다는 뜻이다.

石壕村(석호촌) : 두보杜甫의 시 〈석호리石壕吏〉에 나오는 마을 이름. 안녹산의 난 때문에 노부부가 이별하는 처절한 상황이 〈석호리〉에 묘사되어 있다.

長生殿(장생전) : 당나라 장안의 궁전 이름. 〈장한가〉에서 현종과 양귀비가 사랑의 맹세를 한 곳으로 등장한다.

■ **해 제**

건륭 17년(1752) 시인이 마외파를 지나면서 지은 시이다. 현종과 양귀비의 유명을 달리한 애절한 이별보다는 석호촌 노부부의 생이별이 더욱 가슴 아프다는 말 속에 인민의 고초를 동정하는 시인의 의식이 드러나 있다.

〈장한가〉와 〈석호리〉 두 명편에서 이야기를 빌려와 4구의 이 단편 시 안에는 많은 이야기와 무궁한 감회가 녹아 있다.

황경인黃景仁(1749~1783)

자字를 한용漢鏞 또는 중칙仲則이라 했으며 강소성江蘇省 무진武進(지금의 상주常州) 사람이다. 건륭乾隆 30년(1765)에 수재秀才가 되었고 안휘학정安徽學政 주균朱筠의 막료를 지낸 적이 있다. 건륭 41년 황제가 동순東巡하며 소시召試할 때 2등으로 합격하고 뒤에 현승縣丞 벼슬이 주어졌는데 벼슬을 하기 전에 죽었다. 뛰어난 재능이 있었음에도 평생 뜻을 펴지 못하고 생활이 곤궁하였기에, 시 대다수에는 우수와 울분의 감정이 짙게 배어 있다. 아울러 강인하고 고집스러운 기개도 담고 있어서 그의 시는 독자에게 깊은 감동을 준다. 문집에 《양당헌집兩當軒集》이 있다.

少年行
소 년 행

男兒作健向沙場, 自愛登臺不望鄕.
남 아 작 건 향 사 장 　자 애 등 대 불 망 향

太白高高天尺五, 寶刀明月共輝光.
태 백 고 고 천 척 오 　보 도 명 월 공 휘 광

소년행

남아는 분발하여 전장戰場에 가서

누대에 오르기를 좋아하되 고향을 바라보지 않는 법.

태백산 높고 높아 하늘과는 한 자 다섯 치

보도와 명월이 함께 광채를 번쩍인다.

■ 주 석

少年行(소년행) : 본래 《악부樂府 · 잡곡가사雜曲歌辭》의 제목이다.

作健(작건) : 분발하다. 굳세게 떨치고 일어나다.

沙場(사장) : 변방의 전쟁터를 뜻한다.

太白(태백) : 산 이름. 섬서성陝西省 미현郿縣 동남쪽에 있다.

天尺五(천척오) : 하늘과는 한 자 다섯 치이다. 산이 높아 하늘에 매우 가까이 있음을 말한다.

■ 해 제

이 시는 종군從軍하는 소년의 호방한 기개를 노래한 것으로 젊은 시절 시인의 기상을 반영하고 있다.

別老母
별 로 모

搴幃拜母河梁去, 白髮愁看淚眼枯.
건 위 배 모 하 량 거　백 발 수 간 루 안 고

慘慘柴門風雪夜, 此時有子不如無.
참 참 시 문 풍 설 야　차 시 유 자 불 여 무

노모와 이별하다

휘장 걷고 어머님께 절 올린 후 이별의 길 떠나려는데

어머니 백발을 시름겨워 바라보노라니 눈의 눈물마저 말라버리네.

처참한 싸리문 눈보라치는 밤

이런 때는 아들이 있어도 없는 것만 못하네.

■ 주 석

搴幃(건위) : 휘장을 걷어올리다.

河梁(하량) : 강물 위의 다리. 한漢나라 이릉李陵이 소무蘇武와 이별하며 지었다고 하는 〈여소무시與蘇武詩〉에 "손을 잡고 다리에 올랐는데, 나그네는 해질녘에 어디로 가는가?"(携手上河梁, 遊子暮何之)라는 구절이 있다. 이후 '하량'은 이별의 장소를 가리키는 말로 쓰였다.

■ **해 제**

이 시는 건륭 36년(1771) 황경인의 나이 23세 때 지은 것이다. 이 해 봄에 시인은 집을 떠나 안휘安徽로 갔는데, 이때 노모와 이별하는 가슴 아픈 상황을 그린 것이다. 시인은 4세 때 아버지를 여의고 홀어머니와 어려운 삶을 살았으니, 그의 어머니에 대한 감정은 각별하였을 것이다.

공자진龔自珍(1792~1841)

자는 슬인璱人, 호는 정암定盦이다. 후에 이름을 이간易簡, 자를 백정伯定으로 바꾸었다가 다시 이름을 공조鞏祚, 호를 정암定庵으로 바꾸었다. 만년에는 곤산崑山의 우릉산관羽琌山館에 살면서 다시 호를 우릉산민羽琌山民이라고 하였다. 절강 인화仁和(항주杭州)에서 대대로 학자 관료인 집안에서 태어났다. 조부 공제신龔禔身은 내각중서군기처행주內閣中書軍機處行走를 지냈고, 부친 공여정龔麗正은 강남소송태병비도江南蘇松太兵備道, 서강소안찰사署江蘇按察使를 지냈으며, 《국어주보國語注補》, 《예도고禮圖考》, 《양한서질의兩漢書質疑》, 《초사명물고楚辭名物考》 등을 저술하였다. 어머니 단훈段馴은 문자학자 단옥재段玉裁의 딸로서 《녹화음사시초綠華吟榭詩草》를 남겼다. 가학을 계승하여 문자학文字學과 훈고학訓詁學에 정통하였고, 금석학金石學, 목록학目錄學의 대가였으며, 지리地理와 경사백가經史百家를 섭렵하였다. 사상가 · 문학가 · 장서가이자 개량주의改良主義의 선구자로 꼽힌다.

가경嘉慶 15년(1810) 19세에 순천順天 향시鄕試에 급제하였으며, 1818년에는 절강 양시에 다시 급제하였다. 가경 25년에 거인 신분으로 내각중서內閣中書가 되어 벼슬살이를 시작하였다. 이때부터 사회 현실과 정치의 부패를 목격하고 개혁 사상을 품었으며, 유봉록劉逢祿에게서 《공양전公羊傳》을 배웠다. 도광道光 9년(1829) 38세에 회시會試에 급제하여 진사가 되었다. 도광 15년에 종인부주사宗人府主事가 되었다가 다시 예부주사사제사행주禮部主事祠祭司行走가 되었다. 낮은 벼슬을 전전하면서도 폐정弊政의 개혁과 외침에 대한 방어를 주장하였으며, 임칙서林則徐의 아편 금지 정책을 적극 지지하였다. 48세에 벼슬을 버리고 남쪽으로 돌아갔으며, 이때 《기해잡시己亥雜詩》(315수)를 지어 칠언절구 형식으로 여로의 견문과 일생의 생각을 정리하였다. 2년 후 단양丹陽의 운양서원雲陽書院에서 갑자기 숨을 거두었다. 문장 300여 편, 시사詩詞 근 800수를 남겼으며, 시문을 통해 '경법更法'과 '개도改圖'를 주장하고, 통치집단의 부패를 폭로하였으며 애국의 열정이 넘쳐 청말 유아자柳亞子는 그를 '삼백년래제일류三百年來第一流'라고 칭송하였다. 《정암문집定庵文集》을 남겼으며, 현대에 《공자진전집龔自珍全集》으로 다시 정리되었다.

能令公少年行
능 령 공 소 년 행

序曰, 龔子自禱蘄之所言也. 雖弗能遂, 酒酣歌之, 可
서 왈 공 자 자 기 기 지 소 언 야 수 불 능 수 주 감 가 지 가

以怡魂而澤顏焉.
이 이 혼 이 택 안 언

蹉跎乎公, 公今言愁愁無終.
차 타 호 공 공 금 언 수 수 무 종

公毋哀吟娅姹聲沉空, 酌我五石雲母鍾.
공 무 애 음 아 차 성 침 공 작 아 오 석 운 모 종

我能令公顏丹鬢綠而與年少爭光風, 聽我歌此勝
아 능 령 공 안 단 환 록 이 여 년 소 쟁 광 풍 청 아 가 차 승

絲桐.
사 동

貂毫署年年甫中, 著書先成不朽功.
초 호 서 년 년 보 중 저 서 선 성 불 후 공

名驚四海如雲龍, 攫拏不定光影同.
명 경 사 해 여 운 룡 확 나 부 정 광 영 동

徵文考獻陳禮容, 飮酒結客橫才鋒.
징 문 고 헌 진 례 용 음 주 결 객 횡 재 봉

逃禪一意皈宗風, 惜哉幽情麗想銷難空.
도 선 일 의 귀 종 풍 석 재 유 정 려 상 소 난 공

拂衣行矣如奔虹, 太湖西去靑靑峰.
불 의 행 의 여 분 홍 태 호 서 거 청 청 봉

一樓初上一閣逢, 玉簫金琯東山東.
일 루 초 상 일 각 봉 옥 소 금 관 동 산 동

美人十五如花穠, 湖波如鏡能照容, 山痕宛宛能助
미 인 십 오 여 화 농 호 파 여 경 능 조 용 산 흔 완 완 능 조

長眉豐.
장 미 풍

一索鈿盒知心同, 再索班管知才工.
일 색 전 합 지 심 동 재 색 반 관 지 재 공

珠明玉暖春朦朧, 吳歈楚詞兼國風.
주 명 옥 난 춘 몽 롱 오 유 초 사 겸 국 풍

深吟淺吟態不同, 千篇背盡燈玲瓏.
심 음 천 음 태 부 동 천 편 배 진 등 령 롱

有時言尋縹緲之孤蹤, 春山不妒春裙紅.
유 시 언 심 표 묘 지 고 종 춘 산 불 투 춘 군 홍

笛聲叫起春波龍, 湖波湖雨來空濛.
적 성 규 기 춘 파 룡 호 파 호 우 래 공 몽

桃花亂打蘭舟篷, 煙新月舊長相從.
도 화 란 타 란 주 봉　연 신 월 구 장 상 종

十年不見王與公, 亦不見九州名流一刺通.
십 년 불 견 왕 여 공　역 불 견 구 주 명 류 일 자 통

其南鄰北舍誰與相過從, 痀瘺丈人石戶農.
기 남 린 북 사 수 여 상 과 종　구 루 장 인 석 호 농

嵚崎楚客, 窈窕吳儂.
금 기 초 객　요 조 오 농

敲門借書者釣翁, 探碑學拓者溪僮.
고 문 차 서 자 조 옹　탐 비 학 탁 자 계 동

賣劍買琴, 鬭瓦輸銅.
매 검 매 금　투 와 수 동

銀針玉薤芝泥封, 秦疏漢密齊梁工.
은 침 옥 해 지 니 봉　진 소 한 밀 제 량 공

佉經梵刻著錄重, 千番百軸光熊熊, 奇許相借錯許攻.
가 경 범 각 저 록 중　천 번 백 축 광 웅 웅　기 허 상 차 착 허 공

應客有玄鶴, 驚人無白驄.
응 객 유 현 학　경 인 무 백 총

相思相訪溪凹與谷中, 采茶采藥三三兩兩逢, 高談
상 사 상 방 계 요 여 곡 중　채 차 채 약 삼 삼 량 량 봉　고 담

俊辯皆沉雄.
준 변 개 침 웅

公等休矣吾方慵, 天涼忽報蘆花濃.
공 등 휴 의 오 방 용　천 량 홀 보 로 화 농

七十二峰峰峰生丹楓, 紫蟹熟矣胡麻饛, 門前釣榜
칠 십 이 봉 봉 봉 생 단 풍　자 해 숙 의 호 마 몽　문 전 조 방

催詞筩.
최 사 통

余方左抽豪, 右按譜, 高吟角與宮, 三聲兩聲棹唱終.
여 방 좌 추 호　우 안 보　고 음 각 여 궁　삼 성 량 성 도 창 종

吹入浩浩蘆花風, 仰視一白雲卷空.
취 입 호 호 로 화 풍　앙 시 일 백 운 권 공

歸來料理書燈紅, 茶煙欲散頹鬟濃.
귀 래 료 리 서 등 홍　차 연 욕 산 퇴 환 농

秋肌出釧涼瓏鬆, 夢不墮少年煩惱叢.
추 기 출 천 량 롱 송　몽 불 타 소 년 번 뇌 총

東僧西僧一杵鍾, 披衣起展華嚴筒.
동 승 서 승 일 저 종　피 의 기 전 화 엄 통

噫嚱, 少年萬恨塡心胸, 消災解難疇之功.
희 희　소 년 만 한 전 심 흉　소 재 해 난 주 지 공

吉祥解脫文殊童, 著我五十三參中.
길 상 해 탈 문 수 동　저 아 오 십 삼 참 중

蓮邦縱使緣未通, 他生且生兜率宮.
연 방 종 사 연 미 통　타 생 차 생 도 솔 궁

그대를 소년으로 만들 수 있다면

나 공자진이 스스로 기도하는 말이다. 이룰 수는 없지만 술에 취해 이 말을 노래하니 마음을 즐겁게 하고 얼굴에 빛이 나게는 할 수 있다.

시들었구나 그대여,
그대는 지금 시름이 끝이 없다 말하는구려.
그대는 슬피 읊조리며 시끄럽게 소리를 허공에 잠기지 말고,
나의 커다란 운모 술잔을 받으시오.
나는 그대의 얼굴을 붉게, 머리카락은 새카맣게 만들어 소년들과 풍광을 다투도록 만들 수 있으니
나의 이 노래를 들으면 아름다운 음악보다 낫다오.
담비 털로 나이를 쓰니 갓 중년이라

책을 써서 먼저 불후의 공을 이루었소.
이름은 구름과 용처럼 사해를 놀래켰으나
잡을 수 없기는 빛과 그림자 같소이다.
문헌을 고증하여 예제를 진술하고
술 마시며 교제하여 재기를 휘둘렀지.
선종禪宗으로 도망가 오로지 종파의 기풍에 귀의하였지만
아쉬워라, 그윽한 정과 고운 생각은 녹여 없애기 어려웠네.
옷을 떨치고 분홍적처럼 달려서
태호 서쪽 푸르른 봉우리로 갔다네.
누대에 오르자마자 또 누각이 나오고,
옥소와 금관은 동산의 동쪽에 있다네.
미인 열다섯이 꽃처럼 농염하고,
호수는 거울 같아 얼굴을 비추며,
산의 윤곽 굽어서 긴 눈썹 더욱 길게 그리네.
처음에 비녀함 달라니 마음이 같은 줄 알겠고,
다시 상죽湘竹 붓대를 달라니 재능 훌륭한 줄 알겠네.
구슬은 밝고 옥은 따뜻하여 봄이 몽롱하고,
오나라 가요 초나라 노래에 국풍까지
깊이 읊고 얕게 읊어 태도가 다르게
천 편을 다 외우니 등불이 영롱하네.
때로는 아득히 외로운 자취를 찾는다 말하니
봄산은 붉은 봄치마 시샘하지 않는다네.
적 소리 봄물결의 용을 불러일으키고
호수의 물결에 호수 비가 내려 하늘은 몽롱하네.
복사꽃 지는 비가 난주 뜸을 어지러이 때리고,

새 안개 오랜 달이 서로 따른다.
10년 동안 왕과 공후를 보지 않았고,
또한 구주의 명사들 명함 한 통 보지 못했네.
그 남북의 이웃들은 누구와 상종하나?
등 굽은 노인과 석호의 농부라네.
우뚝하구나 초나라 손이여,
아리땁도다 오나라 아가씨.
문을 두드려 책을 빌리는 이는 낚시꾼이며,
비석 찾아 탁본 배우는 이는 냇가 아이들이네.
칼을 팔아 금을 사고,
도기陶器 동기銅器를 서로 다투네.
가늘고 굵은 봉니의 문자,
진나라 비석은 시원하고 한나라 비석은 조밀하고,
제나라 양나라는 정밀하구나.
가로문 경전과 범어 판각 저록이 많아
천 장 백 축 광채가 번쩍번쩍.
기이한 내용은 참고할 수 있고, 틀린 곳은 공박할 수 있네.
손님 맞이할 현학은 있지만
사람 놀래키는 총마는 없다네.
그리워 계곡 우묵한 곳을 방문하고
차를 따고 약을 캐며 삼삼오오 만나서
고담준론하니 모두가 영웅이네.
그대들은 끝났고 나는 이제 게으르며
날이 차가워 문득 갈대꽃이 농염하다 알리네.
72봉 봉우리마다 단풍이 들면

게는 붉게 익고 깨는 그릇에 넘치며,
문 앞 낚싯배는 시통詩筒 달라 재촉하네.
나는 왼손으로 붓을 뽑고
오른손으로 악보 펼쳐
각성 궁성 높이 읊조려
두세 번 뱃노래를 부른다.
시원한 갈대꽃 바람에 날려 들어가
우러러보니 한 줄기 흰구름이 창공에 말렸구나.
돌아와 소일할 책 읽고자 등을 붉게 밝히고
차 달이는 연기 흩어질 제 비스듬한 머리칼이 요염하다.
가을날 피부에서 팔찌 빠져 서늘하고
꿈에서 젊은 날 번뇌의 덤불에 떨어지지 않는다.
동쪽 스님 서쪽 서님 종을 한 번 때리고
옷 걸치고 일어나 화엄경을 펼친다.
아하! 젊은이 온갖 한이 마음을 채우니
재난을 없애는 것은 누구의 공이런가.
해탈하신 길상 문수보살이시여,
저를 오십삼 선지식에게 데려다 주소서.
극락세계에는 인연이 통하지 않는다 하더라도
다음 세상에는 도솔궁에서 태어나게 하소서.

■ 주 석

能令公少年行(능령공소년행) : '능령공소년'은 공, 즉 그대를 소년, 즉 젊은이로 만들 수 있다는 뜻이고, '행'은 시체詩體의 하나로 악부가행체를 말한다. 《세설신어·총례寵禮》에 다음과 같은 이야기가 실려 있다.

"왕순과 치초는 모두 기이난 재능을 가져 대사마 환온桓溫에게 발탁되었다. 왕순은 주부가 되었으며, 치초는 기실참군이 되었다. 치초는 수염이 많았고, 왕순은 키가 작았다. 당시 형주에서는 이 때문에 '수염 참군, 난장이 주부, 공을 기쁘게도 할 수 있고, 노하게도 할 수 있네'라고 하였다(王珣郗超並有奇才, 爲大司馬所眷拔. 珣爲主簿, 超爲記室參軍. 超爲人多鬚, 珣形狀短小. 于時荊州爲之語曰, 髯參軍, 短主簿, 能令公喜, 能令公怒)"

龔子(공자) : 공자진 자신을 말한다.

禱蘄(기기) : 기도祈禱. '기蘄'는 '기祈'와 같다.

怡魂而澤顔(이혼이택안) : 마음을 기쁘게 하고 얼굴을 빛나게 만들다. "그대를 소년으로 만들 수 있다[能令公少年]" 제목의 풀이이다.

蹉跎(차타) : 쇠퇴하다. 늙다. 시들다.

公(공) : 시인 자신을 가리킨다.

娅姹(아차) : 와글와글. 시끄러운 소리.

五石雲母鍾(오석운모종) : 운모로 만든 큰 술잔.

絲桐(사동) : 금琴. 아름다운 음악.

貂毫(초호) : 붓.

署年(서년) : 저작 시기를 쓰다.

年甫中(연보중) : 갓 중년에 이르다.

不朽功(불후공) : 입덕立德, 입공立功, 입언立言을 '삼불후三不朽'라고 한다. '저서'는 입언이며, 삼불후 가운데 가장 낮다. 따라서 "먼저 이룬다[先成]"고 하였다.

攫拏(확나) : 붙잡다.

徵文考獻(징문고헌) : 문헌을 고증하다.

禮容(예용) : 예제禮制와 의용儀容.

逃禪(도선) : 속세를 피하여 불선佛禪으로 도망가다.

宗風(종풍) : 불교 종파의 기풍.

幽情麗想(유정려상) : 속세의 깊고 고운 감정과 생각.

奔虹(분홍) : 분홍적奔虹赤. 양마의 이름. 당唐나라 정관貞觀 21년, 골리간骨利幹에서 양마를 바치자 태종은 그 중 열 필을 골라 이름을 붙였고, 그 가운데 분홍적이 있다.

太湖(태호) : 강소성江蘇省 남부에 있는 호수. 절강성浙江省에 붙어 있다.

琯(관) : '관管'과 같다. 관악기.

山痕(산흔) : 산의 윤곽. 미인의 눈썹이 산봉우리의 윤곽선 같다는 표현이다.

鈿盒(전합) : 금, 은, 옥, 조개껍질 등으로 상감하여 장식한 비녀 상자.

班管(반관) : '반班'은 '반斑'과 같다. 반죽斑竹으로 만든 붓대.

春波龍(춘파룡) : 출렁거려 용처럼 보이는 봄 물결을 말한다.

桃花(도화) : 여기서는 '도화우桃花雨', 즉 봄비를 말한다.

刺(자) : 명첩名帖, 즉 명함名銜.

痀瘻(구루) : '누瘻'는 '누瘻'와 같다. 등이 굽다. 곱사등이.

石戶農(석호농) : 석호지농石戶之農. '석호'는 전설 속의 지명이다. '석호지농'은 상고시대의 은사로서 순舜임금이 양위하려 하자 바닷가로 숨었다.

嶔崎(금기) : 높고 험한 모양.

楚客(초객) : 굴원屈原처럼 고고하고 의로운 문사를 말한다.

吳儂(오농) : 오 지역에서는 사람을 '농'이라고 한다. 여기서는 오 지역의 여인을 가리킨다.

鬪瓦輸銅(투와수동) : '와'는 도기陶器, '동'은 동기銅器로 모두 골동품을 말한다. '투'는 골동품의 가치를 겨룬다는 뜻이고, '수'는 그리하여 졌다는 뜻이다. 이 구절은 골동품의 가치를 서로 겨루어 따져본다는 뜻이다.

銀針玉薤(은침옥해) : '은침'은 가는 획으로 쓴 전서篆書, '옥해'는 굵은 획으로 쓴 전서를 말한다. 전서에 '도해서倒薤書'라는 자체가 있다. 염교

잎이 아래로 처진 모양과 닮아서 붙은 이름이다. '옥해'는 예서로 보기도 한다.

芝泥封(지니봉) : '지니'는 옛날 서신과 물품을 봉할 때 쓰던 봉니封泥로서 그 위에 인장을 찍었다. 이 구절은 옛날 문서를 봉한 진흙에 찍은 인장의 전서篆書 자체字體를 말한다.

秦疏漢密(진소한밀) : 진나라 비석의 서체는 획 사이가 넓고, 한나라 비석의 서체는 획 사이가 빽빽하다는 말이다.

齊梁工(제량공) : 육조시대六朝時代 제나라 양나라의 서체는 정교하다는 뜻이다.

佉經梵刻(가경범각) : '가'는 고인도 간다라 지역에서 쓰기 시작한 가로문佉盧文, 즉 카로슈티Kharosthi 문자를 말하므로 '가경'은 이 문자로 새긴 경서를 뜻한다. '범각'은 범어梵語, 즉 산스크리트어로 간행한 경전을 뜻한다.

重(중) : 많다.

千番百軸(천번백축) : '번'은 서엽書葉, '축'은 권축卷軸이다. 문서의 양이 매우 많다는 뜻이다.

玄鶴(현학) : 검은 학. 송宋나라 임포林逋는 항주杭州 고산孤山에 살면서 매화를 아내로 삼고 학을 자식으로 삼았다. 동한東漢의 환전桓典은 시어사侍御史를 지낼 때 환관宦官의 횡포에 굴하지 않고 항상 총마驄馬를 타고 다녀 사람들이 모두 피했다. 이 구절은 임포처럼 은거하면서 벼슬살이는 하지 않는다는 뜻이다.

紫蟹(자해) : 동전 크기의 작은 게로 익히면 붉게 변하며, 맛이 매우 좋다.

釣榜(조방) : 낚싯배. '방榜'은 '방舫'과 같다.

詞筩(사통) : 시를 적은 종이를 담는 죽통竹筒. 《당어림唐語林》에 백거이와 벗들이 죽통에 시를 담아 화답한 이야기가 실려 있다. "백거이가 항주자사가 되어 오흥의 수령 전휘, 오군의 수령 이양과 수창하면서, 주로 죽통에 시를 넣어 주고받으며 이를 시통이라고 불렀다(白居易爲杭州刺史, 與吳興守錢徽吳郡守李穰酬唱, 多以竹筒盛詩往來, 謂之詩筒)" 백거이는 〈취하여 시통을 봉하고 원진에게 부치다(醉封詩筒寄微之)〉라는 시에서 "두 고을의 우편 이졸에게 말하노니, 시통 전하는 일 사양하지 마시게(爲向兩州郵吏道, 莫辭來去遞詩筒)"라고 읊었다.

豪(호) : 붓. '호毫'와 같다.

料理(요리) : 소일하다. 시간을 보내다.

頹鬟(퇴환) : 여인의 비스듬히 처진 머리카락.

瓏鬆(농송) : 서늘한 모양.

華嚴筒(화엄통) : 《화엄경》. '통筒'은 경전 두루마리를 말한다.

疇(주) : 누구. '수誰'와 같다.

五十三參(오십삼참) : 불교의 53인의 선지식善知識. 선재동자善財童子가 문수보살文殊菩薩의 가르침을 받고 남쪽 53곳을 다니며 명사名師를 탐방하여 불법을 받아 마침내 정과正果를 이루었다. 오십삼선지식이라고도 한다.

蓮邦(연방) : 사람들이 연화 위에 사는 극락세계.

兜率宮(도솔궁) : 도솔천兜率天. 천당.

■ 해제

도광 원년(1821) 내각중서內閣中書를 지낼 때 지었다. 1년 전 가을, 시인은 시작을 끊었다가 이 해 군기장경軍機章京에 응시하였으나 낙방하고 분노하여 다시 시를 짓기 시작하였다. 이때부터 자신의 실의와 말로를 직시하였고, 더욱이 부패한 관료사회를 혐오하여 격정을 토로하며 은일隱逸을 꿈꾸기 시작하였다. 이 시에서 시인은 강호초야에 묻혀 금석서화金石書畫, 차와 음식, 선과 풍정風情을 은일의 방편으로 삼고자 하는 심정을 피력하였다. 잡언雜言 고시로 매구에 압운하는 백량체柏梁體를 구사하여 기세가 거침없이 휘몰아친다. 호방하고 표일한 시어 사이로 절망과 우울, 고독으로부터 자신을 구제하려는 의지가 드러난다. 그는 몽상의 형식으로 감정을 마음껏 발산하여 자신을 위로하고 있다.

詠史
영 사

金粉東南十五州, 萬重恩怨屬名流.
금 분 동 남 십 오 주　만 중 은 원 촉 명 류

牢盆狎客操全算, 團扇才人踞上遊.
뇌 분 압 객 조 전 산　단 선 재 인 거 상 유

避席畏聞文字獄, 著書都爲稻粱謀.
피 석 외 문 문 자 옥　저 서 도 위 도 량 모

田橫五百人安在, 難道歸來盡列侯.
전 횡 오 백 인 안 재　난 도 귀 래 진 렬 후

영사

금가루 뿌린 동남의 열다섯 고을,
명사들 온갖 은혜와 원한에 얽혔구나.
소금 상인들이 이권을 다 쥐었고,
둥근 부채 든 재주꾼들이 윗자리 앉아 노닌다.
문자옥 무서워 자리 피하고
글쓰기는 모두가 먹고살기 위해서지.
전횡의 무리 오백 인은 어디에 있나?
귀순해도 모두 제후가 되었을까.

■ **주 석**

金粉(금분) : 금가루, 화장품, 번화한 생활.
東南十五州(동남십오주) : 강남, 즉 장강 하류 지역을 가리킨다.
恩怨(은원) : 남녀 사이의 은혜와 원한.
牢盆狎客(뇌분압객) : '뇌분'은 소금을 굽는 그릇, '압객'은 권세가에게 붙어사는 사람이다. '뇌분압객'은 소금을 매매하여 큰 이익을 차지하는 소금 상인을 가리킨다.

團扇才人(단선재인) : '단선'은 둥근 부채로 '궁선宮扇'이라고도 한다. '재인'은 재사才士이다. '단선재인'은 권력에 취한 문인을 가리킨다.

文字獄(문자옥) : 문자 때문에 일어나는 옥사. 시문 가운데 일부 문자나 문구를 문제 삼아 지식인에게 죄를 덮어씌우는 문자옥이 청대에는 자주 일어났다.

稻粱謀(도량모) : '도량'은 곡물을 말한다. 먹고살기 위한 계책을 '도량모'라고 한다.

田橫(전횡) : 진秦나라 적현狄縣 사람. 본래 제齊나라의 귀족이었다. 진나라 말기에 형 전담田儋과 함께 반군을 일으켜 제나라를 다시 세웠다. 초한楚漢 분쟁 때 제왕이 되었으나 곧 한나라 군대에 패하여 팽월彭越에게 투항하였다. 한나라가 선 다음 부하 500여 명을 이끌고 섬으로 도망하였다. 한 고조高祖가 그에게 항복을 권하였으나 부하들과 함께 자살하였다.

列侯(열후) : 진秦나라 때 최고 작위를 '철후徹侯'라 하였고, 한나라는 이를 계승하였고, 무제武帝 유철劉徹을 기휘忌諱하여 '통후通侯' 또는 '열후'라 하였다.

■ 해 제

도광道光 3년(1823) 어머니 상을 당해 강남으로 돌아가 복상하고, 1825년 12월 곤산崑山에 머무를 때 지었다. 역사를 빌어 당시의 화려하기만 하고 나약한 문풍文風을 비판하였다. 문자옥은 지식인을 효과적으로 통제하는 수단이었으며, 이에 문인들이 권세와 사치에 빠져 기개를 펴지 못하는 상황을 옛날 절개를 지킨 전횡에 빗대어 풍자하였다.

己亥雜詩二百二十
기 해 잡 시 이 백 이 십

九州生氣恃風雷, 萬馬齊喑究可哀.
구 주 생 기 시 풍 뢰 　만 마 제 암 구 가 애

我勸天公重抖擻, 不拘一格降人才.
아 권 천 공 중 두 수 　불 구 일 격 강 인 재

기해잡시 제220수

중국의 생기는 바람과 우레에서 나오지만

일만 마리 말이 모두 벙어리가 되었으니 끝내 슬프구나.

하느님께 권하거니와 다시 떨쳐서

한 가지에 국한되지 않는 인재를 내리소서.

■ **주 석**

九州(구주) : 중국.

風雷(풍뢰) : 바람과 우레. 바람과 우레처럼 크고 빠른 사회 변혁을 말한다. 도사들이 굿을 하며 풍신과 뇌신에게 기도하는 실상을 반영하였다.

萬馬(만마) : 조야朝野의 신민臣民, 즉 모든 사람을 비유한다.

喑(암) : 벙어리.

究(구) : 결국. 끝내.

抖擻(두수) : 떨치다.

不拘一格(불구일격) : 한 가지 규격이나 표준에 국한되지 않다.

■ **해 제**

이 시는 시인이 진강을 건너면서 지었다. 원주에 다음과 같이 작시 배경을 설명하였다. “진강을 지날 때 옥황과 풍신 뇌신에게 굿을 하는 사람들을 보았다. 기도하는 이가 만을 헤아리고, 도사가 기도문을 지어 달라고 부탁하였다(過鎭江, 見賽玉皇及風神雷神者, 禱祠萬數, 道士乞撰青詞)"
사회의 생기는 동탕하는 변화의 물결에서 나오지만 지금 현실은 조야의 모든 사람들이 침묵을 지킬 뿐이다. 이 사회를 깨우치고 이끌어 갈 수 있는 다재다능한 인재의 출현을 갈망한다. '천공'을 황제로 본다면 파격적으로 인재를 등용하라는 건의가 된다.

장유병張維屛(1780~1859)

자는 자수子樹이며, 광동廣東 번우番禺 사람이다. 도광道光 초에 진사가 되어 벼슬은 남강지부南康知府까지 지냈다. 젊어서부터 시로 명성을 얻었으며, 백성들의 고통을 주제로 삼았다. 아편전쟁 시기의 반외세 투쟁을 목도하고 항전과 복수를 새로운 주제로 삼아 전에 없던 성취를 이루었다. 《송심시집松心詩集》이 있다.

三元里
삼 원 리

三元里前聲若雷, 千衆萬衆同時來.
삼 원 리 전 성 약 뢰　천 중 만 중 동 시 래

因義生憤憤生勇, 鄕民合力強徒摧.
인 의 생 분 분 생 용　향 민 합 력 강 도 최

家室田廬須保衛, 不待鼓聲群作氣.
가 실 전 려 수 보 위　부 대 고 성 군 작 기

婦女齊心亦健兒, 犁鋤在手皆兵器.
부 녀 제 심 역 건 아　이 서 재 수 개 병 기

鄕分遠近旗斑斕, 什隊百隊沿溪山.
향 분 원 근 기 반 란　십 대 백 대 연 계 산

衆夷相視忽變色, 黑旗死仗難生還.
중 이 상 시 홀 변 색 흑 기 사 장 난 생 환

夷兵所恃惟槍炮, 人心合處天心到.
이 병 소 시 유 창 포 인 심 합 처 천 심 도

晴空驟雨忽傾盆, 凶夷無所施其暴.
청 공 취 우 홀 경 분 흉 이 무 소 시 기 포

豈特火器無所施, 夷足不慣行滑泥.
기 특 화 기 무 소 시 이 족 불 관 행 활 니

下者田塍苦躑躅, 高者岡阜愁顚擠.
하 자 전 승 고 척 촉 고 자 강 부 수 전 제

中有夷酋貌尤醜, 象皮作甲裹身厚.
중 유 이 추 모 우 추 상 피 작 갑 과 신 후

一戈已摏長狄喉, 十日猶懸郅支首.
일 과 이 용 장 적 후 십 일 유 현 질 지 수

紛然欲遁無雙翅, 殲厥渠魁眞易事.
분 연 욕 둔 무 쌍 시 섬 궐 거 괴 진 이 사

不解何由巨網開, 枯魚竟得攸然逝.
불 해 하 유 거 망 개 고 어 경 득 유 연 서

魏絳和戎且解憂, 風人慷慨賦同仇.
위 강 화 융 차 해 우 풍 인 강 개 부 동 구

如何全盛金甌日, 卻類金繒歲幣謀.
여 하 전 성 금 구 일 각 류 금 증 세 폐 모

삼원리

삼원리 앞 소리가 우레 같으니
천 명 만 명이 동시에 왔도다.
의기에서 분발하고 분발하여 용맹하니
향민이 힘을 합쳐 강도를 꺾었다네.

가옥과 농사는 보위해야 하나니
북소리 울리기 전에 무리들 기세 드높다.
부녀들도 한마음 또한 건아일세,
괭이 호미 손에 드니 모두가 병기로다.
멀고 가까운 마을 모여 깃발은 알록달록,
수많은 대열이 골짜기와 산을 탄다.
오랑캐 서로 보며 문득 안색이 변하고,
흑기는 죽기로 싸우자는 뜻 생환하기 어렵지.
오랑캐 병사 믿을 것은 총과 대포뿐,
인심이 모이는 곳에 천심도 온다네.
갠 하늘에 갑자기 대야를 엎듯이 비 쏟아지니
흉악한 오랑캐도 그 사나움 펼칠 데 없다.
어찌 다만 화기만 펼칠 데 없을 뿐이리오?
오랑캐 발은 미끄러운 진흙에 익숙치 않아
아래로는 밭두둑에서 나가지 못해 괴롭고,
위로는 언덕배기에 자빠질까 걱정한다.
그 중에 오랑캐 두목은 용모 더욱 추하고,
코끼리 가죽 갑옷으로 몸을 두터이 감쌌네.
창으로 키 큰 오랑캐 목을 찔러
열흘이나 성문에 그 머리를 걸었지.
이리저리 도망가려나 날개가 없으니
괴수 섬멸하기 참으로 쉬운 일.
모르겠도다, 무슨 까닭으로 커다란 그물을 열어서
마른 물고기 유유히 나가게 했는지.

위강은 오랑캐와 화의 맺고 또 걱정을 해소하였고,
시인은 강개하여 함께 대적하자 노래하였네.
어이하여 철통같이 강성한 날에
오히려 금과 비단을 해마다 바치는 계책을 따르는가.

■ 주 석

三元里(삼원리) : 광주성에서 북쪽으로 5리 떨어진 마을. 도광 21년(1841) 5월 27일, 광주화약廣州和約이 체결되자 광동의 인민들은 의분이 들끓었다. 이런 차에 영국군이 삼원리를 지나면서 부녀자를 희롱하고 재물을 약탈하자 삼원리 사람들이 부근의 103개 마을의 군중과 연합하여 영국군을 반격하여 삼원리 항쟁이 벌어졌다. 이 시는 삼원리 항쟁에 나선 백성들의 용맹과 애국정신을 기렸다.

鼓聲(고성) : 북소리. 《좌전左傳 · 장공莊公 10년》에 "무릇 전쟁은 용기로 하는 것이다. 북을 울려 기를 북돋는다(夫戰, 勇氣也, 一鼓作氣)"고 하였다. 이 구은 좌전의 구절을 거꾸로 이용하였다.

婦女(부녀) : 이복상李福祥의 《삼원리전투일기[三元里打仗日記]》에 당시 백성들의 전투 태세가 기록되어 있다. "오랑캐가 삼원리에서 우란강을 지나며 약탈하자 나는 끊이지 않는 꽹과리 소리를 들었다. …… 순식간에 와서 모인 자가 수만이며 도끼와 괭이 호미를 손에 들면 바로 무기가 되고, 아동과 부녀도 소리를 질러 또한 군대의 위세를 더하였다(逆夷由三元里過牛欄崗搶劫, 予聞鑼聲不絕 …… 不轉眼間, 來會者衆數萬, 刀斧犁鋤, 在手卽成軍器, 兒童婦女, 喊聲亦助軍威)"

黑旗(흑기) : 시인의 자주自注에 "오랑캐는 죽기로 싸울 때는 흑기를 쓰는 바 마침 신묘의 칠성기를 든 사람이 있어 오랑캐는 놀라서 '죽기로 싸우는 자가 왔다!'고 말하였다(夷打死仗則用黑旗, 適有執神廟七星旗者, 夷驚曰, 打死仗者至矣)"고 설명하였다.

躑躅(척촉) : 앞으로 나아가지 못하다.

顚擠(전제) : 넘어지다. 떨어지다.

長狄(장적) : 춘추시대春秋時代 적족狄族의 일파로 키가 매우 컸다고 한다. 여기서는 영국군을 가리킨다.

郅支(질지) : 흉노匈奴의 선우單于로서 이름은 호도오사呼屠吾斯이며, 호한야呼韓邪 선우의 형이다. 한漢나라와 맞서다가 원제 건소建昭 3년(기원전 36)에 서역부교위西域副校尉 진탕陳湯에게 목이 베였다. 후세에는 외구外寇의 대칭으로 쓰였다.

殲厥渠魁(섬궐거괴) : 그들의 원수元首를 죽이다. '궐'은 '기其'와 같고, '거'는 '대大'와 같다. '괴'는 우두머리이다. 《서경書經 · 윤정胤征》에 "그 큰 우두머리를 죽이고 협박 받아 따른 자는 죄를 묻지 말라(殲厥渠魁, 脅從罔治)"는 구절이 있다.

巨網(거망) : 삼원리 및 인근 군중의 포위망을 말한다.

枯魚(고어) : 마른 물고기. 빈사 상태에 빠진 생명체를 말한다. 여기서는 중국 인민의 포위망에 갇힌 영국군을 가리킨다. 위 2구는 영국군과 협상하여 포위망을 풀어주는 정부의 조치를 질책한다.

魏絳(위강) : 춘추시대 진晉나라의 경. 본래 희성姬姓이며, 시호는 장莊이다. 그는 진나라 도공悼公 4년(기원전 569)에 진나라 북방에 인접한 융족戎族과 평화를 맺어 융족의 침략을 종식시켰다.

風人(풍인) : 시인. 《시경詩經》의 국풍國風 시를 지은 시인을 말한다.

同仇(동구) : 공동으로 대적하다. 적에게 함께 분개하다. 또 그런 사람을 말한다. 《시경 · 진풍秦風 · 무의無衣》에 "나의 창을 갈아서, 그대와 함께 원수를 대하리라(脩我戈矛, 與子同仇)"라고 노래하였다.

金甌(금구) : 쇠로 만든 대야. 단단하여 깨지지 않으므로 국력이 강성하여 국토를 온전히 보전할 수 있음을 비유한다.

金繒歲幣謀(금증세폐모) : '금증'은 황금과 비단, '세폐'는 해마다 바치는 재물이다. 송宋나라는 요遼나라 · 금金나라와 평화를 유지하기 위하여 해마다 엄청난 황금과 비단을 바쳤다. 혁산奕山이 영국군과 광주화약을 맺는 조건으로 광주속성비廣州贖城費 600만 원元을 약속하였고, 제1차 아편전쟁의 전체 전쟁배상금은 2,100만 원에 달하였다.

■ 해 제

도광道光 21년(1841) 5월 말에 광주 인근의 삼원리에서 벌어진 "삼원리항영투쟁三元里抗英鬪爭"을 찬양한 작품이다.

1841년 5월 25일(도광 21년 4월 5일), 영국군은 광주성 북쪽의 여러 포대를 함락하고 지세가 가장 높은 영강대永康臺에 사령부를 설치하였다. 사방대四方臺라고도 부르는 영강대는 광주성에서 1리 떨어져 있어 성내를 직접 포격할 수 있었다. 청군 통수統帥 혁산奕山은 5월 27일에 영국과 광주화약을 맺었다. 그러나 잉크가 마르기도 전에 영국군은 삼원리와 이성泥城, 서촌西村, 소강蕭岡 등 여러 마을에서 약탈, 방화, 강간을 자행하였다. 격분한 민중은 각지 단련團練과 함께 저항하여 29일에 삼원리 촌민들은 소규모 영국군을 공격하여 몇 명을 죽였다. 보복을 우려한 민중들은 삼원리의 고묘古廟에 모여 묘 안의 삼성기三星旗를 작전의 신호로 삼아 결사항전을 결의하고, 부근의 103개 마을의 군중과 공동으로 전투를 대비하였다. 30일, 남해南海, 번우番禺 등의 단련 100여 명이 창과 괭이를 들고 영강대를 포위하였다. 영국군 지휘관 고프(Viscount Hugh Gough, 1779~1869)가 병사를 이끌고 출격하자 단련들은 그들을 우란강牛欄崗의 구릉 지대로 유인하였다. 마침 큰비가 내려 영국군의 총이 발사되지 않았다.(영국은 당시 인도 용병에게는 구식 부싯돌총(燧發槍)을 지급하여 비에 젖으면 쓸모가 없었다) 단련과 군중은 빗속에서 반격하여 영국군 60명 정도가 논에 빠졌고, 인도 용병들이 죽거나 다쳤다. 영국군은 증원군을 보내 사방대로 철수하였다. 이날 전투의 중국측 기록에는 영국군 장교 비처(Beecher)와 50명 정도를 죽이고 10여 명을 포로로 잡았다고 하며, 영국군의 기록에는 전사 5명, 부상 23명이며, 비처는 병사하였다고 한다. 31일, 삼원리와 광주 및 인근의 군중 수만 명이 사방대를 포위하여 영국군을 굶겨 죽이기로 하였다. 혁산은 이 소식을 듣고 두려워 광주지부廣州知府 여보순余保純을 급파하였다. 여보순은 삼원리의 포위를 풀지 않으면 영국의 주력군이 광주성을 도륙하겠다고 위협하므로 군중을 해산시켰다. 영국군은 호문虎門으로 철수할 때 군중은 신유영이고시申諭英夷告示를 선포하였다. "관병을 쓰지 않고 나라의 돈도 쓰지 않으며, 스스로 힘을 내어 너희 개돼지를 모두 죽여 우리 각 마을의 해악을 없애리라." 6월 1일 영국군은 광주에서 퇴각하였다.

위원魏源(1794~1857)

청대의 계몽 사상가 · 정치가 · 문인으로서 근대 중국에서 세계를 직시한 선각자이다. 이름은 원달遠達, 자는 묵심默深, 묵생墨生, 한사漢士이며, 호는 양도良圖이다. 호남湖南 소양邵陽 융회隆回 사람이다. 도광道光 2년(1822)에 거인擧人이 되었다. 도광 21년 양강총독兩江總督 유겸裕謙의 막부에 들어가 아편전쟁에 직접 참여하였다. 전선에서 직접 포로를 심문하기도 하다가 조정의 우유부단한 정책과 투항파의 작태에 분개하여 귀향하고 저술에 몰두하였다. 도광 24년에 진사가 되었다. 임칙서林則徐가 편집한 서양의 역사와 지리를 다룬 《사주지四州志》를 바탕으로 《해국도지海國圖志》를 함풍咸豐 2년(1852)에 완성하였다. 다음해 고우지주高郵知州를 지내다가 파직되어 귀향하고 불학佛學에 침잠하여 법명法名을 승관承貫이라 하였다. 경세치용을 학문의 종지로 삼아 "옛것을 완전히 바꾸어야 하고, 백성을 매우 편하게 만들어야 한다(變古愈盡, 便民愈甚)"며 변법變法을 주장하였다. 이를 위해 서양의 선진 과학기술을 배워 "오랑캐의 장기를 배워 오랑캐를 제압한다(師夷之長技以制夷)"는 사상을 내놓았다. 매우 박학다식하여 많은 저술을 남겼다. 《서고미書古微》, 《시고미詩古微》, 《묵고默觚》, 《노자본의老子本義》, 《성무기聖武記》, 《원사신편元史新編》 등 경사經史와 제자諸子에 모두 뚜렷한 업적을 남겼다. 시문집으로는 《고미당시문집古微堂詩文集》이 있으며, 1980년대에 시문을 모은 《위원집魏源集》이 나왔다.

寰海十首 (其二)
환 해 십 수 　기 이

千舶東南提擧使, 九邊茶馬馭戎韜.
천 박 동 남 제 거 사 　구 변 차 마 어 융 도

但須重典懲群飮, 那必奇淫杜旅獒.
단 수 중 전 징 군 음 　나 필 기 음 두 려 오

周禮刑書周誥法, 大宛苜蓿大秦艘.
주 례 형 서 주 고 법　대 완 목 숙 대 진 소

欲師夷技收夷用, 上策唯當選節旄.
욕 사 이 기 수 이 용　상 책 유 당 선 절 모

세계 10수 (제2수)

일천 척 선박 가진 동남의 제거사
국경의 무역에 갖은 술수 부리네.
무거운 법으로 죄악을 징벌해야지
지나치게 기이하다고 꼭 서양의 물품을 막아야 하나.
중국의 제도와 중국의 법률,
서양의 문물과 서양의 기술.
외국의 기술 배우고 외국의 기물 수용하려면
오로지 사절 선발이 상책이라네.

■ 주 석

東南(동남) : 광동廣東 지역.

提擧使(제거사) : 제거. 제거는 관명으로서 송宋나라 때 설치하여 청나라에까지 존속하였다. 또한 송나라 때는 도대都大라는 관직을 설치하여 주전鑄錢과 무역을 관장하게 하였다. 도대의 하나로 제거차마提擧茶馬가 있었다. 이 두 구절은 광동 지역의 무역을 관장하는 관리와 매판이 거대한 부를 축적하고 사리사욕을 위해 온갖 술수를 부리는 상황을 말한다.

九邊(구변) : 변경.

茶馬(차마) : 무역하는 물품을 말한다.

戎韜(융도) : 육도六韜. 병법. 즉 온갖 술수를 말한다.

群飮(군음) : 여럿이 모여 함께 술 마시는 일.

那必(나필) : 하필何必.

奇淫(기음) : 기기음교奇技淫巧. 지나치게 교묘하기만 하고 무익한 기예와 물품을 말한다. 《상서 · 태서泰誓 하下》에 "(상나라 왕은) 기기음교를 만들어 여인을 기쁘게 하였다(作奇技淫巧, 以悅婦人)"고 하였다. 이 구절에 대하여 공영달孔穎達은 "'기기'는 기이한 기능을 말하고, '음교'는 지나치게 공교함을 말한다(奇技謂奇異技能, 淫巧謂過度工巧)"고 해설하였다. 청淸나라의 관동管同은 〈서양 물건을 쓰지 말자는 의론(禁用洋貨議)〉에서 "옛날 성왕의 시대에 복식에는 일정한 제도가 있었으며, 기기음교를 만드는 자는 벌을 받았다(昔者, 聖王之世, 服飾有定制, 而作奇技淫巧者有誅)"라고 하였다.

旅獒(여오) : 옛날 서융西戎의 여국旅國에서 나는 큰 개. 후에는 서융 각국을 가리키는 말로 쓰였으며, 여기서는 서양의 여러 나라를 가리킨다.

周禮(주례) : 주나라의 문물제도.

刑書(형서) : 형법의 조문.

周誥(주고) : 《상서 · 주서周書》의 〈대고大誥〉, 〈강고康誥〉, 〈주고酒誥〉, 〈소고召誥〉, 〈낙고洛誥〉 등의 편.

大宛(대완) : 지금의 키르키스탄의 페르가나 협곡(Fergana Valley) 지역에 있던 고대 국가.

苜蓿(목숙) : 옛 대완어 buksuk의 음역. 콩과 식물로 일년생 또는 다년생이다. 한漢 무제武帝 때 장건張騫이 대완국에서 가져왔다. 회풍초懷風草, 광풍초光風草, 연지초連枝草라고도 하며 꽃은 노란색과 보라색이 있다. 사료나 비료로 쓰이며 사람이 먹기도 한다.

大秦(대진) : 로마 제국. 한漢 화제和帝 영원永元 9년(97)에 서역도호西域都護 반초班超가 감영甘英을 로마에 사신으로 보냈으며, 환제桓帝 연희延熹 9년(166)에 로마 황제 안토니오가 한나라에 사신을 보냈다.

艘(소) : 배. 문물과 제도 등을 말한다. 이 두 구는 중국은 옛날 주나라 때부터 중국 고유의 문물과 제도에 서역을 비롯한 외국의 문물과 제도를 수용하여 문화를 발전시켜 온 역사를 지적한다.

夷用(이용) : 외국의 기물, 기구.

節旄(절모) : 정절旌節에 다는 쇠꼬리 장식물. 사절使節을 뜻한다.

■ **해 제**

1841년 아편전쟁을 겪은 후 〈환해寰海〉 조시組詩 칠언율시 10수를 지었다. 그 가운데 제2수로서 위원이 아편전쟁의 패배를 목도하고 그 경험과 교훈을 읊었다. 사리를 위해 아편을 밀수하고 적국과 내통하는 매국노 매판에 대한 처벌을 촉구하였다. 동시에 외국과의 정당한 무역을 주장하고, 청 조정의 쇄국정책을 비판하고 서양의 선진 과학기술을 배워야 한다고 주장하였다. 위원은 구체적 사례를 들어 중국이 고대 주나라 때부터 중국과 외국의 문물과 제도를 융합하여 문화를 발전시켜 왔음을 증명하고 있다.

황준헌黃遵憲(1848~1905)

자는 공도公度, 별호는 인경려주인人境廬主人이며, 광동廣東 가응주嘉應州(지금의 광동 매현梅縣) 사람이다. 광서光緖 2년(1876)에 거인擧人이 된 후 다음해부터 사일참찬師日參贊, 샌프란시스코 총영사, 주영駐英 참찬, 싱가포르 총영사 등을 역임하였다. 1895년에는 상해강학회上海強學會에 참여하였고, 양계초梁啓超, 담사동譚嗣同 등과 《시무보時務報》를 창간하였다. 무술변법戊戌變法 기간에는 호남안찰사湖南按察使를 서리하여 변혁을 추진하였다. 1898년에 일본대신日本大臣으로 나갔으나 무술변법이 실패한 후 유신난당維新亂黨으로 지명되었지만 조정의 허락을 얻어 귀향하였다. 새로운 사물을 시로 읊었으며, "내 손으로 내 입을 쓴다(我手寫我口)"라는 시론을 주창하여 '시계혁신의 인도자(詩界革新導師)'라는 칭호를 얻었다. 시집에 《인경려시초人鏡廬詩草》가 있다.

海行雜感十四（其一）
해행잡감십사 기일

星星世界徧諸天, 不計三千與大千.
성성세계편제천 불계삼천여대천

倘亦乘槎中有客, 回頭望我地球圓.
당역승사중유객 회두망아지구원

항해하다가 느낌이 일어 14수 (제1수)

점점이 세계가 하늘에 퍼져 있어
삼천 대천세계를 셀 수가 없네.
은하수 뗏목 탄 나그네 있다면
고개 돌려 우리 둥근 지구 바라보리라.

■ 주 석

星星(성성) : 하늘에 퍼져 있는 수많은 별.

諸天(제천) : 불교에서는 욕계欲界에 6천天, 색계色界에 18천, 무색계無色界에 4천이 있고, 기타 일천日天 월천月天 위태천韋駄天 등 여러 천신天神이 있어 이를 모두 제천이라고 부른다.

三千與大千(삼천여대천) : 삼천대천三千大千 세계. 불교에서는 지금 사람이 사는 세계 일천을 소천세계小千世界라 하고, 소천세계 일천을 중천세계中千世界라 하고, 중천세계 일천을 대천세계라 한다. 대천세계 앞에 삼천을 붙여 대천세계는 소천 중천 대천 세 가지가 합쳐져서 만들어진 것임을 표시한다.

乘槎(승사) : 한漢나라 때 장건張騫은 무제武帝의 명을 받아 월지月氏 등 서역 각국을 방문하여 19년 만에 돌아왔다. 또한 전설에 하늘의 은하수는 바다와 통하여 해마다 8월에 바닷가에 사는 사람이 뗏목을 타고 은하수로 올라가 견우와 직녀를 보았다고 한다. 종름宗懍의 《형초세시기荊楚歲時記》에서 장건이 황하의 시원을 찾기 위해 뗏목을 타고 가다가 달을 지나 은하수에 올랐다고 하였다. 후에 승사라는 말은 외교사절로 임무를 수행하기 위하여 외국으로 간다는 전고로 사용되었다.

■ 해 제

1882년 황준헌이 일본 요코하마에서 미국 샌프란시스코 총영사로 부임하는 도중에 지었다. 망망한 바다를 항해하다가 하늘의 수많은 별을 보면서 중국의 전설을 떠올려 환상적 수법으로 둥근 지구를 읊었다.

悲平壤
비 평 양

黑雲萆山山突兀, 俯瞰一城炮齊發.
흑 운 비 산 산 돌 올 부 감 일 성 포 제 발

火光所到雷硡礲, 肉雨騰飛飛血紅.
화 광 소 도 뢰 홍 륭 육 우 등 비 비 혈 홍

翠翎鶴頂城頭墜, 一將倉皇馬革裹.
취 령 학 정 성 두 타 일 장 창 황 마 혁 과

天跳地踔哭聲悲, 南城早已懸降旗.
천 도 지 탁 곡 성 비 남 성 조 이 현 항 기

三十六計莫如走, 人馬奔騰相踐蹂.
삼 십 륙 계 막 여 주 인 마 분 등 상 천 유

驅之驅之速出城, 尾追翻聞餓鴟聲.
구 지 구 지 속 출 성 미 추 번 문 아 치 성

大東喜舞小東怨, 每每倒戈飛暗箭.
대 동 희 무 소 동 원 매 매 도 과 비 암 전

長矛短劍磨鐵槍, 不堪狼藉委道旁.
장 모 단 검 마 철 창 불 감 랑 자 위 도 방

一夕狂馳三百里, 敵軍便渡鴨綠水.
일 석 광 치 삼 백 리 적 군 편 도 압 록 수

一將囚拘一將誅, 萬五千人作降奴.
일 장 수 구 일 장 주 만 오 천 인 작 항 노

평양을 슬퍼하다

먹구름 산을 덮어도 산은 우뚝 솟아서

평양성 굽어보며 대포 일제히 불을 뿜네.

불빛이 닿는 곳에 우레가 울리니

살덩이 비등하고 붉은 피 날린다.

푸른 깃 장식 하얀 머리가 성 위에서 떨어져
한 장수 황급히 말가죽에 싸였네.
하늘과 땅이 뒤집혀 울음소리 애달프고
남성에는 벌써 백기를 내걸었네.
삼십육계에 줄행랑이 상책이라
인마가 날뛰며 서로 짓밟네.
몰고 몰아서 빨리 평양성을 나서니
뒤에서 추격하는 주린 올빼미 소리 들끓는다.
일본군 기뻐 춤추고 조선 사람은 원망하며
모두가 창을 거꾸로 들고 몰래 화살 날린다.
긴 창 짧은 칼에 쇠창은 닳아서
어지러이 감당 못해 길가에 내버렸네.
하룻밤에 미친 듯 삼백 리를 달리니
적군도 바로 압록강을 건넌다.
한 장수 구금하고 한 장수는 목을 벴고,
만 오천 명 포로가 되었네.

■ 주 석

萆山(비산) : 산을 덮다. 먹구름이 산을 덮었다는 뜻이다. 산은 평양의 모란봉牡丹峰이다.

硡礲(홍릉) : 돌이 떨어지는 소리. 포탄이 터지는 소리를 뜻한다.

翠翎鶴頂(취령학정) : 푸른 깃털과 하얀 꼭지. '영'과 '정'은 청대淸代 관모官帽의 장식물이다.

一將(일장) : 좌보귀左寶貴(1837~1894). 청일전쟁淸日戰爭 때 청나라의 봉천군奉天軍을 지휘하여 평양에서 일본군과 싸우다가 전사하였다.

南城(남성) : 평양성의 남쪽 지역. 모란봉이 함락되고 현무문을 빼앗기자 청군의 총사령관 섭지초葉志超(1838~1901)는 서해문西海門, 칠성문七星門, 대동문大同門에 백기를 걸었다.

大東(대동) : 일본.

小東(소동) : 조선.

倒戈(도과) : 무기를 버리다. 아군을 공격하다.

暗箭(암전) : 몰래 쏘는 화살. 남을 중상하는 음모나 행위를 뜻한다. 이 구절에는 시인이 "왜구는 무지무지하게 기뻐하고, 조선은 마음에 원한을 품었다(倭寇欣喜萬分, 朝鮮則心生怨恨)"고 주를 달았다.

■ 해 제

1894년에 일어난 청일전쟁 가운데 9월 15일부터 17일 사이에 벌어진 평양성 전투의 시말을 묘사하였다. 당시 청군은 총 1만 5천 병력이 평양에 주둔하고 있었다. 좌보귀와 마옥곤馬玉昆(1837~1908) 등이 분전하여 치열한 접전을 벌였으나 총통 섭지초葉志超가 항복하고 퇴각하다가 일본군의 매복에 걸려 2천 명이 전사하고 4천 명이 부상을 입는 대패를 당했다.

강유위康有爲(1858~1927)

이름은 조이祖詒라고도 하며, 자는 광하廣廈, 호는 장소長素, 명이明夷, 갱신更甡, 서초산인西樵山人, 유존수遊存叟, 천유화인天遊化人이며 광동廣東 남해南海 사람이다. 광동 명문가 출신으로서 1895년에 진사 급제하여 공부주사工部主事에 임명되었으나 부임하지는 않았다. 소년 시절부터 서양의 문물과 사상을 학습하였으며, 시모노세키 조약의 굴욕에 격분하여 각지에서 회시會試에 응시하기 위해 북경으로 온 거인擧人들과 함께 상소하여 조약에 반대하고, 구국강령을 내놓았다. 이후 개량주의 운동의 지도자로 활약하였으나 무술변법戊戌變法이 실패한 후 일본으로 망명하였다. 이후 사상에 보수적으로 회귀하여 결국 청제淸帝 복벽復辟 운동에 참가하였다. 시가에서는 당대唐代의 두보杜甫를 배웠고, 기풍은 공자진龔自珍에 가까웠다. 무술변법을 분기로 이전의 시가는 독창적이며 애국 열정이 가득하여 기세가 방대하고 풍격이 웅혼하다. 시집으로 《남해선생시집南海先生詩集》이 있다.

澹如樓讀書
담 여 루 독 서

三年不讀南朝史, 瑣艷濃香久懶薰.
삼 년 부 독 남 조 사　쇄 염 농 향 구 라 훈

偶有遁逃聊學佛, 傷於哀樂遂能文.
우 유 둔 도 료 학 불　상 어 애 락 수 능 문

懺除綺語從居易, 悔作雕蟲似子雲.
참 제 기 어 종 거 이　회 작 조 충 사 자 운

憂患百經未聞道, 空階細雨送斜曛.
우 환 백 경 미 문 도　공 계 세 우 송 사 훈

담여루에서 책을 읽다가

3년을 남조 역사 읽지 않아서
농염한 향기를 오래 쐬지 않았네.
어쩌다 도망가서 잠시 불교를 배우다가
애락에 마음 아파 글을 잘 지었지.
백거이를 따라 참회하고 화려한 말 없애고,
양웅처럼 미사여구 지은 일 반성하였네.
온갖 시름 다 겪어도 도를 듣지 못해
빈 섬돌 가랑비에 지는 해를 보낸다.

■ 주 석

三年(삼년) : 이 구는 남조의 역사를 공부하다가 그만둔 지 3년이 되었다는 뜻으로, 자신의 학습의 방향이 바뀌었음을 말한다.

南朝史(남조사) : 중국 남북조시대南北朝時代 중 남조의 사서.

瑣艷濃香(쇄염농향) : 농염한 자태와 향기라는 뜻으로 남조 사서史書의 화려하고 사치스러운 사적事績과 문장을 말한다.

懶薰(나훈) : 남조 사서의 향기를 싫어한다는 뜻이다.

懺除(참제) : 참회하여 없애다.

居易(거이) : 백거이白居易. 중당中唐의 시인으로 쉬운 일상어로 쓴 시가 많다.

雕蟲(조충) : 조충전각雕蟲篆刻. 충蟲은 충서蟲書로 벌레처럼 구불구불하여 알아보기 힘든 자체字體이며, 각刻은 각부刻符로서 부절符節에 새기는 자체를 말한다. 문장의 형식미를 추구하는 유미적 경향을 비판하는 말로 쓰인다. 한漢나라 양웅揚雄은 유미적 경향의 부를 즐겨 짓다가 후에 장부는 하지 않는 짓이라며 그만두었다.

子雲(자운) : 양웅. 자가 자운이다. 후한의 대표적인 부賦 작가이다.
未聞道(미문도) : 도, 즉 진리를 깨치지 못하다.

■ **해 제**

1879년 22세 때 지었다. 담여루는 지금의 광동성廣東省 불산시佛山市 남해구南海區 서초산西樵山에 있으며, 강유위의 종조부가 세웠다. 강유위는 젊은 시절 이곳에서 공부하였다. 역사와 불교, 문학의 각종 유파를 다 공부하였지만 아직 세상을 구제할 수 있는 진리를 깨치지 못하였음을 슬퍼한다. 젊은 시절 그의 학습 편력을 말해 주는 시이다.

담사동譚嗣同(1865~1898)

자가 복생復生이며, 호남湖南 유양瀏陽 사람이다. 강소후보지부江蘇候補知府와 군기장경軍機章京을 지냈다. 청일전쟁淸日戰爭의 패배에 격분하여 애국 혁신운동을 전개하였으며, 무술변법戊戌變法에 실패한 후 처형되었다. '무술육군자戊戌六君子'의 한 사람이다. 시는 격렬한 언어로 굳센 기상을 표출하는 특징이 있다. 《분창창재시奔蒼蒼齋詩》가 있다.

獄中題壁
옥 중 제 벽

望門投止思張儉, 忍死須臾待杜根.
망 문 투 지 사 장 검 　 인 사 수 유 대 두 근

我自橫刀向天笑, 去留肝膽兩崑崙.
아 자 횡 도 향 천 소 　 거 류 간 담 량 곤 륜

옥에서 벽에 쓰다

문을 보고 들어가 숨자니 장검이 그립고,

차마 죽어 잠깐 사이 두근을 기다리리라.

나는 스스로 칼을 비껴 차고 하늘 향해 웃으며

간담을 두 위인에게 남기노라.

■ 주 석

投止(투지) : 들어가 머무르다. 투숙投宿.

張儉(장검) : 동한東漢 말기의 사람. 환관宦官 후람侯覽을 탄핵하다가 오히려 파당을 조직하여 사리를 도모했다는 모함을 쓰고 도망하였다. 도중에 사람들의 보호를 받으며 지인의 집에 숨어서 화를 피했다.

杜根(두근) : 동한 때의 사람. 등태후鄧太后에게 권력을 안제安帝에게 넘기라는 글을 올렸다. 태후가 노하여 자루에 넣어 던져 죽이라는 명을 내렸으나 형을 집행하는 자가 풀어 주어 도망하였다. 등태후가 죽은 후 복직하였다. 이 구는 서태후西太后로 하여금 광서제光緖帝에게 정권을 돌려주라는 글을 올리지 못하여 부끄럽다는 뜻이다.

兩崑崙(양곤륜) : 곤륜산처럼 위대한 두 사람. 강유위康有爲와 협객俠客 대도왕오大刀王五를 말한다.

■ 해 제

1898년(광서 24) 8월 10일에서 13일 사이에 쓴 절필시絶筆詩이다. 무술변법에 실패하여 처형 당하기 전에 담대하게 죽음을 맞이하는 심정을 피력하였다.

추근秋瑾(1875~1907)

원명은 추규근秋閨瑾, 자는 선경璿卿, 호는 단오旦吾이다. 조적祖籍은 절강浙江 산음山陰(지금의 소흥紹興)이며, 복건福建 민현閩縣(지금의 복주福州)에서 태어났다. 성격이 호방하여 문무를 익혔으며, 남녀평등을 주장하여 화목란花木蘭으로 자처하였다. 일본으로 유학하여 이름을 근이라 바꾸고 혁명운동에 투신하였다. 삼합회三合會, 광복회光復會, 동맹회同盟會 등 혁명조직에 참가하였다. 1907년에 서석린徐錫麟 등과 광복군을 조직하여 7월 6일 절강, 안휘安徽에서 동시에 기의하기로 하였으나 누설되어 7월 15일에 소흥 헌정구軒亭口에서 처형되었다. 시는 호쾌하고 분방하며 혁명가의 격정이 스며 있다. 《추근집秋瑾集》이 있다.

梅二首(其一)
매이수 기일

本是瑤臺第一枝, 謫來塵世具芳姿.
본시요대제일지 적래진세구방자

如何不遇林和靖, 飄泊天涯更水涯.
여하불우림화정 표박천애갱수애

매화 2수 (제1수)

본래 요대의 제일 가지였거늘
진세로 귀양 와서 함께 아름답구나.
어이하여 임화정을 만나지 못하고
하늘가 물가를 떠돌아다니나.

■ 주 석

瑤臺(요대) : 선계仙界. 서왕모西王母가 산다는 곳.

林和靖(임화정) : 임포林浦(967~1028). 북송 때의 문인, 은사로 이름이 높다. 항주杭州 서호西湖 가에 오두막을 짓고 매화를 아내로 삼고 학을 아들로 삼아 살았다고 한다.

■ 해 제

홀로 외딴 곳에 핀 매화를 읊은 영물시이다. 매화에서 스러져 가는 조국의 모습을 보았을까, 혁명에 투신하여 요절할 자신의 운명을 보았을까.

柬某君三首 (其一)
간 모 군 삼 수 기 일

飄泊天涯無限感, 有生如此復何歡.
표 박 천 애 무 한 감 유 생 여 차 부 하 환

傷心鐵鑄九州錯, 棘手棋爭一著難.
상 심 철 주 구 주 착 극 수 기 쟁 일 착 난

大好江山供醉夢, 催人歲月易溫寒.
대 호 강 산 공 취 몽 최 인 세 월 역 온 한

陸沉危局憑誰挽, 莫向東風倚斷欄.
육 침 위 국 빙 수 만 막 향 동 풍 의 단 란

모군에게 3수 (제1수)

천애를 떠돌아다니니 감상이 무한해,

생애가 이 같으니 무엇이 또 기쁘랴.

쇠로 구주를 못 만들어 마음 아프지만

가시에 손을 찔려 바둑 한 수도 못 두겠네.

좋은 강산을 취생몽사 노는 자들에게 바치고,
사람 늙기를 재촉하는 세월은 한 해가 바뀌네.
나라가 망하는 위급한 국면을 누가 돌리리,
동풍 향해 부러진 난간에 기대지 말라.

▩ 주 석

柬(간) : 서신書信. 편지를 보내다.

鐵鑄九州錯(철주구주착) : 한漢나라 가의賈誼는 《복조부鵩鳥賦》에서 "천지를 가마로 삼고, 조화를 장인으로 삼는다네. 음양을 숯으로 삼고 만물을 구리로 삼는다네(且夫天地爲爐兮, 造化爲工. 陰陽爲炭兮, 萬物爲銅)"라고 하였다. 《오대사五代史》에서 "6주 42현을 모아 쇠로 주조하지만 잘못되어 하나도 만들지 못했다(聚六州四十二縣鐵鑄一個錯不成)"라고 하였고, 추근은 〈보도가寶刀歌〉에서 "바라건대 이제부터 천지를 가마로 삼고, 음양을 숯으로 삼아, 쇠로 육주를 주조하리라(願從茲以天地爲爐, 陰陽爲炭兮, 鐵聚六洲)"고 하였다. 육주는 구주와 같으며, 중국을 말한다. 이 구는 중국의 영토가 열강에게 분할되어 있음을 말한다.

棘手(극수) : 가시에 손을 찔리다. 일에 대처하기 어려움을 말한다.

溫寒(온한) : 더위와 추위. 1년.

斷欄(단란) : 부서진 난간. 이 구에서는 진지군陳志群에게 홀로 감상에 젖지 말고 함께 분투하자고 권유한다.

▩ 해 제

이 조시組詩는 1907년 6월 17일 소흥에서 《신주여보神州女報》의 여기자 진지군陳志群에게 부쳤다. 이때 추근은 대통학당大通學堂을 운영하면서 광복군을 조직하여 활동을 시작하였으며, 절강 금화회당金華會黨이 먼저 기의하기로 결정하였다. 안경安

慶의 서석린徐錫麟, 혜주惠州의 등존유鄧存瑜와 호응하여 1907년 5월 28일(음력)에 절강과 안휘에서 동시에 진군하기로 약속하고는, 희생할 각오를 다지면서 진지군에게 분투를 고취하였다.

찾아보기_시제詩題

ㄱ

ㄴ

ㄷ

ㅁ

ㅂ

ㅈ

ㅊ

ㅌ

ㅍ

ㅎ

찾아보기_시구詩句

ㄱ

ㄴ

ㄷ

ㅁ

ㅂ

ㅅ

ㅇ

ㅈ

ㅊ

ㅌ

ㅍ

ㅎ

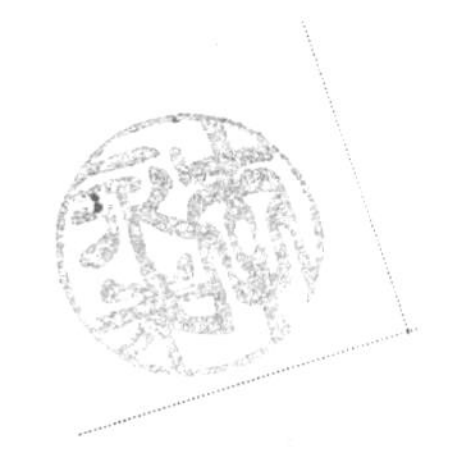

중국고전문학정선-시가詩歌 2

초판 인쇄 – 2013년 8월 16일
초판 발행 – 2013년 8월 20일

역해자 – 류종목 송용준 이영주 이창숙
발행인 – 金 東 求
발행처 – 명 문 당(창립 1923년 10월 1일)
서울특별시 종로구 안국동 윤보선길 61
우체국 010579-01-000682
전 화 (02) 733-3039, 734-4798
FAX (02) 734-9209
Homepage www.myunmundang.net
E-mail mmdbook1@hanmail.net
등록 1977.11.19. 제1-148호

■

* 정가 30,000원
ISBN 978-89-7270-484-3 04820